KYM GROSSO

Léopold

Traduzido por Bernardo Machado

1ª Edição

2023

Direção Editorial:	**Revisão Final:**
Anastacia Cabo	Equipe The Gift Box
Tradução:	**Arte de Capa:**
Bernardo Machado	Dri KK

Preparação de texto e diagramação: Carol Dias

Copyright © Kym Grosso, 2014
Copyright © The Gift Box, 2023

Todos os direitos reservados.
Nenhuma parte do conteúdo desse livro poderá ser reproduzida em qualquer meio ou forma – impresso, digital, áudio ou visual – sem a expressa autorização da editora sob penas criminais e ações civis.
Esta é uma obra de ficção. Nomes, personagens, lugares e acontecimentos descritos são produtos da imaginação da autora. Qualquer semelhança com nomes, datas ou acontecimentos reais é mera coincidência.

Este livro segue as regras da Nova Ortografia da Língua Portuguesa.

CIP-BRASIL. CATALOGAÇÃO NA PUBLICAÇÃO

G922L

Grosso, Kym
 Léopold / Kym Grosso ; tradução Bernardo Machado. - 1. ed. - Rio de Janeiro : The Gift Box, 2023.
 268 p.

 Tradução de: Léopold's Wicked Embrace
 ISBN 978-65-5636-191-8

 1. Romance americano. 2. Literatura erótica americana. I. Machado, Bernardo. II. Título.

CDD: 813
CDU: 82-31(73)

NOTA

Este é um livro de romance paranormal erótico e adulto com cenas de amor e situações maduras. Só é recomendado para leitores maiores de dezoito anos.

CAPÍTULO UM

Os lábios de Léopold se curvaram em uma diversão contida. Se não fosse pelo cheiro acre da carne queimada emanando de seus pulsos algemados com prata, ele poderia realmente gostar de ensinar aos lobos o que significava lutar contra um vampiro de mil anos. Quando tomou a decisão de confrontar Hunter Livingston, o alfa dos Lobos Caldera, lutou contra o desejo de matar o líder sem hesitação. Era verdade que a morte de adultos vinha tão naturalmente para ele quanto perfurar a pele de um humano delicioso em uma noite agradável de verão, mas até mesmo Léopold tinha limites rígidos. Foi ontem que ele arrancou o pequeno lobinho dos braços de uma mulher sem vida. A visão de uma criança indefesa tinha sacudido seu interior. Ele presenciou crianças morrendo várias vezes durante a sua vida, mas a perda de um inocente nunca era fácil para o seu estômago.

Olho por olho; ele considerou penetrar as paredes frias da toca deles e rasgar a garganta do alfa sem misericórdia. Ainda que soubesse que seu amigo Logan, alfa dos Lobos Acadianos, não aprovaria. Nem o beta de Logan, Dimitri. Depois que ele salvou a companheira do alfa, Wynter, parecia que um vínculo tinha sido forjado entre ele e seus novos amigos. Desde que Dimitri fez a longa viagem com Léopold para Yellowston para recuperar o sangue congelado de Wynter, os dois ficaram mais próximos. Por respeito a Dimitri, ele deu ao alfa a oportunidade de se explicar antes de o matar.

Mais cedo naquela noite, abordou a toca pacificamente, permitindo que os lobos desconfiados algemassem suas mãos. Valia suportar a picada da prata pelo prazer que teria ao drenar o alfa. Diferente dos vampiros mais jovens, Léopold manteve a calma, facilmente aguentando a picada do veneno. Seus olhos escanearam o cômodo, absorvendo a visão dos lobos rosnando que se reuniram para assistir seu alfa. Se ele fosse qualquer outro ser sobrenatural, deveria estar preocupado. Ainda que a raiva fluísse por seu corpo, não o medo.

Sua paciência se esgotou ao observar o alfa se transformar em homem. Hunter Livingston se levantou de uma posição abaixada. Esticando-se para a lareira, pegou uma espada *claymore* da parede. O ar no cômodo crepitava com a tensão e ele deliberadamente caminhou até seu prisioneiro. Rosnando, travou os olhos em Léopold. Suor pingava da testa de Hunter ao cortar o ar com a espada.

O rosto de Léopold permaneceu impassível quando a lâmina arrancou um rastro de sangue em seu abdômen. Deu um sorriso tortuoso um segundo antes de se lançar para o alfa. O estalo do metal foi o único som a alertar os demais de que o vampiro estava livre. Léopold correu até o lobo alto, esmagando-o contra a parede de pedra. Fechando a mão direita ao redor do pescoço de Hunter, aplicou pressão com a outra até a arma cair no chão. Suas presas desceram, arranhando a pele dura do ombro do alfa.

— Onde está a criança? — o alfa cuspiu, surpreso pela força do vampiro.

— Deixe-me ser claro, alfa. Sou eu que faço as perguntas. E sou eu que devo mostrar misericórdia. Acene, se você entendeu. — Léopold lutou para manter sua raiva sob controle. Respostas viriam antes de ele saciar seu desejo de vingança.

Dimitri ouviu a comoção e imediatamente sentiu o perigo. Saiu do chuveiro e rasgou a toalha molhada. Transformando-se em lobo, correu até a fonte da briga. Ao virar o corredor, não conseguiu acreditar no que viu. Léopold manteve Hunter preso contra uma pintura. Os olhos do alfa estavam vermelhos, suas garras fincadas nos braços do vampiro. Os lobos da matilha rosnavam, mas não atacavam. Mesmo que Léopold não fosse um lobo, seu ataque ao alfa deles pareceu um desafio, um que ele tinha que lutar sozinho. Mas Dimitri sabia que o que quer que estivesse acontecendo não tinha nada a ver com um desafio pelo papel de Hunter como alfa. Correu até o par para separar a briga, voltando a ser humano no processo.

— Jesus Cristo, Leo. Que porra você está fazendo? — Dimitri colocou a palma da mão contra seu peito em uma tentativa de separar dois machos dominantes. — Alfa. Hunter. Por favor, pare.

— A criança — Hunter cuspiu, nunca tirando os olhos de Léopold.

— Sim, a criança — Léopold sibilou em resposta. Suas presas desceram, prontas para atacar.

— Porra, parem. Os dois. O que quer que esteja rolando, não é o que parece. Leo, solte-o — Dimitri ordenou.

Sabia que tanto o alfa quanto o vampiro poderiam dar uma surra nele, mas não os deixaria matar um ao outro. O dom da vida que o outro deu à companheira do seu alfa assegurou sua amizade com Léopold. Mas ele conhecia Hunter a vida inteira, e enfiaria uma estaca no ancião antes de deixá-lo matar o alfa.

Ao ouvir as palavras de Dimitri, Léopold segurou sua raiva. Ao fazer isso, foi pego de surpresa por sua própria concordância. *Desde quando eu ouço alguém, quanto mais um lobo. É oficial. Ele amoleceu.* Sabia que os últimos dias com Dimitri o tinham mudado. Foi como se alguém tivesse enfiado um pé-de-cabra em seu coração frio e sombrio, e tivesse derramado de lá mel quente. *Droga, é exatamente por isso que não tenho amigos.* Ele optou livremente por uma vida solitária, fez uma escolha deliberada de manter tanto os humanos quanto os sobrenaturais como meros conhecidos. Era verdade que ele era próximo a alguns vampiros que gerou, mas não havia amizade. Em vez disso, eram relacionamentos forjados na necessidade e no respeito. Um rosnado o trouxe de volta para a situação. Aceitando o fato de que precisaria do alfa vivo se quisesse respostas, Léopold jogou Hunter no chão.

— Lobos do caralho — Léopold resmungou. Olhou para Dimitri com desgosto, percebendo que o amigo estava nu de novo.

— Supera, babaca — rosnou de volta, passando a mão pelo cabelo. — Caramba, Léopold. Qualquer que seja a porra do problema, você poderia ter falado comigo. Percebo que este conceito pode ser novo para você, mas use a porra das suas palavras em vez de matar primeiro.

Léopold rolou os olhos em advertência e negou com a cabeça. Não quis admitir que o lobo estava certo. Mas confiança não era algo que vinha facilmente para ele, nem estava acostumado a ter alguém disposto a ajudá-lo.

— E você — Dimitri gesticulou para Hunter, que se levantou do chão —, eu te disse que vim para o oeste com um vampiro.

O alfa mancou até o bar e começou a servir uísque para si mesmo. Tomou uma dose do líquido âmbar e bateu o copo no balcão.

— Sim, você disse. Mas não me contou tudo. Blake, leve a matilha para uma corrida. Vou ficar bem. Agora vá — orientou ao beta. Não estava prestes a ter uma discussão da frente de toda a alcateia. Esperou apenas alguns segundos depois de terem partido para atravessar a sala e fechar a porta.

— Alguém quer me dizer que inferno está acontecendo? — Dimitri pegou um cobertor do sofá e passou ao redor da cintura. Não dava a mínima se sua nudez incomodava o vampiro, mas era inverno em Wyoming. Mesmo com portas fechadas, sua forma humana não aguentava temperaturas de congelar os ossos.

— A noite de ontem aconteceu. Pergunte ao alfa. — Léopold suspirou, encarando as chamas que brilhavam dentro da lareira de pedra. Era irônico que, mesmo que uma mera lambida da chama pudesse facilmente causar sua morte, ele ainda estava atraído pelo calor.

— Na noite passada, era para você pegar o sangue que Fiona enterrou. Você cuidou disso? — Os olhos de Dimitri dispararam entre Léopold e o alfa, que já começava a servir outro drink para ele e os convidados. — Vamos lá, o que estou perdendo?

— Um bebê. Uma garota. — Léopold se virou para encarar os olhos do alfa, que o entregava um copo. Ele pegou, tomou a bebida cáustica e suspirou mais uma vez.

— O que você fez com ela? — Hunter rebateu, fervendo.

— Um bebê? Você pegou um maldito bebê? — Dimitri ficou de pé e agarrou Léopold pelos ombros.

Seus lábios se apertaram de raiva e ele agarrou o pulso do lobo.

— Sim, eu peguei o maldito bebê. Ela teria morrido.

— Então ela está viva?

— Mas é claro que está. — Deu de ombros para ele, virando-se para Hunter. — Por quê, alfa? Por que você permitiria que uma humana levasse a criança para a floresta? Ordenou a morte dela?

— Está brincando comigo, porra? — gritou.

— O quê? Você nunca a considerou perfeita?

— Nunca faríamos nada para ferir uma criança — o alfa retrucou.

— Sério? Porque acabei de encontrar um dos seus filhotes na floresta. Quase morto, na verdade. Não me diga que os lobos nunca tentaram matar uma criança, uma que não queriam na alcateia. Você sabe que já foi feito. Exposição. Era assim que chamavam na Roma antiga. Um filho ilegítimo. Uma criança doente. Eram deixados de lado para os elementos. Uma prática bárbara vista também em outras culturas. — Raiva percorreu Léopold, e ele lutou para permanecer calmo. — Mandou a humana fazer seu trabalho? Onde estão os pais da criança? Como pode deixar isso acontecer?

— Eu não sabia, porra! — Hunter gritou, começando a andar de um lado para outro, esfregando a nuca.

— Então você nega o envolvimento?

— Juro pela deusa que não pedi por isso... Eu não sabia. Nunca teria feito algo assim. Ela é apenas um bebê — Hunter devolveu.

— Ela é sua? — Dimitri perguntou.

— Não, eu não estou nem acasalado.

— Só estou perguntando. Mas como alguém consegue tirar um filhote da mãe, de todo jeito? — Não existia lobo mais protetor do que uma mãe.

— A mãe de Ava morreu. Ava. Este é o nome dela. Sua mãe, Mariah, morreu durante o parto. — Hunter expirou, esfregando os olhos. — Ela era uma híbrida gentil, mas Perry sabia quão frágil ela era quando acasalaram. Ela podia se transformar, mas não aguentava o frio e não conseguia acompanhar a matilha. Quando engravidou, ela se deteriorou. A gravidez foi difícil. E quando deu à luz… — A voz de Hunter sumiu, incapaz de continuar.

— E os médicos humanos? Se ela era híbrida, certamente eles poderiam ter ajudado — Léopold indagou.

— Ela não quis saber. Além disso, o trabalho de parto foi rápido. Com a nevasca, poderia ter levado horas para levá-la de qualquer jeito. Ela teve uma hemorragia. E Perry, bem, ele ficou desesperado. Com a perda de sua companheira, ele não conseguia cuidar de si, quanto menos de um bebê. Dois dias depois que ela se perdeu, ele desapareceu. Claro, procuramos por quilômetros, mas ele se foi. Quanto à Ava… vocês sabem que sou solteiro. Mas tomei conta dela de todo jeito. Contratamos babás… Não sei como aconteceu… por que aconteceu… Uma delas a levou. — A bochecha de Hunter tremeu pela mentira.

Dimitri, sentindo a inverdade, levantou do sofá, se aproximando do alfa.

— Hunter, que porra aconteceu? Você e eu sabemos que os lobos não teriam apenas deixado alguém pegar um deles, um bebê, e sair andando da alcateia. Pode me contar… a ele também. Aquele vampiro ali — gesticulou e travou os olhos nos de Léopold — salvou o filhote. Pode confiar em nós.

Hunter suspirou e lambeu os lábios em indecisão. Eles sabiam que a criança não seria totalmente lobo, embora ninguém suspeitasse das origens do seu lado humano.

— Aquela bebê é especial. Sim, ela é pelo menos metade loba. Mas Mariah, nós não sabíamos o que ela era. Todos assumimos que era humana e loba.

— O que você está tentando dizer? — Dimitri colocou a mão no ombro do alfa para confortá-lo.

Hunter ergueu o olhar para encontrar o do amigo.

— Não consigo explicar. Ava tem essa energia estranha. Eu quase consegui lidar, mas então senti algo… algo pior.

— Que droga você sentiu? — Léopold questionou, a preocupação pela segurança de Ava aumentando.

— Algo sombrio estava lá fora. Não, foi mais que isso. Algo maligno. Inferno, não sei o que era.

— Uma bruxa? — Dimitri sugeriu.

— Não sei. Assim, vamos lá, gente; estamos no meio da floresta aqui. Não é como se estivéssemos em Nova Orleans. O que alguém poderia querer ao praticar magia maligna no meio de Yellowstone? Não faz sentido. Além disso, era mais como se tivesse algo assistindo... esperando. Não sei, podia não ser nada. Não consigo explicar. Se eu não soubesse... — Negou com a cabeça, sem querer compartilhar seus pensamentos. Até mesmo para ele, suas suspeitas eram ridículas.

— Diga, lobo. Preciso saber — Léopold insistiu.

— Houve momentos em que a energia dela era muito forte. Eu, na verdade, pensei ter visto a pele dela brilhar... como um vaga-lume. E as coisas em seu quarto... se moviam.

— Moviam? O que você quer dizer com isso?

— Os objetos. Um brinquedo de pelúcia. A chupeta dela. Nunca a vi fazer isso, mas acho que ela pode ser capaz de mover as coisas. Como se as chamasse de alguma forma. — Hunter pressionou as mãos no bar e abaixou a cabeça, com vergonha de olhar em seus rostos. O que ele estava dizendo não fazia sentido, ele sabia. — Caramba, sei que parece loucura, mas estou te falando que ela não é apenas uma híbrida.

— A bebê brilhou? — Dimitri riu.

— Eu te disse que era loucura. Mesmo que a filhote seja parte loba, ela é algo além... algo além de humana.

— Então o que ela é? — Léopold considerou que seria melhor ligar para o cuidador dela assim que possível. Ele já viu todo tipo de seres sobrenaturais durante sua longa vida. Pode não ter gostado de Hunter, mas aquilo não significava que o alfa estava dizendo uma mentira.

— Não sei — Hunter admitiu. — Então, Devereoux, já mostrei minhas cartas. Para onde levou o bebê?

— Vou te dizer onde ela está, mas me deixe ser claro. Não vou devolver a bebê para a sua matilha até a segurança dela estar garantida. O fato de que uma babá humana foi capaz de roubá-la da sua casa e arrastá-la para uma nevasca é ultrajante. Dado que você tem tantas medidas de segurança, só podemos supor que a humana não fez aquilo por conta própria. — Léopold encarou o alfa, caminhou até a cadeira estofada e se sentou, apoiando os pés em um pufe. Ele ergueu a sobrancelha para Hunter, que ficou em silêncio, contemplando suas palavras. — Isso dito, você não precisa se preocupar sobre ela estar com uma matilha. Ela está com Logan.

— Logan? Como foi que você conseguiu levar um bebê para o Logan tão rápido? — questionou Dimitri.

— Por que Logan recebeu Ava? — Hunter indagou, duvidando das palavras do vampiro.

— Ele me deve um favor.

— Deve ser um favor enorme, se conseguiu que Logan tomasse conta dela — declarou Hunter, balançando a cabeça negativamente.

— Foi mesmo — Dimitri confirmou. — Léopold salvou a companheira de Logan, Wynter. Eu estava lá quando ela morreu... quase morreu. O sangue dele corre nas veias dela.

— Desde quando um vampiro entrega seu dom a um lobo?

— Não importa, alfa. Apenas saiba que aconteceu e que ela está viva. Fui até Logan na noite passada. Não é problema de vocês como foi. — Léopold lançou um olhar conhecedor a Dimitri. Ele mostraria ao lobo em breve. — Não era como se Logan tivesse muita escolha, mas concordou. E Wynter ficou mais do que feliz em ficar com a bebê. Ela poderia não saber antes, mas é bastante maternal. Eles sabem que não é permanente. Mas cuidarão da filhote, e ela ficará ao redor de uma matilha.

Hunter considerou em silêncio o que aconteceu. Ele não tinha explicação para como a babá levou Ava de sua casa muito bem protegida no meio da noite. E não tinha certeza se apenas imaginou a força sombria que sentiu ou se a pressão de perder dois lobos e cuidar de um bebê tinha distorcido seus sentidos. Embora tomasse conta de Ava, não era pai dela. Mal foi um pai temporário e sabia que, eventualmente, teria que encontrar pais adotivos para ela.

— Concordo que Logan se encaixa bem para tomar conta da criança, mas ainda não sabemos... o que ela é. Sua mãe, Mariah; não a conhecia muito bem, mas sei que morou tanto em Nova Iorque quanto em Nova Orleans. Talvez se pudermos encontrar Perry ou rastrear um parente, eles poderiam nos ajudar a descobrir se Ava tem alguma habilidade especial.

— Vamos embora para Nova Orleans hoje à noite — Léopold informou. — Amanhã, vamos encontrar Logan para garantir que a criança esteja segura.

— Vou procurar na casa de Perry amanhã e ver se podemos encontrar alguma dica do passado de Mariah. Não entendo por que alguém iria querer matar o bebê dela. Não faz sentido — Hunter comentou.

— Pessoas matam por vários motivos, alfa. Rancor, amor, ciúmes... algumas pessoas matam apenas por diversão. É uma maravilha o fato de haver alguém sobrando na Terra — Léopold ponderou. — Eu prefiro matar por vingança. E a próxima pessoa que tentar ferir Ava irá morrer. Posso garantir isso.

Hunter foi até sua mesa, puxou um pedaço de papel e escreveu os nomes completos de Mariah e Perry. Estendeu para Léopold.

— Perry é da região. Ele conheceu Mariah em Nova Iorque ano passado. Mas eu me lembro de ele me dizer que ela não morou lá por muito tempo. Nem acho que ela tenha corrido com uma matilha. Sabe como os híbridos podem ser... eles gostam de ficar escondidos às vezes. Embora ele tenha mencionado Nova Orleans, ela pode não ter permanecido lá por muito tempo. Não tenho um endereço nem nada assim para informar.

— Ela nunca foi parte da alcateia dos Lobos Acadianos. Talvez estivesse apenas passando por lá ou ficando com um amigo? — sugeriu Dimitri.

— Encontraremos sua família e seus amigos. E encontraremos Perry também. Não dou a mínima se o lobo teve o coração esmigalhado no chão, um homem não pode simplesmente se afastar da filha — Léopold respondeu, com desdém.

Dimitri não disse nada ao vampiro, hesitando em concordar com ele. A perda da companheira de um lobo era devastadora, mas não há desculpa para deixar a prole. Travou o olhar com o de Hunter, esperando que o alfa argumentasse com Léopold. Em vez disso, um silêncio ensurdecedor perdurou no ar por vários minutos antes de Hunter responder.

— Escuta, não tolero o que Perry fez e ele não é bem-vindo para voltar, mas concordo com o vampiro. Temos que encontrá-lo. Ava merece. — O zumbido do celular de Hunter afastou sua atenção. Ele desligou e respirou fundo. — Sinto muito, cavalheiros, mas tenho que atender no meu escritório. Serão apenas alguns minutos.

Hunter deixou a sala de estar e Léopold se dirigiu a Dimitri.

— Hora de partir, lobo.

Dimitri rolou os olhos, reconhecendo o tom condescendente da declaração de Léopold.

— Sim, preciso me vestir primeiro. Como você chegou aqui de toda forma? Eu te disse que encontraria meu caminho de volta para a cabana. Mesmo se dirigisse pela estrada principal, seria difícil chegar à garagem de Hunter hoje à noite. Você veio andando?

Léopold sorriu timidamente para Dimitri. Já fazia um bom tempo desde que ele teve um amigo e agora estava prestes a dizer seu segredinho. Léopold se aproximou, rindo sozinho, e fechou a distância entre eles.

— Qual é a graça? — Dimitri ficou parado com o cobertor frouxo ao redor do quadril, confuso com o que o outro achava tão divertido. O cabelo em sua nuca se ergueu quando Léopold ergueu as mãos como se fosse abraçá-lo. — Vamos lá, cara. Deixe-me colocar uma roupa e podemos dar o fora daqui. Podemos ligar para uma companhia aérea no caminho de volta para a cabana e...

— Ah, *mon ami*, já te falei o quanto gostei dos últimos dias? — Apoiou as mãos nos ombros de Dimitri.

— O quê? Sim, ok. Bons momentos, coisa e tal, mas temos que ir. — Dimitri ergueu uma sobrancelha para o amigo, preocupado. Sua intuição dizia que algo ruim estava prestes a acontecer; algo muito, muito ruim. Olhou de um lado para o outro, para as mãos de Léopold. O peso delas aqueceu sua pele nua. Um sussurro saiu de seus lábios. — O que você está fazendo, cara?

— Em primeiro lugar, saiba que vai ficar tudo bem.

Dimitri assentiu, tentando manter a calma.

— Em segundo, não vamos pegar um avião.

CAPÍTULO DOIS

Dimitri bateu no chão com um baque, sua cabeça quase acertando o que ele reconheceu como uma pesada haste de uma cama de quatro colunas. Seus olhos se abriram e ele percebeu que estava em um quarto estranho, mas não estava sozinho. Léopold estava deitado ao lado dele, grunhindo de dor.

— Que porra você acabou de fazer, Devereoux? — Dimitri gritou, incapaz de reunir energia para se levantar do tapete. Confusão embaçou sua mente enquanto tentava descobrir onde estava e como chegou ali. Uma risada profunda interrompeu seu crescente estado de pânico. *Vampiro maldito.* — Jesus Cristo. Você está tentando me matar?

— Sim, achei que seria melhor não te contar. Você poderia não concordar de outro jeito. Muito mais rápido do que um avião, não é? — Léopold continuou a rir, tentando se apoiar nos cotovelos.

Deu uma olhada para Dimitri, que estava deitado de costas, nu como veio ao mundo. Poucos sabiam de sua habilidade de se materializar e muito raramente ele levava alguém consigo. Mas precisava voltar a Nova Orleans o mais rápido possível e voar em um avião teria levado horas. Infelizmente, ele tinha trazido o bebê na noite passada e não se alimentava há alguns dias. Exausto, bateu as mãos na lateral do colchão e o usou como alavanca para se erguer do chão e ir para a cama.

Quando rolou sobre o edredom macio, gemeu em agonia. Levando a mão ao peito, tocou o tecido aberto e rasgou a camisa. Um traço firme em seu abdômen forneceu evidências de que ele não havia se curado completamente da lâmina do alfa. A onda de adrenalina deve ter impedido que ele sentisse dor, mas agora a picada doía por todo seu peito.

— *Merde.* — Tossiu.

— Inferno, qual é o seu problema, vampiro? Ajustes de viagem não estão de acordo com seus padrões? — Dimitri cuspiu, tentando se orientar.

— Não me diga que não está impressionado, lobo. É um truque legal. Não tente negar. — Léopold inspirou profundamente e soltou.

— Agora você vê, agora não vê mais. Porra, é melhor me dizer o que acabou de fazer. Sinto que você embaralhou meu cérebro. Não foi legal.

— Ah, pare de reclamar. Vai se sentir melhor em poucos minutos. Olhe para isso como se fosse uma transformação. É um tipo de mágica, mais ou menos. Alguém poderia dizer que é uma reorganização temporária de massa e energia. Perfeitamente seguro, eu te garanto.

— Sim, bem, pode ser seguro, mas você poderia ter me dito. Um pequeno aviso teria sido legal.

— E você teria concordado? — Léopold engasgou com sangue e seus olhos tremeluziram.

— Provavelmente não, mas, que merda, Leo. — Dimitri bufou. Relutava em admitir, mas Léopold estava certo; ele estava começando a se sentir bem de novo. Sentou-se e notou o outro esparramado na cama, parecendo estranhamente pálido... para um vampiro. Um corte desagradável riscava seu peito. — Ei, cara, o que há de errado com você? O que aconteceu com o mestre, ó todo poderoso, ancião? Você se lembra de que os vampiros curam a si mesmos, não lembra?

— *Mon ami*, até mesmo eu tenho meus limites. Preciso me alimentar. Voltei aqui na noite passada e agora novamente com você. Se eu conseguisse pegar meu telefone... — Léopold chutou as botas com os pés e começou a retirar o casaco, procurando nos bolsos. — Onde está a droga do telefone?

— O que você está fazendo? — Dimitri ficou de pé e se esticou, olhando para as mãos, os pés e a virilha, conferindo se tudo estava trabalhando direitinho.

— Arnaud.

— Quem é Arnaud?

— Ele é meu, hm, você sabe, assistente.

— Tipo o seu Renfield, hein? Messssssstre — brincou Dimitri, em seu melhor sotaque da Transilvânia.

— Ele não foi gerado nem conectado, espertinho. Mas é bem pago. Deveria me trazer um doador e, para você, algumas roupas. Só preciso ficar deitado aqui por um minuto... e achar a porra do meu telefone.

Dimitri riu.

— Parece que o grandioso está, definitivamente, se soltando. Primeiro a banheira de hidromassagem. Seu uso deliberado dos palavrões não passou despercebido também. Ainda há esperança para você.

— O que posso dizer? Você é uma má influência. — Incapaz de encontrar seu telefone, ele jogou a jaqueta para Dimitri, que a pegou sem esforço no meio do ar. — Encontre meu celular.

Dimitri rapidamente vasculhou todos os bolsos da parka.

— Nada. Você disse que Arnaud deveria estar aqui? E por doador, estou assumindo que está falando de um humano?

— *Oui*. Alguns são pagos, alguns são voluntários.

— Voluntários, hein? Você os coloca enfileirados, te esperando para chupar o sangue deles? Você deve ser bom — brincou, fazendo seu caminho até a porta.

— O melhor — Léopold respondeu com um sorriso. Mas assim que Dimitri deixou o quarto, ele gemeu, cerrando os dentes. Droga, ele precisava de seu sustento. Deveria saber que não era para se transportar de novo sem se alimentar, mas de jeito nenhum passaria outro minuto na casa do alfa quando havia trabalho a ser feito. Encarou o teto, pesando suas opções. Claro, poderia se arrastar até lá embaixo pelas escadas e pegar um táxi até o clube de sangue local. Mas o doador já deveria ter chegado. Em minutos, ouviu Dimitri voltando pelo corredor. O som distinto de um conjunto singular de passos lhe disse que estava sozinho.

— Ninguém está aqui ainda. Mas, ei, dê uma olhada nisso. — Dimitri gesticulou para a cômoda, que estava coberta com uma variedade de roupas novas, as etiquetas ainda presas. — O mordomo deve ter feito algo direito. Se importa?

— Por favor. Se eu tiver que olhar para a sua bunda nua por mais um segundo, vou morder meu próprio braço.

Dimitri riu, abrindo um pacote novo de boxers. Ele rapidamente as vestiu e foi procurar na grande pilha de jeans. Estava prestes a perguntar como o criado de Léopold sabia o seu tamanho, mais do que um pouco assustado de que algum assistente pessoal estava tentando vesti-lo, quando ouviu um silvo vindo da cama. Suspirou, sabendo que sua próxima ideia provavelmente não era a coisa mais inteligente que ele já tinha proposto, mas, caramba, se sentia um pouco culpado porque aquele cara enorme o levou até lá, dividindo sua "habilidade especial de viagens", e agora o vampiro estava tendo problemas em sentar na cama.

— Ei, Léopold. Que tal pegarmos um táxi até um daqueles clubes? Qual é o nome do lugar? Mordez?

— Em breve. Só preciso descansar um pouco antes de ir a qualquer lugar.

Dimitri cruzou o cômodo e sentou na cama, absorvendo o estado apático do vampiro. Observou que agora os olhos de Léopold estavam fechados e a ferida começou a borbulhar. Antes que pudesse se conter, fez a sugestão.

— Vou te alimentar.

Os olhos do outro se abriram, encontrando os de Dimitri.

— O quê?

— Você me ouviu. Vamos lá, vamos fazer essa coisa. Você pode morder meu braço, certo?

— Não sei... Não posso pedir isso a você. Os doadores vêm a mim livremente.

— Sim, bem, assim como eu. Vamos lá. Você fez isso pela Wynter. Cuidou dela, eu cuido de você. Não é grande coisa, né? Assim, não é como se você fosse ter algum vínculo estranho comigo.

— Não. — Léopold lhe deu um sorrisinho. — Sem vínculos. Nada de criação ou algo do tipo. Mas ainda assim...

— Quanto mais rápido você estiver de pé, mais rápido poderemos tentar encontrar conexões com o passado da Mariah.

Os lábios de Léopold se apertaram e ele afastou os olhos.

— Você sabe que estou certo. Não podemos perder mais tempo. Você não voou comigo até aqui para ficar deitado, né?

— Não, mas não acho que esta seja uma boa ideia.

— Bem, deixe-me colocar de outra forma... Em algum ponto, provavelmente muito em breve, quem quer que queira a criança morta vai perceber que ela ainda está bem viva. Então vão atrás dela de novo. E já que ela está ficando com Logan, não os quero atrás do meu alfa ou da companheira dele. Então vamos logo. Anda, tome apenas um pouco, o suficiente até você encontrar um doador.

— Não vou precisar de muito. Seu sangue é forte. Você é um lobo — Léopold admitiu.

— Então vá em frente. Vamos para... Do que você precisa aqui? — Dimitri sentou na cama e considerou como seria a melhor maneira de alimentar um vampiro. *Que porra estou pensando? Tarde demais agora.* Sentou de pernas cruzadas e então mudou de ideia, deitando de costas.

Léopold se divertiu com a insistência do amigo. Não que ele não agradecesse a oferta, mas não estava acostumado a precisar de ninguém. O sangue de Dimitri, dada sua amizade, parecia íntimo demais, o deixando desconfortável. No entanto, a dor esmagadora em seu estômago o lembrou de sua situação terrível. Ele se moveu para o lado, pegando o braço do amigo nas mãos. Lentamente, abaixou a cabeça para o pulso do lobo. O aroma do sangue o chamou quando encontrou o pulso forte.

— Tem certeza? — perguntou, travando os olhos nos de Dimitri.

— Sim, eu aguento. Faça logo, antes que eu mude de ideia. — E virou o rosto para longe, como se alguém estivesse prestes a erguer uma agulha para ele.

Sem hesitação, as presas de Léopold se estenderam, tocando o braço do lobo. Ele fechou os olhos, permitindo que o sabor pungente cobrisse sua língua. Deliberadamente, sugou o fluido que dá sustento à vida, liberando seu poder no corpo de Dimitri. Grato pelo presente, não causaria dor ao lobo, apenas prazer. Sabia que o beta resistiria, confuso por sua reação à mordida. Apertou o pulso em seus lábios, vendo o corpo do amigo se curvar na cama.

Assim que Dimitri sentiu as alfinetadas, seu corpo se inundou com um calor inesperado. A sucção dos lábios de Léopold enviou uma onda de sangue para o seu pau. *Que porra está rolando?* Ele queria arrancar o braço para longe do vampiro, mas se sentiu paralisado para lutar. Desejo o cobriu da cabeça até os pés e, antes que soubesse o que estava fazendo, sua própria mão agarrou seu eixo através do short de algodão fino. Duro como uma tábua, acariciou a si mesmo, tentando aliviar a pressão. *Deusa, isso parecia errado em tantos níveis.* Sua mente gritava para ele se mover, para lutar, porém seus lábios se separaram, soltando apenas um gemido.

Léopold lambeu as feridas que causou e soltou o braço de Dimitri. Totalmente energizado, sentou-se e encarou o lobo, cuja face estava tensa tanto de excitação quanto de raiva. Riu, e saiu da cama. Assistiu divertido conforme o outro tentava sair do colchão, mas caiu para trás, agarrando a si mesmo.

— Estou fodido. — Dimitri negou com a cabeça ao perceber o que acabou de dizer. Rapidamente tirou a mão da virilha e olhou para o vampiro. — Não. Não quis dizer desse jeito. Não me toque.

— Você vai ficar bem — Léopold garantiu a ele. Olhou no espelho e penteou o cabelo de volta para o lugar com os dedos.

— Isso — gesticulou para sua ereção — não é divertido. Caramba, preciso transar. Não que você não seja bonito, Leo, mas não faz o meu tipo. Merda, olha só o que você fez.

— Deve se lembrar de que eu te disse que me alimentar de você não era uma boa ideia. Mas, devo admitir, seu sangue é bom. Bem gostoso. — Um sorriso largo se abriu em seu rosto.

— Sério, Leo? Que inferno, cara!

— Desculpe, mas não há muita escolha quando se trata de uma mordida, sabe. Preferia sentir dor? Não sou um sádico por natureza, mas se você prefere...

— Não. — Dimitri se impulsionou para sentar na ponta da cama. Sua ereção dolorosa estava finalmente começando a diminuir.

— Bem, então você tem que admitir que não doeu. Vá tomar um banho, veja do que precisa. Eu amaria te ajudar, mas temo que você não seja minha preferência também, lobo.

— Sério, então você dá tesão, mas não faz boquete? Sorte a minha. Só para constar, se eu for burro o bastante para sugerir isso de novo, você poderia, por favor, dizer não? — Dimitri mancou até a porta do banheiro.

— Ei, lobo — Léopold chamou da porta.

Dimitri ergueu o olhar para ele.

— Sim?

— Sério, Dimitri. Agradeço pela sua ajuda. Eu deveria ter prestado mais atenção. Eu me deixei abater. Não acontecerá novamente.

— Sem problemas.

— Você precisa saber que já faz bastante tempo para mim... essa coisa de amizade. Não é algo que alguém como eu faz. — *Ou merece*. Os olhos de Léopold escureceram e seu tom ficou sério. — Esses últimos dias têm sido uma baita aventura e suspeito que haja mais a caminho. Devo pedir, porém, que mantenha essa experiência de hoje à noite para si mesmo. Não a mordida, mas a viagem. Logan sabe, já que não pude esconder dele quando apareci em sua casa na noite passada. Porém mais ninguém. É uma habilidade especial... uma que prefiro que os outros não saibam sobre mim. Entendido?

— Meus lábios estão trancados. — Dimitri sentiu tristeza em Léopold. Como lobo, com sua matilha, ele nunca estava sozinho de verdade. Talvez tenha subestimado a solidão que atormentava o vampiro.

— Bem, então... vejo você lá embaixo daqui a pouco. Tenho alguém que quero que conheça — Léopold comentou ao deixar o quarto.

Laryssa Theriot cuidadosamente controlou as batidas do seu coração e sua respiração em uma tentativa de transmitir indiferença. Na última semana, ela sentiu a energia. Não pode ter certeza, mas suspeitava que uma criança de sua linhagem tinha nascido. Muito raro, mas ela nunca experimentou o calor, o chamado de outra pessoa cujo poder fosse tão forte. No entanto, assim que se entregou à sua empolgação, aceitando o fato de que mais alguém como ela existia, um calafrio percorreu sua pele, enfatizando a realidade de sua situação.

Sentada no bar, ela cruzou as pernas, a calça de couro apertada acariciando suas coxas. De jeito nenhuma usaria uma saia neste lugar. Como os humanos, ela estaria vulnerável à sugestão e à excitação sexual que os vampiros poderiam induzir com um simples olhar. Manteve o seu abaixado, observando ao redor, absorvendo as auras dos sobrenaturais. Se necessário, invocaria seus poderes para se proteger do perigo. Fez um grande esforço para se esconder, para se misturar ao histórico de magia do Bairro Francês. Depois de quase trinta anos sozinha, cansou de esconder sua verdadeira natureza. O manto do mal que ela recentemente sentiu passar por seu rosto a lembrou de que nunca esteve segura, a liberdade para ser a si mesma continuava uma ilusão. Não foi a primeira vez que sentiu isso nem seria a última.

Laryssa abaixou os óculos escuros, escondendo suas emoções ainda mais dos olhos curiosos de vampiros e humanos. O barman a olhou por um momento, percebendo que sua taça ainda estava com vinho pela metade. Ela precisava de álcool para diminuir seu nervosismo. *Não demonstre medo.* Os sobrenaturais detectariam a menor fração de perda de controle. Aumento do batimento cardíaco. Suor. Respiração rápida. Tantos anos se escondendo tinham ensinado a ela a camuflar suas habilidades. Como uma atriz em um grande teatro, ela interpretou seu papel, meticulosamente cuidando de cada detalhe do papel, uma motoqueira dominadora procurando por nada mais do que um drink. Amanhã, voltaria ao seu emprego despretensioso no Quarter, vendendo antiguidades, indo e vindo quando quisesse em sua missão. Mas hoje à noite ela parecia ser a predadora; fria, calculista e pronta para pegar sua presa.

Escaneou o cômodo, notando o espectro usual das almas. Excitação. Fome. Desejo. Ciúmes. Ela nervosamente bateu a unha contra a taça, esperando sua amiga, Avery, chegar. Avery era a única alma em Nova Orleans que sabia seu segredo. Ela estava sendo sua salvadora, a ajudando a esconder. Depois de sentir as auras escuras, especulava precisar de uma bruxa mais forte para encontrar um feitiço para afastar o mal. O mero fato de que ela podia sentir significava que eles sabiam que ela existia também.

Precisava de alguém para melhorar os escudos de seus poderes, para mantê-la segura do inferno que buscava sua alma. No entanto, o pensamento de uma nova criança pesava bastante em seus ombros. Se o que suspeitava fosse verdade, ela não era a única em perigo.

Uma confusão de clientes a alertou para uma nova chegada. Virou o rosto para o bar e encarou o espelho para observar a comoção. Lutando para manter a compostura, ergueu os olhos para o reflexo. Tanto os homens quanto as mulheres pareciam cativados pelo homem de cabelo escuro e bem vestido que entrou no local. O ar ficou mais espesso com excitação palpável, as auras mudaram para vermelhas, com presas descendo em resposta. O estranho parou para absorver seus arredores, olhando para o bar. Laryssa abaixou os lábios até a borda do copo, tentando parecer desinteressada.

Assim que ele desviou o rosto, os olhos dela foram arrastados para ele novamente. Era alto, pelo menos 1,90m, sua construção muscular cuidadosamente escondida sob o terno preto ajustado. Surpreendentemente bonito, sorriu com uma arrogância fria que lhe disse que era um vampiro. E não era um novato; bem o oposto, já que exalava a confiança de um mestre. Riu de algo que seu amigo disse e piscou para a garçonete que passava. O robusto sujeito de boa aparência que o acompanhava parecia não se encaixar ao lado do vampiro cortês. Vestido casualmente em jeans e camiseta, seus antebraços estavam cobertos de tatuagens, a barba por fazer de um dia escurecendo sua mandíbula. Ficaria surpresa se ele fosse qualquer coisa diferente de um lobo, com sua aura reluzindo em um azul relaxado. Como a atração magnética de polos opostos, o estranho par parecia inseparável, e ela se perguntou sobre sua conexão.

Sua curiosidade pareceu vencê-la e ela girou no banco para vê-lo sair. Inconscientemente, puxou a peruca curta e preta, prendendo uma mecha que se soltou por baixo dela. Sua respiração ficou presa assim que o vampiro parou em seu caminho e se virou para encará-la. Seu coração traidor acelerou ligeiramente em resposta para a forma como aquele olhar acariciou seu corpo. Laryssa cruzou as pernas ao sentir o calor se espalhar por seu peito. Como uma estudante colegial tímida, sentiu a temperatura subir por suas bochechas. Apressadamente, girou para se afastar da visão dele, mas não antes dos seus olhos travarem nos dela e ela pegar seu sorriso largo no espelho.

Não tinha certeza se foi olhar dele ou a confusão dela, mas, quando tentou arrancar os olhos de cima do vampiro, o assento de couro escorregadio cedeu. Suas bochechas coraram de vergonha, as mãos batendo para alcançar o topo do bar. Esperando uma forte queda no chão, ela se encolheu, antecipando a dor. O ar saiu de seus pulmões quando mãos fortes envolveram seus ombros, a puxando para cima. Ela agarrou os óculos escuros que caíram para o nariz, revelando os olhos verdes-esmeralda para o seu salvador.

Léopold se sentiu de certa forma culpado por tirar a humana do prumo. Assim que entrou no bar, reparou na mulher vestida de couro preto. Couro em Mordez não era incomum, mas essa mulher parecia embrulhada direitinho nele, como um presente de Natal esperando para ser aberto. Observou o jeito como ela puxou as pontas de seu curto cabelo preto, como se estivesse cobrindo o rosto com um boné de beisebol. *Interessante*, pensou. Por mais que tentasse se misturar à multidão sobrenatural, a vitalidade dela tomou seus sentidos no segundo que ele farejou o ar.

Embora não tivesse vindo para brincar, a forma como a pulsação da moça aumentou, mesmo que por apenas um segundo, disse a ele que ela estava ciente de sua presença no ambiente. Ele não tinha tempo para se distrair, mas quando a notou cambaleando na banqueta, correu para o lado dela. Segurando-a antes que pudesse cair no chão, uma onda de desejo o atingiu quando a curva de seus seios contidos roçou seu peito. Léopold a sentiu estremecer sob seu toque, mas ela rapidamente se recuperou. Pegou de relance seus cativantes olhos verdes antes de ela enfiar os óculos escuros no rosto, se protegendo do seu olhar.

— Cuidado, bichinha — disse a ela.

— Estou bem... sério — Laryssa gaguejou.

— Claro que está. — Riu de sua postura defensiva.

Léopold estava prestes a prosseguir com ela quando ouviu Dimitri chamar seu nome. *Merda, maldito lobo empata-foda*. Começou a se arrepender do dia em que se envolveu com um monte de vira-latas. Acenou para o outro, que o encarava como se ele tivesse uma segunda cabeça.

— Tome cuidado, *mon petit lapin*[1] — Léopold comentou, passando o indicador pela lateral de sua bochecha.

— Estou bem — repetiu. Laryssa esperava que o vampiro a deixasse sozinha.

Muito pelo contrário, ele se posicionou a centímetros do corpo dela, invadindo seu espaço pessoal. A perna roçou a sua, e ela respirou fundo,

---

1   Minha coelhinha, em francês.

sua mente vagando entre deslizar a mão pela coxa dele e sair correndo pela porta. Perdida em sua própria confusão, ouviu alguém chamar em direção a eles. Pelo canto do olho, observou o amigo sexy, que parecia um pirata, acenar. Recusando-se a reconhecer a chicotada que a consciência sexual deixou em sua pele, seus dedos se apertaram ao redor da haste de seu copo.

— Receio ter que partir. Fique segura, *mademoiselle*. Este não é lugar para um humano solitário — alertou.

Léopold hesitou apenas por um segundo antes de retornar para Dimitri. Enquanto os guiava de forma indiferente por um mar de corpos, roubou um olhar de volta para a garota, se perguntando quem ela era... o que ela era. Seu cheiro era de lírios em uma manhã primaveril, doce e revigorante. Mas foi a energia que o alertou de que talvez estivesse errado sobre ela. Quando tocou sua bochecha, a pele macia chiou por baixo da sua, e ele detectou algo de outro mundo. Embora pudesse dizer que ela não era nem vampira nem loba. Uma bruxa, talvez? Pode ser, mas o olhar de inocência e medo em seus olhos o preocupou. Ela não pertencia a Mordez, e sua curiosidade ao seu respeito o distraiu de toda a razão pela qual veio ao clube. Afastou o sentimento ao notar a pessoa que ele veio encontrar, indo direto para ele. Lady Charlotte Stratton.

Laryssa respirou fundo, forçando sua resposta física a se submeter, o tempo todo desprezando a maneira como perdeu o controle de seu equilíbrio. Não apenas quebrou o personagem, mas caiu feito uma idiota, totalmente distraída pelo estranho sexy, embora perigoso. Seu toque tinha queimado a pele através da jaqueta, deixando arrepios em seu rastro. Quando os olhos dela capturaram os seus, a moça lutou para acalmar a pulsação, para controlar o poder que poderia facilmente se espalhar pelo cômodo, revelando sua verdadeira identidade.

Embora Laryssa nunca tivesse encontrado o vampiro, uma sensação de familiaridade e desejo a invadiu. Havia algo nele, algo conduzindo uma rápida agitação em seu estômago que a fez querer saltar em seus braços. A onda de luxúria que ameaçava a levar ao pânico. Forçou-se a levantar, endureceu a espinha e diminuiu sua tola e perigosa resposta a ele. *Caramba, quase revelei minha identidade.* O calor dentro dela esfriou quando sentiu um toque em seu ombro.

— O quê?

Girou para ver sua amiga, Avery, sorrir largamente, uma das mãos em seu quadril. Olhando para onde ela tinha visto o belo estranho uma última vez, não viu nada além dos clientes tranquilamente envolvidos em conversas privadas, mas o sorriso malicioso no rosto de Avery disse que ela presenciou o espetáculo embaraçoso.

— Jogada inteligente, garota. — Riu, pegando o lugar ao lado de Laryssa. Ergueu a mão para chamar o barman, em um esforço para conseguir sua atenção.

— Por favor, me diga que você não acabou de ver o que eu fiz.

Avery riu mais forte, acenando.

— Sim, pode me chamar de princesa. Toda graciosa. Meu Deus, sou uma idiota por vir aqui. — Seu rosto ficou vermelho.

— Foi meio divertido. Mas o que foi realmente importante foi ver o vampiro mais poderoso da costa leste te pegar igual uma bola de futebol. Ele é gostoso, tenho que admitir. Uma delícia. — O barman se aproximou e ela limpou a garganta. — Vou tomar dois Sazeracs, por favor.

— O que você acabou de dizer? Ah, doce Jesus, por favor. Quem era ele? Não, não me diga. Eu não quero saber. — Era melhor que ela não soubesse quem ele era. Do contrário, ficaria tentada a jogar seu nome no Google, procurar por ele ou stalkeá-lo. Negou com a cabeça. Isso era tão diferente dela. O homem a deixou abalada e mal tinha falado com ela.

— Ei, não é tão ruim assim. Você se recuperou bem. O nome dele é Léopold Devereoux.

— Como você o conhece?

— Não o conheço de verdade, mas ele visitou o clã algumas vezes para ver Ilsbeth. Ouvi que ele é algum tipo de bilionário filantropo. Rico, porém mortal. Há rumores de que ele gosta de matar com um sorriso.

— Legal.

— Bem, suponho que você ainda possa namorá-lo. Samantha, uma das novas bruxas, ela casou com um... vampiro. Luca. Kade é o criador dele e Léopold é o grande cafetão de todos.

— Merda, merda, merda — Laryssa murmurou baixinho.

— Veja pelo lado positivo. — Avery pegou o drink do barman e tomou um gole com um canudo rosa.

— E qual poderia ser?
— Samantha não parece ter medo de Léopold. Eu já a vi com ele.
— Sim, e por quê?
— Aparentemente, ele a salvou... uma vez. Longa história.
— Ele tem namorada? — *Por que eu me importo?*

Avery riu.

— De jeito nenhum. Aquele lá é o epítome de um playboy. Ele vem aqui vezes o suficiente... com uma mulher diferente a cada vez. E é pervertido como inferno.

— Pervertido, né? — Laryssa respirou fundo e tentou diminuir seu interesse pelo assunto. Se ela deixasse sua mente vagar, imaginando que tipo de coisas ele fez em Mordez... não, ela não se deixaria ir até lá. — Bem, ele pode ser gostoso, mas não é como se eu estivesse procurando me envolver com ninguém.

— Vá em frente e diga a si mesma o que quiser, querida, mas eu te conheço. Aquele homem te deixou inteiramente perturbada. Não que eu te culpe. Quer dizer, sério, ele é um pedaço de mau caminho.

— Pode parar, Avery. Não vai rolar. Enfim, nós não viemos aqui para falar sobre minha vida sexual.

— Ou a falta de uma? — Avery provocou.

— Sim, é sobre isso mesmo. Sério, precisamos conversar. — Laryssa olhou sobre os ombros para se certificar de que ninguém estava escutando e abaixou o tom de voz. Ela sabia que, apesar de seus sussurros, os sobrenaturais poderiam ouvi-la e ela precisava permanecer enigmática.

— Sem problemas. Enfim, sinto muito não podermos nos encontrar na sua casa, mas eu já tinha prometido ao Mick que o veria hoje à noite. — Deu de ombros, virando a cabeça em direção à pista de dança, procurando pelo seu namorado. — É noite de encontro.

— Ele sabe? Você sabe que não pode dizer a ele.

— Vamos lá, Lyss. Não sou idiota, okay? Ele não sabe nada a seu respeito. O que está rolando?

Laryssa envolveu a amiga em um abraço e sussurrou no ouvido dela.

— Preciso de ajuda. Preciso que faça seus escudos. Se você sabe do que estou falando, acene com a cabeça.

O rosto de Avery se desfez em preocupação. Fazia anos desde que Laryssa pediu sua ajuda. Seus olhos foram de um lado ao outro, absorvendo a vibe do ambiente antes de acenar tranquilamente.

— Não é seguro falar... nem aqui... nem em lugar nenhum. Só preciso que você faça o que pode, okay? — Laryssa tomou um gole de seu vinho e suspirou.

— Deveríamos esperar até amanhã para conversar. Você pode vir até o clã — Avery sugeriu. Não estava confortável de discutir aquele assunto em espaço aberto com tantos lobos e vampiros ouvindo à distância.

— Não, isso não podia esperar. Eu precisava te ver. Preciso saber que vai me ajudar. — Layssa não aguentaria esperar. — Eu os sinto.

— Você os sente aqui?

— Não. — Laryssa olhou ao redor do salão. Instantaneamente reconheceu a presença sombria que a seguiu para fora de casa, a sensação pesada no ar. A pressão mortal e antiga pulsando em seus pulmões. Aqui, o ar estava tingido de sexo e empolgação, luxúria e fome, mas nenhuma escuridão.

— Ouça, Lyss, não estou desmerecendo o que você sentiu, mas talvez as coisas não sejam tão ruins quanto você pensa. Alguém pode estar praticando um pouco de magia maligna apenas para testar... sabe, as coisas são sempre um pouco estranhas no Quarter. É apenas o jeito como tudo funciona aqui — Avery assegurou, com falsa bravata. Ela não queria preocupar a amiga, mas não havia muito mais coisas que podia fazer para protegê-la de si mesma. Ela precisaria da ajuda de suas amigas bruxas para fornecer qualquer coisa além do que já tinha feito. Por dentro, deu de ombros, sabendo seu seus feitiços tinham sido apenas temporários.

— Eu só... não tenho certeza de como descrever o que sinto. Algo está estranho. — Laryssa reparou em Mick se aproximando e mudou de assunto. — Ei, não quero te prender por mais tempo. Apenas, hm, passe na minha loja amanhã, okay?

— Farei o meu melhor. — Avery acenou. — É melhor eu encontrar Mick agora. Se eu não ficar com ele, as sanguessugas sairão rastejando da toca.

— Parece que ele te encontrou.

Laryssa apertou os lábios em um sorriso quando Mick surpreendeu Avery, passando os braços pela cintura dela. Sua amiga pulou de surpresa, rindo ao reconhecê-lo. *Talvez algum dia*, Laryssa pensou. Mas, do jeito que as coisas estavam agora, sabia que teria sorte de sobreviver, quanto mais de encontrar o amor.

Não é como se Laryssa não tivesse encontros. Ela sempre escolhia humanos de propósito, já que eles eram consideravelmente mais seguros que os sobrenaturais, e, felizmente, não sabiam da existência de sua espécie.

Pensou em seu último namorado, David, que, em sua última briga, a descreveu como mais fria que uma boneca de neve. Apesar de seus encontros sem inspiração e básicos, ela tentou fazer o relacionamento funcionar. Certo, ele era bom no papel, alguém que os pais dela teriam aprovado; responsável, em boa posição com a comunidade, próspero e prático. Então ela continuou saindo com ele, com medo de admitir suas fantasias clandestinas e carnais até para si mesma. O sexo entre eles era como comer sanduíches de mortadela no almoço. Era ok uma vez ou outra, mas dificilmente nutritivo ou satisfatório.

Os dois conheciam o acordo, mas, mesmo assim, ela ficou surpresa quando ele finalmente terminou com ela. Dois meses se passaram desde então, e ela se tornou muito familiarizada com seu amigo roxo de plástico. Lamentavelmente, enquanto ele trazia alívio, o camaradinha não era substituto para a intimidade que ela desejava.

Lady Charlotte, dona e proprietária de Mordez, deslizou pela pista de dança com a graça de uma bailarina. Vestida em um espartilho roxo-escuro de cetim combinado com uma minissaia, esticou as mãos para Léopold, o convidando a ir até ela. Seu longo e liso cabelo preto foi puxado em um rabo de cavalo alto. Ela parecia estar em seus vinte e poucos anos, mas já tinha várias centenas. A influente vampira, nem criada por Léopold nem por Kade, era dita como se fosse uma pirata que veio aproveitar sua fortuna pouco depois da guerra em 1812.

— Léopold, querido — cantarolou, sobre a música estridente.

— Adorável, como sempre — disse, com uma breve reverência.

— Ainda com essa fala mansa, pelo que posso ver. Por aqui.

Lady Charlotte gesticulou para uma saída por trás do bar, e eles a seguiram. Assim que a porta bateu, uma vibração inebriante foi tudo que permaneceu da música. Depois de uma subida vertiginosa por uma escada de madeira em espiral, entraram em uma grande sala de estar. No canto estava uma mesa de mogno enorme e uma cadeira de veludo vermelha. Um sofá de couro vermelho em formato de U dava para um conjunto de portas francesas que levavam para uma varanda, com visão da boate inteira.

Charlotte apertou um interruptor e uma pequena fogueira acesa a gás ganhou vida, instantaneamente aquecendo o ambiente.

Léopold, familiarizado com os arredores, andou a passos largos.

— Char, este é Dimitri LeBlanc. Ele é beta dos...

— Lobos Acadianos — terminou a frase, se esgueirando para Dimitri. Ela jogou o cabelo e sorriu sedutoramente para o lobo. Sua voz ficou rouca ao deixar a palma da mão pousar no ombro dele. — Sim, eu sei quem você é.

Dimitri sorriu em retorno, cuidadosamente tirando a mão dela e deixando um beijo nas costas.

— Prazer em conhecê-la, Lady Charlotte.

— Um cavalheiro — comentou, piscando para Léopold.

— Ele tem boa lábia com as mulheres — Léopold respondeu, sua voz pingando com sarcasmo.

— Curtindo com lobos por esses dias? Ai, ai, Léopold. As coisas estão mudando. — Ela foi até o bar e pegou uma garrafa de rum envelhecido da prateleira.

— Vamos apenas dizer que Dimitri é um lobo especial, que merece minha lealdade e amizade.

— Você é gentil, Leo. É melhor parar com os elogios... dirão que estamos nos apaixonando — Dimitri zombou.

Depois da doação de sangue e das bolas azuis que ele cuidou, tudo o que queria fazer era descer para a pista de dança e encontrar uma loba para foder. Mas não, aqui estavam eles, no covil da muito experiente e perigosa Lady Charlotte, e o maldito vampiro ainda não tinha explicado por que eles estavam lá. Considerando que tinha sido um longo dia de merda, aceitou alegremente o drink que ela ofereceu.

— Onde está seu alfa, Dimitri? — Lady Charlotte encheu outro copo e então entregou para Léopold.

— Logan? Está em casa com sua companheira. Estou amarrado a este vampirão aqui. — E lançou um olhar para Léopold, como se dissesse: "que porra estamos fazendo aqui?".

O outro apenas sorriu e caiu em uma cadeira, ficando confortável.

Charlotte ergueu uma sobrancelha para ele e prontamente se sentou no sofá à sua frente.

— Léopold, sabe que eu amo te ver, mas estou assumindo que você precisa de algo. — Cruzou as pernas e inclinou a cabeça conscientemente.

— *Oui*. Nós dois sabemos que você tem o pulso nesta cidade. Estou procurando por alguém. Alguém especial.

— Não somos todos especiais? — Ela riu.

— Este é um assunto sério. Não tenho certeza de quem estou procurando, mas é alguém com certos poderes.

— Está cidade está cheia de sobrenaturais. Francamente, estou surpresa de que você esteja vindo até mim. Kade praticamente comanda a cidade. Ele e Logan poderiam encontrar qualquer um que você esteja procurando.

— Já falei com os dois. Logan não conhece, nem Kade. Ninguém ouviu falar de quem estou procurando.

— E quem é?

— Estou procurando por um ser que pode mover objetos. — Léopold passou os dedos pelo cabelo, relutante em compartilhar muitas informações sobre a criança.

— Uma bruxa?

— Não sei... talvez. Todos sabemos que as bruxas mais poderosas podem fazer as coisas se moverem, mas, em todos os meus anos, sempre foi com algum tipo de feitiço. Este dom... pelo que posso dizer, envolve pura telecinesia. Sem mágica.

Hunter disse a ele que suspeitava que a criança tivesse a habilidade de mover objetos. Bruxo ou não, um bebê não tem capacidade de fazer feitiços.

Charlote lhe deu um sorrisinho, esperando para ver se estava falando sério.

— É possível que ninguém conheça o tipo de sobrenatural que estamos procurando. Só sabemos alguns de seus poderes — Dimitri adicionou. Seguindo a dica de Léopold, guardou a informação de por que eles estavam perguntando. Sabia muito bem que se Hunter não sabia o que a criança era, então era como se ninguém soubesse. Inferno, Léopold, de todos os vampiros, deveria saber. Ele estava na Terra há quase mil anos e, embora Charlotte movimentasse as coisas em Nova Orleans, ele não conseguia imaginar que ela teria as respostas que eles procuravam. Ele tinha que sugerir mais alguma coisa, algo para terem ideias. — Ou poderia ser um híbrido. Talvez algum tipo novo de sobrenatural.

— Homem ou mulher? Maior que uma caixa de sapato? — Charlotte riu ao dizer, percebendo as carrancas em seus rostos. — Vamos lá. Sério, olhe pelo meu ponto de vista. Um vampiro e um lobo entram em um bar...

— Isso não é piada — Léopold disse, bufando.

— Ok, beleza. Sem piadas. Como é que eu deveria saber do que vocês estão falando aqui? Telecinesia? Isso é tudo que você está me dando.

— Nós não temos muito tempo. — Dimitri deu a volta por ela e se sentou, suspirando em frustração. Isso não estava caminhando como ele pensou que estaria. Encarou Léopold, que tinha se levantado e ido até as portas francesas, aparentando profunda contemplação.

— Esqueça, Char. Deixe-me te perguntar. Percebeu algo sombrio na cidade nos últimos dias? — Léopold praticamente engasgou com a pergunta, percebendo como soava estúpido. Sombrio em Nova Orleans? A cidade era o epicentro de ambos os mundos, o bom e o mau. Embora Hunter tenha contado sobre a presença que sentiu. O vampiro negou com a cabeça, percebendo que precisava dividir mais informações. — Quando digo sombrio, falo de algo fora do normal. Estou falando de bem, maligno... do inferno.

— Demônios? — questionou, em um sussurro, sem querer conjurar problemas.

— Sim, algo do tipo? Cães do inferno, rastro demoníaco em qualquer um na boate, rumores de rituais — continuou, ainda de costas para Charlotte, observando o clube pelo vidro.

— Léopold, não tenho certeza do que você está procurando e o motivo, mas, se estamos seguindo por este caminho, eu gostaria de um pouco mais de informação. O que você me falar, manterei confidencial. Prometo. Mas não vamos mais falar de demônios. Você sabe tanto quanto eu que não queremos atrair o mal para nós. Posso não ser uma bruxa ou vidente, mas até um humano pode invocar o inferno.

O vampiro permaneceu em silêncio por um minuto, decidindo quanta informação divulgar.

— Um lobo chamado Perry. E uma loba chamada Mariah. Ela era uma híbrida. Já ouviu falar deles?

Charlotte mordeu o lábio e seus olhos se fixaram em Dimitri.

— Deixe-me ver se entendi direito. Está me perguntando se conheço um par de lobos?

— Não são nossos — Dimitri ofereceu. Queria que Léopold virasse de costas e desse alguma indicação do quanto queria dividir com a vampira. Mandando tudo para o inferno, o que poderia machucar ao dizer a ela de onde eles vieram? — Pertencem a Hunter Livinsgton. Mas já estiveram aqui em Nova Orleans. Ninguém em nossa matilha os conhece. Tudo que sabemos é que estiveram na cidade, porém em nenhum ponto se apresentaram. Mas Hunter diz que estiveram aqui.

— Bem, agora, isso é interessante, meninos. Sinto em decepcioná-los, mas nunca ouvi falar deles. E quanto a algo maligno, tudo tem estado o mesmo. Nada terrível ou fora do comum. — Charlotte soltou um suspiro e tomou um gole do líquido dourado em seu copo. — Não posso dizer que ouvi falar de telecinesia pura. Mas as bruxas... elas devem saber. Já tentou falar com Ilsbeth?

— Não acho que a pessoa que estamos procurando seja uma bruxa, mas vou ligar para ela. Pode ser que ela consiga fazer um feitiço para nos ajudar a encontrar o sobrenatural que procuramos. Queria começar primeiro com você, porque...

A conversa parou quando uma loira alta e ágil entrou no cômodo, carregando um iPad. Charlotte rapidamente foi até ela e aceitou o tablet.

— Câmera cinco. A situação foi resolvida, minha senhora. — Concentrada em sua tarefa, a recém-chegada apontou para a tela.

— Com licença, senhores. Está é minha assistente, Lacey. — Charlotte andou até a escada, pronta para deixar a sala. — Ela cuidará de suas necessidades.

Lacey usava um mini-vestido de malha transparente, que deixava bem pouco para a imaginação. Sua calcinha de renda preta e os mamilos rosados eram claramente visíveis pelo tecido de tela, chamando a atenção de Dimitri. Claramente necessitado da companhia de uma fêmea, sorriu e ficou de pé para cumprimentar a mulher sedutora.

— Olá, *cher*. Sou Dimitri — falou.

— Sim, sei quem você é. O beta dos Lobos Acadianos. — Lacy sorriu.

Evitando contato com o lobo, caminhou até as portas francesas e as abriu. Uma onda de música invadiu o espaço e ela saltou para a varanda. Fechando os olhos, seus quadris começaram a balançar. Léopold observou a sereia sinalizar para o beta com o dedo. Dimitri deu um olhar conhecedor a ele antes de se juntar, pegando-a nos braços.

Normalmente, Léopold adoraria assistir a dança erótica de um humem e uma mulher se movendo sensualmente no ritmo da batida. Ele se deleitaria com a excitação, sabendo que eventualmente fariam amor. Talvez em público ou privado. Ele poderia até se unir a um trio, dadas certas circunstâncias. Mas não hoje.

Embora achasse Lacey atraente, sua mente vagou para a mulher vestida de couro que caiu de sua banqueta. Quem sabe quando terminasse com Charlotte, ligaria para a amável coelhinha cujo cheiro o lembrava de casa. Sorriu para si mesmo, levemente confuso do motivo de ela ter despertado seu interesse. Não era como se ela fosse o seu tipo. Não, ele geralmente gostava de suas mulheres assertivas e prontas para o sexo, aquelas que não procuravam por um compromisso que ele nunca daria.

Léopold suspirou, tentando descartar os sentimentos que estiveram rastejando até ele na última semana. Ele fez apenas um voto em sua vida para uma mulher, sua esposa. Na tenra idade de dezenove anos, eles se casaram. Então, no dia em que foi transformado, renascido como vampiro, jurou que nunca amaria outra. Mulheres eram meras distrações na aventura que chamava de vida. Em todos esses anos, nenhuma vez a culpa surgiu quando deliberadamente usou humanos pelo sangue e pelo sexo. Mas, desde que salvou a vida da companheira do alfa, encontrou a si mesmo relembrando de sua primeira vida, a última vez que sentiu alguma coisa... que sentiu amor, que se sentiu vivo. No entanto, toda vez que se permitia lembrar sua esposa, uma enxurrada de memórias de suas últimas horas como homem o esmagava, lembrando a ele por que nunca amaria novamente. Não, amor só trazia dor, morte e desespero.

Pensamentos sobre Ava envolveram seu coração, acabando com sua libido. Ele tinha que encontrar uma pista sobre o que ela era para protegê-la. Não permitiria que outra criança morresse debaixo de suas vistas. Ainda podia ouvir o som dos seus resmungos quando ele a segurou apertado contra o peito. Foi como se a própria energia dela tivesse se misturado com a dele, abrindo o passado aterrorizante que trabalhou tanto para manter escondido. No momento em que a levou para Logan, sentiu o vínculo se formando e o amaldiçoou. Ava se apegou aos seus dedos, sorrindo para ele, enquanto a balançava suavemente. Mesmo que não pudesse falar, sabia que a conexão entre eles era tão real quanto a de pai e filha. Quando colocou a criança nos braços amorosos de Wynter, uma lágrima desceu por seu rosto e ele se virou para se materializar de volta para Wyoming. Que a Deusa o ajudasse, mas ele ficaria com a criança em um minuto se não fosse loba. Sabia que não era certo que criasse uma loba. Não, ela precisava ficar com seu povo, sua matilha. E certamente ela merecia algo melhor do que o bastardo de coração gelado que ele se transformou com o passar dos anos.

O som da voz de Charlotte o tirou de sua silenciosa contemplação, e ele se virou para encontrá-la ainda segurando o tablet. Um sorriso diabólico cruzou seu rosto. Ela encontrou algo.

— Bem, meu velho amigo, você é um cara de sorte.

— Ah, *mademoiselle*, sorte não existe. Destino? Talvez. Mas acredito que nós fazemos nossa sorte. Além disso, você sabe que o universo não lutará contra mim por muito tempo. Ela me deve. — Léopold deixou desse jeito. Não estava prestes a dividir a razão, mas, no que lhe dizia respeito, o destino era uma vadia diabólica que tinha uma dívida com ele, uma muito maior do que ela poderia pagar.

Charlotte ofereceu o iPad a Léopold, dando uma olhada em Lacey e Dimitri, que pareciam estar perdidos no mundo deles.

— Faixa vinte e sete. Pequena briga interessante que acabamos de ter no bar.

— E nós a perdemos? — Seus pensamentos imediatamente voaram para sua coelhinha. *Ela está bem? Ainda está aqui?*

Tocou na tela; um vídeo granulado em preto e branco começou a rodar. Raiva o rasgou ao observar a cena, seus olhos se arregalando em descrença. Um enorme vampiro abordou a mulher vestida de couro, passando os braços por seu pescoço e tirando os óculos escuros. Quando ele a levantou do assento, seus pés começaram a se debater. Com uma das mãos, agarrou o braço em volta do pescoço e tentou dar uma cotovelada nele com o outro braço, mas o atacante se recusava a soltar. Ninguém interveio ou tentou soltar o homem. Ela lutou, impotente, os outros dizendo a ele para soltá-la. O que Léopold viu a seguir o surpreendeu e emocionou. Aconteceu tão rápido, que ficou chocado que Charlotte tenha percebido. Olhou para ela e voltou para a tela.

— Telecinese, não?

— Acho que você pode ter encontrado o ser que procura. A mulher, pelo menos? Passe em câmera lenta. Quase perdi, mas depois que você me perguntou se eu reparei em algo estranho, bem, era marcante que uma mulher fosse capaz de superar aquele idiota. Minha suspeita foi confirmada. Não sei o que ela é, mas não é humana.

Léopold passou o vídeo de novo, ignorando o comentário de Charlotte. Segundo após segundo, os quadros passaram e ele observou que sua coelhinha, sendo segurada pela fera, tinha dado uma olhada ao redor do bar. Uma faca que foi usada para cortar limões e limas estava na ponta. A olho nu, teria parecido que o objeto estava ao seu alcance. Foram apenas alguns centímetros, dificilmente um movimento suficiente para alguém notar. Mas no vídeo em câmera lenta ficou claro que a faca deslizou para ela. Sua mão a envolveu, e ela imediatamente a levou ao pescoço do agressor. Localizando sua carótida, perfurou a pele logo abaixo de sua orelha. Se ela tivesse pressionado mais forte, ele teria sangrado, mas, muito esperto, ele a soltou. Ela fugiu, e os seguranças atacaram, o levando ao chão e o algemando com prata.

— Te peguei. — Léopold sorriu para Charlotte.

— Você percebe que a bruxa poderia ter causado isso.

— A bruxa? A loira raivosa gritando com o vampiro? — Apontou para Avery na tela.

— Avery Summers. Ela costuma frequentar. Pretence ao clã de Ilsbeth. O grandão atrás dela é Mick Germaine. Bruxo. Também anda com as bruxas de Ilsbeth. Pelo que vi, eles são um casal. Mas sua pequena dominatrix é nova. Nunca a vi antes.

— Diga que ela pagou com um cartão de crédito. Preciso de um nome.

— Desculpe, querido. Sem nomes, mas eu tenho um jeito de encontrá-la.

— A bruxa?

— Não, levaria tempo demais. Além disso, duvido que ela te diria... bem, não por vontade própria, de todo jeito.

— Chega de brincadeira. Se você não teve o cartão de crédito e não falou com a bruxa, como é o nome dela? Sabe como encontrá-la?

— Ah, você duvida de mim?

Léopold sorriu para ela. É por isso que veio até Lady Charlotte.

— Faixa trinta e cinco. — Charlotte sorriu presunçosamente para Léopold, que tocou na tela.

— Bem, agora, isso é surpreendente. — Léopold lambeu os lábios quando sua coelha subiu em uma moto que estava estacionada do outro lado da rua e partiu como um morcego do inferno. *Inferno.* Suspirou, negando com a cabeça. Ela despertou sua excitação, mas caramba, é melhor que ela não fosse algum tipo de demônio cuspidor de fogo. Seu cheiro era bom demais para isso. Tirando a mente da memória do seu cheiro, Léopold tocou na tela de novo, congelando a imagem da moto e usando os dedos para abrir a foto até ter uma visão clara da placa.

— Bem-vinda ao meu mundo, *mon petit lapin* — rosnou. Memorizou os números; ele a encontraria pela manhã e ela seria dele.

CAPÍTULO TRÊS

Léopold se sentou em sua Lamborghini preta do lado de fora da LT Antiques. A Harley vermelha como uma maçã tinha sido registrada por Laryssa Theriot. Pela janela de vidro pintada da Royal Street, assistiu um homem arrumando bugigangas na janela, e não conseguiu deixar de se perguntar sobre o relacionamento dele com a garota. Ele era um funcionário? Um membro da família? Um marido? O pensamento de ela estar com outro homem causou um espasmo em sua mandíbula. Negou com a cabeça, ciente de que não importaria de forma nenhuma. Esta tarde, ele conseguiria respostas.

Meio que desejava ter trazido o lobo consigo hoje para o ajudar a focar em seu alvo. Na noite passada, ele relutantemente o deixou com Lacey, percebendo que Dimitri precisava de um pouco de amor feminino para compensar a situação estranha de alimentação. Quando deixou Mordez, deixou um aviso justo de que nenhum único fio de cabelo de seu amigo vira-lata deveria ser danificado enquanto estivesse lá ou o pagamento seria infernal; mais especificamente, a morte. Lady Charlotte, embora fosse poderosa por direito próprio, sabia que não deveria ir contra seus desejos e garantiu a segurança do lobo. Dimitri prometeu ficar apenas brevemente e então visitaria Logan para ver Ava.

Quando Léopold abriu a porta do carro e inspirou o ar frio do inverno, sua determinação de proteger a criança aumentou mais do que nunca. Ligou para Kade no meio da noite, acordando ele e Sydney sem remorso. Ela concordou em buscar o número da placa para ele. Planejavam encontrar Logan mais tarde naquele dia para discutir a melhor forma de manter a segurança de Ava do que quer que tentou matá-la. Léopold se recusava a deixar a segurança dela apenas nas mãos dos lobos. Não, seu pessoal estaria no caso, garantindo que nada aconteceria a ela enquanto ele investigava.

Léopold se aproximou com confiança da vitrine e entrou. O odor distinto almiscarado de tempos passados preencheu suas narinas. Mas havia outro cheiro, um bem mais delicioso e sedutor que chamou sua atenção. *Laryssa*. Assim que ele passou pelo corredor lotado de cadeiras e mesas, percebeu a natureza feminina da loja com sua pintura de *stencil* floral ao longo da borda do teto. Uma coleção de lustres de cristal iluminou os antigos tesouros. Ao fazer seu caminho pelo enorme armário, seus olhos acenderam de excitação. Empoleirada precariamente em uma escada, sua coelhinha estava pendurando um espelho na parede. Observou em silêncio como ela brincava com o arame, cuidadosamente ajustando a moldura para pendurar direito.

Seus olhos percorreram o corpo dela, e ele sorriu, percebendo que ela estava usando uma peruca no clube, que escondeu cachos castanhos espessos, que dançavam no meio de suas costas. As peças de couro tinham saído, substituídas por uma saia lápis justa que acentuava as curvas de seu quadril e bunda. Um suéter rosa de caxemira estava pendurado em seus ombros. Ela casualmente arregaçou as mangas como se já estivesse trabalhando há um tempo e Léopold não conseguiu esconder sua alegria pela transformação. Embora certamente gostasse da forma como ela se parecia na noite passada, admitia preferir a aparência mais suave e feminina. Inspirou o ar, pegando um toque de tangerina com notas de coco. O cheiro dela era quente e fresco, como se tivesse acabado de sair do chuveiro. Chocado com sua reação à mera visão desta mulher, silenciosamente rolou os olhos. Levou quinze segundos para perder o foco. Colocando sua atração visceral por Laryssa em submissão, limpou a garganta, esperando conseguir a atenção dela.

Intrigado, observou-a tanto com interesse e perturbação enquanto ela se atrapalhava com o espelho. Ele a ouviu dizer que iria até ele e procurou oferecer ajuda quando ela começou a cair no terceiro degrau da escada. Um grito alto preencheu o ar assim que a pegou nos braços. Queria estar bravo, mas tudo que podia sentir era a maciez de seus seios por baixo das mãos. Instantaneamente, ficou duro, suas costas pressionadas contra o peito dele. Desejou poder parar, mas, antes que percebesse o que estava fazendo, seu nariz se enterrou fundo no cabelo dela. E estava certo sobre o cheiro cítrico, definitivamente tangerina.

Léopold segurou Laryssa frouxamente, satisfazendo sua coragem e seu desejo de tocá-la. *Deusa, o que ela tem?* Não conseguiu evitar perceber quão bem ela se encaixava contra ele. *Merde*, ele precisava seguir com esta conversa. Mas é claro que ela se encaixava contra ele. Era uma fêmea, afinal.

Qualquer fêmea ficaria bem contra seu corpo, mas era como se o dela se fundisse ao dele, deixando-o mais duro do que nunca. Mexeu as pernas, sem querer deixá-la sentir a forma como o afetava. Sua ereção crescente se pressionava dolorosamente contra o zíper de sua calça, e ele xingou. Deixando-a de pé, forçou-se a tirar as mãos dela e respirar fundo. Nunca. Nunca se sentiu assim por uma mulher. Nunca deixaria isso acontecer de novo.

Laryssa tinha ouvido o cliente por trás de si, mas a droga do fio do espelho não parecia prender direito. Continuou deslizando e ela xingou baixinho, esperando não deixar cair. Se conseguisse segurar por mais um minuto, poderia pendurar diretamente na parede. Colocou o dedo no gancho que acabou de prender na parede e então moveu o polegar pela fina corda de metal. Com um empurrão final para cima, tentou colocar no lugar. Mas o fio cortou sua pele. A picada aguda a desequilibrou e seus sapatos começaram a oscilar. *Merda. De novo não.*

— Ai, meu Deus! — Laryssa gritou ao cair para trás, esperando totalmente partir a cabeça em uma das várias mesas pontudas que ficavam próximas de onde ela estava trabalhando. Ao sentir as mãos fortes e masculinas deslizarem por baixo de suas costelas, agarrando seus seios, ela ofegou. Não tinha certeza se devia agradecer o estranho ou chamar a polícia, mas assim que virou o rosto para tentar encará-lo, ela imediatamente reconheceu seu salvador. — É você — gaguejou, agarrando os braços dele.

Laryssa riu, nervosa, percebendo como, mais uma vez, ela se fez de tola na frente do vampiro sexy. E, como na noite passada, ele a pegou. Não conseguia acreditar quão desajeitada subitamente se tornou. Tentou relaxar e ficar de pé, mas seu coração estava batendo tão rápido que mal conseguia pensar. *O que ele está fazendo na minha loja? Como foi que me encontrou?*

Como a história de um livro com as páginas passando, sua mente girou até se lembrar do que fez na noite passada no clube. Lutou contra o babaca que a agarrou no bar. A sensação de suas mãos ao redor do pescoço dela forçou seu medo em excesso. A faca estava a apenas alguns centímetros de distância, porém ainda longe. Desespero assumiu e seu poder surgiu, chamando a lâmina para a ponta de seus dedos. Enfiá-la em seu pescoço foi tão intuitivo quanto respirar. Matar ou ser morta, sempre escolheria o primeiro. Correu para o beco, se recusando a discutir com a gerência. A única que a conhecia era Avery e de jeito nenhum sua amiga teria divulgado a identidade dela para o vampiro. Era mais provável que ela o transformasse em uma ovelha de três chifres antes de abrir a boca. A única forma de o vampiro a ter encontrado seria se a tivesse seguido para casa.

Um roçar em seu seio a lembrou de que ela ainda estava sendo segurada por ele, e Laryssa sentiu seu rosto ficar vermelho. Excitação cobriu sua pele. Com cuidado, firmou os pés no chão e se virou, fortalecendo seus nervos.

— Me desculpe — disse.

— Foi um prazer, *mademoiselle*, mas sugiro que evite alturas no futuro.

Sorrateiramente, roubou um olhar para ele, o que a lembrou de quão incrivelmente bonito ele era. Seu cabelo preto escuro estava perfeitamente penteado. Sua camisa branca pendia casualmente sobre o cós da calça jeans. Laryssa se forçou a olhar para longe, tentando não encarar os traços masculinos em seu rosto. Nariz reto, queixo quadrado e lábios perfeitamente beijáveis... Lábios que tinham uma boa lábia e eram bem articulados, a provocando com cada palavra proferida. Gotas de suor brotaram em sua testa. Parecia que alguém tinha aumentado o aquecedor, sua pele pegando fogo. Percebeu que seus olhos não estavam mais nos dela e caíram em seu tórax. Ficaram lá apenas um segundo antes de voltar a encará-la e sorrir. Ela olhou para baixo e percebeu que vários botões se desfizeram com a queda, revelando as pontas de seu sutiã de renda branca. *Este dia poderia ficar mais embaraçoso?* Os dedos de Laryssa tremerem ao abotoar o suéter.

— Me desculpe. É que... você... eu... — *Ótimo, primeiro eu sou uma desajeitada e agora não consigo falar.* Mordeu o lábio, pausou e respirou fundo antes de começar de novo. — Obrigada por me segurar.

— De novo. — Léopold a observava ajeitar as roupas, desejando rasgar o resto dos botões de pérola de suas costuras frágeis. Mas se recusava a deixar a fera dentro de si tomar o que ele queria. Não, descobriria que inferno ela era antes de mostrar sua verdadeira natureza.

— Sim, obrigada... de novo. — Alisou a saia, tentando fingir que não tinha acabado de cair nos braços dele e o deixado sentir seu corpo no processo. *Negócios, pense em negócios.* Sua pulsação diminuiu e ela se obrigou a parecer indiferente.

— Nós nos conhecemos na noite passada, lembra? — ele pressionou. Sorriu e passou a mão pelo padrão colorido de marchetaria na madeira de jacarandá de uma escrivaninha do século XVII. Era interessante que ela pudesse controlar deliberadamente o fluxo de seu sangue. Isso despertou ainda mais sua preocupação sobre a espécie dela. O que ela era?

Os olhos de Laryssa encontraram os seus, se arregalando com a confirmação de que ele sabia exatamente quem ela era.

— Sim. Sim, eu lembro. Mas receio não ter descoberto seu nome. —

Vampiro. Vampiro grande e mau. Laryssa o observou tocar a mobília atentamente, passando o polegar pelos desenhos simétricos como se estivesse acariciando uma amante.

— Encantadora. — Léopold voltou os olhos para os dela.

— O quê? — Laryssa percebeu que ele estava brincando com ela, tentando deixá-la nervosa de propósito.

— Eu disse que é encantadora. Esse tipo de estrutura arquitetônica neoclássica. O tampo de mármore branco. As montagens de bronze *doré*.

— Há algo específico com que posso te ajudar?

— Você é direta ao ponto? — Léopold planejava brincar com ela mais um pouco, tirá-la do eixo. No entanto, sua coelhinha não estava congelada em campo como ele antecipou. Não, ela se recuperou bem e agora se postava confiante como um gato selvagem, pronta para atacar.

— Não tenho muito tempo para desperdiçar. Então sim, gostaria de saber por que você me seguiu do clube. E realmente quero saber o que está fazendo em minha oficina.

Léopold apenas riu e atravessou o cômodo para admirar uma cadeira e um sofá que combinavam.

— Por volta de 1775?

Laryssa andou até lá e colocou a mão na elegante cadeira de Louis XVI.

— Sim. Como você sabia? É uma peça bem especial. Tem a marca do Palácio de Versailles nela.

— De fato. — Léopold sentou na cadeira, envolvendo os dedos nos braços. — Nada além do melhor. Adequado para um rei.

— E suspeito que você gostaria de ser um rei. — Colocou as mãos nos quadris, esperando que ele respondesse.

— Ah, um rei eu nunca fui. Mas jantei com reis e posso garantir que, embora eles gostem das extravagancias dos ricos, muitas vezes perdem a cabeça. O que vem fácil, vai fácil.

— Por que você está aqui? — Laryssa jogou o cabelo para trás, tentando recuperar a compostura. — Está procurando por algo específico?

— *Oui*, bichinha. Mas não uma antiguidade. Embora eu adore comprar, este dificilmente é o momento. — Léopold perdeu o sorriso, permitindo que seus olhos perfurassem os dela. — Então devo ir direto ao ponto. O que é você?

Laryssa perdeu sua capacidade de controlar a pulsação e seu coração começou a bombear sangue quente em suas veias ferozmente. Seus lábios se apertaram e ela travou a mandíbula. Como ele se atreve a questioná-la? Que inferno ele quer dela, afinal? Bom Deus, ela já tinha problemas suficientes com a escuridão em seus ombros e agora ele estava perguntando a ela sobre suas origens.

— O que você quer dizer com "o que eu sou"? Eu sou a dona desta loja. Isso responde sua pergunta? — indagou, sua voz ficando mais alta.

— O que você é?

— Léopold Devereoux. Este sou eu. Posso ser seu anjo ou pesadelo, dependendo do dia. Então escute. O. Que. É. Você? — Ele não se moveu. Ficou sentado, completamente parado, antecipando sua resposta.

— Saia daqui agora mesmo. Não tenho que te dizer nada.

Laryssa percebeu que cometeu o clássico erro de dar as costas ao seu predador e, em segundos, se encontrou de costas para a parede. Um misto de medo e excitação queimou quando ele pressionou o corpo contra o dela. Suas mãos a aprisionaram e ele efetivamente a prendeu na parede sem segurar os braços dela. Ela respirou profundamente, inalando o cheiro puro de homem que a cercava, e cedeu contra ele. *Por favor, meu Deus, não me deixe ficar atraída por ele. Isso é errado.* Mesmo dizendo a si mesma que ele apenas traria problemas, podia sentir o calor crescendo entre suas pernas.

— O que é você? — Léopold sussurrou em seu ouvido. Os lábios dele roçaram seu cabelo e ele resistiu à necessidade de beijá-la.

— Por favor... não posso te dizer — implorou.

— Laryssa... tem uma criança. — Léopold não conhecia outra maneira além de ser honesto. Juraria segredo a ela se estivesse errado e ela não soubesse. No fundo de suas entranhas, sabia que ela era o ser que ele estava procurando, aquele que o ajudaria a salvar Ava.

— Ai, Deus. Então é verdade. — Respirou em seu peito. Os dedos dela subiram para agarrar sua camisa. *Como ele poderia saber o que eu senti? Um bebê? Um que nasceu como eu?*

— Você precisa me ajudar, *mon petit lapin*. Diga o que você é.

— Não. Eu não posso — reforçou, pois ele não poderia saber o que estava pedindo a ela. Eles a matariam. Inferno, ele a mataria. Negou com a cabeça, mas não soltou o tecido enrolado em seus punhos.

— Você deve. — A mão do vampiro se enrolou em volta de seu pescoço. Sua mente guerreou contra o desejo de fodê-la. Ao mesmo tempo, sua frustração aumentou; a determinação dela de reter informações era enlouquecedora. A criança poderia morrer se ela se recusasse a ajudar. Ele não iria deixar aquilo acontecer... de novo não.

— Não — sussurrou. Laryssa congelou sob seu toque.

Quando as pontas dos dedos dele roçaram sua clavícula e o polegar se acomodou na cavidade do pescoço, ela fechou os olhos, pressionando a testa em seu peito. Em chamas com o medo e a necessidade quente crescendo em sua barriga, relaxou contra ele, desejando a submissão que ele buscava nela. O vampiro poderia quebrar seu pescoço como um galho, mas sentia que ele não a machucaria. Era irracional, sabia disso.

— Como posso confiar em você? Eu não te conheço. — Uma lágrima quente escapou de seu olho.

— Diga-me, bichinha. E, enquanto estiver fazendo isso, gostaria de saber por que você não tem medo de mim.

Léopold tocou sua garganta, segurando-a completamente exposta para ele. Suas presas desceram, tanto por raiva quanto de fome pela mulher em seus braços. A respiração dela aqueceu a camisa dele, que balançou sua dureza para a barriga dele, a deixando sentir o que estava fazendo. Fechou a outra mão em punho no longo cabelo dela, puxando a cabeça para trás e revelando a pele macia de seu pescoço. *Ela estava louca? Por que não estava com medo dele? Ela deveria estar gritando, não excitada. Caramba, ela o estava deixando louco.*

— Eu... Eu sei... que você não vai me ferir.

— E como sabe disso? — Pressionou-a ainda mais na parede, e ela soltou um gemidinho.

— Eu não sei... só sei que não vai.

Léopold dobrou a cabeça para frente, roçando as presas na pele delicada. Não tirou sangue, mas ganhou um gritinho de seus lábios. Jurou que, se ela não dissesse a ele nos próximos trinta segundos, provaria o sangue dela.

— Por favor, não — gritou. — A criança.

— *Oui*, a criança — repetiu. No calor do momento, perdeu a noção do motivo de sequer estar ali. Tê-la em seus braços se tornou tudo que importava; tomá-la, dominá-la.

— Preciso ser capaz de confiar em você. Não pode dizer a ninguém... por favor — Laryssa implorou.

— Juro a você. Agora me diga. — Inspirou. Antes que pudesse se conter, arrastou a língua da cavidade em seu pescoço até atrás da orelha. Ela tinha o gosto da mais doce fruta tropical. Pelo amor da deusa, ele tinha que tê-la. Colocou os dentes contra a carne dela mais uma vez, mas não rasgou a pele. Era pura tortura e prazer, tudo ao mesmo tempo.

— Eu... eu posso fazer coisas. Mover coisas... com o pensamento.

— Tomou a decisão de contar a ele aquele tanto, mas era cedo demais para confiar nele com todos os seus segredos. Ainda assim, seus instintos lhe disseram que precisava buscar a proteção dele. Soltou sua camisa e passou os braços por sua cintura, o puxando na direção dela.

Não havia muito que pudesse chocar o vampiro ancião, mas a sensação das mãos dela ao redor dele o fez endurecer. *Que tipo de jogo ela está fazendo?* Acabou de admitir que podia invocar telecinesia. Imediatamente, ele a soltou, rompendo com a refinada megera que ameaçava sua sanidade. Seu olhar de surpresa e então de desapontamento o abalou ainda mais. Em vez de correr, ela se sentou em uma de suas cadeiras antigas e passou os braços ao redor de si mesma, como se estivesse sentindo falta da sensação dele na pele dela. Ele virou de costas, passando os dedos pelo cabelo, respirando fundo e desejando que sua ereção diminuísse. *Mas que porra está acontecendo com ela? Comigo?* Ela deveria ser algum tipo de bruxa para ter esse efeito nele. Precisava se recompor e logo. Agradeceu à deusa por Dimitri não estar com ele para testemunhar sua idiotice.

— Você é uma bruxa? — soltou, e virou para encará-la.

— Não, não sou uma bruxa. Escute, Léopold. — Abaixou o olhar, negando com a cabeça e pressionando os dedos na testa. — Eu quero confiar em você. Preciso confiar em alguém, mas não posso te contar tudo. Ainda não. Vou te dizer isto: a criança de quem você fala... eu a senti. Não posso dizer como, apenas senti. Mas estou sozinha. Não há ninguém como eu.

— O que você quer dizer por "estou sozinha"? Certamente deve haver outros.

— Não. Apenas eu. Não nasci desse jeito. Só conheci mais uma pessoa como eu, mas ela não está aqui. Não aqui na cidade. Não mantivemos contato.

— Mas como você soube? Sobre a criança? Ou esta outra pessoa?

— Como você sabe quando está ao redor de outros vampiros?

— O cheiro. O poder. Eu sinto.

— E eu sinto também. Como um zumbido por baixo da minha pele, na minha mente.

— Alguém infundiu essa magia em você?

— Não é magia.

— Tem que ser magia. Já vi acontecer com bruxas e vampiros. O que é você?

— Não é importante. O que importa é a criança. — *E viver. Eu realmente gosto de viver.*

— O que você sabe sobre a criança?

— Nada. Eu só consegui senti-la. — Abaixou a cabeça nas mãos, incapaz de dizer mais a ele. Os sombrios iriam matar o bebê. E ela. Pior, ela não tinha certeza de como pará-los. Avery vinha sendo sua única esperança de se esconder. Mas o mal estava ficando mais forte. — Você precisa protegê-la.

A voz de Laryssa soava desesperada e Léopold ficou seriamente preocupado. Lentamente se aproximou e ajoelhou na frente dela. Ainda de cabeça baixa, ela se recusava a olhar para ele. O vampiro colocou a mão em seu joelho e, com a outra, segurou seu rosto até seus olhos encontrarem os dele.

— Pode confiar em mim. Eu posso ajudar. Mas você tem que me deixar entrar.

Os olhos de Laryssa começaram a lacrimejar. Ela não queria chorar, mas o calor de sua voz a cercou em uma blindagem de segurança. Seus olhos perfurantes suavizaram, revelando o coração de um protetor, um homem que sentia profundamente, talvez mais do que ela já pensou ser possível. Ela não se sentia segura em bastante tempo. E aqui estava ele oferecendo confiança a ela. Queria muito ser capaz de se apoiar em alguém além de si mesma.

— Os sombrios. Eles estão aqui — sussurrou.

— Do que você está falando? Quem está aqui?

— Eu os vi... seus olhos pretos. Como anjos da morte.

Léopold se importava, de verdade. Claramente ela acreditava no que estava dizendo. Mas ele estava cético sobre o que ela dizia.

— *Ma chérie*, não é que eu não acredite no mal. Eu vi em primeira mão, porém...

— Olhos ocos... bem, eles não são realmente ocos. São pretos, tão escuros... Parece que não há nada nas cavidades. E não apenas eles... há alguém os guiando, os liderando. Sei disso. É como se estivessem ali parados. Esperando. — Laryssa sabia que soava como louca, sabia mesmo. Mas os tinha visto.

— Esperando pelo quê?

— Não sei. Talvez que alguém lhes dê ordens. — Olhou para cima e capturou seu olhar. Ele não acreditava nela. Suspirou e negou com a cabeça. — Estou te dizendo a verdade. Há algo lá fora.

Léopold pausou, tentando pensar em palavras diplomáticas que lhe escapavam. Não era como se ele não soubesse que alguém tinha tentado matar a criança. O alfa dos Lobos Caldera tinha dito a ele que sentiu uma presença sombria. Léopold considerou a possibilidade de que talvez a criança carregasse o mal dentro dela, mas afastou a ideia assim que surgiu. Não, tinha que haver outra resposta. E por mais que Laryssa soasse louca, era sua única guia a este ponto.

— Vivi bastante tempo e vi todo tipo de coisas terríveis. — *Muitas feitas por humanos.* — Mas nunca ouvi falar dos seres que você descreve.

— Mas eles são reais — protestou, seus olhos implorando que ele acreditasse.

— Não estou dizendo que não são. Só estou falando que nunca os vi.

— Porém você não acredita em mim.

— Alguém tentou matar Ava.

— O quê?

— Eu te disse que ela estava em perigo. Eu a encontrei no meio de Yellowstone. Houve uma nevasca. A babá tentou matá-la, mas eu a salvei. Agora ela está aqui.

— Em Nova Orleans? — Seu coração começou a acelerar.

— Sim. Ela está segura... por ora. — Léopold deixou a mão deslizar para a cadeira, mas não antes de passar o polegar pelo lábio inferior que tremia. — Acho que você deveria encontrá-la.

— Você precisa levá-la para longe daqui... longe deles. Eles a encontrarão... se já não tiverem encontrado — insistiu.

— Tem certeza de que pode dizer se ela é como você? — Seja lá que inferno Laryssa era, estava se segurando, negando a verdade a ele. *Sobrenatural*, ela admitiu aquilo. Ele precisava de mais se iria salvar a criança. Não necessariamente acreditava que ela tinha visto o que pensou que viu. Mas se alguém tentou matar Ava, e ela e Ava estavam conectadas de alguma forma, não era exagero pensar que alguém estava atrás de Laryssa também.

— Sim. — Claro que ela poderia dizer se elas eram iguais. Mas se as duas estivessem juntas no mesmo ambiente, ela não poderia prever o que aconteceria.

— Você virá comigo agora — Léopold informou a ela. Isso era uma completa besteira. Se ela não diria tudo a ele, então colocaria ela e a criança juntas para ver o que aconteceria. Queria que os lobos conhecessem Laryssa. Se a mãe de Ava fosse uma loba, talvez conseguissem sentir alguma transformação nela.

— Não.

— Como assim não? — Enfurecido, negou com a cabeça. Primeiro ela o deixou praticamente estrangulá-la e agora iria recusá-lo? A mulher precisava ser estudada. Obviamente não fazia ideia de quem ele era ou do que era capaz.

— Hm, acho que você me ouviu. Pensei que vampiros devessem ter audição biônica ou algo assim — Laryssa respondeu, preocupada de que poderia ser perigoso se ela e a bebê estivessem juntas. Você está com dificuldade de ouvir? Ou é apenas cabeça dura? Não, não se incomode em responder. Em linhas gerais, não acho que seja uma boa ideia eu encontrar a criança. Não só isso, posso dizer que você não acredita em mim. Então de jeito nenhum eu vou deixar minha loja no meio do dia para sair com você. Mas quero que mantenha sua palavra. Você prometeu não dizer a ninguém quem eu sou. Posso não parecer muito, mas, se você não ficar quieto, eu... eu... bem, eu não sei. Mas vou ficar bem brava e, acredite em mim... eu consigo enfrentar um vampiro se precisar.

— É sério que está me ameaçando? A mim? — A voz de Léopold aumentou. Era isso. Ela não era apenas maluca, era insana. — Escute-me, bichinha. Você virá comigo. Não estou perguntando. Estou dizendo. Você realmente não entende quem eu sou, né?

— Eu não sou sua bichinha — protestou baixinho. Laryssa ouviu Mason na sala dos fundos mexendo nas caixas, torcendo para que ele não ouvisse a conversa. Felizmente, ele costumava escutar música nos fones quando estava classificando os itens. Ela não contou a ele sobre suas habilidades e não o queria envolvido. Mantendo a voz baixa, continuou: — Você precisa falar baixo. E sim, eu sei quem você é. Se você se lembra, acabou de me dizer. Também sei que é um vampiro insistente que pensa que pode dar ordens às pessoas. E adivinha? Não sou uma dessas pessoas. Acabei de sentar aqui e te dizer o que sabia, porém você não acreditou em mim. Então acredite no que quiser, mas estou certa sobre o que está acontecendo em Nova Orleans. Não precisa me proteger. Eu posso proteger a mim mesma. Ainda estou viva. Acho que você deveria ir embora.

Laryssa estava tremendo quando terminou de reclamar. Exausta e assustada, precisava ligar para a bruxa. O vampiro não poderia ajudar. Ela duvidava que alguém pudesse. Empurrou para passar por Léopold, mas ele agarrou seu pulso.

— Me deixe ir. — Como uma usina de energia, os elétrons começaram a zumbir, lentamente crescendo em seu sistema.

— Não. Eu preciso de você.

— Eu disse. Me. Deixe. Ir.

Incapaz de controlar, os olhos de Laryssa voaram para um sofá. Chamando sua habilidade, arremessou o grande móvel do outro lado da loja em Léopold, quase atingindo sua cabeça. Laryssa ofegou, horrorizada por quase ter batido nele. Imediatamente, fadiga a tomou e ela se dobrou ao meio, tentando recuperar o fôlego. Mesmo não sendo surpresa que ela tenha sido drenada por usar seus poderes, já fazia anos desde a última vez que moveu um objeto tão pesado e nunca imaginaria que fosse ser tão intenso.

— Entendi seu ponto, *mon petit lapin*. — Léopold se moveu para fugir do projétil, mas se manteve firme, se recusando a partir. Estava prestes a gritar com ela por tentar destruir uma bela antiguidade, quando percebeu que ela desmoronou em resposta. Passando o braço por baixo dela, gentilmente a colocou no chão. Ajoelhou-se, tirando o cabelo de seus olhos. — O que está acontecendo com você?

— Vou ficar bem. Só preciso de um minuto. — Queria afastar a mão dele, mas não conseguia reunir energia para argumentar. Arrependimento passou por ela ao pensar que a peça de madeira poderia ter sido uma estaca em Léopold. Ela não queria machucá-lo intencionalmente. Apenas queria que ele parasse de pressioná-la, que soltasse seu braço. — Sinto muito. Eu não queria... Ai, meu Deus, você está machucado?

— Não se preocupe, eu estou bem. Aquilo foi bem impressionante, mas você precisa fazer bem pior para me machucar. Você realmente vai ficar bem. Nunca vi ninguém mover um objeto tão rapidamente.

— Foi um acidente. Nem sempre consigo controlar. Eu estava tão brava. Você não queria parar.

— Eu não te deixaria ir.

— Não.

— Posso nunca mais te deixar depois desta pequena demonstração. Você é uma mulher forte, isso é certo. — *Uma mulher que poderia se defender contra outros como ele?* Bem, caramba, aquilo era o maior tesão que ele já tinha sentido. Riu suavemente. — Agora podemos discutir por que você não virá comigo?

— Porque eu não sei o que acontecerá. Não, não é verdade. O que eu suspeito que acontecerá é que nossas energias podem ser como fogos de artifício. As pessoas vão perceber. Os sombrios vão perceber. Não é uma boa ideia. Nenhuma de nós ficará segura.

— Prometo mantê-la segura. — Léopold gentilmente pegou a mão na sua. Realmente quis dizer o que disse. Mesmo que não acreditasse nela, estava confiante de que poderia protegê-la.

— Mas você não acredita em mim... por que iria me proteger?

— Porque é o certo. Ava. A bebê. Não posso deixar nada acontecer com ela. Não vou apenas me sentar e lutar contra outro ataque. Tenho que encontrar quem está fazendo isso para que ela possa viver uma vida normal.

— Ela nunca viverá uma vida normal. — Laryssa suspirou. Desde que foi transformada, a vida estava longe de ser a criação amorosa e calorosa que ela conhecia. Agora ela era uma aberração, que cresceu acostumada à sua existência solitária.

O coração de Léopold se apertou. O que quer que levou Laryssa a esconder suas habilidades não foi gentil com ela. Sua vergonha era aparente e ele lutava para entender. A vida como um vampiro não era fácil de jeito nenhum, mas tinha suas vantagens. Ele escolheu não ficar próximo de ninguém, transformando seletivamente apenas alguns humanos ao longo dos anos. Kade foi o mais próximo que teve de uma família e sempre foi o suficiente. Mas agora? Depois de se conectar com Logan e Wynter? Os lobos provocaram uma reviravolta em seu desejo de estar só.

— A criança. Preciso que você a salve. Não sei como. Mas você é tudo que tenho. Por favor. — A voz de Léopold suavizou.

— Ela é sua?

— Não, ela é pelo menos parte loba. Não posso criá-la. — *Mas queria mantê-la para mim.* Nunca admitiria isso para outra alma. Se as coisas fossem diferentes... se ele não fosse um babaca tão egocêntrico, imploraria aos lobos para criá-la como sua. Ele mereceu um monte de coisas na vida; dinheiro, elogios, mas o privilégio que criar Ava, uma chance de amor e família, não era uma delas.

— Por quê? Por que você se importa com o que acontece com ela? — Não fazia sentido por que um vampiro colocaria a própria vida em perigo para proteger a criança ou ela.

— Porque ela é importante para mim. É inocente. Ela não pediu por isso quando foi trazida a este mundo. Ela é minha responsabilidade agora. Não vou falhar com ela. Não vou falhar com você, Laryssa. Por favor. Por favor, me ajude. — Léopold amaldiçoou internamente pela forma como soava patético. Caramba, ele deveria apenas arrastá-la pelo cabelo até o carro e obrigá-la a fazer o que ele queria. Nunca implorou na vida. Ele deveria resistir à tentação, sabia disso. Só que, ao olhar em seus suaves olhos verdes, não conseguia.

Laryssa respirou fundo, estudando o vampiro. Sabia que se arrependeria de suas atitudes, mas havia uma parte de Léopold que ela queria conhecer. Ele se importava com o bebê. Um vampiro ancião se dispondo a proteger a vida de uma criança humana parecia inacreditável, mas a verdade brilhava em seus olhos. E agora que ele a segurou nos braços, ela desejava seu toque. Era estúpido e imprudente, mas não conseguia negar a reação de seu corpo. Ele era perigoso e totalmente arrogante, mas a forma como falava da criança só a fazia querer conhecer mais dele. Enquanto ele balançava a chave para o baú dos tesouros na frente dela, revelando seus sentimentos pela criança, a única palavra em seus lábios era "sim".

Se alguma coisa acontecesse com a bebê, ela nunca seria capaz de se perdoar. Ele disse que a protegeria. Ficou de pé e alisou a saia, reunindo as forças que precisava. Que Deus a ajude, mas ela ia com ele. Encontraria a criança e faria o que fosse preciso para ajudar a salvá-la, esperando salvar a si mesma também.

— Eu vou. — Deu um sorrisinho a ele, impulsionado pela incerteza, não pela felicidade.

— *Merci, ma chérie*. Você vem comigo agora, certo?

— Preciso fazer algumas coisas e fechar aqui antes de ir. Pode me dar uma hora?

— Vou mandar alguém te buscar. Por favor, não me desaponte. Estou confiando que você estará aqui.

— Estarei. — Laryssa suspirou. Ele virou de costas e saiu pela porta. Ela rezou que tivesse tomado a decisão correta.

Léopold sorriu para si mesmo ao sair da loja. Alívio o percorreu quando entrou no carro. Triunfante por apenas um minuto, refletiu sobre quão perto esteve de perder a cabeça e a morder. Não conseguia se lembrar da última vez que ficou tão aterrorizado. Sua coelhinha evocou emoções que ele nunca quis sentir. Amaldiçoou, descartando tudo como luxúria. Tinha que ser. Afinal, ele não ficava com uma mulher há quase dois meses. Foi na Filadélfia, com um amável par de gêmeas, se ele lembrava bem. *A falta de sexo era uma desculpa perfeitamente aceitável para o seu comportamento*, pensou. Ainda assim, não podia arriscar se envolver emocionalmente com Laryssa.

Ele a apresentaria a Ava e ganharia sua ajuda para proteger a bebê. Não tinha certeza ainda do que ela poderia oferecer. Mas algo em sua intuição dizia que era bem mais importante do que ele imaginava. Não importavam os poderes dela, a moça subestimou a capacidade dele de conseguir o que queria. Confiança o invadiu. Não apenas salvaria Ava, mas planejava despojar Laryssa de todos os seus segredos. O que ela era? E que outros poderes estava escondendo? Ele era um homem paciente, determinado e perseverante em todas as tarefas. Reuniria todo o autocontrole que tinha, ignorando o desejo por Laryssa que crescia dentro de si. Serviria apenas para distraí-lo.

Mon petit lapin, *aproveite seu adiamento, pois você se revelará para mim. E como será doce.*

CAPÍTULO QUATRO

Laryssa sabia que tinha sido uma má ideia concordar com o vampiro. Mas quando desviou o olhar para o imponente lobo no banco do motorista, sua raiva aumentou. Ela não tinha certeza se estava mais brava com Leópold ou consigo mesma por estar verdadeiramente ansiosa para vê-lo novamente. Feito uma adolescente, apressou-se para fechar a loja, arrumando o cabelo toda nervosa pouco antes de trancar a porta. O lobo parecia bastante agradável, mas era incrivelmente musculoso, quase a assustando com seu tamanho completo. Cruzou os braços e arregaçou a manga, desejando que seu nervosismo diminuísse. Roubando um olhar para o atraente beta, saltou quando ele a pegou.

— Eu não mordo, *cher*. — Dimitri riu sozinho e ela o deu um sorriso apertado, olhando para a janela. Ele estava começando a pensar que o apelido que Léopold deu para Laryssa acertou o alvo. *Coelhinha?* Certamente ela estava nervosa quando ele chegou. Sentindo sua irritação, ponderou que talvez ela tenha apimentado as coisas, agindo mais como gato feral a este ponto.

Ele ainda não tinha certeza de por que Léopold não a levou ele mesmo. Por que o mandar buscá-la quando ficou claro que o amigo mostrou interesse nela na noite passada? Suspeitava que o vampiro a estava evitando, o que era desconcertante, considerando que ele não era o tipo de cara que evitava qualquer coisa, desagradável ou não. Dimitri nunca se esqueceria do jeito que ele deliberadamente desafiou o alfa dos Lobos Caldera, o prendendo na parede de sua própria casa na frente dos membros da matilha sem fazer esforço. Surreal como era, Léopold o deixou ir, se importando apenas com a bebê. Era um paradoxo que ele não conseguia fazer sua cabeça entender, mas serviu para lembrá-lo de que, não importava que tipo de amizade eles forjaram, ele não conhecia Léopold realmente tão bem assim.

A mente de Dimitri vagou para seu alfa e como a bebê dominou a casa deles. Apenas vinte quatro horas depois de tomar conta de Ava, tanto

Wynter quanto Logan se tornaram extremamente cuidadosos com ela. Era como se a bebê tivesse disparado o relógio biológico deles. Wynter demonstrou proteção e ferocidade de uma nova mamãe loba ao redor de seus filhotes. Dimitri riu para si mesmo, pensando em quão insano era que não apenas ele assistiu seu alfa trocar uma fralda, mas agora eles estavam dando uma festa para os mesmos sobrenaturais que basicamente evitaram nos últimos cem anos. Presas e pelos geralmente não combinam bem. Assim que estava deixando a casa de Logan, um grupo completo dos vampiros de Léopold chegou.

Dimitri poderia sentir o medo de Laryssa, o que o deixou desconfortável. Não era como se ela não tivesse motivo para estar seriamente preocupada com sua segurança. Ela poderia estar em perigo de ser atacada se não cooperasse. A relutância dela em revelar suas habilidades, o que ela era, não era um bom presságio. Léopold disse a ele que ela poderia mover objetos. Ele viu o vídeo, mas também sabia que havia muita feitiçaria em Nova Orleans, e nem todo mundo era como a Glenda de *O mágico de Oz*. Não, essa galera gostava de sapatos de rubi, borboletas e coelhinhos fofos, magia que terminava em "felizes para sempre". As bruxas e os magos que ele conhecia eram mais do tipo que esfolavam coelhos para comer com um bom vinho. Rezou para que Laryssa não representasse perigo, que não fosse parte de quem estava por trás da tentativa de assassinato de Ava.

Dando uma olhada para Laryssa, tinha que admitir que ela dificilmente parecia uma bruxa má. Seus cachos castanhos brilhantes complementavam seu suéter rosa, fazendo-a parecer mais com uma bibliotecária... uma bibliotecária curvilínea e sexy. Ela continuava cruzando e descruzando as pernas, revelando apenas um pouco de sua coxa, como se não conseguisse ficar confortável. Merda, sem dúvidas Léopold gostou dela.

Conforme os olhos de Dimitri percorriam o corpo de Laryssa e encontraram os dela, percebeu que ela o encarava de volta. Ele sorriu, bem ciente de que havia sido pego. Bem, como ele deveria reagir a ter uma bela mulher sentada ao seu lado? Ele era um lobo de sangue vermelho, afinal. Foi Léopold que pediu para buscá-la e levá-la até Logan. *Tudo era justo no amor e na luxúria*, pensou consigo mesmo; no entanto, seu sorriso se desvaneceu quando percebeu que ela estava franzindo a testa para sua cobiça. *Boa jogada, Romeu*. Considerou que, talvez, no lugar de despi-la com os olhos, ele deveria tentar trazê-la para uma conversa. Quem sabe teria mais sorte que seu amigo em descobrir o que ela era e se estava interessada na bebê.

— Então você administra uma loja de antiguidades, né?

— Sim — respondeu, com cautela.

— Há quanto tempo está em Nova Orleans? — Sabia que a loja existia há pelo menos dois anos, mas não era o comprador da matilha. Não, deixava esta honra para o alfa.

— Hm, cerca de seis anos. Você? — Vivia na cidade há vários anos, mas seu negócio estava apenas começando a prosperar.

— Toda minha vida. — Quase cento e cinquenta anos. — Bem, para ser honesto, eu costumava viver no interior na maioria dos dias, mas Logan prefere a cidade. De onde você veio?

— Las Vegas. Ohio, originalmente.

— Por que se mudou para Nova Orleans?

— Só precisava de uma mudança. Las Vegas era divertido, porém quente demais para mim — explicou. *Seco demais*. A ideia de que ela pensou que poderia morar no meio do deserto nasceu de uma negação. Isso e o desespero de escapar de Ohia, sua vida antiga. Olhou pela janela, tentando esconder a tristeza que tomou conta de seu rosto. — Além disso, eu amo este lugar.

Dimitri sentiu que ela estava camuflando a verdade. No máximo, parecia estar na metade de seus vinte e poucos anos.

— E sua família? Eles são de Ohio? Vivem aqui com você?

— Não — respondeu, seca. Não queria discutir sua família ou a falta dela. Claro que estavam vivos. Eles apenas *não a queriam* em suas vidas e dificilmente se importavam de manter contato.

— Ok, entendi. Você não quer falar sobre o assunto, né? — Não, ele não entendia, mas compreendeu a mensagem, definitivamente não era um tópico agradável. *Interessante*. Mas ela era parente da bebê? Léopold tinha dito a ele que ela admitiu ter habilidades sobrenaturais, que jogou um sofá nele. O lobo teria pagado para ver aquilo. — Então, Léopold me disse que você tem um soco poderoso.

— Não consigo acreditar que ele te disse isso. Era... era particular. — Virou os olhos para o belo lobo em descrença de que o vampiro tenha contado a ele o que ela fez. — Sabia que não deveria confiar nele.

— Ei, está tudo bem. Sou o único que sabe. — *Ele e seu alfa*. Dimitri não queria aborrecê-la, mas agora que começou, tinha que terminar. — Léopold disse que acha que você também está em perigo. Ele te contou que estamos tentando descobrir quem tentou matar a Ava, certo? Parece que você pode saber o motivo.

LÉOPOLD

— Sim, eu sei algumas coisas, mas não muito. Porém disse a ele que não acho que seria uma boa ideia nos colocar juntas. Nossa energia — justificou. Seus olhos se encheram de umidade. Estava tão cansada de se esconder, de ficar sozinha. — Não sei o que acontecerá. Não quero atrair atenção.

— O que você quer dizer com isso? — Dimitri levou o carro até a entrada, abaixou a janela e abriu o controle de acesso biométrico. Pressionou um botão, que estendeu o scanner de retina, e esperou pela luz verde. Houve um clique e ele virou a cabeça para se dirigir a ela. — Seja o que for, Laryssa, você não está sozinha. Léopold se comprometeu a proteger Ava e agora parece bastante decidido a mantê-la segura também.

Laryssa negou com a cabeça, incerta se devia confiar nele ou não. Completamente derrotada, a pressão de guardar seus segredos a atingiu.

— Nossa energia. Bem, acho que Léopold te disse que posso mover as coisas. Mas aquela energia é instável. — Soltou o ar e mordeu os lábios, tentando pensar na melhor maneira de explicar. — Minha habilidade é forte quando eu a uso. Aprendi a manter escondido, mas é poderosa o bastante para eu ainda poder usar. — Para viver. Não partir em uma morte prematura. — E Ava. Bem, ela é mais como um holofote do estádio do New Orleans Saints às vezes. Quando ela nasceu, eu consegui sentir do outro lado do país. Estou apenas com medo de que se estivermos juntas...

— Vocês vão explodir os portões?

Ela riu.

— Sim, algo do tipo.

— E vai ser como uma espécie de sirene para essa galera que você teme que tenha tentado matar Ava?

— Não sei se eles sentem isso, os humanos. Mas há outros... eles saberão que estamos aqui.

Dimitri parou o carro na porta e desligou, decidindo avisá-la sobre quem estava esperando do lado de dentro.

— Escute, *cher*. Não tenho certeza se ou quando você estará pronta para confiar em Léopold e eu com o que está acontecendo com você, mas tenho que te dizer, mesmo que não tenhamos compartilhado informações sobre você com mais ninguém, os amigos de Léopold estão aqui.

— Esta é a casa dele? — Laryssa questionou, quase em um sussurro.

Olhou para a casa de canto de três andares e depois para a piscina. Andava tão ocupada falando e se preocupando que não tinha percebido que ele desligou o carro. Seu coração começou a acelerar com o pensamento de ver

Léopold de novo. Estava brava com ele por dizer ao lobo sobre seus poderes, mas, ao mesmo tempo, não havia dúvidas do calor e da atração que sentiu quando ele a segurou. Esfregou os braços, se lembrando de seu toque.

— Não, esta é a minha casa. Bem ali, aquela casa anexa é minha. E a principal pertence ao nosso alfa.

— Alfa? O alfa dos Lobos Acadianos?

— Sim, e como eu acabei de mencionar, alguns amigos de Léopold estão aqui.

Seus olhos encontraram os dele.

— Vampiros?

Dimitri sorriu, tentando facilitar para ela.

— Sim. Não precisa dizer mais nada. E só para constar, sinto o mesmo.

— Mas você é amigo de Léopold?

— Bem, sim, mas isso, hm, é diferente. — *Diferente. Incomum. Estranho.* Dimitri riu para si mesmo, percebendo que realmente começava a considerá-lo um amigo. — Somos próximos. Mas não conheço os amigos dele, então fique por perto. Entendeu?

Ela acenou em silêncio. Em vez de esperar que Dimitri abrisse a porta, puxou a maçaneta, que escorregou de suas mãos. Ergueu os olhos e sua respiração engatou com a visão. *Léopold.* Antes que pudesse se deter, colocou a mão na palma da sua, que estava esticada. Meu Deus, ele parecia magnífico. Se ela não soubesse que era um vampiro com séculos de idade, teria jurado que era um modelo de capa de alta costura.

Seu olhar caiu dos olhos pretos cativantes para as linhas duras em sua mandíbula, eventualmente pousando nos lábios macios. Encantada, perguntou-se brevemente como seria tocá-los com os dedos, beijá-los. Seu rosto aqueceu e soube que olhou por tempo de mais. Seus olhos dispararam para os dele, e um sorriso largo rasgou o belo rosto. *Ele sabia. Ai, Deus, como pode se permitir pensar por um segundo que fantasiar sobre um vampiro era sequer perto de uma boa ideia?* Inferno, não era nada seguro; sabia disso tão bem quanto qualquer um.

Mas havia algo nele que a atraía. Como um cometa voando em direção ao sol, o deixou a puxar para fora do carro, para os seus braços, e ela ofegou baixinho quando seus lábios roçaram sua bochecha. Fechou os olhos, pressionando as mãos no tecido que cobria seu peito. Por um segundo, considerou deslizar as pontas dos dedos para baixo, para sentir as entradas em seu abdômen. Fechada em seu abraço perverso, seu mundo parou e ela percebeu que sua vida nunca mais seria a mesma.

LÉOPOLD

Léopold sabia que deveria ter esperado do lado de dentro da casa por Laryssa, mas sentiu sua presença assim que ela chegou. Quase o matou ter pedido a Dimitri para buscá-la, mas, depois de sua reação ardente a ela, resistiu ao desejo de vê-la. Conheceu centenas de belas mulheres ao longo dos anos, fez sexo com quase esse tanto, mas protegeu por muito tempo o seu coração do amor.

O tormento insidioso da morte de sua esposa e filhos quase o matou. Rasgou seu coração e sua alma, o quebrando até se tornar apenas um esqueleto. Verdade seja dita, teria saudado a perda de sua própria vida. As mortes violentas o deixaram questionando não apenas Deus, mas sua própria humanidade. Ironicamente, seu juramento de proteger seu rei e Deus causou sua morte, e ainda assim foi o que o levou a continuar vivendo depois, guiando-o ao fim definitivo de sua vida mortal.

Como cavaleiro do rei Capeto, foi jurado em serviço, ganhando seu lugar na nobreza. Durante o inverno nevado de 988 d. C., pegou em armas em um conflito parisiense direcionado ao rei enfraquecido. Sabia que o monarca tinha pouco poder fora dos limites de seus domínios, mas tinha fé de que o novo líder unificaria a França. Lutou galantemente, defendendo com sucesso o território do rei, apenas para descobrir que sua própria casa tinha sido vítima da guerra.

Ao retornar do campo de batalha, pisou em sua propriedade, descobrindo as consequências do ataque. Sua família havia sido assassinada. Caindo de joelhos, submeteu-se à dor, absorvendo a visão e o odor da morte. O chão salpicado de sangue. Os corpos apodrecidos. As larvas e moscas que de algum jeito conseguiram, mesmo no inverno frio, se proliferar. Apesar do estado de decomposição, pegou esposa e filhos nos braços, dando um grito de desespero na noite.

No dia seguinte, juntou-se novamente à sua irmandade no que deveria ser a celebração da vitória deles. Bebendo até esquecer, definhou em seu luto. A perda roubou qualquer senso de autopreservação. Quando uma briga começou no local, ele prontamente se jogou dentro. Sedento pela morte, lutou impiedosamente e aceitou o golpe final que o derrubou. Arrastado para um beco por um estranho benevolente, Léopold passou seus últimos momentos como mortal deitado de costas nos escombros, chorando em voz alta, o nome da esposa e dos filhos nos lábios. Quintus Tullius, um mercenário que não era leal a nenhum rei, teve misericórdia do jovem guerreiro naquela noite, o presenteando com a imortalidade. Léopold, apesar do desejo de morrer, foi renascido. Vampiro. Quintus ficou até o amanhecer, apenas para informar a Léopold de que foi transformado. Um senhor ele não era. Embora o tivesse salvado da morte certa, não tinha o desejo de ser o mentor de outro da sua espécie. Sem arrependimento, deixou o jovem para se defender por si mesmo, nunca mais entrando em contato com ele.

Ao longo dos séculos, aprendeu como compartimentar a dor, empurrá-la para o fundo, dessassociando-se do terrível pesadelo. Na maioria dos dias, era como se não tivesse acontecido... até agora. Deliberadamente, evitou relacionamentos, mantendo conhecidos e outros imortais à distância. Salvar Wynter tinha sido pelo ímpeto de reverter seu destino. Assistir Logan e Wynter, seu amor e comprometimento expostos, abriu uma brecha em seu comportamento gélido. Talvez devesse tê-la deixado morrer, mas, no calor do momento, soprou vida nela. Como um dominó, suas ações desencadearam memórias do passado, o levando a Wyoming, continuando a ajudá-la a encontrar seu sangue, que vinha sendo usado para ferir lobos.

Também se aproximou demais de Dimitri nos últimos dias. *Ele se importava.* E se importar era algo que Léopold geralmente não fazia. Se importar significava ter sentimentos. Sentimentos significavam dor. Dor era algo que entregava como punição, não tolerava. O antigo guerreiro estava endurecido demais pela batalha para amolecer, embora temesse que isso tenha acontecido. No entanto, não havia como desfazer o que fez, salvar Wynter, ser amigo de Dimitri. Por menores que fossem, as experiências perfuraram seu coração e sua mente, abrindo caminho para a emoção. Agora, em apenas uma semana, ele salvou uma filhote e ficou enfeitiçado por uma mulher que mal conhecia.

Olhando para Laryssa, não conseguiu deixar de se perguntar se ela sentiu o arrepio de excitação que tentou suprimir. Tão errado, mas inegavelmente sorriu para ela. Afastando os pensamentos inquietantes, soltou-a de seu abraço.

— Laryssa.

— Léopold. — Laryssa, tremendo, olhou para as mãos, que ele segurava nas suas de forma firme, porém gentil. A voz dele a envolveu como um cobertor, acalmando seus pensamentos acelerados. Era como se ela pudesse sentir o poder dele se conectar ao dela, o filtrando para que pudesse relaxar. Negou com a cabeça, sem acreditar no calor que corria por seu corpo. De jeito nenhum ele poderia tocar a energia dela, quanto mais controlar. Ergueu os olhos para encontrar os dele, procurando por respostas que não vieram.

— *Ma chérie*, não se preocupe. Vai dar tudo certo. Você está bem? — perguntou. Deusa, a mulher o carregou como nenhuma outra. Não estava mentindo sobre sua energia. Suas presas coçaram para saborear a carne cremosa, provar sua essência ao fodê-la sem piedade. Era errado, ele sabia. Tinha que deixá-la sozinha. Se não o fizesse, ela se tornaria uma obsessão ainda maior, o deixando louco com emoções que jurou nunca mais sentir. Como se estivesse tocando uma panela quente, suas mãos caíram das dela. *Quanto menos a tocasse, melhor,* pensou.

— Hm, sim — Laryssa gaguejou, envergonhada por ter se agarrado a ele como uma criança. Torceu as mãos, confusa por ter sentido uma pontada de rejeição ao perder seu toque. Ele deve ter pensado que ou ela era insegura ou pateticamente fraca.

— Venha por aqui. — Gesticulou para a porta. — Não tenho certeza se Dimitri falou, mas há algumas pessoas esperando para te conhecer.

— Mas você disse... você prometeu que não diria a ninguém. — Suspirou. Encarou seus olhos, procurando a verdade.

— Não contei a ninguém — Léopold garantiu, a mão na porta de correr de vidro.

— Disse ao lobo — rebateu. *Ele achava que ela era idiota?*

— Ah, bem, ele não conta. Mas os outros? Eles só sabem que estou trazendo alguém que está me ajudando a encontrar informações sobre Ava. Não sabem o que você pode fazer ou o que você é. De todo jeito, você não me contou o que é, contou? — desafiou.

— Bom ponto. Mas por que Dimitri não conta?

— Ele estava na boate na noite passada. Viu o vídeo. Então ele está em nosso segredinho. Só não teve uma demonstração pessoal como aquela que você me deu. — Sorriu e ergueu uma sobrancelha para ela, lembrando-a de como jogou um sofá nele. *Que coisinha impetuosa ela é.* — Você está pronta, né?

— Não. Sim. Não. Argh, veja o que você faz comigo. — Respirou fundo e então se acalmou quando ele inclinou a cabeça em sua direção. *O que ele estava fazendo? Ia beijá-la?* Fechou os olhos, sentindo o hálito quente em seu ouvido.

— E o que eu faço com você, *mon petit lapin*? — Léopold resistiu à tentação de chegar mais perto e esperou por sua resposta.

— Você... você...

Estava próximo a ela, próximo demais. Ela não conseguia pensar em nada além de querer tocá-lo, de afundar seu corpo no dele.

— *Oui?* — Léopold sorriu, gostando muito de deixá-la nervosa, a levando ao limite. Mas quando sentiu o cheiro do leve toque de sua excitação, arrependeu-se do que fez. Lentamente, arrastou-se para longe.

— Você me deixa... Eu não sei... Estou nervosa. Por favor, Léopold, vamos apenas entrar — pediu, tanto aliviada quanto desapontada por ele não a ter beijado.

Léopold se virou para abrir a porta, mas parou e a encarou. Não devia nada àquela mulher, mas não era nada além de franco.

— Eles vão saber.

— O quê?

— Eles vão saber que você é sobrenatural. Não sei o que fez no clube para esconder, mas você está projetando. Se eu posso sentir sua energia, bem, eles saberão também.

Ela suspirou e mordeu o lábio. Ai, Senhor, ele estava certo. Estar ao redor de Dimitri e Léopold a fez baixar suas defesas. Era tão bom não ter que esconder, andar por aí sem se concentrar em manter o zumbido de sua aura imperceptível, em um nível humano. Raiva a percorreu ao pensar em ser arrastada para essa situação e rapidamente percebeu que não estava brava com Léopold. Não, estava brava por estar em perigo, por ter sido transformada. A constante vigilância, ter que se esconder... ela não aguentava mais.

— Não ligo — declarou, olhando diretamente em seus olhos escuros. Odiava admitir a verdade, mas havia algo nele que ela confiava. Além disso, queria confiar, finalmente ter um aliado. *Por que não ir para o tudo ou nada?* — Não estou pronta para dizer tudo sobre mim a você, então certamente não vou contar a quem quer que esteja por trás daquela porta. Mas estou cansada de esconder. E se você mantiver sua palavra sobre minha segurança, é o suficiente para mim. Vamos fazer esse negócio, ok?

— Como a dama quiser. — Léopold sorriu com sua bravura. Mesmo que seu batimento cardíaco revelasse seu medo, deu um passo à frente, corajosa.

O delicioso aroma de *jambalaya* flutuou no ar quando entraram na cozinha. Em vez de serem atacados por presas e lobos, sorrisos os receberam. Dimitri veio por trás de Laryssa e colocou as mãos em seu ombro. Ele a guiou até o fogão, onde uma mulher baixinha com cabelo loiro e crespo mexia ativamente em uma panela.

— Ei, linda — Dimitri disse, beijando a mulher na bochecha. — Laryssa, esta é Wynter, companheira do meu alfa. Onde está o grandão?

— Ei, você. Logan está mostrando a casa ao Kade. Vai sair daqui a pouco. — Wynter mergulhou a colher na panela, levantou-a e soprou o vapor antes de provar sua criação. Ao fazer isso, reparou no olhar surpreso no rosto de Dimitri. — O quê? — Suspeitava que ele estivesse preocupado por Logan permitir que vampiros entrassem na casa dele. — Está tudo bem. Sydney está junto.

— Okay — Dimitri relutantemente concordou. Tinha ouvido que Kade Issacson mantinha seus vampiros em rédeas curtas e sua noiva, Sydney Willows, era uma detetive durona, que foi transferida recentemente para Big Easy.

— Estão verificando nossa segurança. Sabe... por causa da bebê. — Wynter secou as mãos no avental e sorriu para Laryssa. — Seja bem-vinda à nossa toca. Desculpe pela loucura que está aqui, mas temos uma festa improvisada acontecendo. Aquela mocinha ali é a causadora da confusão. Sei que deveria estar chateada com Léopold, mas apenas não consigo. Ava é um docinho. Feita de açúcar.

Laryssa olhou para a sala da família e viu um casal babando em um bebê. Ava. O belo homem passou o braço pela mulher de cabelo vermelho e ambos faziam caretas para a garotinha, então olhavam com amor um para o outro. Não conseguiu deixar de pensar que Dimitri e Léopold exageraram em avisá-la sobre os vampiros. Eles pareciam felizes e carinhosos, bem longe dos monstros sanguinários que ela esperava.

— Ela é adorável — Laryssa concordou, sentindo-se atraída pela bebê. A pequena energia de Ava pulsava como uma sirene. Cheia de emoção por saber que outra de sua espécie existia, respirou fundo.

— Posso pegar algo para você tomar? Vinho? Água? Chá? — Wynter ofereceu, tirando Laryssa de seus pensamentos.

— Chá está ótimo. Obrigada. — Desorientada, enfiou as unhas nas palmas das mãos, tentando focar.

— Venha — Léopold disse a ela, segurando suas mãos. Podia dizer que ela estava tão cativada por Ava quanto ele. Guiou-a para a bebê, querendo apresentá-la a todos. — Laryssa, este é Luca Macquarie.

Ela sorriu, nervosa. Luca acenou friamente e se levantou para cumprimentá-la. Apertou a mão dele rapidamente. Seus olhos eram frios e sombrios, e ela soube imediatamente que estava errada a respeito de sua impressão inicial. A morte espreitava por baixo da pele deste homem. Sua aura rodopiava em vermelho e roxo, dominância e compaixão cortando as cores.

— E essa — Léopold se virou para a bebê, mas Luca se moveu para bloquear. Antes que pudesse protestar, a mulher ficou de pé e o empurrou de sua frente.

— Oi, eu sou Samantha. Por favor, perdoe meu noivo superprotetor. Ele parece pensar que todo mundo é perigoso, mas esquece que posso cuidar de mim mesma. — E sorriu para Laryssa, segurando a bebê.

Os olhos de Luca suavizaram e ele passou o braço ao redor dela.

— Só estou cuidando de você, querida. Consegue sentir, não consegue?

— Mas é claro que sim. Ela é muito forte. — Samantha sorriu para ela, conhecedora. — Venha se sentar. Léopold nos disse que você pode ser capaz de nos ajudar a protegê-la.

Proteger a bebê? Laryssa tensionou e encarou Léopold, que estava pairando sobre ela, sentado confortavelmente no braço do sofá. Seus lábios se curvaram em aprovação, sem tirar os olhos dela. A mulher sentiu o coração acelerar. O que ele estava pensando? Não deveria ter fé nela. Não tinha prometido nada a ele, apenas que conheceria a criança. Mal conseguia manter a si mesma escondida, segura. Como deveria ajudá-los?

Parecendo ler o medo iminente agitando sua barriga, ele colocou a mão em seu ombro. O formigamento daquele toque queimou através do tecido fino de seu suéter. Uma sensação de calma tomou conta dela, a deixando ainda mais confusa. O que ele estava fazendo com ela. Procurou os olhos dele para entender, mas ele simplesmente desviou para Ava, que balbuciou felizmente para os seus cuidadores.

Laryssa não tinha certeza do quanto divulgar para Samantha. Ela parecia bem legal, mas suspeitava que também tinha poderes. Embora não tivesse grande conhecimento em relação aos sobrenaturais, nunca ouviu falar de um vampiro tendo filhos. Mesmo se pudesse confiar nela, não estava acostumada aos outros discutirem sua energia. Qualquer um que soubesse de suas habilidades a evitava, com medo do que ela poderia fazer. Estranhos não tinham motivo para confiar nela. Considerou suas opções e decidiu revelar parcialmente por que estava aqui.

— Não sei se posso ajudar. — Olhou novamente para Léopold em busca de segurança, que simplesmente deu um aperto em seu ombro. Teria que ser o suficiente. — Eu a senti... Pude senti-la nascer. E agora...

A bebê gritou e pegou a chupeta das mãos de Samantha.

— Isso mesmo, docinho. Viu? Ela também sente você.

— Posso sugerir irmos ao que interessa? O que é você, Laryssa? E por que alguém iria querer ferir este bebê? — Luca perguntou. Ele e Léopold se viram cara a cara, e ele ficou irritado que o outro tenha envolvido vampiros nos problemas dos lobos ao trazer Ava para Nova Orleans, colocando todos eles em perigo.

Como um animal que estava sendo estudado, Laryssa lutou silenciosamente, seus pensamentos se agitando em aflição. Revelar a si mesma não era parte de sua barganha com Léopold. Procurou dentro de si por palavras diplomáticas que tanto encerrariam esta linha de questionamento quanto apaziguariam a curiosidade do vampiro.

— Léopold me pediu para vir aqui para conhecer a criança e ver se nos conectamos. Eu sei quem tentou matá-la? Não. Não tenho conhecimento direto de quem fez isso. Na verdade, eu literalmente conheci Léopold na noite passada. — Era a verdade. Claro, ela tinha suas suspeitas. Mas era tudo que possuía. Nenhuma evidência concreta de nada.

— Por que ela está aqui, Devereoux? — Luca demandou. Permanecia sentado, mas sua testa franziu; parecia um animal enjaulado, pronto para atacar.

— Ela está aqui porque eu pedi... — Léopold começou, porém foi interrompido por Laryssa.

— Estou aqui porque, diferente de você, eu posso senti-la. E quando falo de sentir, quero dizer que ela está projetando energia.

— E daí? Todos os humanos fazem isso. Ou lobos, neste caso — Luca rebateu.

Léopold observou atentamente, muito irritado com o vampiro insolente que o desafiou, mas sua raiva foi temperada pela forma como sua coelhinha se tornou uma tigresa, não apenas defendendo a si mesma, mas também a ele.

— Não é apenas algum tipo de batida do coração, pulsação ou qualquer coisa assim. É energia pura e limpa. Do tipo que eletrifica o céu noturno e pode mover objetos. Não os conheço muito bem, então não planejo compartilhar minha história de vida, mas é suficiente dizer que há uma chance de Ava ser como eu.

— O que exatamente é você?

— Não se incomode com o que eu sou. Você não está aqui para me proteger. Está aqui por causa de Ava. Farei o que puder para ajudar, mas não se engane, a única razão para eu estar fazendo isso é porque Léopold me pediu e apenas por causa de Ava.

A mulher percebeu que ergueu a voz para Luca. Silêncio cortou a sala e seu rosto esquentou ao perceber que todos estavam olhando para ela.

Pegou o olhar de Dimitri e ele começou a rir. *O que diabos era tão engraçado?* Notou que Léopold não estava rindo, mas sim sorrindo.

— Luca, querido. Deixe a pobre Laryssa em paz — Samantha disse doce, mas firme. Ainda embalando o bebê com um dos braços, segurou a bochecha dele. — Você vai conseguir pegar mais moscas com um pote de mel. Seja gentil. Acabamos de conhecer a amiga de Léopold e você a está enchendo de perguntas. Posso dizer que ela não é um perigo. E está certa sobre a pequenina. Vocês podem não sentir. Mas eu posso. Ela é muito especial. A pequena Ava aqui está murmurando sua própria música.

Luca abriu a boca prestes a discordar, quando Logan entrou na sala com Kade e Sydney. Por mais que quisesse argumentar mais este ponto, não queria irritar sua futura esposa grávida.

— Ei, vocês estavam perdendo todos os fogos de artifício. — Dimitri pulou e bateu a mão no ombro de Logan.

— Sim, ouvi alguma gritaria rolando. — Os olhos de Logan foram para Léopold. — Por que não estou surpreso?

O vampiro riu. Embora fosse verdade que Logan estava pagando a dívida ao tomar conta de Ava, podia dizer que não estava sendo uma tarefa muito árdua. Quando chegou aqui, tanto Logan quanto Wynter estavam bajulando a bebê, parecendo a imagem da família perfeita. O alfa e sua companheira seriam pais maravilhosos, mas todos sabiam o perigo que a criança representava.

— Vamos, *mon ami*. Vamos discutir nossos planos para manter nossa *petit bébé* segura — Léopold sugeriu. — Sydney, conheça Laryssa. Ela tem... como posso dizer? Habilidades similares às de Ava.

Laryssa notou a detetive loira na mesma hora e soube que tinha sido identificada.

— Laryssa? Laryssa Theriot? — Sydney a abordou e esticou a mão.

— Olá, detetive. — Ficou de pé e a cumprimentou.

Léopold ergueu as sobrancelhas, surpreso por elas se conhecerem. *Como Sydney sabia quem era Laryssa? Ela esteve em problemas com a lei?*

— Laryssa é voluntária em missões de mergulho. Uma das melhores, pelo que me disseram — explicou. — Nós nos conhecemos em um caso. Infelizmente, a busca e o resgate não deram muito certo.

— Os chamados no rio nunca são boas notícias. — Desfez-se do elogio, totalmente ciente de por que eles achavam que ela era uma boa mergulhadora. Depois de horas de busca, eles encerraram o resgate, mas ela permaneceu na água turva, finalmente encontrando a criança perdida. Estremeceu, se lembrando de como o adolescente estava deitado no fundo, apático, o corpo preso sob os escombros.

— Uma mulher de muitas habilidades, pelo que vejo — Léopold apontou, dando a ela um olhar que lhe dizia que pretendia descobrir mais sobre ela.

— Bem, realmente agradeceríamos sua ajuda. — Sydney sentou em uma cadeira e um homem veio por trás, apoiando as mãos em seus ombros. — Desculpe, me esqueci de te apresentar meu noivo. Este é Kade. Ele lidera os vampiros por aqui. São um grupo astuto. Consegui ouvir Luca do andar lá de cima. Um verdadeiro encrenqueiro.

Laryssa quase riu da maneira casual que a detetive falou sobre os vampiros. Luca abriu um sorrisinho com o comentário, revelando que todos se conheciam bem.

— Sou Logan — disse o alfa, puxando a companheira para um beijo.

— Oi — Laryssa conseguiu dizer.

Esse era o alfa dos Lobos Acadianos? Ele parecia mais um cachorrinho cheio de amor do que o feroz líder da matilha.

— *Les tourtereaux.* — Léopold negou com a cabeça. — Venha, sente-se. Hora dos negócios.

Laryssa deu um olhar confuso para ele, sem entender seu francês.

— Pombinhos — traduziu. — Parece que companheiros não conseguem manter as mãos longe um do outro.

Ela sorriu em compreensão, mas uma pontada de desejo por esse tipo de relacionamento passou por seu coração. Entre o alfa, sua companheira e os outros casais, ela podia ver o amor em seus olhos, causando um pouco de ciúmes. As chances de encontrar um homem que a aceitasse eram extremamente baixas. Até mesmo sua família a jogou na rua.

A mão em seu ombro a lembrou por que estava ali, e ela encarou os olhos de Léopold. Como se soubesse o que ela estava pensando, passou as costas dos dedos por sua bochecha e lhe deu um sorrisinho. O gesto a fez corar e, por mais que quisesse parar de o fitar, estava hipnotizada por seus olhos.

Léopold estava ciente de que não conseguia tirar as mãos de Laryssa. Em um dia, o assunto de sua busca foi de suspeito a objeto de desejo. Se fosse qualquer outra mulher, ele já a teria fodido, a deixando antes que a cama esfriasse. Mas sua coelhinha o afetava de um jeito que era inteiramente intenso demais. Ele não apenas podia sentir o poder saindo de sua pele, como tinha certeza de que foi capaz de retribuir, a acalmando quando estava ficando ansiosa. A ruga em sua testa se desfez assim que a tocou. Deusa, ele a teria em breve. Fingir que poderia negar a si mesmo estava se tornando cada vez mais difícil conforme os minutos passavam. Esperava muito que, se aplacasse a necessidade, a fantasia passageira cessaria como o vento. Por ora, precisava se concentrar em por que a levou ali, por que reuniu seus homens de confiança junto com os de Logan. Proteger Ava era primordial.

— Logan e eu gostaríamos de discutir como vamos manter a bebê segura — começou. — Tentaram matá-la uma vez.

— E não podemos arriscar outra tentativa — Logan adicionou.

— Razão pela qual nós vamos montar turnos cuidando dela. É melhor mantê-la em um local só, aqui com Logan e Wynter. Ava é uma loba. Precisa ficar com o bando — afirmou Léopold.

— Laryssa não pode ficar aqui, porém — Samantha comentou. — O que está atrás da bebê provavelmente está atrás dela também.

— Vou cuidar de Laryssa. Mas preciso que todos aqui trabalhem com Logan no cronograma pelo menos por alguns dias até encontrarmos e eliminarmos a ameaça — Léopold disse a eles.

— Todos, menos Samantha — Luca avisou.

— *Oui* — concordou Léopold.

— Ei, só porque estou grávida não significa que não posso ajudar com a bebê. Será uma boa prática — Samantha protestou.

— De jeito nenhum, querida. Perigoso demais. — Luca apoiou a mão sobre sua barriga.

— Mas eu...

— Uma vez na vida, Luca e eu estamos de acordo. Mesmo que eu já tenha visto sua mágica causar algum dano, não queremos arriscar a vida de outro bebê. — De jeito nenhum Léopold deixaria Samantha ficar com o alfa. Ignorou o rolar de olhos dela, mas estava feliz por ela não ter argumentado. Com Luca e ele contra a ideia, ela não tinha chances de vencer. — O que você pode fazer é falar com Ilsbeth. Descobrir que tipo de proteção você pode colocar neste lugar para que ela fique melhor escondida.

— Avery colocou feitiços de proteção na minha casa — Laryssa adicionou. — Mas não tenho certeza se estão funcionando direito. É por isso que fui encontrá-la na noite passada, para ver o que eu poderia fazer. Ela disse que teria que falar com Ilsbeth.

— É importante mantermos Ava em segredo. Significa que quanto menos pessoas souberem que ela está aqui, melhor — Léopold afirmou. — Kade trará dois de seu pessoal para fazer a guarda.

— Dominique e Xavier — Kade confirmou.

— Tem certeza sobre Xavier? Ele era muito próximo de Étienne — Logan questionou. Embora tivesse sido há algumas semanas, Logan não conseguia afastar a memória do vampiro que quase matou Wynter.

— Ele é um homem honrado. Você tem a minha palavra de que ele nunca machucaria Ava — Kade garantiu.

— Jake e Zeke também sabem. Podemos confiar neles. — Logan também tinha visto sua parcela de traidores dentro do seu bando. Fiona tinha sido uma loba de confiança até que conspirou contra ele e tentou matar sua companheira.

— Mas ninguém mais pode descobrir que a criança está aqui, entenderam? Você vai precisar de algum tipo de desculpa para manter o bando longe — Léopold sugeriu.

— Wynter e eu podemos bolar alguma coisa. Para ser honesto, eu estava tentando manter a casa só para nós de toda forma. Todos sabem que acabamos de acasalar... estivemos meio ocupados, vocês sabem. Bem ocupados até nossa visitantezinha chegar. — Logan sorriu para a amada, apreciando o rubor que pintou suas bochechas. — Além disso, se a matilha quiser se reunir socialmente, eles têm vários lugares além da minha casa. E as reuniões são realizadas na casa do bando. Acho que ficaremos bem.

— E a garota? — Luca questionou incisivamente, irritado por Laryssa ainda não ter sido sincera sobre suas habilidades. — Estabelecemos que ela sente energia ou pensa que sente. Ela tem algum tipo de habilidade especial. Mas nós não vimos droga nenhuma.

— Por garota, vou assumir que você está falando sobre Laryssa. Tenho bastante certeza de que ela é uma mulher. Toda mulher daqui de onde estou sentado. Que tal mostrar algum respeito, garotão? — Dimitri rosnou. Vampiro ou não, estava pronto para derrubá-lo se dissesse mais alguma coisa depreciativa sobre Laryssa.

Luca, devidamente repreendido, encarou Léopold esperando resposta.

— Macquarie, lembro que não faz muito tempo que salvei a sua bunda. Então sugiro que preste atenção no lobo e tome cuidado com as palavras. Laryssa ficará comigo.

Léopold suprimiu o sorriso largo que se esticava por trás de seu tom impassível. A expressão chocada de Laryssa não passou despercebida. *Bem, não posso contar tudo a ela.* Afinal, ela também guardava segredos.

E ele planejava descobrir todos eles. A única maneira de conseguir aquilo era passar tempo com ela.

— Vamos ver Ilsbeth. Os feitiços dela são bons, mas a bruxa costuma ter mais valor por suas informações. Suspeito que ela tenha conhecimento do motivo de alguém tentar matar Ava e possivelmente até saber quem é a pessoa. Laryssa pode explicar melhor o que ela é, e me passará a informação completa em breve. — *Ela querendo ou não*, pensou consigo mesmo. — Agora que está tudo resolvido, mais alguém tem algo que queira contar? Admito que não temos muito acontecendo aqui, mas temos que encontrar quem está por trás da tentativa de assassinato da criança. — Léopold instintivamente procurou a mão de Laryssa. Não estava preocupado apenas com Ava. Não, tinha que manter as duas seguras.

— Vou ficar com o primeiro turno. Não estou de serviço hoje à noite e quero verificar as saídas e entradas mais uma vez. Precisamos garantir que este lugar esteja bem fechado — aconselhou Sydney. — Posso pedir apoio extra da delegacia.

— Não acho que devemos chegar a esse ponto ainda. Não sabemos se a ameaça é humana ou não. Sem ofensas, detetive, mas não podemos confiar nos outros. Este é um negócio do bando agora. Cuidamos dos nossos — Logan avisou.

— Tem certeza, alfa? — As sobrancelhas de Kade se apertaram.

— Vamos apenas ver onde Léopold chega com Ilsbeth primeiro. Se ela achar que precisamos fazer outra coisa para manter Ava segura, faremos. A última coisa que eu preciso é de policiais rastejando por aqui. Qualquer coisa, ligaremos para a P-CAP, e também não morro de amores por essa ideia. — P-CAP, a Polícia Paranormal Alternativa da Cidade, era um setor comandado por sobrenaturais, mas Logan não confiava neles, já que era composta principalmente por vampiros. Sabia que Kade esteve envolvido com eles, mas, se estivessem metidos no que acontecia com a criança, de jeito nenhum a informação ficaria contida, em segredo do resto do bando.

— Vamos adiar a ligação para a P-CAP por enquanto, mas, se as coisas esquentarem, precisaremos de apoio e Syd não poderá fazer tudo sozinha — Kade concluiu.

— Entendo, mas se você quiser que isso fique fora do radar, temos que manter entre nós. Como estamos agora, o bando vai ficar se perguntando por que minha casa é a central dos vampiros. Eles todos sabem que Léopold salvou Wynter, então concordam de ele estar aqui. O restante de vocês... bem, temo que precisará de alguma explicação.

— Desde que Sydney esteja usando o distintivo, ela pode sempre inventar alguma desculpa para estar aqui. Não é como se não tivéssemos crimes nas ruas — Dimitri salientou. — Uma policial humana é bem-vinda. No segundo em que começar a trazer mais sobrenaturais, com distintivos ou não, os lobos saberão que algo não está certo.

Ava começou a chorar e Samantha se levantou, balançando-a para frente e para trás.

— Parece que alguém está com fome — Wynter comentou. — Deixe-me pegar a mamadeira.

— Sydney fica hoje à noite com o alfa e a companheira dele. Mais algum comentário? Sugestões? — Léopold se deparou com um silêncio ensurdecedor. Todos sabiam que não era o melhor plano, mas desconheciam o perigo que estava vindo até eles. Ficando de pé, atravessou a sala, esticando os braços para Samantha. — Posso?

— Claro. — A bruxa beijou a testa da bebê agitada e gentilmente a colocou nos braços que aguardavam.

Léopold sabia que todos o estavam assistindo, surpresos que alguém que eles pensavam ser a própria morte tinha capacidade de mostrar misericórdia e compaixão em relação a uma criança. Ignorou seus olhares e focou em Ava. Nenhum deles era capaz de entender as memórias excruciantes e movimentadas que se remexiam dentro dele. O calor do pequeno corpo de Ava se espalhou por suas mãos, lançando o luto em seu coração sombrio, abrindo onde ele tinha selado seu passado doloroso. Quando fitou os olhos azuis dela, um brilho de cura mostrou o caminho da esperança. *Eu poderia ter o que me foi roubado há tantos anos?* Fechou os olhos por um segundo, imaginando que sua habilidade de amar pudesse ser ressuscitada, renovada.

Ao erguer as pálpebras, captou o olhar perspicaz de Laryssa. Era possível que ela sentisse a dor dele? Que talvez ele não pudesse esconder mais a escuridão de seu passado? Deusa, não. Ele não poderia se dar ao luxo de reconhecer a lasca de fé em que se agarrou como um fiozinho na ponta de uma corda. Desajeitado, piscou e se virou, tentando evitar os sentimentos em erupção que apertavam seu peito. Especialista em esconder suas emoções, Léopold sorriu para Ava. Nenhum deles descobriria o que havia no fundo de sua mente. Como um ator, colocaria seu grande disfarce e protegeria Ava. Então, assim que tudo terminasse, partiria para outra cidade, retomando sua vida vazia, porém imortal.

CAPÍTULO CINCO

Enquanto Léopold embalava a bebê, Wynter e Laryssa ficaram paradas na porta, observando à distância. Eles montaram um berço dentro do quarto principal para poderem ver a criança durante a noite. Wynter fechou a porta do quarto em silêncio para poder falar com a estranha que veio à sua casa.

— Posso falar com você por um minuto? Hm, isso é meio difícil de perguntar, mas o que está acontecendo entre você e Léopold? Quer dizer, pensei que ele tinha acabado de te conhecer. Só parece que há algo ali… algo mais — gaguejou, incapaz de encontrar as palavras que precisava para articular suas preocupações. Ela não tinha relação de parentesco com ele, mas o homem salvou sua vida. Como sua conexão com seu companheiro e com a matilha, era como se ela pudesse sentir o que Léopold estava sentindo, que no momento parecia uma tormenta.

— Bem, sim. Nós nos conhecemos ontem à noite, mas foi só… veja, eu caí de um banquinho. Estava esperando por uma amiga e ele estava lá quando aconteceu. E meio que me segurou… duas vezes. Na verdade, eu caí duas vezes. É meio que embaraçoso. — Esfregou as mãos sobre os olhos, desejando poder rastejar em um buraco. — Vocês são amigos, correto?

Wynter riu.

— Sim, acho que somos amigos. Sabe, Laryssa, por mais que eu só tenha olhos para o meu alfa, não vou negar que Léopold é um cara muito bonito. Mas ele também é perigoso. Muito, muito perigoso — sussurrou.
— Ouça, não vou te dizer o que fazer, mas apenas tome cuidado. Vi o jeito que você estava olhando para ele e…

— Eu não estava olhando para ele de jeito nenhum. É só que ele é o único que eu conheço… sério, é só isso — mentiu.

— Ele salvou minha vida.

— Oi?

— Léopold. Ele salvou minha vida. Eu estava morrendo… morta. Ele me deu o próprio sangue.

— Você é uma vampira?

— Não. Sou uma loba. Mas tenho alguns efeitos colaterais do que ele fez.

— Mas ele te salvou? Isso não parece tão perigoso para mim.

— Sim, mas... — Wynter não queria desencorajá-la, apenas avisar. — Apenas tome cuidado, okay? Ninguém mexe com Léopold. Ele é um dos vampiros mais poderosos por aqui.

— Em Nova Orleans?

— Em qualquer lugar, pelo que Logan me diz. Veja, sei que ele é muito suave e culto, mas também é letal. Não se esqueça disso, tudo bem?

— Okay.

Não precisava de muito para Laryssa acreditar que o vampiro era perigoso. Até Avery tinha dito isso. Mas, depois da interação deles hoje na loja, não apenas ela estava desesperadamente atraída por ele, como estava certa de que o ser imortal não a machucaria. Sua habilidade de jogar um grande móvel nele não minou sua confiança de que seria capaz de se defender se estivesse errada.

— Desculpe, sei que não é da minha conta, mas senti que tinha que falar alguma coisa. — Wynter também viu como Léopold olhava para a moça. — Tenho certeza de que ele será bom com você. Quero dizer, veja como ele trata Ava. É inacreditável, na verdade. Nunca o vi daquele jeito com ninguém... tão gentil. Acho que talvez eu não o conheça tão bem, mas nunca pensei que veria Léopold Devereoux tomando conta de um bebê. — Balançou a cabeça em descrença e abriu a porta.

— Ele parece tão tranquilo com ela, não é? — Laryssa comentou, sabendo que ele deve ter ouvido cada palavra que as duas disseram.

— Sim, parece. Que Deus me ajude, mas realmente me faz querer ter filhos — Wynter confidenciou. — Tenho que olhar as coisas lá embaixo. Vai ficar bem aqui?

— Sim, obrigada. Vou ficar bem — garantiu a ela.

Em silêncio, abriu a porta e deu uma olhada em Léopold, que suavemente cantava uma canção de ninar francesa para a criança. Contemplou o que ele disse aos outros... o fato de que ela ficaria com ele. O vampiro estava louco? Se ela ficasse com ele... Não, não, nem podia pensar nisso. No pouco tempo que passaram juntos, já tinha dito muito a ele, além da conta. Como um gêiser, os segredos que ela enterrou por tanto tempo começaram a jorrar. Queria confiar nele, contar-lhe tudo. Mas não podia. Ir para a casa dele simplesmente não aconteceria, embora as palavras de protesto falhassem em sair de seus lábios. Disse a si mesma que o motivo para não argumentar seu ponto era porque não queria causar mais problemas com aquele vampiro desagradável. Mas seu instinto dizia que era porque ela não queria dizer não. Queria dizer sim. Sim, para tudo que era Léopold.

Lentamente, ela o abordou. Ele se balançava na cadeira, a criança finalmente dormindo contra seu ombro. Ajoelhando diante dele, apoiou as mãos em suas coxas.

— *Elle est belle*. Ela é bonita, não é? — Léopold comentou. Falando suavemente com a criança, continuou: — *Mon petit bébé*, vamos te manter sã e salva.

— Ela é tão doce. É difícil de acreditar que alguém tentaria matar um bebê. Doentio. Realmente doentio.

— Einstein disse: "O mundo é um lugar perigoso para se viver, não por causa das pessoas que são más, mas sim por causa daquelas que não fazem nada a respeito". Existe tanto mal. É uma maravilha que as pessoas sequer levantem de manhã.

— Vamos impedir isso... o que quer que isso seja.

— Isso nós faremos, Laryssa. — Léopold levantou do assento e gentilmente colocou Ava de costas no berço. Puxando a coberta, sentiu a mão da moça em seu ombro. — Vivi centenas de anos. Como os imortais, o mal nunca morrerá. É quase como se soubéssemos disso quando nascemos. Até os recém-nascidos choram ao serem trazidos para o nosso mundo.

— Não sei, Leo. Acredito que exista algo maior do que todos nós. — Inconscientemente, saindo de sua zona de conforto, Laryssa percebeu que tocou em Léopold.

— A deusa? Sim. Mas também acredito que o inferno existe, gerando o mal tanto nos homens quanto nos sobrenaturais. Não vai chegar nela.

— O mal? Bebês não são gerados maus.

— Não é isso que quero dizer. Digo que o que quer que esteja atrás dela é mau e não vai chegar nela. Juro que tentou matá-la naquela noite em Yellowstone. Com tudo o que vi, não faz sentido. Há algo me incomodando em relação a isso... as criaturas que você descreveu.

— Que não têm olhos.

— Se elas forem reais...

— São.

— Se elas forem reais, nunca vi nada como elas. Mas, de novo, nunca encontrei ninguém como você. — Ele sorriu e segurou uma mecha de cabelo entre os dedos.

Laryssa respirou fundo, diminuindo o ritmo das batidas de seu coração. Ela estava certa de ele ter ouvido o que falou com Wynter. Suspirou, constrangida. Ele era tão fora do seu alcance.

— Você fica ótimo com ela. — Mudou de assunto, voltando seu olhar para Ava. — Sempre foi bom com bebês?

— Temos que ir. Está ficando tarde e você precisa descansar antes de vermos Ilsbeth pela manhã. Devia comer algo lá embaixo — sugeriu. Apressado, atravessou a sala para longe tanto de Laryssa quanto do berço, colocando a mão na maçaneta. Não queria debater seus sentimentos por crianças com ninguém. Tolo, havia abaixado a guarda ao redor dela.

— O quê? — indagou, assustada com sua mudança de tom. *Ele está bravo comigo?*

— Eu disse que temos que ir — respondeu, frio. Como um cofre, fechou com sucesso seu coração e sua mente para ela.

Wynter abriu a porta, surpreendendo os dois.

— Como ela está?

— Ah, Wynter. Que bom que está aqui. Não podemos deixar Ava sozinha, nem por um minuto. Laryssa e eu temos que ir. Temos que parar na casa dela para buscar suas coisas. — Léopold estava grato pela interrupção.

— Percebi que você a fez apagar. Acho que vou tirar uma soneca enquanto ela dorme. Tenho que dizer, você certamente tem um toque mágico com bebês, Léopold. Quem teria pensado nisso? O vampirão mau é doce — Wynter cantarolou com uma vozinha de bebê, arrumando as laterais do cobertor, se certificando de que Ava estava confortável, e não deixou passar a expressão de desdém que cobriu o rosto do vampiro. — Enfim, não deixem de pegar um pouco da *jambalaya* que eu fiz. Coloquei em potes na bancada. Ou vocês pode levar algum quando forem.

— Não estou realmente com fome... — Laryssa começou a dizer, chateada com a aparente mudança de humor de Léopold.

— Vou me certificar de que ela coma algo — ele respondeu, gesticulando para que Laryssa saísse do quarto. — Vamos, bichinha.

— Não sou uma cachorra — Laryssa disparou, passando por ele em direção às escadas.

— O que disse? — ele indagou.

— Você me ouviu.

— Nunca falei que você era um animal. — Ele sabia muito bem por que ela estava brava com ele. Era melhor desse jeito. Por mais que a quisesse, nunca poderia dar o que ela precisava.

— Sim, claro. Da próxima vez, aposto que você vai soprar um apito. Melhor procurar um criador de cães se está procurando por um bichinha.

Léopold bufou em resposta, mas não a deixou ver o sorrisinho que não conseguiu evitar que curvasse seus lábios. Ela cuspia fogo; era alguém que ele sabia que o deixaria com algumas queimaduras antes que a semana terminasse. Caramba, queria poder mantê-la em sua vida, mas nunca funcionaria. Era melhor mantê-la com raiva do que excitada. Assim que tudo isso terminasse, ele poderia deixá-la com poucas consequências.

Dirigiram em silêncio ao saírem do apartamento de Laryssa. Ela continuava a morder a língua ao pararem no portão de entrada da enorme mansão à beira do lago. Lutando contra seus próprios sentimentos, ela encontrou dificuldade de entender como deixou o vampiro carismático tomar conta de sua vida nas últimas vinte e quatro horas. Quando mirou seus penetrantes olhos escuros, foi como se ele tivesse colocado a mão em seu peito e roubado cada grama de autocontrole que ela tinha. Ele a fez querer fazer coisas, coisas bem safadinhas... para ele, com ele. Nunca teve uma resposta tão visceral a um homem, quanto mais a um sobrenatural. Em vez de permanecer fria e centrada, controlando sua energia e as reações de seu corpo a ele, perdeu sua concentração. Ela o deixou excitá-la, e então enfurecê-la, libertando seu poder, expondo suas habilidades pela primeira vez.

A maneira como comandou os outros na casa do alfa a deixou maravilhada. Todos o temiam e respeitavam. Mas foi como revelou sua gentileza com Ava que roubou o coração da moça. Ela não era estúpida. Suspeitava que ele tinha matado ao longo dos séculos. Um imortal não vivia muito se não o fizesse. No entanto, ele alimentou e embalou a bebê tão naturalmente quanto se fosse o pai dela. O simples ato mostrou mais sobre Léopold do que qualquer coisa que ele tinha dito ou feito. Por baixo do exterior endurecido, residia bondade. A raiva que ele expressou quando ela o perguntou sobre ter uma criança foi precedida por um breve lampejo de luto em seus olhos. Ele pode não ter mostrado intencionalmente, mas o fato de não poder olhar para ela disse que estava escondendo algo; algo que era tão doloroso que ele reagia como um animal ferido. O que Léopold não sabia era que ela não aceitaria sua recusa. Talvez não estivesse pensando com a cabeça, mas estava determinada a conhecer seu belo vampiro.

Gostando ou não, Léopold Deveroux aprenderia a se abrir para ela, a confiar nela. Não havia outra maneira que justificasse ela contar sua verdadeira natureza para outra alma. Precisava saber que o vampiro era digno de seu segredo, que não buscava apenas proteger Ava. Se estivesse simplesmente atrás de seus poderes, ainda o ajudaria, mas não arriscaria ficar íntima. Seria quase impossível resistir ao seu charme, sabia disso, mas buscava mais do que rolar entre os lençóis. Se desse seu corpo a ele, teria dificuldades de proteger seu coração.

Seus pensamentos foram interrompidos quando Léopold abriu a porta do carro para ela. *Um perfeito cavalheiro*, pensou. Tantos anos nesta Terra certamente o ensinaram sobre as coisas boas da vida. Passou os dedos pelo couro macio do assento mais uma vez antes de sair. Ao pegar a bolsa que trouxe para passar a noite no banco de trás, as mãos dele roçaram as dela.

— Permita-me — pediu a ela, erguendo com facilidade.

— Posso carregar minha bolsa — protestou.

— Claro que pode, mas eu insisto. Você é minha convidada. Por aqui. — Sem argumentar mais, ele andou até a porta da frente e abriu o controle de acesso biométrico. — Costumo estacionar na garagem, mas já que você está aqui comigo... — Ele não terminou a frase ao abrir a maçaneta, gesticulando para que ela fosse na frente dele. — Não trago muitas pessoas aqui, porém você ficará confortável.

— É adorável — respondeu, tentando parecer indiferente ao entrar em sua casa.

Não era como se ela não tivesse feito um tour por uma mansão do Garden District, mas a de Léopold era espetacular. Um grande saguão com uma escada circular que levava diretamente a uma enorme sala. Espaçoso e contemporâneo, o teto em estilo de catedral deu lugar a uma parede de janelas do chão até em cima. A cozinha, com seus armários e bancadas de mármore brancos, era separada da área com um espaçoso balcão para café da manhã. Sofás de couro moderno na cor creme contrastavam com o piso de cerejeira escura. Uma lareira de pedra de dois andares ficava na parede oposta.

Laryssa não conseguiu evitar pensar em quão irônico era que Léopold tivesse uma casa tão arejada e aberta, ainda que ele mesmo fosse o oposto disso, misterioso e enigmático. Perguntava a si mesma se era assim que ele via a si mesmo ou talvez fosse como queria ser. Refletindo sobre seu comportamento carinhoso com a criança, sabia que havia mais nele do que seu papel de protetor e líder. Ao entrar na grande sala, supôs que, embora a decoração fosse discreta, apresentava um toque de dramaticidade. Ao examinar o cômodo, notou, porém, que também parecia impessoal. Diferente do pequeno apartamento dela — que foi decorado com fotos que tirou nas férias e nos lugares que amava —, além de algumas peças de arte, não havia nada que indicasse quem morava aqui ou o que fazia. A casa dele era como um catálogo de móveis; moderna e convidativa, mas não finalizada por completo.

Ao se aproximar das janelas, não pode deixar de pressionar as mãos contra o vidro. Água. Seu chamado era inegável. Antes que tivesse chance de perguntar sobre o lago, luzes piscaram do lado de fora, revelando uma grande piscina olímpica retangular, com uma mais rasa semicircular para crianças que tinha uma fonte. Luzes multicoloridas brilhavam no azul da água, parecendo dançar na noite. Apesar de magnífica, foi o prêmio do outro lado além da piscina, a esperando, que chamou sua atenção.

Tentando conter sua empolgação, exaustão a tomou. Sentia-se drenada, necessitada de sua cura. Se não contasse a Léopold em breve, teria que escapar no ar noturno para encontrar seu líquido restaurador. Como o ar, ela precisava da água do lago para sobreviver.

— Gosta de nadar? Fique à vontade para usar a piscina enquanto estiver aqui — Léopold comentou, a observando pelo canto do olho.

— Nadar?

— Na piscina. Você é mergulhadora. Só se pode presumir que gosta de água se mergulha regularmente — Léopold falou, pegando a embalagem que trouxe da casa de Logan. Entrou na cozinha, deixando no micro-ondas. Trabalhava na cozinha, embora ciente de todos os movimentos dela.

A cautela de Laryssa não o surpreendeu durante o percurso. Levou ela a isso depois de ser perguntado sobre ter filhos. Sua resposta foi para deixá-la em silêncio, e agora que terminou o que tinha que fazer, descobriu que sentia falta do som de sua voz. Acendeu as luzes de fora, pensando que ela conseguiria ver a área da piscina. Mas ela parecia preocupada com algo mais além. *Essa mulher, essa criatura, o que ela era?*

Claramente estava perdida em pensamentos; observou como ela estava dobrada em direção à janela, as mãos espalhadas contra o vidro. Seu traseiro atrevido espreitava pelo par de jeans apertado que ela colocou no próprio apartamento. Léopold moveu as pernas quando seu pau endureceu com a visão de sua bunda redondinha. Gemeu por dentro, se imaginando despi-la do jeans e então mergulhando nela por trás, os seios firmes dela pressionados no vidro frio.

Merde, eu não deveria tê-la trazido aqui. Léopold negou com a cabeça, desgostoso com sua falta de disciplina. Verdade, ele precisava transar, mas não com ela. Seus instintos diziam que havia algo em Laryssa que abalaria o mundo cuidadosamente construído, e aquilo simplesmente não poderia acontecer. Ele não se deixaria cair ainda mais no feitiço dela. Pegando o celular, digitou uma mensagem para Arnaud. Comer e foder resolveriam os seus problemas. Se não saciasse sua fome, não demoraria muito até ter Laryssa nua, com o pau enterrado dentro dela.

O micro-ondas apitou, felizmente o distraindo do pensamento tentador. Estendeu a mão e pegou a bacia, colocando no balcão.

— Sente-se.

A jovem virou a cabeça em direção a ele e o encarou.

— Sente-se, por favor — devolveu, em um tom sarcástico. — Vamos, bichinha, você precisa comer. Está vendo? É a *jambalaya* de Wynter. O cheiro está delicioso.

— Você é sempre mandão assim? — questionou, irritada por ele continuar dando ordens a ela. Considerou dizer a ele para ir ao inferno, mas seu estômago roncou, a lembrando de que estava realmente com fome. — Você não pode apenas dizer "o jantar está pronto"? Não, eu recebo um "sente-se". Escuta, Leo, se você planeja me manter aqui, vou repetir mais uma vez... contrariando sua crença de que sou algum tipo de cachorra ou servente, não sou nenhum deles.

— Posso ver claramente que você não é. Quanto a ser "mandão", como você colocou, eu sou o chefe, né? É o que sou. Não se pode mudar a lua e as estrelas, nem mudar um homem. — Léopold suspirou. *Oui, talvez eu seja um idiota arrogante. Mas é melhor a coelhinha se acostumar, porque não vou mudar por mulher nenhuma, especialmente alguém que não ficará muito tempo em minha vida.*

— Por que não estou surpresa que você se compare ao universo? — Bufou, sentando-se para comer no balcão. Viu que ele não apenas aqueceu a comida dela, como deu um guardanapo de pano cuidadosamente dobrado, utensílios e uma garrafa de água. Fechou os olhos e tentou reprimir a pontada de culpa por chamá-lo de mandão. Apesar de sua atitude arrogante, ele estava tentando. — Obrigada. O cheiro está ótimo.

— Gostaria de um vinho? — Selecionou um dos seus tintos favoritos de uma prateleira de ferro forjado na parede.

— Não, obrigada — respondeu ela, pegando a colher.

— *Oui*, acho que você precisa de um pouco de vinho. Este é um adorável Pinot Noir que eu trouxe da Nova Zelândia há alguns meses. — Começou a pegar duas taças do armário e abrir a garrafa. Depois de servir uma porção generosa, deslizou na frente dela e sorriu.

Laryssa o assistiu ignorar completamente sua resposta. *Ele não me ouviu dizer que "não"? Mas é claro que ouviu.* Apesar de suas atitudes, não havia como negar quão incrivelmente sexy ela achava sua confiança. Aceitando sua sugestão, negou com a cabeça e pegou a taça, tomando um gole. Conforme os sabores frutados escuros cobriram sua língua, ela fechou os olhos, aproveitando a excelente combinação com sua refeição. Foi um dia horrível, e ela relaxou quando o néctar delicioso começou a lhe dar alívio. Seus olhos se abriram e ela xingou em silêncio. *Maldito. Ele tinha que estar certo sobre tudo?* O estrondo suave de sua risada encheu o cômodo e ela soube que tinha sido pega.

— Bom, não é?

— Okay, sim, o vinho é maravilhoso, e mesmo que eu tenha dito não e tenha sido ignorada, você estava certo. Mas e você? Não vai comer? — Laryssa poderia ter dado um tapa em si mesma logo depois de fazer uma pergunta tão estúpida. *Comida para vampiros? Sangue, né?* Não era como se ela estivesse se voluntariando, mas conforme assistiu sua boca se abrir em um largo sorriso, não podia refutar o desejo de ter os lábios dele em sua pele.

— Corajosa, *mon petit lapin*. — Ergueu a taça contra a luz e girou. — Eu amo as delícias culinárias mais finas da humanidades, mas temo que apenas sangue me manterá vivo. O vinho é um deleite, mas não será suficiente.

— E a comida... comida de verdade?

— Comida de verdade? — Léopold riu e colocou seu drink no balcão antes de capturar os olhos dela. — Tudo é uma questão de perspectiva. Sangue... sangue quente de um humano vivo é o que eu preciso... desejo.

— Você não me assusta — Laryssa afirmou, querendo que suas mãos não tremessem.

— Não é minha intenção. Você perguntou. Estou respondendo. Uma conversa simples. Além disso — retornou ao seu vinho —, eu não mato para comer. No entanto, prefiro doadores vivos. Posso pagar por isso, então por que não?

— Você diz pessoas?

— É quem eu sou. Não há como negar minha natureza. — Léopold circulou o balcão até estar atrás de Laryssa. Colocou a taça perto da dela e deslizou os dedos por seu cabelo.

— Mas por que não pegar bolsas de sangue ou qualquer outra coisa que eles têm em Mordez? — questionou, mas não se importava. No segundo em que ele a tocou, ela perdeu a concentração, voltando para as suas mãos, mas parou antes de ronronar como uma gatinha.

— Por que eu deveria quando posso ter o que realmente quero? Quando eu quero? Como eu quero? — sussurrou em seu ouvido. As mãos dele caíram em seus ombros. — Se você pudesse ter o que quer, não aceitaria? Saborear a experiência. Apenas ser quem você é. Nada de viver com medo ou vergonha.

A moça podia sentir os músculos derreterem quando ele massageou seu pescoço. *Ah, meu querido Deus, nunca serei capaz de negá-lo. O que ele estava dizendo? Perguntou o que eu queria? Era uma resposta fácil; eu o quero.* Ah, mas era aquele detalhezinho sobre contar a ele quem ela era que seria um probleminha.

— Não sei como é isso — conseguiu dizer. Perdendo-se no toque dele, gemeu. — Quero ser livre, mas não posso.

— Diga-me o que você é, *ma chérie*. Liberte-se.

— *Quid pro quo*. Diga por que ficou bravo comigo. Perguntei se sempre foi bom com crianças e você me afastou.

Léopold a soltou e atravessou a sala, olhando pelas janelas. Laryssa pulou do seu lugar, o seguindo.

— Ah, não, você não vai fazer isso. De novo não — repreendeu. — Espera que eu te diga tudo sobre mim, mas quando faço uma simples pergunta, você fica bravo. Bem, eu tenho novidades. Não vou colocar tudo em risco a menos que você faça o mesmo. Quer que eu confie em você com algo que é realmente importante para mim, mas não me diz sequer por que é tão bom com um bebê a ponto de eu achar que você realmente teve um.

Léopold tinha uma família? Uma criança? Laryssa soube instantaneamente no minuto em que pressionou sobre o assunto e ele ficou reto feito uma tábua. *Mas por que esconder? Eles estavam perdidos? Não, estavam mortos.*

Léopold não disse nada com as palavras dela pairando no ar, rasgando cicatrizes antigas. A mulher o enlouquecia. Ele deveria tê-la deixado na droga da loja de antiguidades. Ela não deu a ele nenhuma razão para pensar que poderia realmente ajudar a proteger Ava. Nunca precisou de ninguém, embora estivesse agindo como se precisasse dela. Pensou em pegar as chaves do carro e levá-la de volta para o Bairro Francês, que era onde ela pertencia. Estava prestes a caminhar até a porta quando sentiu as mãos dela em suas costas.

— Sinto muito — sussurrou.

— Não há nada para sentir.

— Sério, sinto muito. Se você tivesse apenas me dito...

— Assim como você me disse o que é e como ficou assim? — retrucou, virando para encará-la.

— É diferente. Você não entende. Eu não conto a ninguém. Não houve ninguém. Não entende o quanto eu quero confiar em você? Você nem mesmo sabe, né? — Laryssa rebateu. Olhou para o chão, torcendo as mãos. — Não posso simplesmente te dizer o que você quer saber. Quero te contar, mas precisamos ter confiança. Ficar mandando em mim não é confiar, Leo. Eu preciso de mais.

— Mais? Eu te trouxe para a minha casa. Há coisas ao meu respeito que você não sabe, Laryssa. Estou vivo há muito tempo.

— Sim, mas quando duas pessoas estão construindo uma amizade, um relacionamento... — Laryssa se encolheu ao usar a palavra com "R", mas, fosse romântico ou não, era o que ela precisava para dizer a verdade a ele.

— Relacionamento? — Léopold jogou a cabeça para trás e enxugou os olhos. — Não posso negar que estou atraído por você, mas um relacionamento? Não, eu não tenho isso. Não sou quem você precisa. E meu passado está morto e enterrado... onde precisa ficar.

— Sinto muito por te chatear, mas, sim, eu preciso ter um relacionamento com você se vou te contar tudo ao meu respeito. Entendo que você tenha um passado, mas eu também tenho e, diferente de você, não sou uma anciã fodona. Só estou tentando sobreviver. E estou sozinha. Não consigo fazer isso. Se você não pode confiar em mim... eu não sei. — Os efeitos do vinho não estavam nem perto de acalmá-la; certa umidade encheu seus olhos.

O vampiro viu as lágrimas ameaçando a cair e, embora geralmente ignorasse se não estivesse gostando da visão de medo e dor em outro ser, parecia que estava absorvendo o tormento dela. *Por que ela precisa que eu mostre minha confiança?* Não queria fazer aquilo. Era uma má ideia, mas ela parecia tão derrotada e ele não queria realmente que ela se fosse.

— Eu fui pai. — Dizer as palavras em voz alta pela primeira vez em séculos era surreal. Não falava aquilo desde que foi transformado.

— Leo — a voz da moça falhou. Ele estava confiando nela. Fechando a distancia entre os dois, passou os braços pela cintura dele.

— Rosamund. Ela tinha quatro anos. Maiuel, ele era apenas um *bébé*... — Era tão estranho dizer os nomes, embora parecesse ter sido ontem que os segurou nos braços. Podia ouvir a voz da filha chamando por ele, *"père"*. — Foi há tanto tempo... — Léopold fechou os olhos, o rosto tenso. *Por que ele estava falando sobre isso?*

— Está tudo bem. Sinto muito. — Laryssa segurou seu rosto com as mãos. — Eu não deveria ter pressionado. Só queria te conhecer.

Quando os olhos dele se abriram, o olhar de luto rapidamente se transformou em paixão. Com exceção de Dimitri, ele não tinha compartilhado coisas pessoais com ninguém, quanto menos a morte de seus filhos. Laryssa não apenas despertava seu desejo, mas renovou suas memórias e conexões com o mundo humano. Era como se sua breve presença na vida dele tivesse começado a fortalecer as delicadas fibras que sobraram de sua compaixão. Não conseguia se convencer a tomar o sangue dela, mas a tendo nos braços, não podia mais resistir ao seu corpo.

A boca capturou a dela e Léopold soube que era errado. Não a merecia, mas não conseguiu parar ao provar a doce inocência em seus lábios. O autocontrole deslizou quando mergulhou nela, seus lábios aprofundando o beijo delicioso. Esticando a mão para seu cabelo e assumindo o comando, envolveu os dedos em seus cachos e a segurou no lugar. Precisava tê-la, estar dentro dela. Ele se arrependeria, mas quando ela respondeu a ele, dando a si em troca, não conseguiu parar. Com um suspiro, tirou os lábios dos da mulher e começou a trilhar beijos na pele delicada de sua garganta. Faminto por mais, passou a mão pela barriga, erguendo a camisa até encontrar seus seios. Ela gemeu pelo toque, o encorajando. Mais, os dois precisavam de mais, e rápido. Léopold puxou para baixo o tecido rendado do sutiã até o mamilo inchado estar solto em seus dedos.

— Leo, por favor — implorou.

— Eu te quero. — Léopold suspirou contra o pescoço dela. Inclinou-se para a jovem, sua ereção dura como pedra a tocando. — Sente isso?

— Sim — respondeu, ofegante.

Léopold agarrou seu queixo na mão, até os olhos nublados encontrarem os seus.

— Isso — suas presas desceram e ele dobrou os joelhos, pressionando o pau contra ela — é o que você faz comigo. Você me faz perder o controle.

— Você não me assusta — afirmou, lambendo a curva do pescoço dele.

Não há nada que eu possa fazer para detê-la? Ó, deusa toda-poderosa, esta mulher seria a ruína dele. Sabia disso assim como estava parado perto dela. Desistindo, beijou-a com paixão, permitindo que suas presas tocassem a língua dela. Um monstro, ele era um monstro. Ela precisava saber que ele não era seguro. E a machucaria assim como fez com a própria família.

Laryssa sentiu a hesitação do vampiro. Ele tinha mostrado os dentes para assustá-la e uma pequena parte da garota estava com medo. Mas uma parte ainda maior ansiava por ter aquelas presas perfurando sua pele, a possuindo de todas as maneiras possíveis. A língua dele se movia em sua boca, e ela chupou e respirou, deixando a própria língua roçar seus dentes afiados.

— Tire. — Foi tudo que ouviu antes do tecido de sua camisa ser arrancado por cima da cabeça. — Fique quieta — ordenou, a segurando de pé. Deslizou as mãos pela pele macia de sua pele e virou seu corpo mais uma vez, agora para que ela estivesse encarando a janela. Com um movimento do pulso, tirou os ganchos do fecho e o sutiã dela caiu no chão. — Bem melhor, bichinha.

— Não — protestou pelo nome que foi chamada.

— Agora. — Ele esticou a mão ao redor de seu pescoço e a segurou firme e gentilmente no lugar. A outra mão encontrou seus seios. — É isso que eu queria fazer com você. Encantadora.

Laryssa não teve medo de ter seu corpo restringido por ele, apenas abraçou a sensação, focando solenemente no toque dos dedos, que amassavam sua carne. Queria gritar e dizer a ele para parar de chamá-la daquele nome, embora fosse como se ele estivesse tocando nela como um piano de cauda. A música ressoava por todo seu ser, a fazendo dançar no ritmo que ele criou.

— Léopold. — Ofegou, buscando mais do que ele dava.

— Tenha paciência. Você está toda mole e pronta, não é? Mas está brincando com fogo, sabia?

— O que você quer dizer? — Tentou mover a cabeça, mas ele endureceu o agarre, suavemente acariciando a pele abaixo da orelha.

— *Quid pro quo*. O que você é? — Suspirou contra a pele dela, roçando os lábios em sua nuca.

— Não posso — insistiu.

Léopold riu, frustrado e excitado por sua bruxinha. Ela pode não fazer mágica, mas lançou um feitiço sobre ele como nenhuma outra mulher que conheceu. Após confessar os nomes de seus filhos, ela pensou que poderia se safar sem encarar os termos do acordo? Havia tanta coisa que ele ensinaria a ela, se ele se permitisse. Mas não poderia tê-la, sabia disso. Neste momento, no entanto, ela lhe devia a verdade. *Quid pro quo.*

— *Oui*, pode sim — garantiu a ela. Chupando o lóbulo de sua orelha, sua mão deixou o seio dela, que gemeu em protesto. Lentamente, provocou com a mão por sobre a barriga dela, descendo.

— Por favor.

— *Qu'est-ce que tu veux?*

— Eu não entendo — choramingou, frustrada. *Por que ele está me torturando?*

— Por favor, o quê?

— Eu não posso... eu não posso dizer.

— Você é teimosa. Muito determinada, porém muito frágil. Como a seda de uma aranha... você é forte, mas delicada. Durona, mas flexível, luta contra o que é, embora se esforce para se conformar com o que a sociedade espera de você. Mas o que você deve aprender, Laryssa — Léopold parou antes de deslizar a mão por dentro da bainha do jeans — é que até uma teia de aranha pode ser testada. — Deslizou os dedos pelas dobras escorregadias dela, acariciando sua pérola até ouvir um gemido. — E sim, a teia, embora seja forte, pode ser testada, flexionada. A energia que pode absorver é extraordinária por natureza, mas não ilimitada.

A boceta de Laryssa doía com o calor, pulsando pela antecipação do próximo toque dele. Lutava para mover os quadris nas mãos dele, que gentilmente apertou o pescoço dela, a lembrando de quem estava no controle. O interior dela se contraiu quando ele pressionou um dedo em sua entrada e ela soube que desistiria de qualquer coisa para estar com aquele homem.

— Vou te dizer, por favor, apenas... me toque.

— Assim? — Mergulhou o longo e grosso dedo dentro dela, lambendo seu pescoço ao fazer isso. Beijou toda a parte inferior de sua bochecha, querendo muito provar seus lábios de novo.

— Ah — choramingou. — Sim.

— Ou assim? — Léopold passou a ponta do polegar sobre seu clitóris, bombeando outro dedo em sua umidade.

— Sim — gritou. As rédeas de seu orgasmo permaneceram além do seu alcance. Não conseguia se mexer, não podia se tocar. Só dava para esperar que ele desse o que ela desejava. Seu peito inchou de ar quando ele impulsionou o dedo sobre seu clitóris inchado uma segunda vez.

— Diga-me o que você é, tudo que pode fazer. Nada de relacionamentos. Apenas ceda. — Pressionou dois dedos dentro dela, arrancando outro gemido de prazer. — E receba.

— Estou tão perto... por favor, Léopold. Agora não... Só me faça sentir. Ele parou os dedos e ela gemeu.

— Sim, você está... tão perto de conseguir o que quer. Eu te desejo, mas não podemos acontecer. Não sou o homem para você. Prazer eu posso te dar facilmente, mas qualquer coisa além te causará apenas dor.

— Pare de falar — exigiu.

— Você quer muito, não é? Consigo sentir sua carne tremendo ao redor dos meus dedos, doce Laryssa. — Grunhiu, enterrando o pênis na curva de sua bunda. Se ela não contasse a ele o que era nos próximos dois minutos, sabia que perderia completamente o controle e a tomaria ali no chão. Assim que fizessem amor, ele temia não ser capaz de deixá-la. Não, ele precisava de informação, não de complicação. Tinha que dobrá-la, fazer com que lhe contasse como se tornou o que era. — Diga-me agora e você poderá ter o que procura, *mon lapin*. O que é você? Eu consigo sentir... você quer me revelar... então me fale. Não posso te prometer nada, apenas minha confiança e proteção.

Seus dedos bombeavam dentro e fora dela, a levando mais e mais além em direção ao clímax, ela mal o ouvia falar. *Confiar? Revelar? Do que ele está falando?*

— Não posso te dizer agora... por favor, não pare — ofegou, descansando a testa contra o vidro frio da janela. — É tão bom. Ai, meu Deus.

— Diga-me agora ou vamos parar.

— O quê? — Laryssa estremeceu, seu orgasmo no limite. Negou com a cabeça, se recusando a dizer a ele.

— Diga! — Léopold gemeu, sua semente começando a escorrer da ponta de sua ereção. *Caramba, essa mulher é impossível.* Antes que tivesse a chance de pressioná-la mais, a campainha tocou, os interrompendo. — Salva pelo gongo?

— O quê? — Desorientada, a moça estremeceu. Caindo do precipício montado pelo êxtase, seu orgasmo ficou fora de alcance assim que Léopold tirou as mãos da calcinha dela. *Por que ele parou?* Ouviu o som familiar de uma campainha. Tinha alguém na porta? Tentou se recompor, cambaleando pela perda do seu toque. Sentiu-o erguer os braços dela, passando o buraco de sua camisa sobre sua cabeça.

— Receio que o jantar tenha chegado. Vista-se — avisou, como se tivesse feito um pedido no cardápio e estivesse sentado no restaurante, esperando sua refeição chegar.

— Sério?

— *Quoi?* — perguntou, alisando o tecido. Abaixou-se, pegando o sutiã dela do chão e levando ao nariz para cheirar.

Voltando a si, Laryssa se afastou dele. Uma mistura de decepção e vergonha a percorreu, quando percebeu que ele a prendeu. Pior, ele a atraiu deliberadamente, a excitando e a levando bem perto de gozar até que parou. Os olhos dela brilhavam de raiva para o sorriso que ele deu junto de um olhar conhecedor. O vampiro queria que ela soubesse o que ele fez.

— Saia de perto de mim. — Tirou a mão dele de seu braço.

— Uma pena, não é? Tão perto, mas tão longe. — Esticou a mão, o sutiã dela pendurado na ponta do dedo. Ela o pegou e segurou contra o peito.

— Eu não estava assim tão perto — mentiu. — E como você saberia? Eu podia estar fingindo.

— Decepção não cai bem em você, *mon lapin*. Além disso, eu estava me referindo ao fato de que eu estava muito perto de descobrir a verdade… *de vous…* a sua verdade. Você me dirá. Era o nosso acordo. Eu compartilho, você compartilha. Temo que agora você esteja me devendo. — Léopold a circulou, e ela permaneceu imóvel feito uma estátua. Ficando atrás dela, a sentiu pular quando pressionou os lábios em seu cabelo. — E pretendo cobrar logo que terminar.

— Terminar de fazer o quê? — Ouviu a porta se abrir, e Léopold não lhe deu mais atenção ao se mover de detrás dela em direção ao saguão.

— *Excusez-moi*. A porta… preciso atender nossas visitas — revelou, a deixando para trás.

Seguindo-o com cuidado, andou até onde ele havia colocado sua bolsa e a segurou, escondendo seu busto que não conhece limites. Do outro lado da sala, pode ver um homem e uma mulher passarem pela entrada. Não os reconheceu de mais cedo e se perguntou quem eram, o que estavam fazendo aqui. Pânico subiu por sua garganta com o pensamento de que Léopold tinha mentido para ela e contado a outros sobre suas habilidades. Observou tudo pensativa, enquanto o vampiro guiava a fêmea pelo saguão para a sala.

— Este é o meu assistente — o vampiro contou para Laryssa, acenando para o estranho, que sorriu educadamente para ela. — Ele trouxe o jantar.

— Olá — conseguiu dizer, a voz suave, mas não estendeu a mão.

— *Bonjour, mademoiselle.* Ou devo dizer *bonsoir*, já que está ficando tarde?

Laryssa forçou um sorrisinho. Seus olhos foram para Léopold, que escoltava a visitante loira para uma cadeira. A mulher parecia deslizar pelo chão, seus saltos clicando em staccato nas tábuas de madeira. Laryssa ofegou baixinho, percebendo que a mulher tinha uma máscara no rosto, bloqueando sua visão. *Mas que diabos está acontecendo?*

— Hm, por que ela está vendada? — Não conseguiu conter sua curiosidade.

— Não se preocupe — disse, bajulador, apreciando o olhar de preocupação no rosto da moça. — Esta é Sophia. Ela está bem confortável, te garanto.

— Mas... pensei que você tinha dito que seu assistente estava trazendo o jantar... nós já... — O rosto de Laryssa ficou pálido e suas palavras se transformaram em silêncio. Seu cérebro lentamente organizou as peças do quebra-cabeça. Não, Léopold não fará isso. Não na frente dela.

— Arnaud.

— O quê? — ela indagou.

— Arnaud. O nome do meu assistente é Arnaud. E, embora você já tenha jantado — Léopold ficou atrás da mulher e colocou a mão no topo da cabeça dela, como se estivesse afagando um gato —, eu não jantei.

Laryssa poderia sentir seu sangue bombeando, medo e ódio a rasgando. *Ele está falando sério? É claro que está. Ele é um vampiro. Sanguessuga. Parasita.* Mordeu o lábio, tentando lutar muito contra as lágrimas. Apenas alguns minutos atrás, quase fez amor com ele, sabendo o que era capaz de fazer, secretamente esperando que ele perfurasse sua pele, bebendo de sua essência. Com desgosto, observou a mulher calmamente desamarrar o cinto que prendia seu casaco e o tirou, expondo a própria pele. Usava uma camisola preta de cetim e nada mais, a bainha cobrindo até as coxas.

O rosto de Laryssa esquentou, sua raiva fervendo. Tinha ouvido os rumores de como os vampiros se alimentavam, sua mordida excitando os orgasmos mais espetaculares. Tinha sido tola de pensar por um segundo que realmente poderia ter um relacionamento com Léopold. Diferente dela, ele confessava com orgulho quem era, o que era. Por baixo de seu exterior cortês e sedutor, um cavalheiro estava parado na frente dela, sem desculpas. *Por que eu não o ouvi? Como pude ser tão idiota a ponto de ler errado aquela atração como algo mais do que... luxúria?*

Léopold sabia que o resultado seria esse quando mandou mensagem para Arnaud, dizendo a ele para trazer um doador. Não era como se não tivesse feito aquilo um milhão de vezes. Os doadores, homens ou mulheres, sempre estavam vendados. Algumas vezes, apenas durante o caminho até sua mansão; outras por todo o tempo até retornarem à residência deles. Independente disso, eram privados dos arredores da morada de Léopold.

Sua casa era seu refúgio, um local que dividiu apenas com Arnaud. Planejava convidar Dimitri algum dia, uma vez que retornaram de Wyoming. Em um lapso de julgamento, trouxe Laryssa para cá. Para cada hora que dizia a si mesmo que precisava encerrar aquilo, tirá-la de sua vida, se tornava ainda mais incapaz de negar sua fome por ela. Concluiu que era atração puramente física, mas, quando ela insistiu em algo mais, uma conexão para garantir que podia confiar nele com seu segredo, ele quebrou um milhão de suas próprias regras. Primeiro, a trouxe para o seu santuário, depois falou sobre os filhos.

Convencido de que, se ela visse quem ele realmente era, compreenderia que nunca poderiam ter um relacionamento, pediu para Arnaud que trouxesse uma doadora mulher, para garantir. O olhar de dor e desconfiança em seus olhos deveria ser motivo de comemoração, de vitória. Mas era ele quem estava pagando mico, porque o único sangue que queria era o de Laryssa. Não apenas havia causado angústia a ela maliciosamente, negando um orgasmo, como agora a estava provocando com outra mulher. Emoções conflituosas vacilaram dentro dele por apenas um minuto, antes de decidir que tinha feito a coisa certa.

Este era quem ele era e não esconderia, não guardaria sua verdadeira identidade. Há muito tempo, antes de ter sido transformado, era um homem gentil, carinhoso com sua esposa e filhos. Trabalhava duro, um cavaleiro do rei. Mas aquele homem tinha morrido com sua família. A trivialidade de ter decência e compaixão em sua alma não poderia competir com o animal selvagem dentro de si. Nenhuma mulher amaria a fera que ele se tornou.

Laryssa não contou o que era, mas ele podia sentir a pureza dentro dela. Sua humanidade prosperava e ela ansiava por um homem que se importasse apenas com ela. A mulher merecia mais, não o indivíduo egoísta que desejava. Disse a si mesmo que, ao feri-la, mostrar esse lado dele, ela desistiria de ilusões de amizade, relacionamentos e conexões. A ligação deles deveria ser baseada em descobrir quem tentou ferir o bebê. Nem mais, nem menos. Mas quando reparou em uma lágrima escorrendo pela bochecha da moça, questionou seus motivos. Estava se alimentando por fome ou protegendo o próprio coração, aquele que negava a existência?

— Arnaud, por favor, mostre para Laryssa o quarto de hóspedes — declarou, dando-lhe um sorriso presunçoso na sequência. — A menos que queira ficar para assistir.

A mulher o encarou. O homem tinha que se alimentar, mas era como se estivesse sendo cruel de propósito, a provocando depois de negar seu orgasmo. Embora ele tivesse todo direito de comer ou foder quem quisesse. Não era como se ela tivesse oferecido seu próprio sangue. Não, aceitou receber prazer dele, sabendo que não contaria tudo. Não tinha nenhum direito de sentir o ciúme que crescia dentro dela. Sustentou o olhar de Léopold, que se sentou ao lado da doadora, que estava estendendo o braço em direção ao nariz dele. Ela o odiava. Ela o cobiçava. Nada disso tinha importância, porque ele faria o que quisesse.

O vampiro absorveu o olhar de Laryssa. Era como se pudesse sentir os próprios lábios na pele dela, mas a mulher que tinha nas mãos não era ela. Para cada segundo de angústia que causou para Laryssa, sentia dez vezes mais, negando e renunciando ao seu próprio desejo por ela. A moça nunca quis que ele demonstrasse como poderia ser frio, sua natureza. Deixando as presas descerem, manteve os olhos nela e lambeu o pulso da mulher, detectando sua pulsação.

— Posso tirar a venda? — pediu Sophie.

— Não — disse.

— Quer que eu me deite? Senti sua falta.

— Não fale. É o seu sangue que eu busco, nada mais — Léopold afirmou. Embora já a tivesse usado e feito sexo antes, tudo era parte do acordo de alimentação. Como qualquer outra doadora, seu propósito era meramente nutricional. Mas, depois de conhecer Laryssa, se perguntava se seria capaz de fazer amor com outra mulher.

— Venha, *mademoiselle*. Deixe-me levá-la ao seu quarto enquanto o *monsieur* toma o jantar — sugeriu Arnaud, educado.

— Hm, sim, acho que seria uma boa ideia — gaguejou a moça. Uma sensação doentia de alívio tomou Laryssa ao observar a interação. *A doadora esperava que ele transasse com ela?* Talvez, mas ele recusou e parecia que realmente a estava usando por conta do sangue. Sophie apoiou a mão na coxa de Léopold, e Laryssa pensou que vomitaria. A única coisa que a impediu foi o toque em seu cotovelo, que a distraiu da cena.

— Sim, uma ideia muito boa — afirmou Arnaud.

Deu uma última olhada no vampiro e deixou que o assistente a levasse para fora da sala. Um longo corredor levava a duas portas, uma para a esquerda e outra para a direita. Reparou em uma segunda escada, que parecia descer.

— *Mademoiselle*, este é o quarto de hóspedes. — O homem abriu a sólida porta de carvalho e acendeu a luz. — O quarto principal é em frente ao seu.

— E as escadas? Vão para onde? — indagou, pouco antes de entrarem no cômodo. Água. Precisava sair para o lago.

— Há uma área de sinuca e exercícios lá. Também leva para a piscina. Fique à vontade para nadar, se quiser. Posso destravar a porta dos fundos para você.

— Nadar? Hm, sim, seria ótimo. — Laryssa olhou ao redor do cômodo. Como o restante da casa de Léopold, era totalmente branco, exceto pela pintura de um Blue Dog que estava pendurada na parede. Os cativantes olhos amarelos pareciam segui-la. Ela tinha visto os caninos de cores vivas tantas vezes quando passou pela galeria do Quarter, mas foi a primeira vez que viu a obra de arte na casa de alguém.

— Você é fã de George Rodrigue? — Arnaud questionou, se aproximando dela.

— Sim, eu amo. Seu trabalho é maravilhoso, né?

— Sim, de fato. O *monsieur* também ama as peças dele. — Arnaud se afastou, abrindo a porta do banheiro. — As toalhas estão aqui se decidir dar um mergulho. Vou descer agora e ver a tranca.

— Você vive aqui? — ela perguntou, se virando para o homem. Não estava certa do por que questionou, além do interesse em que tipo de pessoa trabalharia para Léopold. Ela riu em silêncio, pensando que ele deveria ser tão paciente quanto um santo.

— Eu? Não. Meu chefe prefere a solidão. Além disso, quando ele está na cidade, moro aqui na mesma rua. Porém estou disponível para ele vinte e quatro horas por dia, sete dias por semana, quando ele está em casa.

— Em casa?

— Nova Orleans.

— Ele viaja muito?

— Às vezes — esquivou-se. — Ele também prefere ter privacidade. Se não houver nada mais que eu possa fazer por você, preciso cuidar de algumas coisas antes de levar Sophie de volta.

Sophie. A respiração de Laryssa acelerou, percebendo por um breve segundo de que quase se esqueceu de onde estava. Aquilo e o fato de que Léopold estava com outra mulher... o jantar. Por mais que quisesse bombardear Arnaud por mais informações sobre seu acordozinho de "alimentação", poderia dizer que já tinha cruzado o limite do que ele estava disposto a divulgar sobre seu empregador.

— Não, estou bem. Obrigada.

— Não há de quê, *mademoiselle*. Agora, se me permite, vou dar uma olhada na porta.

Quando ele saiu do quarto, Laryssa ficou admirando a pintura e pensando em quantas vezes pensou em comprar uma. Pensava com frequência em colocar uma em seu pequeno apartamento, mas decidiu que não a veria o suficiente e decidiu expor em sua loja, para que pudesse aproveitar o dia inteiro.

Sua loja, pensou, com um suspiro. Depois de fechar mais cedo, esqueceu-se de ligar para o gerente para que ele abrisse amanhã. Procurou o celular no bolso e percebeu que o havia perdido. Remexendo na mochila, lembrou-se de que colocou na bolsa de mão, que deixou na cozinha. *Caramba*. Por mais que detestasse ver Léopold se alimentando, precisava manter seus negócios funcionando em sua ausência.

Discretamente espiou antes de virar no corredor, dando uma olhada. Sem ver Arnaud, tirou os sapatos e caminhou em silêncio para a cozinha. Esgueirar-se pela casa de um vampiro perigoso provavelmente não era a melhor ideia que ela já teve, mas a curiosidade a mordeu, se perguntando se Léopold fez mais do que *comer* o seu jantar. Na ponta dos pés, andou do saguão até a cozinha, vendo sua bolsa. No momento em que a pegou e se virou, um movimento chamou sua atenção. *Léopold*. Seus olhos pretos perfuraram os dela, enquanto segurava o pulso da mulher na boca. Sophie se contorceu e gemeu o nome dele em voz alta, assim como ela tinha feito quando ele lhe deu prazer mais cedo. Só que, diferente de Laryssa, a mulher estava definitivamente chegando ao clímax, desfrutando da excitação sexual que a mordida lhe oferecia.

Uma nova onda de ciúme tomou conta do peito dela com a visão. Incapaz de assistir por mais um segundo, correu para longe, derrubando a bolsa pelo caminho. Tropeçou para dentro do quarto de hóspedes, arrancando suas roupas até vestir apenas a calcinha. Lembrando-se de que tinha se esquecido de levar roupa de banho, pegou uma toalha do armário do banheiro. Envolveu ao seu redor e saiu do quarto, descendo as escadas. Lágrimas quentes desciam por seu rosto, sentindo vergonha e dor por Léopold poder levar outra mulher ao orgasmo depois do que fizeram juntos.

A realidade, o fato de que ele só estava usando-a por suas habilidades, respingou nela como um tapa. Mas ela estava tão cansada de se esconder. Mesmo que estivesse com medo, Léopold, com sua aparência arrojada e personalidade provocante, pareceu ser o único em quem ela poderia finalmente confiar com seu segredo. Banhada em confusão e vergonha, atrapalhou-se na escuridão, guiando-se pela iluminação externa.

Agarrou as portas de vidro de correr, puxando para abrir com facilidade. Embora devesse estar impressionada com a elaborada piscina externa e com o *lounge*, foi o vapor do Lago Ponchartrain que a levou adiante. Seguindo para o pátio, seu pé eventualmente tocou a grama fresca e coberta de orvalho. Embora o espaço estivesse escuro com o breu, viu uma pequena luz vindo da doca perto da água. Colocou um pé na frente do outro, acelerando o passo até estar correndo estranhamente, segurando a toalha no lugar. *Ninguém a impediria de alcançar seu refúgio*, pensou. Mas, ao se aproximar da água, a luz se apagou e ela ouviu um rosnado baixo. Olhos vermelhos brilhavam ao longe.

— Quem está aí? — gritou para a noite. Laryssa nunca tinha visto antes os olhos dos sombrios, embora este tivesse olhos penetrantes que pareciam estar perfurando suas entranhas. A presença pesada e ameaçadora que sentiu nos últimos meses era inegável e familiar demais.

— Laryssa — rosnou, entrando em sua linha de visão. — Está na hora.

— Na hora de quê? — questionou, aterrorizada com a resposta. Quando apareceu, seu peito começou a arfar e ela lutou para respirar. A criatura, coberta de escamas pretas, tinha a forma de um homem. Chifres formavam uma curva saindo de seu crânio e os lábios vermelho-sangue se desenharam em um sorriso doentio. Estendendo as garras, ele esticou e fechou os punhos.

— Achou que poderia me evitar para sempre? Desde que morreu, você é minha — afirmou, se aproximando.

— Eu não te conheço. — Os pés dela recuaram em direção à beira da água, mas não tirou os olhos da criatura ameaçadora.

— Não minta! — Rosnou, passando a língua sobre os lábios. — Sua alma é minha.

Laryssa começou a olhar ao redor freneticamente, buscando uma arma. A exaustão de usar seus poderes mais cedo a deixou fraca, mas a adrenalina poderia ajudar a convocar o objeto. Na escuridão, viu apenas um barco preso na doca seca. Seus olhos dispararam para um tronco na areia da praia. Era um pedaço pequeno de madeira. Lentamente, começou a arrastar para si, esperando ter energia o suficiente para mover.

— Você dá valor à sua vida?

— Saia de perto de mim.

— Você não pode ir a lugar nenhum agora. Realmente acha que aquele vampiro poderia te proteger? Ele não tem magia para cuidar de você, pequena Lyssa.

— O que é você? — questionou, focando em seu objetivo.

— Não me reconhece? Já faz alguns anos, eu sei, mas você me deve sua alma. E eu vou tê-la.

— Você é louco.

— Querida, você sempre me pertenceu. Mas ficarei feliz de levar a pequena Ava também, se quiser.

— Vá se foder! — gritou. *Como essa coisa sabia o nome da bebê?* — Você nunca vai pegá-la.

— Ah, vou pegar o que eu quiser. Você. Ela. E a Tecpatl.

— Tecpatl? — questionou.

— Uma semana. Traga a Tlalco Tecpatl ou eu pego a criança.

— Não sei do que você está falando.

— A adaga. Você a possui, e eu devo tê-la.

— Por favor, me deixe em paz. Não posso fazer isso.

— Lembra-se da sua morte, Lyssa? Meu doce abraço, te levando para casa. Aquela vadia te roubou, te transformou no que você é. E agora, vou te levar de volta. Ficaremos juntos. Eu posso te satisfazer.

A fera escamosa se transformou em homem. Diabolicamente bonito e musculoso, pegou o pau na mão, acariciando a si mesmo. Laryssa sentiu seu pulmão ceder com a visão. Este demônio queria que ela fosse sua companheira? Mantê-la como sua amante? Tremendo, olhou para o galho quebrado que viu na praia. Se pudesse reunir energia suficiente para trazê-lo, teria uma chance de entrar na água.

— Não, não, não, não... — repetiu, tentando se concentrar em invocar seu poder.

Tentou ignorar a visão de sua crescente ereção, mas encontrou dificuldades quando a visão começou a oscilar de humano para demônio e voltar. O fedor pútrido de cinzas e almíscar encheu o ar, a fazendo estremecer. Ele riu, um fluido esverdeado começando a escorrer de suas mãos. A onda de eletricidade passou por suas células, chamuscando as pontas dos dedos.

Na primeira tentativa de trazer a arma improvisada em sua mão, a fera se lançou sobre ela, suas garras se estendendo para frente.

— Sua pele me provoca. Mostre-me sua carne, putinha — rugiu, passando as garras por sua toalha.

Laryssa gritou quando as farpas incandescentes rasparam seu peito. A dor lancinante e o horror provocaram seu poder, invocando o galho. Logo que voou para as mãos dela, a mulher enfiou na cabeça da criatura, abrindo seus lábios. A fera rosnou e mostrou os dentes, mas, antes que tivesse chance de atacar, ela deu uma joelhada em sua virilha excitada. Caindo no chão em agonia, soltou um gemido agudo. Laryssa ofegou, cambaleando pela margem até chegar à beira da água.

— Uma semana — gritou para ela.

Terror cruzou sua mente quando ela alcançou o corte em seu peito. Caindo de joelhos, apoiou as mãos no chão e engatinhou para o lago. Deixando o corpo afundar nas profundezas curativas, fechou os olhos. Água correu em seu nariz e garganta, a lembrando do que ela era, o que tentava esconder. Deliberadamente, abriu sua mente para as águas terapêuticas, absorvendo sua energia, curando suas feridas.

Os íons carregados positivamente dançavam de uma molécula para a outra, infundindo energia no peito dela, em sua corrente sanguínea. À medida que a força vital permeou cada célula, sua pele começou a brilhar, lançando uma aura fraca ao redor de todo seu corpo. Ao longo dos anos, ela aprendeu a controlar, retendo o efeito completo da água e sua iluminação. Colocando a própria força em foco, controlou sua luz. Se a criatura viesse atrás dela no lago, ela a mataria. Como sabia que podia fazer aquilo, não estava certa. Mas a cada respiração no fluido frio, para dentro e para fora, a energia crescia e a confiança em sua habilidade aumentava em conjunto. Flutuando no leito do lago, descansou em silêncio, apreensiva, esperando que seu inimigo atacasse.

CAPÍTULO SEIS

Léopold imediatamente parou de se alimentar após Laryssa perceber que Sophie estava prestes a gozar. Remorso, sentimento distante que há muito ele enterrara, ardia dentro dele. Não que ele estivesse envergonhado de se alimentar de uma humana, de ser nada além do que era, um vampiro. Mas machucara Laryssa de propósito, desencorajando-a de ir atrás da companhia de um homem incapaz de ser recíproco.

— Deixe onde está. Arnaud levará você para casa — Léopold disse a Sophie, ao vê-la ajustar a venda, na tentativa de enxergar alguma coisa, sentindo seu descontentamento óbvio.

— Mas eu pensei que nós...

— Que nós o quê? Transaríamos? Temos um contrato pela agência, Sophie. Pago pelos seus serviços de doadora apenas. Se e quando eu decidir que iremos além do combinado, aí prosseguiremos. A venda continua em seus olhos. Nosso serviço aqui está feito.

— Mas você sempre quer...

— *Tais toi*. Nem uma palavra mais. Não estamos namorando. O que acontece entre nós é apenas a continuidade da cadeia alimentar. Mordida *a la carte*, se preferir. Se você é incapaz de conviver com as delimitações do acordo, então sugiro que contate a agência na volta.

— Você é um maldito — bufou ela, enquanto ajustava atrapalhada o négligé.

— *Oui* — ele respondeu, sem se abalar.

Assim que ela fosse embora, pediria para que não a enviassem mais à casa dele. Como produto do prazer que ele proporcionava, os doadores, tanto masculinos quanto femininos, com frequência começavam a criar expectativas pouco saudáveis, fruto dessa troca. Sophie se tornara bastante exigente nas últimas semanas. Léopold trocou olhares com Arnaud, que estava ajeitando a cozinha.

— Está encerrado. Tire-a daqui, por favor.

Sentia-se um idiota por zombar de Laryssa com sua doadora. Ele escolhera Sophie a dedo, ciente de que os atributos físicos dela irritariam a outra mulher. Apesar de sua beleza exterior ser inegável pelos padrões da sociedade, sua falta de personalidade a deixava sem graça. Não, era Laryssa quem o fascinava. Léopold atribuía isso à mera atração química, guinada por feromônios em conjunto com o pragmatismo da situação, que devia estar deixando-o louco de desejo por sua coelhinha. Para ele, era divertido e impressionante que ela jogara uma peça de enfeite nele, em defesa, sem temer a reputação duvidosa que ele tinha e o fato de ser capaz de matá-la em segundos. Sabia que podia deixar para lá, chamá-la de tola por fazer isso. Se ela sabia ou não do poder explosivo que ele era capaz de armazenar e utilizar num capricho, ainda assim quase o acertara com o otomano. Mas foi sua natureza cuidadosa, altruísta, que concordara em entrar na toca do alfa, e, ainda, desafiar Luca, que demonstraram sua verdadeira natureza intrépida.

E, ainda assim, a mulher o frustrara além da razão. Por que ela simplesmente não disse o que era, para que pudessem medir suas habilidades? Parecia ser a coisa prudente e racional a se fazer. Ela o estava levando à loucura com a carência, forçando-o a tomar medidas extremas.

Léopold caminhou até as janelas, olhando em direção à piscina. Ele ouvira a porta bater e sabia que ela tinha ido nadar. Olhando com calma pela varanda, procurou pelo lindo corpo dela, esperando vê-la planejar infligir dor ao corpo dele ou talvez uma morte lenta e moribunda. Mas em vez de vê-la de cara amarrada numa cadeira de praia, não viu nada além da calma água azul refletindo de volta para ele. Onde ela estava?

Pânico tomou conta de seu peito ao ver olhos vermelhos próximos à doca. A criatura de chifres se transformou em um homem nu, que ele imediatamente reconheceu. Um demônio? *Merde*, há séculos que não via um assim, tão exposto. Léopold praguejou ao ver o demônio acariciando o próprio pau enquanto Laryssa puxava a toalha para mais perto do corpo, defensiva. O bárbaro estava se masturbando na frente dela? Meu bom Jesus. Léopold preparou-se para materializar diante deles, e viu a criatura mover-se em direção a Laryssa. Ela arremessou um galho no demônio e depois o chutou na virilha, levando a besta ao chão. O coração de Léopold se doeu ao vê-la cair de joelhos, gritando. Cheio de raiva, suas presas saíram e ele desapareceu, transformando-se, intento em matar a fera, mas, ao chegar ao local, o demônio se dissipara e um cheiro enojante de carne apodrecida pairava no ar.

— Laryssa! — gritou Léopold no jardim, sem conseguir achá-la. Como não teve resposta, escaneou a área, mas não viu nada. Passou as mãos pelos cabelos, devastado com a possibilidade de ela ter sido abduzida. Um rugido desolador saiu de seus pulmões. Puxou o celular, pensando em telefonar para Dimitri, quando viu algo brilhar em meio às ondas escuras.

— Laryssa! Laryssa! — gritou, tirando os sapatos.

Léopold pulou na água turva e fria, tateando com as mãos, não conseguindo enxergar nada. Sem conseguir encontrá-la, voltou à superfície em busca de ar e chamou o nome dela novamente. Mergulhando mais uma vez, ele foi fundo no lago, o corpo avançando pela vegetação escura, até chegar em uma área iluminada. *Laryssa*. Ele não conseguia acreditar no que via. O corpo dela inteiro emitia um brilho fluorescente e seu peito movia-se como se ela estivesse respirando em terra firme. Ela estava acesa como um vaga-lume, brilhando por toda a sua pele pálida, da cabeça aos pés.

Ele tentou alcançá-la, preocupado de ela morrer, e quando sua mão tocou o rosto dela, seus olhos abriram, alarmados. Léopold queria de algum modo avisá-la de que tentava ajudar, enquanto ela arranhava e chutava o rosto dele. Ele tentou segurar seus braços, que facilmente escaparam, subindo em direção à superfície.

Um toque na face de Laryssa abalou a meditação bioluminescente dela, o terror percorrendo sua mente outra vez com a possibilidade do demônio estar na água. O brilho dela desvaneceu, por conta de usar toda a energia para escapar. Momentaneamente, sem conseguir enxergar, ela empurrou a criatura e, nadando rápido, seguiu em direção à noite. A água em seus pulmões veio à tona enquanto buscava por ar. Passeou pela água, olhando de um lado a outro, em busca do demônio de chifres. *Como foi que aquela coisa chegou aqui no lago?*

Um grito de horror saiu de seus lábios logo que a criatura também emergiu do véu das águas. Segurou-a pelos braços e ela, instintivamente, trouxe os joelhos para perto do corpo, expandindo-os na sequência, chutando a criatura no peito. Incapaz de conseguir tração na água, seus pés foram mais para baixo. Ela mexeu o corpo, debatendo-se para se livrar do aperto. As mãos da besta seguravam-na firme e ela ouvia seu nome ser chamado.

— Laryssa — Léopold grunhiu, com ela ainda se debatendo. Deusa, como era forte esta mulher. — Laryssa, pare — ordenou em tom forte, dominante. — Basta. Sou eu, Léopold.

— Léopold — ela arfou, esquecendo-se do quão chateada estava com ele. *Não é um demônio.*

— *Oui*. Você está segura — mentiu ele, enquanto iam cada vez mais para longe da costa. Talvez o demônio já tivesse ido embora, mas ele sabia que o Lago Ponchartrain era perigoso até mesmo para nadadores experientes. Além das correntezas e marés traiçoeiras, a depressão era repleta de árvores, troncos e até mesmo vidro.

— Ele está aqui? — perguntou, chorosa.

— O demônio se foi — confirmou.

Exausta e aliviada, ela se aninhou em seus braços, descansando a cabeça em seu peito. A besta se foi.

— Você viu? — ela sussurrou em sua pele.

— Sim, eu vi. Venha, vamos entrar, minha querida. Está frio.

Com um braço apenas, Léopold puxou a ambos até a doca. Antes de chegarem, Laryssa começara a tremer descontroladamente e nada falava. Léopold a segurou firme, puxando-a degrau acima.

— Eu consigo andar — afirmou, entre os dentes que tremiam. Laryssa não tinha certeza do que estava acontecendo. Ela não costumava sentir frio e suspeitou estar assim por culpa do choque de confrontar o demônio.

— Estou aqui — Léopold insistiu, carregando-a com facilidade nos braços.

Ele praguejou ao perceber que ela estava quase nua, apenas de calcinha. Puxou-a para mais perto, mesmo sabendo que o calor de seu próprio corpo não seria suficiente para esquentá-la, pois estavam ambos de roupas ensopadas. Ele deveria ter pedido permissão antes de levá-la ao quarto. Mas ela jamais concordaria, então tomou a decisão sem dar explicações. Léopold não se surpreendeu quando ela começou a balbuciar, a cabeça em seu peito, reclamando do que ele havia feito. Deu um beijo em sua testa, querendo explicar mais tarde sobre a sua habilidade especial.

— O que você fez? Onde estamos? Por favor... — sentiu o estômago embrulhar. Laryssa olhou ao redor e percebeu que Léopold havia, de algum modo, movido-a sem andar. — Como você fez isso?

— Uma conversa para depois, querida. Inspire algumas vezes. Você se sentirá melhor a qualquer momento. — Reconfortou-a, recusando-se a colocá-la no chão. — Não temos tempo para caminhadas.

— Não me sinto muito bem — balbuciou Laryssa, empurrando-o pelo peito, sem jeito. *Como cheguei até a casa?* Sua mente estava confusa, enevoada. Ela engoliu em seco e sua respiração acelerou.

— Você está com um pouco de hipotermia, só isso, nada severo. Deixe-me ver você. — Léopold reparou nos olhos vagos e na cor pálida da pele dela. Os lábios estavam com um leve toque de cinza, mas não estavam azuis. Puxou o edredom de cima da cama, enrolando-o nela.

Com relutância, colocou-a na cama para que pudesse se despir. Ficou nu, dispensando as roupas encharcadas. Seguiu para o banheiro, ligou o chuveiro de água quente e retornou.

— Como se sente? — perguntou gentilmente, ajoelhando-se para encará-la.

— Me... me ajude — ela gaguejou.

— Vai ficar tudo bem. Devagar. — Léopold pegou-a com cuidado nos braços e levou-a ao banheiro.

— O que está fazendo? — perguntou, ciente do calor que acariciava sua pele.

— Você está apenas um pouco gelada da água. É de se imaginar, pelo tempo que passou lá embaixo. — Ele desenrolou o edredom, jogando-o no chão.

— Eu não sinto frio.

— Sente sim — discordou Léopold, entrando embaixo do chuveiro.

— Posso entrar em qualquer água — ela insistiu —, não importa a temperatura.

— Viu? Você já está começando a aquecer — ele disse, ignorando o comentário dela. Mordeu o lábio, resistindo em perguntar: "E então, como isso funciona para você?". É, não muito bem. Ela podia entrar em qualquer água? O que diabos ela queria dizer com aquilo?

Parte dele queria repreendê-la. Mas sabia que, no estado atual, não ajudaria em nada a situação. Olhando de soslaio, não podia deixar de reparar quão incrivelmente bonita ela era. Os seios fartos dela encontrando a pele nua dele, os mamilos rosados durinhos. Deusa, o que ele não daria para pegar um e colocar na boca, deixando-o ainda mais duro. Ele fechou os olhos e respirou fundo, dominando o próprio pau. *Jesus Cristo, a mulher sofrendo e eu pensando em sexo?* Ele sabia que era errado, mas sua lascívia estava mais ou menos controlada.

— Léopold — ela sussurrou, levantando a cabeça, seus olhos encontrando os dele —, acho que consigo ficar em pé. Por favor.

— Devagar. — E deixou-a sair lentamente do seu abraço, mas mantendo a mão em sua cintura.

— Mais quente.

— Oi?

— A água. Você pode deixá-la mais quente?

— Sim. — Léopold passou o braço por detrás dela, girando a torneira para a direita.

LÉOPOLD 97

— Aaah — ela ronronou. Laryssa começou a se lembrar do que tinha acontecido no lago. *Demônio. Rejuvenescimento. Léopold.* Mas não importava o quanto sua mente trabalhasse, ela não conseguia entender como ele a havia trazido até o quarto. Olhou para baixo, para sua pele, e, percebendo que estava nua, cobriu os seios com as mãos.

— Não. — disse Léopold, carinhosamente, tocando em seus ombros e descendo as mãos devagar pelos braços dela, alinhado-as ao lado do corpo.

— Mas eu estou sem roupa... — a voz dela estava fraca. Envergonhada, mas cansada, deixou-o guiá-la.

— Sim, e eu também. Mas estamos como era pra ser. Ao natural. — Léopold deixou que suas mãos caíssem para os quadris dela, encaixando os dedões nas laterais da calcinha. Pacientemente, com jeitinho e vontade, puxou-a para baixo. Seus lábios passaram a centímetros da púbis quando se abaixou para tirar a calcinha encharcada dela.

— Não posso... — ela começou a falar.

— Tudo bem, minha querida. Deixe-me tomar conta de você — sussurrou no ouvido dela.

— Ninguém liga para mim — ela continuou, sacudindo a cabeça, ainda olhando para baixo.

— Você está errada. Você tem a mim.

Laryssa expirou forte ao sentir o ar quente em sua orelha. Fosse por necessidade ou derrota, acreditava nas palavras dele. Bolsões de vapor se espalharam pelo ar enquanto ela concordava, em aceitação.

Léopold afastou as mãos da pele dela e foi em direção à esponja e ao sabonete. Laryssa ia se virar para ver o que ele estava fazendo quando sua voz a paralisou:

— Fica. — disse, mesmo sabendo que ela não ficaria contente com o comando dele.

— Eu não sou um...

— *Oui.* Eu sei, querida... não é um cachorro. — Ele riu. — Você é uma mulher, e uma muito bonita. Alguém que, pelo visto, precisa aprender a confiar nos outros. Você me concederia essa honra?

Laryssa não respondeu. O homem era incorrigível. Simplesmente inacreditável. Mas, à medida em que ele passava a esponja nas costas dela, ela suspirava, concordando com ele.

— Sim, sim, eu confiarei em você. Ai, Deus, isso é tão gostoso.

Léopold não respondeu, apenas sorriu e continuou a passar as pontas dos dedos nos seios escorregadios, deslizando pela barriga dela. Se permitindo mais, passou a esponja pelo seu monte de Vênus. Sua mão esquerda massageava o ombro dela, espalhando as bolhas de sabão por suas costas, indo em direção à cova de suas nádegas. Desejando o toque dela, ele se apertou contra ela, seu pau se acomodando na pele sedosa. Léopold colocou a esponja no gancho na parede e, com as duas mãos, deixou cair um monte de xampu em uma das mãos. Ouviu Laryssa exasperar ao colocar o produto no cabelo dela, espumando-o pelos fios. Debaixo para cima, ele chegou ao couro cabeludo.

Laryssa tremeu, excitada, com raiva de que pudesse se sentir assim por um homem que a tratara daquele jeito. Mais cedo, ele a afastara, praticamente se divertindo com o jeito em que ele brincara com a comida na frente dela. Ela tentou imaginar a doadora gemendo no sofá, os olhos de Léopold entediados com ela. Mas tão rápido quanto se formou em sua mente, a imagem se esvaiu, sentindo a rigidez dele se alojar em sua bunda. Sua mente estava confusa, e ela se odiou pelo tanto que queria aquele homem tocando-a, e estava contente de ele ter terminado de ensaboar a sua pele. Logo que as mãos deles chegaram à base de seu pescoço e começaram a acariciá-lo, ela derreteu, desistindo de ter raiva do vampiro.

— Precisamos conversar. — Ela não podia continuar daquele jeito, nua, com Léopold, e desejando o toque dele, sem conversarem sobre o que acontecera. Laryssa sabia que corria o risco de se fazer de boba compartilhando o que sentia, mas as palavras saíram de sua boca antes que conseguisse contê-las. — Escute, Léopold, não sei o que está acontecendo entre nós. Num momento estamos nos beijando e no outro você se afasta. Aquela mulher... Jesus, devo ser uma idiota. Digo, o jeito que ela estava vestida. Você pode chamá-la de alimento ou o que quer que seja, mas eu sou uma mulher e ela não estava toda arrumada apenas para o jantar. Pelo amor de Deus, ela praticamente não estava vestindo nada. Mas beijar e tocar você foi tão bom. Faz muito tempo que não fico com alguém e você é tipo esse vampiro supervelho e eu... bom, não sou uma vampira. E você também sabe que não fui totalmente sincera com você.

Léopold sorriu, sabendo que ela não conseguia ver a reação dele. *Articular era uma arte*, pensou. E dado que ela acabara de ser jogada em seu mundo, teve contato com um demônio e quase se afogou, ele supôs que deveria dar a ela um pouco de folga, deixando-a tirar o que precisasse de dentro do peito. Afinal, ele queria ouvir o que ela era e sabia que ela estava suficientemente perto de dar um salto de fé.

— Não é como se eu tirasse a roupa para todo cara que conheço e pulasse no chuveiro com ele.

— Espero que não. — Abafou a risada.

— Estava tão brava com você. Eu não tenho o direito... sei disso. Quer dizer, você tem que comer. Mas você... ela... e a gente só... você sabe o que fez comigo — ela suspirou — e o que não fez.

— Ah, isso. — Desta vez ele riu um pouco.

— Você ia dormir com ela? Você transa com todos os seus doadores? Sei que acabamos de nos conhecer, mas não posso fazer isso com você. O que estou tentando dizer é que há algo em você... em nós. Deus, sei que devo estar louca. Acabamos de nos conhecer, mas eu estava pensando que se nos conhecêssemos mais, poderíamos...

— Fazer amor — ele sugeriu, ainda lavando o cabelo dela.

— Se você não tivesse parado, lá em cima, acredito que isso poderia ter sim acontecido. Mas você quer saber o que eu sou e há coisas que quero lhe falar. Quero tanto confiar em alguém. Estive sempre sozinha. Bom, tive amigos, mas, de verdade, não conta. A única pessoa que realmente sabe é Avery, minha amiga lá do clube. E agora aquela coisa...

— O demônio?

— Sim, aquilo.

— Você pode dizer a palavra, é o que é. Quando você descreveu a escuridão sem olhos, não tive certeza do que estava falando. Agora, um demônio. Bem, eu não vi muitos, mas já os vi antes. É muito desagradável.

— Eu não quero falar, se eu falar, vai... — Talvez ela tenha assistido a *O Exorcista* vezes demais ou quem sabe fosse sua educação católica decadente, mas ela não queria falar o nome. Era como, se ela o mencionasse, estaria pedindo que aparecesse. — Eu não quero aquilo aqui.

— Dizer a palavra "demônio" não vai trazê-lo até você. O que me preocupa, em primeiro lugar, é por que um demônio apareceria para você. Queria alguma coisa, presumo? Algo além de sexo. — Léopold teve dificuldades em apagar a imagem da besta se apalpando na frente de Laryssa, tentando alcançá-la.

— Sim — ela disse, suavemente.

— Você quer me contar?

— Ele queria que eu encontrasse algo, que levasse algo para ele. — Ela fechou os olhos tentando se lembrar do que aquela coisa lhe contara. Estava apavorada e obviamente não tomou nota, pois estava sendo ameaçada.

— Começa com um T... Tamo? Teca? Não, era tlalco alguma coisa. Merda, não consigo lembrar o que era.

Léopold parou por um momento de mexer as mãos ao ouvir a antiga palavra asteca, mas continuou depois, estourando as bolhas de sabão do cabelo dela de cima a baixo; não queria alarmá-la.

— Tecpatl? — sugeriu.

— Sim, algo assim. Tlalco Tecpatl. Sabe o que é isso?

— Um Tlalco é uma faca, usada pelos astecas. — *Para realizar sacrifício humano.* — Tecpatl era um dos deuses venerados por eles. Nunca ouvi falar dessa relíquia, mas não quer dizer que não exista. Nós vamos precisar fazer algumas pesquisas. Não sei exatamente por que o demônio quer isso, mas, independentemente do motivo, sei que não é boa coisa.

— Ele ameaçou levar Ava se eu não conseguisse. E quer me matar. — *Me manter.* O demônio disse que ela pertencia a ele. *Minha.* Estremeceu, decidindo contar a ele sobre a restrição de tempo. — Sete dias.

— O quê?

— Ele quer a faca em uma semana. Como se eu pudesse encontrar uma faca antiga em sete dias. — Ela riu. — O que eu deveria fazer? Ir ao Museu de História Natural e dizer: "Ei, você não me conhece, mas poderia me emprestar uma faca asteca para que eu dê a um demônio?" Por que diabos precisaria que eu a pegasse?

— Meu melhor palpite é que tem algo a ver com o que você é — supôs. Léopold virou-a cuidadosamente para encará-lo e passou as costas dos dedos em sua bochecha. Ele esperou, sem pressa, até ela enfim levantar as pálpebras antes de inclinar a cabeça para trás no jato quente. Com cuidado, tocou seus cabelos, a espuma caindo no chão. Seu pênis estremeceu ao vê-la lamber os lábios, separando-os como se fosse beber dele.

— Eu quero te contar — ela respondeu, voltando seu olhar para ele.

Seus olhos se lançaram sobre seu peito e abdômen antes de pegar um lance da gloriosa ereção dele. Ele era o espécime masculino mais magnífico que ela já vira; lindo, cada centímetro dele traçado de músculos. Não deveria ter se surpreendido com jeito como sua virilha tinha sido perfeitamente aparada, sua enormidade se esticando para fora. Quando percebeu o que estava fazendo, absorvendo a vista dele como se admirasse uma pintura no Museu Metropolitano de Arte, ela piscou, voltando os olhos para ele, com vergonha. Ao cruzarem olhares, o coração disparou no peito dela. O desejo a invadiu mais uma vez.

— Está tudo bem, Laryssa — disse. Sua voz era baixa e suave.

— O que está bem?

— Olhar. — Léopold finalmente cedeu ao seu próprio desejo, permitindo que seus olhos passeassem pelos seios brilhantes dela. As gotas de água corriam como um riacho, uma pequena cachoeira caindo de seus picos rosados. — Tocar. — Estendeu a mão para acariciar seu pescoço, mas se assustou ao se aproximar. Quatro cortes profundos, curados, em seu peito, mas ainda rosados e macios. Deslizou a ponta do dedo sobre as feridas. — Ele fez isso com você, não foi?

— Estou bem agora — ela disse, alegre, tentando esconder o medo que sentira com o que aconteceu. Laryssa o ouviu grunhir, contrariado, e colocou a mão sobre a dele, sentindo sua raiva. — Viu? Está quase bom.

— Você se cura rapidamente. É esta a sua magia?

— A água, o lago me curou. Não consigo viver sem isso. Eu tentei e quase morri.

— Você não estava se afogando, estava?

— Não.

— Você estava brilhando.

— Sim, eu estava.

— Pensei que você estivesse morrendo. Eu disse a você que iria protegê-la. E então, quando você viu Sophie e saiu correndo... eu não fui atrás de você.

— Você a queria? — Laryssa puxou a mão da dele, defensiva, esperando que ele parasse de tocá-la.

Léopold deu um pequeno sorriso e balançou a cabeça. A mulher não entendia quanto efeito tinha sobre ele, e como, naquele momento, ele só a queria.

— Ela é sua amante? — perguntou, desejando poder desfazer a pergunta. — Desculpe, eu não deveria ter perguntado. É só que... se você quer ficar comigo...

— Ela é uma doadora. Se está perguntando se eu transei com ela, não mentirei, a resposta é sim. Mas ela não é minha amante ou namorada ou qualquer coisa do tipo. Eu já disse a você que não tenho relacionamentos, mas...

— Não é da minha conta. — Ela tentou recuar, mas ele chegou mais perto.

— Quero que saiba que o que viu hoje foi uma reação física à minha mordida, nada mais. Fomos criados assim. Vampiros. Se nossa mordida trouxesse apenas dor, já teríamos sido exterminados há muito tempo. E, para aqueles de nós que tomamos como companheiras, esposas, precisamos ser capazes de beber delas para completar o vínculo. Talvez seja uma adaptação evolutiva, mas alguns de nós não são diferentes dos humanos, queremos encontrar uma alma gêmea com quem passar nossas vidas. A mordida deve ser prazerosa, muito prazerosa na hora do sexo, muitas vezes ao dia.

Laryssa engoliu em seco. Sexo muitas vezes ao dia? Com Léopold?

— Mas a minha sensação é de que você não namora. Não "se envolve", como gosta de dizer.

— Não, mas preciso me alimentar. Pode ser um afrodisíaco.

— Você vai me morder? — ela perguntou, calmamente, os olhos perdidos nos dele.

— Não.

— Não?

— Você, *mon lapin*, eu jamais teria apenas para uma única refeição. — Léopold encurtou a distância entre eles, a mão deslizando sobre a pele dela.

— Por que não?

— Porque se eu tivesse provado você, precisaria de mais, muito, muito mais — rosnou. Léopold sentiu seu pau roçar na barriga dela, sorrindo, enquanto sua coelhinha estremecia, apesar do calor. — Se eu te morder quando fizermos amor, temo que um vínculo aconteça, e não posso permitir isso, não é justo com você.

— Você não quis dizer se fizermos amor? — disse ela, brincando.

— Não. Quero dizer *quando* fizermos amor — suspirou, inclinando-se para frente para que seus lábios tocassem sua orelha. Sua mão deslizou para cima de seu peito para que pudesse envolvê-la pelo pescoço, enfiando os dedos em seu cabelo molhado.

O coração de Laryssa batia contra suas costelas. Léopold a tentou, seduzindo-a em sua teia fascinante. Ela queria que ele terminasse o que começara antes, indo até novos patamares. Mas o homem era frustrante como o diabo. Queria transar, mas não queria se relacionar? Ele deixou claro que não só não namorava, como também tinha "amizades coloridas".

Era intrigante para ela como um homem como Léopold se sentia tão ameaçado com intimidade. Ele parecia invencível, tanto física quanto mentalmente, com uma constituição de aço e um intelecto afiado como uma navalha. Apesar da imortalidade, o homem sobreviveu bem ao passar dos séculos. O vampiro, que viu guerras e pragas, alcançou uma riqueza insondável; evitando outras pessoas de propósito, parecia saborear sua solidão autoimposta. Embora suas palavras deixassem claro seu desejo de permanecer isolado, ele foi capaz de revelar uma capacidade de se conectar com a bebê. Seus olhos brilharam quando segurou Ava, cantando para ela, tão doce, e colocando-a para dormir. Mesmo com outros sobrenaturais, que conheceu na casa do alfa, ela observou as interações, que pareceram naturais e desinibidas. Admitindo ou não, ele se importava com eles. Mas quem sabe fosse por, pelo menos em sua mente, ele considerar como relações comerciais. Não houve pressão ou se criou expectativas, então ele aceitava a companhia deles com mais facilidade.

Beijos em seu pescoço a trouxeram de volta à realidade. *Banho. Léopold.* Permitiu que suas mãos vagassem pelo peito dele, passando os dedos por seu peito firme. Os mamilos endureceram de excitação, e a dor entre suas pernas aumentou. A tentação era grande demais para que ela resistisse, e rezou para que fosse capaz de fazer sexo com Léopold e sair ilesa.

— Não lute contra isso... nós... — disse ele, sem saber se falava para ela ou si mesmo. Léopold cedeu aos seus desejos, pressionando os lábios na cavidade mais macia detrás da orelha dela. Sabia que estava quebrando um milhão de suas próprias regras. Mas esta mulher, o que quer que ela fosse, ele precisava tê-la... estar nela, possuí-la. Ele a ouviu arfar em resposta e roçou sua bochecha contra a dela.

— Léopold — foi tudo o que conseguiu dizer antes que os lábios dos dois se capturassem.

Laryssa cedeu ao beijo inebriante, envolvendo as mãos no pescoço dele. Podia sentir seu autocontrole se esvair quando a língua dele fez pressão em sua boca. Ele a beijou com um fervor demandante, sugando seus lábios, saboreando sua essência. Ela não se saciava, precisava dele mais perto. Esfregando a barriga contra seu pênis, tinha esperanças de que ele também perdesse o controle. Em resposta, Léopold baixou as mãos até a bunda dela, levantando-a até que ela o envolvesse com as pernas, na altura da cintura.

— Mais — Laryssa exigiu em sua boca. Quando sua boceta se abriu contra a pele escorregadia dele, ela forçou seus quadris contra a pélvis de Léopold, em busca de alívio.

Léopold apenas riu, mas não soltou os lábios dela dos dele. Pressionou as costas dela contra os ladrilhos, mantendo-a imóvel e interrompendo o movimento. Apertando-a ainda mais com os quadris, ele a deslizou para cima e depois para baixo, roçando os lábios vaginais molhados dela contra o seu abdômen.

— Ai, Deus — Laryssa gemeu, incapaz de se controlar. Tudo o que era possível fazer era aceitar o prazer que ele lhe dava. Toda vez que era puxada para cima e depois empurrada para baixo, seu clitóris roçava na pele dele. A sensação era deliciosamente excitante, mas não o bastante para levá-la ao orgasmo. — Léopold, por favor.

— Você deve confiar em mim.

— Tenho medo — confessou.

Puxou-a com força contra ele, colocando mais pressão em sua dolorida saliência.

— Vou te tomar de todas as maneiras que eu quiser, doçura. Não ligo para o que você é. Só preciso estar tão dentro de você que você nunca vai se esquecer desta noite.

— Eu sou... eu sou uma... — Ela respirou fundo, e ele a deixou deslizar para longe, dispensando o contato que ela precisava. Laryssa nunca imaginou que gozaria apenas com um beijo, mas quando os lábios dele estimularam os dela, seu corpo pegou fogo. A energia cresceu dentro dela e ela a soltou. Queria este homem, e que ele soubesse tudo a respeito dela. Ninguém jamais comandara sua sexualidade da maneira como ele fizera em apenas algumas horas. Que Deus a ajudasse, mas ela precisava tê-lo em sua vida.

— Abra para mim — disse, à medida em que sua boca descia sobre a dela.

A sede aumentou e Léopold lutou para impedir que suas presas aparecessem. O que quer que essa mulher fosse, ele não seria capaz de resistir a ela. Pensar em seu pau e dentes profundamente enfiados nela avivou em sua mente, e seu estômago se contorceu em preocupação. Por tantos anos ele esteve só e, pela primeira vez desde que se transformara, pensar em se alimentar ao fazer amor era fascinante para ele. Enquanto ela sugava um de seus lábios, a única coisa importante para ele era levá-la ao clímax.

— Ah, sim! — ela gritou novamente em sua boca, quando ele se empurrou contra ela.

— Diga-me que você quer isso.

— Eu preciso de você... agora... em mim, agora. — Ela não costumava ser tão devassa, mas, diabos, ele já a recusara uma vez e ela não pretendia deixá-lo recuar novamente.

Perdendo todo o controle, Léopold arqueou os joelhos, enfiando-se dentro dela. Um instinto primitivo assumiu o controle, e ele esperou apenas um momento para que ela se acomodasse com suas dimensões antes de estocar para dentro e fora dela. Deixando a cabeça pender para o peito dela, os lábios encontraram os seios. Ele pôs o bico duro na boca, chupando com força, fazendo-a gemer de prazer.

Laryssa prendeu a respiração com a bem-vinda intrusão erótica. Em um frenesi libertino, empurrou os quadris contra ele, incitando-o a fazer amor mais forte com ela. Os dentes dele mordiscaram seu mamilo teso, causando uma sensação gostosa de dor, algo que ela nunca havia experimentado. Enquanto ele a penetrava, começou a adentrar a pélvis, acariciando o clitóris dela no ritmo de seus próprios movimentos. Quase chegando ao orgasmo, ela o arranhou nas costas.

À medida em que as presas de Léopold apareciam, ele foi obrigado a afastar os lábios dos seios brilhantes dela. Conseguia ouvir o pulso dela e isso o levou a um fervor bestial, grunhindo e lutando para se manter disciplinado. Apenas um toque da doçura do sangue dela e ele se vincularia a esta mulher. Concentrando-se na sensação da boceta apertada dela em volta de seu pau intumescido, ele o empurrou para dentro com movimentos longos e suaves.

— Por favor, mais forte — ela implorou, ofegante. Cada estocada que ia fundo nela afagava a fina linha de nervos dentro de seu canal vaginal. — Eu vou gozar... preciso contar para você.

Do que ela está falando? Precisa me dizer o quê? Léopold não conseguia se concentrar, perdido dentro dela. Aumentou o ritmo, metendo freneticamente o pau na boceta dela. Encostou a testa no azulejo frio, não cedendo à tentação de afundar os dentes na pele convidativa dela. *Nada de sangue. Sem sangue, porra. Apenas fodê-la e pronto.* Suas presas perfuraram o próprio lábio enquanto isso.

— Leo! — Laryssa gritou contra seu peito ao atingir o clímax que a tomava. Ela podia sentir os espasmos ao redor dele, incapaz de parar as esmagadoras ondas de poder e êxtase que a acometiam, de novo e de novo.

— Caralho, é, estou gozando. Ah, Deusa — Léopold grunhiu, se sacudindo ferozmente. Teso, gozou com força, grato por ter se segurado.

Alguns minutos se passaram até Léopold soltá-la de seu aperto, afastando-se suavemente do calor dela. Fitou o seu rosto corado, os olhos arregalados fixos nos dele. Apesar de não experimentar o sangue dela, sentia uma conexão com esta mulher. *Jesus Cristo todo-poderoso, é isso que venho trabalhado tanto para evitar.* Foi um idiota por tomá-la daquele jeito, levando-a sem pudor para o chuveiro depois do ataque. A vergonha em seus olhos era evidente, mas duvidava de que ela soubesse como ele se sentia. Determinado a não compartilhar os sentimentos, não contaria a ela. Mas lhe devia pelo menos se certificar de que ela estava bem.

— *Merde*, me desculpe. — Ele balançou a cabeça e deu um passo para trás, ficando fora alcance dela. — Você está bem?

— Por que está se desculpando? Eu me sinto ótima — respondeu, sincera. Fazia tanto tempo que não transava e, por tudo que é mais sagrado, ela se regozijava com o orgasmo.

Pelo jeito que olhava para Laryssa, ela poderia dizer que ele já se arrependera de ter estado com ela. Suspirou, virando-se para a ducha, lavando as evidência de seu ato de amor. *Ele que se dane. Não vou deixar que um vampiro temperamental me faça sentir culpada ou envergonhada do que fiz*. Se ela estivesse procurando por apenas uma pessoa, então ele seria tudo. Mas de jeito nenhum ela o deixaria arruinar seu brilho. Pelo menos para ela, a vida era muito curta para não desfrutar de sexo alucinante.

— É o que eu já disse antes — começou ele.

— Sim, eu sei, eu sei. Você não tem relacionamentos. Entendido, garotão.

— Você acabou de ser atacada. Precisa de tempo para se curar... não deveríamos ter feito isso.

— Ei. — Ela se virou para encará-lo, cutucando-o no peito. — Não me venha com essa merda, Leo. Está me ouvindo? Isso aqui... o que quer que tenha sido... foi consensual e pareceu incrível. Deus, você tem problemas.

Laryssa olhou ao redor do box fechado, tentando encontrar a saída pelo vapor. Recusando-se a passar mais um segundo com aquele homem, ela se afastou dele, que agarrou a mão dela.

— Por favor, não é o que você pensa, me desculpe. Eu queria apenas ter certeza de que você estava bem. Não deveria ter sido tão duro quando fizemos amor. — Léopold a abraçou. — Você tem razão. Foi maravilhoso... você é maravilhosa.

Léopold tinha certeza de estar muito errado a respeito dela. Não, sua Laryssa não era uma coelhinha, de jeito nenhum. Ela era uma sobrevivente e uma lutadora, sem medo de chamar a atenção dele pelo seu comportamento desumano. Fechou os olhos, permitindo-se sentir cada superfície da pele em que se tocavam. Ela e a intimidade que punha a seus pés o aterrorizavam mais do que qualquer demônio. Pela primeira vez em sua vida, se perguntava se seria capaz de continuar vivendo com suas próprias restrições.

CAPÍTULO SETE

Léopold acendeu a lâmpada de calor, guiando Laryssa para fora do box. Ela olhou ao seu redor, ciente de que sentira falta dele quando Léopold os moveu do lago para o banheiro. A arquitetura italiana ecoava pelo espaço todo, com armários de mogno escuro e piso creme de mármore. Antes de ela poder andar mais, ele enrolou uma toalha quente por sobre seus ombros.

— Deixe que eu faço — disse ele, em tom baixo.

— Eu mesma posso me secar — protestou ela.

— Eu insisto — respondeu, não deixando brechas para contra-argumentação. Colocando um tapete de banheiro no chão, ajoelhou-se diante dela, trazendo a toalha dos ombros dela com ele, para que caísse por sobre as suas costas.

O ato de cada toque macio do algodão egípcio em sua pele era o mais íntimo que ela já experimentara. Laryssa deixou as mãos nos ombros de Léopold, refletindo sobre como eles tinham acabado de fazer amor no chuveiro. Eles estavam sem amarras, totalmente loucos de desejo — e então ele se distanciou. Apesar do pedido de desculpas, era como se ele tivesse desligado seu lado emocional, e, ainda assim, seu comportamento seguia conflitante com o do assassino que ele clamava ser.

— O que você ia me dizer quando eu estava dentro de você? — perguntou ele, massageando as pernas dela com a toalha. Secou cada pé, bem devagar, e, em seguida, levou o tecido felpudo até a parte interna da coxa esquerda, e repetiu o processo coma perna direita.

— Náiade. Eu sou uma náiade — confessou, aliviada e aflita, mas logo foi pega de surpresa quando ele deslizou a ponta dos dedos sobre seu monte de vênus.

— Eu amo sua boceta lisinha, com só essa pequena trilha de pelos aqui... muito bonita — comentou.

— Ah, obrigada. — Ela riu. Ninguém com quem já estivera antes comentara de seus pelos, muito menos de joelhos diante deles, inspecionando-os como se estivesse olhando para uma flor rara. — Você não vai dizer nada?

— Eu quero te lamber até você ser incapaz de falar o próprio nome. Que tal? — Encarou-a, encontrando seu olhar e dando-lhe um sorriso maroto.

— É, bom, isso parece bem bom e tudo mais, mas você não acabou de dizer que não poderíamos fazer isso? — Ela apontou para o chuveiro, depois seu peito e para ele. — Não que eu não concorde com você, tudo isso é muito tentador para mim, mas você parece estar com problemas em decidir se quer ou não ficar comigo.

— *Pas de problème, ma chérie.* Eu quero você, nunca duvide disso. É o vínculo, as emoções que podem se formar. Complicações e tal. Sinto que estou hesitante. Ajoelhado perante você, a única coisa em que consigo pensar é o quanto quero roçar minha língua por seus lábios rosados.

— Se você não parar de falar, vou cobrar isso de você. Sério, Leo, você não vai dizer nada? Depois de tudo que acabei de contar a você, sobre o que sou, você não disse uma palavra a respeito. — Por mais que quisesse continuar a conversa, a ideia de Léopold fazer sexo oral nela era extraordinariamente atraente. Ficou molhada de tesão novamente e sabia que ele sentiria o cheiro.

— Bem, como posso me concentrar quando estou assim tão perto de você? Você tem um gosto doce, não é? — Léopold se inclinou para frente e passou a língua por sua vulva, traçando-a, até sentir em sua boca o arrepio dela. Lambeu os lábios como um gato, satisfeito. — *Ah, oui. Délicieux.*

— Léopold — lamentou Laryssa. *O que há com este homem? Ele só pode ser versado na fina arte da tortura.* Ela não conseguia decidir se o agarrava ou não pelos cabelos, encorajando a terminar o que começou ou o estapeava, frustrada. Mas, antes que pudesse decidir, ele rapidamente secou sua boceta e ficou de pé.

— Uma ninfa, *oui*?

— Mais ou menos... eu acho.

— Aqui, vista isso. — Entregou a ela seu roupão de banho. — Não consigo me concentrar em uma palavra sequer do que você está dizendo quando está assim.

— Assim, você quer dizer? — Ela sorriu e pegou a roupa preta das mãos dele, recusando-se a vesti-lo, segurou o roupão num dos braços e colocou a mão no quadril, para que ele tivesse uma visão completa de seu corpo.

— Exatamente assim. Agora, vista. — Ele enrolou a toalha na cintura e saiu para o quarto.

— Você é muito mandão para alguém que estava há pouco de joelhos — ela comentou, leviana.

— Você fala demais para quem há pouco gritava meu nome — ele rebateu.

— Caso eu dê a você o prazer de estar de joelhos novamente, me lembrarei disso. — Ela revirou os olhos e vestiu o roupão. — E aí? Sem perguntas? Nada de "o que mais você consegue fazer"? Ou o sabichão já sabe de tudo o que há para saber sobre as náiades?

— Venha, sente-se. — Apontou para uma espreguiçadeira larga, dupla, curva de ambos os lados. Todo preenchido com tachas de cobre, o couro marrom parecia bem conservado, mas confortavelmente usado.

Incrédula e de olhos arregalados, Laryssa o encarou.

— Por favor, sente-se — disse ele, paciente.

— Viu? Não foi tão difícil, foi? — Ela passou por Leo, desfilando e passando um dedo sobre seu peito nu, sorrindo-lhe sedutoramente. Sentando-se na sala, ela se enrolou como um gatinho e deitou a cabeça na almofada.

— Você é uma mulher difícil, né?

— *Oui* — brincou.

— Precisamos conversar, Laryssa. — Léopold caminhou até um grande armário antigo e abriu as portas. Tirou uma garrafa e dois copos de conhaque, colocou-os sobre a mesa e começou a servir uma bebida para eles. — Conheci algumas ninfas, mas nunca vi uma fazer o que você fez. Embora sejam conhecidos na mitologia como perigosas, nunca conheci uma que fosse. Além de precisarem de água, extraindo energia dela, nunca conheci uma que pudesse mover objetos. Aqui — ele disse, passando o copo para ela.

Com um sorrisinho, ela aceitou. Balançou a cabeça, divertindo-se, sem se surpreender por ele nem mesmo perguntar se ela queria uma bebida. Ele era irritante, mas atencioso também, sem dúvidas.

— Obrigada.

— De nada — respondeu, sentindo ela em conflito com a dominância dele. — Agora, diga-me, você nasceu náiade? Há rumores de que vocês foram criadas como deusas dos rios. Alguns dizem que são filhas de Zeus, já outros, que são filhas de Poseidon. Eu, entretanto, acredito que a mitologia seja apenas isso, um mito. O mundo sobrenatural, seja por magia ou quem sabe evolução, criou raças conflitantes.

— Eu não nasci náiade. Eu sou humana... ou, devo dizer, era humana. Criada em uma pequena cidade em Ohio, como qualquer outra pessoa.

— Como isso aconteceu? — Léopold chegou mais perto de Laryssa, envolvendo-a com um braço.

— Eu morri. Bem, eu me afoguei. Mas tenho certeza de que morri.

— Como?

— Eu tinha 13 anos. Mamãe me disse para não patinar sozinha, mas minha amiga Lauren não pôde ir comigo naquele dia. E, como você deve ter percebido, sou determinada quando quero.

— Teimosa? Jura? Não acredito nisso — disse, suas palavras cheias de sarcasmo.

— Prefiro o termo "cheia de vontade". É um recurso, sabe?

— É o que você disser, *ma chérie*. Prossiga.

— Em resumo, eu menti. Disse à mamãe que Lauren iria, mas ela não foi. As temperaturas estavam congelantes há mais de uma semana. O gelo deveria estar forte, mas, como descobri, estava fino próximo aonde o riacho deságua no lago. Sei que foi estúpido da minha parte, mas eu era só uma criança. Ainda consigo ouvir o som alto, o ranger. E então vi a rachadura. O gelo começou a se deslocar. Tentei patinar para alcançar o outro lado, mas não fui veloz o bastante. Tudo aconteceu muito rápido.

Laryssa tomou um gole de conhaque. Aconteceu há muito tempo, mas ela jamais esqueceria o desamparo de cair em sua tumba gélida, gritando ao despencar no abismo, sabendo que ninguém a ouviria.

— Não tenho certeza exata do que aconteceu, só me lembro de entrar em pânico, tentando me apoiar nas camadas de gelo para me tirar de lá. Tentei tanto, tanto sair, mas, quanto mais eu lutava... fiquei tão cansada. Não conseguia pensar direito e minhas mãos... — Laryssa apertou os dedos, lembrando-se de como o frio os imobilizara. — Eu me lembro de escorregar para dentro do lago gelado, sem conseguir me segurar e em seguida ficar sem ar. E uma vez completamente debaixo d'água, não conseguia parar de aspirá-la. A água, ela... me sufocava.

Léopold colocou sua bebida no chão e gentilmente pegou as mãos dela nas suas, massageando-as com os polegares.

— Eu não sei... estava escuro. E então, de repente, ficou claro. Não foi como na descrição das pessoas, quando estão morrendo com a luz... você sabe, aquela que dizem que você verá quando morrer. Era diferente. Não havia túnel nem nada. Apenas a luz brilhante e então havia uma mulher, e ela estava falando comigo como se não estivéssemos debaixo d'água. Ela me disse que era náiade e que estava me dando seu dom.

— E então você acordou?

— Bem, não exatamente. Quero dizer, a mulher, ela era tão calma e bonita. Ainda lembro que ela tinha esse cabelo ruivo esvoaçante e meio que flutuando na água, como pequenas gavinhas mágicas dançando. Não me lembro de muita coisa depois de vê-la, só que, por um segundo, logo antes de acordar, senti essa escuridão... mais ou menos como me senti esta noite, mas foi tudo tão rápido.

— Eles encontraram você?

— Bem, sim. Minha amiga ligou para casa enquanto eu estava fora e fui totalmente desmascarada. Quando meus pais descobriram que eu não estava com Lauren, foram até o lago e não me viram, apenas meu equipamento na beira. Só fui recuperar a consciência quando estava na ambulância. Fiquei submersa por quase uma hora e meia, e disseram ser um milagre... pelo menos até eu voltar para casa.

— Foi quando você percebeu suas habilidades?

— Tudo isso parecia um sonho, sabe. Morrer, ver aquela mulher, a escuridão. Acordar e estar no hospital, eu era apenas eu e não me sentia diferente. Mas, uma semana depois, em casa, comecei a reparar em uma energia... minha energia. Não consigo explicar, mas fiquei obcecada pelo lago. Eu saía escondida da casa dos meus pais e, no começo, submergia apenas as mãos. Então, um dia, alguns meses depois, eu estava no meu quarto, fiquei com raiva de alguma coisa e, em vez de pegar um travesseiro para jogar longe, apenas pensei em fazê-lo, como se fosse agarrá-lo, mas não o fiz. Ele voou pela sala.

— Isso deve ter sido assustador, não? Lembro-me de como me senti depois que fui transformado. Ninguém me orientou também — ele refletiu.

— Eu estava morrendo de medo. Pensei que estava ficando louca, mas me lembrei dessa palavra, "náiade". Fui à biblioteca e pesquisei tudo o que pude encontrar sobre elas, o que não ajudou muito porque, como você frisou, a maior parte do que as pessoas sabem é apenas mitologia, não é exatamente a realidade.

— E os seus pais?

— Eles não queriam saber, são muito, muito conservadores. Claro que escondi no começo, mas, quando minha mãe me pegou movendo as coisas do quarto, ela logo providenciou um padre para ir lá em casa.

Eles pensaram que eu estava possuída ou algo do tipo. Quando me pegaram pela segunda vez, minha mãe me deu um tapa na cara e me pôs de castigo. E na terceira vez... bom, me mandaram morar com minha tia, em Chicago.

— Quantos anos você tinha?

— Quinze. Tia Mary não era tão ruim, mas ela não era assim o melhor dos bons exemplos... bebia demais e trazia muitos homens estranhos para dentro de casa. A única coisa que ela me ensinou foi a atender mesas, como garçonete, me arrumando um emprego em sua lanchonete. No dia seguinte à minha formatura do ensino médio, parti para Las Vegas usando o dinheiro que economizei.

— Não há muita água no Deserto de Mojave.

— Sim, e nunca percebi o quanto isso seria problemático. O que posso dizer? Eu era jovem e ingênua, só queria fugir, desaparecer. Eu sabia atender mesas e pensei: "por que não Vegas?".

— Ah, as lições da juventude.

— Em retrospecto, eu devia saber que não era boa ideia. No começo da transformação, colocar as mãos em um lago ou rio era o suficiente para satisfazer minha necessidade de água. Claro que tentei uma piscina, mas não funcionou, não faz parte da natureza. De qualquer maneira, quando fui morar com minha tia, comecei a nadar em água doce pelo menos uma vez por semana. Acho que ela sabia que eu dava umas escapadas e ia para o Lago Michigan, mas nunca disse nada. Não foi até eu fazer 16 anos que percebi que precisava da água para sobreviver. Sem ela, ficava exausta, dormia mal e nem mesmo conseguia ir à escola. Quanto mais tempo eu passasse sem, mais fraca ficava. Foi só quando cheguei a Las Vegas que aprendi a dura lição de que sem ela eu morreria.

— Imagino que uma ninfa da água não se daria muito bem lá.

— Sim, não tenho certeza do que pensei na época. Você já esteve em Las Vegas em julho? É mais quente que o inferno. Eu tinha acabado de fazer 18 anos e trabalhava em uma pequena lanchonete vinte e quatro horas a noite toda, hospedada em um motel barato. — Laryssa passou a mão pelos olhos. — Foi terrível. Mas foi a primeira vez que não tive de dar satisfações a ninguém sobre minhas "habilidades", ou que me senti mal pelo que estava fazendo. Acabou que durei apenas alguns meses. Eu tinha de ir até o Lago Mead para pegar minha água e só ia uma vez a cada duas semanas, por aí, mesmo sabendo que não era o suficiente, mas não conseguia encontrar tempo com rotina de trabalho. Além disso, acho que realmente

LÉOPOLD 113

só queria ser normal, então me convencia de que não precisava da água. A negação é algo maravilhoso... bem, foi até eu estafar. Uma noite saí para o deserto com um amigo e quase morri. Eu deveria saber, estava me sentindo mal a semana toda.

— Um namorado? — Léopold sabia que não deveria se importar, mas uma pontada desconhecida de irritação atingiu seu peito. *Ciúmes?* Dispensou o pensamento assim que a palavra veio. *Possessividade, talvez?* Sim, isso era mais o seu estilo. Léopold colecionava, tinha posses... *coisas* que pertenciam a ele.

— Não. Sim. Bem, era um cara com quem eu tinha saído algumas vezes. Você sabe, nós brincamos.

— Brincaram?

— É, você sabe. Saímos algumas vezes, nos beijamos. Acho que ele foi um pouco mais longe, mas não transamos.

— Entendo. — Léopold permaneceu calmo, indiferente. Mas um fogo cresceu detrás de seus olhos quando imaginou Laryssa beijando outra pessoa. *Não, isso não pode acontecer comigo. Eu não me importo com quem ela namorou.* Enquanto ela continuava sua história, ele lutou para se concentrar, perturbado com a própria descoberta de não achar que seria capaz de tolerar que ela saísse com outros homens, nunca mais.

— Onde eu estava? — Dos braços dele, Laryssa não conseguia ver o olhar consternado de Léopold. Respirando fundo, continuou: — O deserto. Quando chegamos lá, eu estava tão letárgica que não conseguia sair de dentro do carro. Sentia como se estivesse morrendo. Implorei a ele que me levasse até o lago, que me colocasse na água. Deus, não consigo nem imaginar o que ele pensou. Eu parecia uma louca falando sem parar sobre precisar de água. Ele teve que me carregar e literalmente me jogar no lago.

Léopold riu.

— Ei, comporte-se. — Ela lhe deu uma cutucadinha com o cotovelo. — Não foi engraçado. Então dá pra você imaginar o que aconteceu depois?

— Tenho medo de perguntar. — Ele vira a maneira como ela pairou pacificamente no fundo do Lago Ponchartrain, mas para um humano ela podia parecer morta.

— Você viu, não viu? — Laryssa se virou nos braços dele para poder olhar em seus olhos.

— Eu vi bem. Achei que estava se afogando... mas você estava linda. Você acendeu a água.

— A água me energiza. Não conheço a ciência exata por trás disso.

— Existe ciência em ser um vampiro ou bruxa ou lobo? — Ele riu.

— Anotado. Mas você tem de se lembrar e tem que saber como é esse sentimento, porque foi transformado, não nasceu um vampiro; existe essa parte humana de mim que busca respostas. Nada de respostas de magias nebulosas de fada. Fatos concretos.

— Eu me lembro, mas vivi por muito tempo. Há certas coisas em nossas vidas que é melhor deixar como um mistério.

— Sim, mas meu brilho?

Léopold sorriu ao se lembrar de vê-la nua iluminando todo o leito do lago. Isso o surpreendeu, mas também foi uma vista espetacular.

— Do ponto de vista científico, é bioluminescência. É encontrado em plantas, animais e até em insetos.

— Mas não em humanos — ele respondeu.

— Exatamente. O cara com quem eu estava no deserto... Acho que o nome dele era Scott; bem, ele surtou por completo. Não apenas entrei na água, indo bem fundo, como acendi como uma árvore de Natal. Vinte minutos depois, quando emergi, ele havia sumido. Eu sabia que ele contaria para todo mundo no trabalho, então peguei uma carona de volta para o motel, arrumei minhas coisas e dirigi pelo país até Nova Orleans. Foi constrangedor, mas também um alerta, que com certeza me tirou da negação. Quando cheguei aqui, trabalhei por alguns meses antes de conseguir uma bolsa para a Universidade. Estudei história da arte. Depois de me formar, fiz um estágio de pós-graduação e meu mestrado.

— Muita água aqui, com certeza.

— Sim, é um bom lugar para mim, eu praticamente fico no rio. Está perto, fácil acesso. Não venho muito para cá, mas a bacia funciona, o *bayou* também. A umidade do ar ajuda.

— Quando você começou a ver os sombrios?

— Praticamente assim que cheguei aqui. Minha amiga Avery, a bruxa de quem falei, era minha colega de quarto. Eu precisava confiar em alguém. Ela não apenas me apoiou, como logo começou a criar feitiços e proteções para esconder a mim e a minha energia. Eu passava alguns anos sem ver nenhum deles e então "bum!", aparecia um em algum beco. Avery fazia sua mágica e então eu desapareceria novamente... como se eles não pudessem me ver. Quando você me viu em Mordez, eu estava lá para falar com Avery.

— Eu nunca tinha te visto lá antes — comentou, afastando uma mecha de cabelo do rosto dela.

— E você saberia disso como? — Ela brincou. Laryssa se encolheu por dentro, pensando no que Léopold fez naquele lugar. Sexo, sangue, dança e praticamente tudo o que um sobrenatural desejasse podia ser encontrado lá.

— Acho que você sabe a resposta — devolveu, sem se desculpar. Ele não apenas frequentava o estabelecimento quando estava na cidade, como também se envolvia em quase todas as atividades que eles oferecem. Se contasse a ela o que tinha feito, ela realmente conheceria a fera com quem acabara de fazer amor. Conhecer o seu verdadeiro comportamento encerraria qualquer atração que tivessem. Pelo resto da noite, pelo menos, ele a pouparia dessa angústia.

— Avery disse que não podia me ajudar, que precisava falar com Ilsbeth. Não me agrada que ela conte à líder de seu clã, mas estou desesperada. O mesmo sentimento horroroso que tomou conta de mim esta noite quando conversei com o demônio está me atormentando há semanas.

— Devíamos ter conversado com Ilsbeth hoje. Infelizmente, ela está fora da cidade.

— Não poderíamos usar o FaceTime ou o Skype?

Léopold riu.

— Soluções de alta tecnologia para problemas de baixa tecnologia. Ilsbeth prefere suas reuniões pessoalmente. Ela quer ler auras, sentir as pessoas que escolhe ajudar.

— Mas ela é uma bruxa. O que ela sabe sobre náiades ou demônios?

— Ilsbeth sabe muitas coisas. Eu a acho bastante fria, mas a mulher pode nos ajudar. Ela existe há mais tempo do que você imagina e se envolve com praticamente tudo.

— Por que você acha que esse demônio quer Ava? — Laryssa perguntou.

— Não tenho certeza, mas sei que tentou matá-la.

— Conheci apenas mais uma náiade, que estava aqui para uma convenção e veio à minha loja. Sua energia era tão atraente. Eu não podia deixar para lá, então a confrontei, fiz com que almoçasse comigo.

— Você é durona, não é, bichinha?

— Ela descreveu o mesmo tipo de experiência que eu tive. Foi nadar em um lago quando criança e se afogou. Ela morreu. — Laryssa fez uma pausa, tentando descobrir como o bebê foi transformado. — Pode parecer loucura, mas e se Ava morreu também?

— Mas ela estava viva quando a tirei da neve, e confie em mim, de morte eu entendo e ela estava bem viva.

— Ela pode ter morrido antes de você a ouvir. Talvez tenha morrido e começado a chorar quando foi tocada pela mulher que me tocou — especulou Laryssa.

— Tudo bem, mas ela não estava na água — respondeu Léopold.

— Não, mas estava na neve, e a neve é apenas outro estado da água.

— Não é possível. Mesmo que ela tivesse morrido, não temos nenhuma conexão sobre o porquê de o demônio a ter como alvo. O alfa nos disse que ela brilhava antes de ser roubada e também algo sobre uma presença maligna... como a que você descreveu. Mas ainda não sabemos onde está o pai, se está ou não vivo. Só sabemos que a mãe dela morreu.

— Não é Ava. Ela não é má, e eu posso senti-la. Ela é pura e doce. A aura dela estava brilhando intensamente quando você a segurou, uma linda cor amarela. Acho que esqueci a parte da leitura de auras. Eu tinha uns 16 anos quando comecei a notar as cores — comentou.

— E o que minha aura diz a você? — Léopold perguntou.

— Humm... vamos ver. — Laryssa subiu lentamente em cima de Léopold, montando-o. Direcionando os dedos para a parte de trás de sua cabeça, inclinou a dela e lambeu os lábios. — Ah, sim, agora eu vejo. Sua aura mostra que você gosta de dizer às pessoas o que fazer. Você é dominante em todos os aspectos de sua vida, e espera que todos se submetam ao poderoso vampiro que você sabe que é. Você mantém as pessoas distantes, afastando-as para não ter que sentir nada. Você foi ferido, talvez? Então fica esquentando e esfriando as suas emoções... bem, mais esfriando. Porém, debaixo da superfície que todos vemos, você tem uma paixão desgovernada na mente e no coração. E você é um ser bastante sexual, que deseja certa náiade morena, mas não admite que quer beijá-la, fazê-la sua.

— Você está inventando isso, não é? — Num piscar de olhos, Léopold a pegou nos braços e jogou-a em sua cama. Ela caiu de costas, rindo.

— Acho que poderia fazer um dinheiro extra na Jackson Square adivinhando o futuro. O que acha? — Ela riu.

— Você mente, sedutora. — Ele rosnou, com um sorriso malandro. Léopold saltou sobre ela, colocando cada um de seus joelhos ao lado de sua cintura, e arrancou a toalha. Com sucesso, imobilizou os quadris dela, e ajustou seu pau quase duro para que pesasse em sua barriga.

— Eu já disse, você não me assusta — provocou ela.

Laryssa observou-o, pairando sobre ela como um deus grego. O cabelo dele, sempre bem penteado, estava úmido e bagunçado. Seus músculos, estirados, estavam prontos para atacar. Ela sabia que ele teve o cuidado de não machucá-la quando a jogou sobre os lençóis, mas não deixou dúvidas de que procurava marcar o seu domínio. Mesmo que de brincadeira, ele era forte, exigente, como um lobo selvagem, e mostrava suas presas, à espreita de sua caça. Incapaz de resistir ao charme de seu sedutor predador, ela estendeu a mão para cima, traçando com a ponta do dedo indicador o lábio inferior dele.

— Você gosta de brincar com fogo, não é? — Segurando as lapelas do roupão dela, Léopold abriu-o, expondo os seios macios.

Laryssa se exasperou quando o ar frio atingiu sua pele, fechando os olhos e respirando fundo. Seus olhos semicerrados se abriram devagar e um grande sorriso apareceu em seu rosto.

— Eu quero tocá-las.

— O quê?

— Eu disse. Que eu. Quero. Tocá-las — proferiu cada palavra devagar, antes de chegar à boca dele.

Léopold não podia acreditar que esta mulher não demonstrava medo. Centenas de mulheres flertaram com ele, tentando seduzi-lo, mas, por baixo de das encenações, todas sangravam, medo e sangue. Quando ela deslizou a ponta do polegar para debaixo de sua presa, ele respirou fundo. *Que porra ela está fazendo? Ela quer morrer?* O som da risada doce encheu a sala quando Laryssa enfiou o dedo na boca dele, os lábios capturando o polegar como um sapo captura uma mosca. Girando a língua sobre sua pele, ele sorriu até ouvi-la gemer. Apenas alguns segundos se passaram até que ele mais uma vez assumisse o controle.

— Léopold — Laryssa sussurrou, quando ele agarrou seus pulsos e a prendeu na cama. Tentou se mover, mas ele a conteve. A sensação de estar presa debaixo dele a fez ficar molhada de prazer. Mas, quando tentou se mexer, ele aplicou mais pressão, deixando-a ainda mais sem movimento.

— Vai a algum lugar?

— Me solte — exigiu, arqueando as costas quando ele soprou ar quente sobre seus mamilos. A reverberação baixa da risada dele a envolveu, uma promessa de prazer. A pele descoberta entre suas pernas ficou úmida, e ela tremia de desejo.

— Gostaria de ler minha aura agora? — perguntou, acomodando o queixo na cavidade entre os seios dela. Com os olhos nos dela, roçou os lábios contra sua pele quente.

— Não preciso ler sua aura para saber que você vai perder.

— Eu nunca perco.

— Você perderá a luta para manter seu coração fechado. — Laryssa puxou os braços novamente, saboreando a força de seu aperto.

— Talvez eu devesse amordaçar minha pequena náiade. Há muitas coisas que você não sabe sobre mim.

— Há muitas coisas que você não sabe sobre mim também — rebateu ela. Usando os pés, pressionou os quadris para cima, lentamente apertando seu corpo contra o dele. — É verdade que estou trêmula, mas não é de medo, é de desejo.

— Não me teste, bichinha. Não se engane, isso não é brincadeira. — Ao dizer as palavras, ele rezou para que fosse verdade. A excitação dela exalava tanto quanto um caro perfume parisiense. O cheiro sedutor permeou a sala, deixando-o louco. Ela caçoou dele, tinha sede dele. Ele deveria ir embora, deixá-la em paz. Mas, com sua língua sondando um de seus mamilos latejantes, ele soube naquele momento que tinha que terminar o jogo. Como todos os seres na cidade, ela era sua para ser possuída.

— Ah, mas é você que se engana, Leo. Eu sei muito bem o que estou fazendo. — *Oh, Deus, espero que sim. Este vampiro poderia partir meu coração.* Seus lábios nos mamilos sensíveis, a voz doce em seus ouvidos. Sua força colossal a envolvia como uma tala de aço, era demais para resistir. Inferno, ela não queria nem mesmo tentar, só queria sentir e fazer com que ele sentisse cada arrepio que causava.

— Você é corajosa, encantadora. — Léopold sorriu e capturou o seio dela com a boca, enrolando a ponta com a língua. Ela gemeu em resposta, e ele chupou com força, tomando cuidado para não arranhá-la com os dentes.

— Ai, meu Deus! — ela gritou de dor. Seu centro pulsava em resposta. Uma dor quente crescia em seu âmago, dor essa que só ele era capaz de satisfazer.

— Você continua me surpreendendo, Laryssa. Você me atiça, mas deseja se submeter?

— Não — mentiu. — Não é verdade.

— *Oui*. Seu corpo não mente. — Léopold pressionou o pulso esquerdo contra o direito, prendendo ambos os braços dela, libertando a mão direita dele.

— Não, não, não. — Ela continuou a negar, balançando a cabeça. — Você não me conhece. Você não quer me conhecer.

— Você me desafia? — Se ela soubesse como estava errada. Cada

LÉOPOLD

segundo que ele passasse com ela tornaria ainda mais difícil deixá-la ir. Ele queria saber tudo sobre ela, do que ela gostava de comer no café da manhã até quantas vezes era preciso acariciá-la para deixá-la à beira do orgasmo.

— Não é um desafio. É só que... você foi bem claro.

— Achei que já havíamos deixado claro que eu te desejo bastante. Não mude de assunto. Veja como sua pele fica vermelha, incapaz de se mover. Você gosta disso, não?

— Eu não... eu não posso — ela sussurrou. *Por que ele está me pressionando? Que diferença faz se eu gosto ou não?* De manhã, ele a deixaria. Ele não a queria em sua vida.

— Vamos ver? — Léopold enfiou a mão entre as pernas dela, afastando os macios lábios. Moveu as pontas dos dedos na entrada, sem penetrar em seu calor. Ao fazê-lo, ela gritou seu nome. — Tão molhada. Ah, você mente sobre o que deseja... você gosta disso, não é? Gosta. Acho que vai gostar bastante da submissão.

— Não importa — ela disse, ofegante. Ela apertou as pernas tentando aliviar a pressão crescente, mas ele removeu a mão e deu um tapinha em seu monte de vênus.

— Sem trapacear. Nada de gozar agora, bichinha. E sim, isso importa bastante. — Lentamente, ele deslizou os dedos pelos lábios lubrificados, evitando o clitóris. Encontrou com o olhar dela e lhe deu um sorriso maroto. — Foi você quem leu minha aura. Você começou e agora pretendo ir até o fim. Minha cartomante acha que sou dominante, não? Posso não ser capaz de ler uma aura, mas sua boceta me diz tudo que preciso saber. Seu corpo não mente, mas quero ouvir de seus lábios. Diga-me, *ma chérie*, você quer que eu te domine?

— Não... sim. Não sei.

Sem avisar, Léopold enfiou um dedo grosso dentro dela, fazendo-a gemer de prazer. Ele podia senti-la se contraindo ao redor do dedo, certamente gostando.

— Oh, Deus, sim.

— Tão solícita e submissa quando dada a liberdade para ser assim. — Ele ansiava por dominá-la, fazê-la querer apenas ele.

— Léopold, por favor, sem brincadeiras — disse ela, gemendo enquanto ele enfiava mais um dedo. Sua carne lustrosa se apertou ao redor deles, antecipando cada carícia dada.

— Eu não faço brincadeiras.

— Agora é você quem mente — gemeu ela, e ele continuou aumentando a tensão, levando-a ao clímax.

— Sem jogos. Sem mentiras. Você, pequena ninfa, deseja se submeter a mim? Uma fantasia, talvez? — Léopold supôs que ela passou anos escondendo não apenas sua identidade, mas também o desejo de explorar a própria sexualidade. Sua respiração, irregular, ficou mais frequente à medida em que ele penetrava cada vez mais fundo dentro dela. Pressionando o peito contra sua barriga, roçou os lábios nos dela.

— Sim. Oh, Deus, sim! — gritou, e quando começou a ter espasmos nas mãos dele. Laryssa odiava que ele soubesse de seu segredo obscuro e adorava que ele não tivesse medo de ultrapassar os limites. Embalada por um prazer incontrolável, uma lágrima de felicidade desceu por sua bochecha.

Léopold afastou os dedos, guiando a rígida dimensão de seu pau para dentro dela com apenas um rápido movimento. Sem pressa, ele fez amor carinhosamente com ela. Soltando seus pulsos, ele se segurou com uma mão, para não esmagá-la, e com a outra segurou seu rosto para que pudesse olhar diretamente em seus olhos. A umidade transbordando das pálpebras dela evidenciou as implicações do que eles fizeram ao transar. Emoções que ele não sentia há séculos brotaram de dentro de seu peito. Laryssa era muito mais do que ele esperava. Não haveria foda casual com ela; não, se tivesse a oportunidade, realizaria seu verdadeiro desejo, que era saber tudo sobre ela, torná-la sua. A doce dor de sua epifania o trespassou, sabendo que não poderia mantê-la.

— Você me fascina, Laryssa. Tão, tão bonita — confidenciou ele, sem fôlego, esmagando seus lábios nos dela.

Derramando todos os sentimentos que jamais lhe confessaria, beijou-a apaixonadamente como se nunca mais fosse vê-la. Todos os pensamentos de Laryssa desapareceram, substituídos por nada a não ser o vampiro que a segurava em seus braços. Enquanto ele deslizava a sua língua contra a dela, reivindicando sua boca, ela deu as boas-vindas à intimidade de sua investida. Beijando, chupando, saboreando um ao outro, seus corpos se tornaram um.

À medida que o beijo se aprofundava, eles se moviam simultaneamente, aumentando lentamente o ritmo. As mãos de Léopold deslizaram pela lateral dela, finalmente alcançando os quadris, e ele deliberadamente começou a fazer movimentos circulares com sua pélvis contra a dela, estimulando sua carne mais sensível.

— Você é gostosa pra caralho — falou ele, entre dentes.

— Tão perto. Não pare — implorou ela, se afastando dos lábios dele, ofegante. Laryssa arqueou as costas, esfregando-se contra ele.

Léopold embalou cada vez mais rápido, acariciando-se contra o clitóris dela, para frente e para trás. Os espasmos do âmago quente dela pulsaram em volta de seu pau, fazendo puxar ar rapidamente. Ela estremeceu debaixo dele, que não podia mais parar o inevitável. Com fortes investidas, estocou nela, que gritava seu nome de novo e de novo.

Tomada pelo êxtase, Laryssa ergueu os quadris para encontrar os dele. Quando o alívio a tomou, ela enrijeceu-se, absorvendo cada espasmo. Sua cabeça se debateu de um lado para o outro, e cravou as unhas na bunda dele. O prazer dominou-a e Léopold soltou um grunhido alto, irrompendo fundo nela. Juntos, ficaram imóveis, as últimas pulsações trêmulas passando por eles.

Laryssa aninhou seu corpo com o de Léopold, enquanto ele removia vagaroso seu membro esgotado de dentro dela, trazendo-a até seu peito. Com medo de olhá-lo nos olhos, enxugou silenciosamente as lágrimas que continuavam caindo. *Quão estúpida eu sou em achar que poderia fazer amor com alguém como Léopold e ir embora com o coração inteiro?*

Poderoso e carismático, Léopold havia atravessado as suas defesas com a mesma facilidade com que uma faca quente corta manteiga. Se ficasse com ele mais um minuto, ele a levaria a novos patamares. Ela não apenas se submeteria a ele sexualmente, como também lhe daria o coração — e ele o esmagaria. Resoluta, jurou a si mesma que esta seria a última vez que faria amor com ele. Belo e dominador, ele era tudo o que ela sempre quis em um amante. Mas ele fora claro sobre suas intenções desde o início. Eles não tinham futuro.

Léopold sentiu-a tremer em seus braços. Nem uma palavra precisou ser dita a ele sobre o que ambos sabiam ser verdade. Fazer amor tinha sido uma experiência espetacular e devastadora, envolta em satisfação, mas também uma sensação de perda. Não poderia acontecer de novo. Olhando para o teto, Léopold acariciou os cabelos dela, esperando que isso desse à moça o conforto de que precisava para deixar para lá. Mas, ao fazer isso, ele se perguntava de onde tiraria forças para fazer o mesmo.

CAPÍTULO OITO

— *Bonjour, mon ami* — cumprimentou Léopold ao entrar no salão, acenando para Dimitri. — Vejo que recebeu minha mensagem. Arnaud cuidou de sua chegada?

— Sim, recebi ontem à noite, por volta das quatro da manhã. Vocês vampiros realmente não dormem, não é? — Dimitri perguntou, tomando um longo gole de seu café.

— Eu descanso quando preciso. Além disso, prefiro a noite, como você sabe. Por que os sobrenaturais de hoje querem passear à luz do dia está além da minha compreensão. A noite é a mãe da nossa força. Por que se sujeitar a ser como um humano sob sol quando é possível ser um poderoso leão à luz da lua?

— Bem, concordo com você. Eu amo uma boa lua. — Dimitri deu um uivo gutural e riu. Às vezes, ele não se cansava de provocar o vampiro. Quase sempre, na verdade. — Ei, você se lembra de Jake, certo?

— *Oui.* — Léopold revirou os olhos em resposta ao uivo incessante do lobo. Ele acenou com a cabeça e passou por eles para a cozinha.

— Peguei um café com leite para você. Está no balcão.

— *Merci.* — Léopold retirou a tampa do copo de papel e cheirou. — Néctar dos deuses.

— Viu, ele ainda age normalmente de vez em quando — disse Dimitri, brincando com Jake.

— Não parece certo, só isso.

— Eu preciso de sangue para sobreviver. O café, por outro lado, tem um gosto bom. Não é como se eu não pudesse apreciar os melhores prazeres epicuristas que a vida tem a oferecer. — Léopold deu a volta na mesa e sentou-se.

— Já vi algumas das suas tais delícias epicuristas e todas elas parecem femininas — reparou Dimitri.

— O prazer vem em todas as formas. — Ele sorriu.

Dimitri analisou Léopold quando lhe ocorreu que seu amigo normalmente bem-vestido não estava usando nada além de uma calça preta de pijama. Seu estado desgrenhado despertou curiosidade.

— Ei, Leo, o que há com o visual sem camisa hoje? — Dimitri olhou para Jake e sorriu. — Ou quem sabe o Sr. GQ esteja finalmente relaxando?

— Ele sem dúvidas malha bastante, me faz até querer ir para a academia — complementou Jake, sorrindo para a Dimitri.

— Deve ser aquela dieta só de proteínas.

— Foda-se. — Riu Léopold. — Compreende que, quando ficamos adultos, temos esta forma, né? Mas sim, espertinho, eu malho.

— Como você ficou tão definido? O que você fez em uma vida anterior? Deixe-me adivinhar... um fisiculturista? Não, espera, um salva-vidas? — sugeriu Jake.

— Fala sério, é só olhar para ele. — Dimitri olhou para Léopold. — Muito pálido.

— Instrutor de academia? — brincou Jake.

— Sem chances, ele é um velho, tipo, muito velho. Quem sabe um fazendeiro, trabalhando nos vinhedos da França. Ou, é, um soldado. Sim, isso tem mais a cara de Leo. Algum medieval foda de operações clandestinas — Dimitri chutou.

Léopold abriu um sorriso e balançou a cabeça.

— É isso. — Dimitri apontou para ele. — Estou perto, não estou?

Léopold suspirou, pensando se deveria ou não revelar sua antiga profissão. Ele não costumava debater sua vida como humano. Muitas lembranças ruins. No entanto, havia uma camaradagem de que ele sentia falta quando estava a serviço do Rei, semelhante à que os lobos compartilhavam. Ele sabia, embora estivessem o atraindo, que procuravam criar uma conexão. Dimitri já tinha sua confiança, sua amizade.

— *Oui*. Um cavaleiro. Servi ao Rei Hugh Capet. Era um guerreiro a serviço dele em troca de um feudo, é claro.

— Caramba, irmão, você esteve se guardando. Aposto que tem ótimas histórias. — Dimitri bateu a palma da mão na mesa em tom de brincadeira.

— A vida era dura, muito dura. A França estava apenas se formando quando nasci. Minhas histórias vão ficar para outro dia, no entanto. Devemos discutir a agenda de hoje.

— Você vê como ele faz? — Dimitri perguntou.

— Faz o quê? — Jake olhou para ele e depois para Léopold, que sorria.

— Evita o assunto. O homem é escorregadio, e ainda não respondeu à minha pergunta original, Sir Leo, o vampiro.

— Qual foi a pergunta?

— Por que você não está vestido? Eu não nasci ontem. Te conheço, Leo. Você é o metrossexual mais impecável que conheço. E aqui está você esta manhã, pouco vestido e com o cabelo todo desgrenhado. Para o resto de nós, totalmente normal. Para você? Não muito. O que é que há?

— Nada, mesmo. Ouvi todos vocês tagarelando em minha casa e vim ver o que estava rolando. — Ele sorriu timidamente e ergueu as sobrancelhas.

Dimitri olhou para Jake e então para Léopold, que em silêncio tomou um gole de café. Podia não conhecer vampiro há muito tempo, mas conhecia seus hábitos. Algo estava errado. E então ocorreu a ele que não vira Laryssa. De jeito nenhum que Léopold estaria tão à vontade com uma mulher na casa, a menos que...

— Como está Laryssa? — Dimitri perguntou, incisivo. Seus olhos dispararam para Jake.

— Ela está bem — mentiu Léopold. Ele esperava que Laryssa estivesse longe de estar bem. Em algum momento durante a noite, ela se livrou de seu abraço, se enrolou para o lado dela, de costas para ele. Apesar da habilidade que possuía, não escondeu os batimentos cardíacos acelerados. Ele sabia que ela estava acordada, mas não disse nada. Depois de uma hora, ela jogou as cobertas para trás e saiu do quarto, sem olhar para ele. Sem palavras, sem beijo de despedida. Lençóis frios em seu encalço. Ele sabia que deveria estar feliz. Era o que queria, mas perdê-la o incomodava muito mais do que deveria.

— Você mencionou um demônio. Onde ele apareceu? — Dimitri perguntou.

— Lá no lago. — Léopold apontou para as janelas com a cabeça.

— Veio diretamente até você?

— Não, até Laryssa. Tentei chegar a tempo, mas ela havia caído no lago.

— O quê? De alguma maneira, levou Laryssa de sua casa até o lago?

— Não. Ela foi até o lago e ele apareceu para lá ela — Léopold afirmou, sem explicar por completo.

— Estou me esquecendo de alguma coisa? Pensei que você disse que ficaria com ela — Jake interveio.

— Eu estava com ela, mas então o jantar chegou e... bem, vocês sabem, as coisas ficaram estranhas. Ela deveria ter ido nadar na piscina, não no maldito lago.

— Espere um segundo. Deixa eu ver se entendi. Você traz uma mulher gostosa para sua casa, e então em algum momento, você convida uma doadora... também conhecida como garota gostosa número dois. Então Laryssa foge enojada com seus hábitos alimentares. Algumas pessoas não são fãs de sangue — Dimitri conjecturou. — Ou ela foge porque não gosta de sexo a três. Talvez com ciúmes? Talvez ela mesma quisesse uma daquelas mordidas sexuais?

— Já chega — exigiu Léopold. — Eu precisava me alimentar. Não vou negar quem sou só porque fui tolo e decidi proteger uma mulher. E só porque Laryssa é "gostosa", como você diz, não significa que me apegarei a ela.

— Então você está me dizendo que, quando saiu desta casa, ela estava de boa com seu *delivery* de garota nua?

Léopold suspirou e levantou-se da mesa. Olhando para o lago, lembrou-se da noite anterior, de como ela estava com raiva.

— Não, não estava. Ela não estava nada feliz. Mas isso não importa. O que está feito, está feito. Ela foi até o lago e o demônio apareceu. Deu a ela uma semana para encontrar o Tecpatl. O Tlalco Tecpatl para ser exato.

— Que diabos é um Tecpatl? — Dimitri se levantou da mesa e colocou seu copo vazio no lixo.

— Uma antiga faca sacrificial usada pelos astecas — Jake respondeu.

— Como diabos você sabia disso? — Dimitri olhou para Jake incrédulo.

— Sou fã de história mesoamericana — brincou.

— Ele está certo — afirmou Léopold.

— Sacrifício humano. Merda das sangrentas — acrescentou Jake.

— Vocês lobos têm jeito com as palavras — Léopold refletiu.

— E Laryssa, então? Ela está bem? — Dimitri perguntou, ainda desconfiado da aparência desleixada do vampiro.

— Ele a atacou, mas ela lutou contra ele, que desapareceu.

— Você acabou de dizer que ele a agarrou? Ela está ferida? — Dimitri chegou perto de Léopold para que ficassem ombro a ombro, observando o cenário. Era a primeira vez que ele ia àquela casa do lago.

— Não, ela está bem, mas... — Léopold não concluiu a frase.

— Mas o quê? Como é que alguém é atacado por um demônio e fica bem, exatamente?

— Ela está curada. — Enquanto ela dormia, ele inspecionou a ferida e não havia nenhum rastro de cicatriz.

— Acredito que isso tem algo a ver com o que ela faz?

— De fato, *mon ami*. Mas prometi a ela que não contaria a ninguém o que ela é, então não adianta perguntar, a história é dela. Você pode perguntá-la quando ela sair. Meu palpite é que, depois da aparição daquele demônio, ela vai te contar. Mas não posso quebrar o juramento que fiz a ela. Já fiz o suficiente para machucá-la sozinho sem precisar cavar um buraco mais fundo — confessou Léopold. Virando-se para Dimitri, passou a mão pelo cabelo despenteado.

Dimitri se inclinou em direção ao amigo e farejou. Ele balançou a cabeça, sabendo a resposta para a pergunta que estava prestes a fazer a Léopold:

— Você comeu ela, não foi? Eu consigo sentir o cheiro.

— Precisa ser tão rude? — Léopold respondeu, soltando um suspiro.

— Você comeu! — Dimitri exclamou. — Jesus Cristo, Leo. Sério, cara. Você pode ter a mulher que quiser, por que ela? Já ouviu aquela expressão: "onde se ganha o pão não se come a carne"?

— Sim, eu já ouvi, idiota. Mas ela é tão… não sei, ela é apenas especial. Droga, eu sei, tá? Sei que estraguei tudo.

— Não vejo qual é o problema aqui. Quero dizer, vocês dois idiotas já ouviram o termo "consentimento entre adultos". Qual é o problema? — Jake perguntou.

— O grande problema é que ele acabou de conhecê-la. E precisamos da ajuda dela para manter Ava segura. Se ela está em perigo, nosso alfa também está. Laryssa estava apenas começando a confiar em nós, confiar nele, e o Don Juan aqui simplesmente não consegue se conter. — Dimitri bufou, sentando-se à mesa.

— Ele tem razão, não há desculpas — concordou Léopold. — Não é dormir com uma mulher que é um problema, é o fato de eu não conseguir… não conseguir ter um relacionamento. Isso não vai acontecer. E, agora que fizemos amor, bem, isso complica mais a nossa situação, do tipo que não precisamos.

— Uma coisa é se realmente se importasse com qualquer outra coisa além de si mesmo, Devereoux, mas você não se importa. Essa é a questão. Se você machucá-la, porra… — Dimitri começou.

— Por que você se importa com ela, lobo? — Os olhos de Léopold se estreitaram, mirando Dimitri.

— Porque ela parecia legal, Leo. — Dimitri encarou seu amigo. — E ela enfrentou aquele idiota, Luca. E, por alguma razão, sem que eu saiba, parece que ela pode realmente se importar com você. O motivo está além da minha compreensão. E ela também se preocupa com Ava, e não tem razão para isso. Nós é que fomos atrás dela. Agora, não apenas reviramos a vida dela, como também levamos um demônio até ela... bem aqui, em sua maldita casa.

— Acho que já está claro que eu estraguei tudo. Acabei de dizer isso. Podemos apenas seguir em frente?

— Ela está de boa com apenas uma noite? Porque eu sei que mulheres nunca dormem em sua casa. Você me disse isso.

— Eu disse a ela que não mantenho relacionamentos. Não posso me envolver com ela. Mas você está certo de que precisamos dela. Temos que encontrar aquela faca.

— Isso não vai dar certo, você sabe disso, não é? Quero dizer, não conheço Laryssa, mas vi o jeito que ela te olhou ontem, e acho difícil acreditar que ela é o tipo de garota de uma noite só. Posso estar errado, mas caramba, era como se ela tivesse "inocência" estampada na testa — afirmou Dimitri.

— Pare, por favor. Tá? — Léopold inclinou a cabeça para trás, fechou os olhos e enxugou-os com as duas mãos, frustrado. — Eu entendo, sou um idiota. Não deveria ter dormido com ela, mas dormi. Não voltar atrás. Prometo a você que farei o meu melhor para consertar esse... "relacionamento" que coloquei em risco, irresponsavelmente.

Ele engasgou com a palavra. *Relacionamento*. Não, não, não. Como se não fosse ruim o bastante ele estar com sentimentos por Laryssa, agora Dimitri o deixou cheio de culpa pelo que aconteceu. Malditos lobos. Malditos humanos. Por um momento, desejou poder voltar a não ligar para seu novo amigo. Mas não importava o quanto tentasse, o que estava feito estava feito. *Merde. Estou realmente fodido.*

Laryssa ouviu gritos vindos da grande sala e pensou em avisar-lhes de que ela estava se aproximando. Dimitri mencionara o nome dela, e ela suspeitava que o que quer que estivessem discutindo tinha a ver com ela. Por mais curiosa que estivesse, ainda estava se recuperando da noite com Léopold.

Mais cedo, foi tomar banho para lavar as memórias de sua noite com ele, esperando que isso a fizesse esquecer a maneira como ele sacudiu a paixão dentro dela. Não é como se ela não tivesse sentido o calor dele a poucos centímetros de seu corpo enquanto estavam deitados na cama. Ela sabia que mesmo o roçar mais leve de peles teria desfeito sua determinação de ir embora. Estava acordada há horas, sentindo que ele a observava. Mas nenhuma palavra foi dita, nenhuma carícia trocada. A forte tensão a estrangulou, fazendo-a fugir.

O jato quente do chuveiro combinava com as lágrimas que escorriam por seu rosto. Ela sabia que ele a ouviria, sendo um vampiro. Então, com cada respiração ofegante, ela abafou o som. Trinta minutos depois, ela se convenceu de que seu bom e velho choro era devido ao estresse de manter seu segredo por tanto tempo. Sua reação intensa ao fazer amor foi apenas luxúria, nada mais. Disse a si mesma que precisava pensar com a cabeça, não com o que o coração dizia querer. Ele foi franco sobre suas intenções e inflexível em seus caminhos. Ela supôs que teria que aceitar, não era tola o suficiente para tentar mudar um homem. Sabia que nunca funcionaria.

Ainda assim, enquanto se secava, foi tomada por uma decepção, ao perceber que ele não tinha vindo atrás dela. A realidade da situação era que ela teria apenas uma noite. O que quer que achasse que sentia, jurou enterrar tão profundamente que não sentiria nada na próxima vez que o visse.

Mas, ao entrar na sala, seus olhos passaram rápido pelos de Léopold e uma onda de euforia travou sua barriga. *Não, Laryssa, não.* Lutando para se controlar, desviou os olhos para os dois homens bonitos que estavam sentados à mesa da cozinha. Ela se lembrava do homem alto com cavanhaque e tatuagens como quem a levou para a casa de Logan. Dimitri, beta dos lobos Acadianos. O outro parecia um soldado, com o queixo quadrado e o cabelo bem curto.

— Bom dia — disse Laryssa em voz alta, interrompendo a discussão.

— Laryssa — Léopold suspirou, dando-lhe um sorrisinho.

— Léopold. Oi. — Ouvir seu nome dos lábios de Léopold assustou Laryssa. A última vez que ele disse o nome dela, com seu sotaque francês, naquele tom baixo e suave, estava enfiado bem fundo nela.

Léopold, sem palavras, deixou seus olhos vagarem por Laryssa. Com apenas um toque de brilho rosa-claro nos lábios e quase nenhuma maquiagem, a moça exibia uma beleza inata que, suspeitava ele, ela nem sabia que existia. Cachos castanhos soltos caíam por sobre os ombros, combinando com a camisa branca justa que se apertava às suas curvas. Seu jeans preto com botas de couro, que combinavam, lhe davam um visual contemporâneo, e o tentavam a passar as mãos por seu quadril e bunda. Um sorriso faminto surgiu em seu rosto enquanto ele se perguntava se ela gostaria de uma chibata.

Ele farejou o ar, fascinado com o aroma ambrosíaco do cheiro dela que lhe lembrava a noite anterior, mas agora ela cheirava a sabonete e amêndoas. Por baixo de tudo, o cheiro natural dela se mantinha marcado em sua mente. O desejo de saboreá-la o dominou e suas gengivas formigaram em resposta, suas presas implorando para serem libertadas. Olhou para os lobos, que observavam como um falcão. Trazido de volta à realidade pela careta de Dimitri, libertou-se do feitiço e rapidamente escondeu sua reação a ela.

— Você se lembra de Dimitri e Jake, de ontem, não? Vamos ver, tenho café da manhã para você, que Arnaud trouxe. Mandei uma mensagem para ele enquanto você dormia. Espero que goste de frutas, de pães. Deixe-me ver o que ele trouxe. — *Merde, pareço um bobo apaixonado.* Léopold se encolheu com com a maneira com que estava falando com ela na frente de Dimitri e Jake. Rapidamente, vasculhou a geladeira, recuperando os itens que havia pedido a Arnaud para trazer e os colocou em cima do balcão. Pegou um prato, talheres e guardanapo dos armários e os colocou na bancada, longe dos lobos. — Aqui está. Dimitri trouxe café.

— Obrigada — ela respondeu calmamente. Dando um pequeno sorriso para Dimitri e Jake, sentou-se em um banquinho e olhou para o banquete que era suficiente para dez pessoas. — Tem bastante aqui. Talvez devêssemos colocar tudo na mesa. Querem um pouco?

— Obrigado, Laryssa — Dimitri disse, gostando bastante de ver seu amigo se contorcer. — Pelo menos alguém aqui tem boas maneiras, não é, Jake?

— Ei, por que você não nos serviu? Eu adoraria um pouco de manga — acrescentou Jake.

— Porque, se eu oferecesse a vocês primeiro, não sobraria nada para a senhorita. Cachorros ficam com os restos — rebateu Léopold.

— Ei, ei, ei. Não precisa ser desagradável, irmão. Trouxemos café, só estou comentando — Dimitri brincou.

— Está bem. — A verdade é que Léopold simplesmente se esquecera da comida. Enquanto pegava pratos extras do armário, esgueirou-se para vê-la dando uma mordida em um morango e quase deixou os pratos caírem. O caldo do morango escorria por seus lábios rosados e ela o pegou, lambendo o dedo.

— Frutas, como não amá-las? — comentou Dimitri, sorrindo como o Gato Cheshire. Léopold não recebera bem, e era ainda mais engraçado que ele continuasse dizendo que não queria um relacionamento. Talvez não fosse exatamente um relacionamento, mas Laryssa definitivamente o estava afetando.

— *Tais toi* — Léopold repreendeu, irritado porque Dimitri e Jake estavam praticamente despindo-a com os olhos enquanto ela comia. Quanto mais dizia a si mesmo que não deveria se importar, mais próximo estava de jogá-la nos ombros e levá-la para o quarto.

— Poxa, cara. Você sabe que tenho uma coisa com ver garotas comendo. Laryssa olhou para Dimitri, ouvindo seu comentário e riu.

— Venha se sentar comigo, por favor. Tem o bastante para todos nós aqui. Vocês estão me deixando constrangida vendo eu me empanturrar. — Ela deu um tapinha no assento da cadeira ao lado.

— Eu adoraria — Dimitri disse e obedientemente se sentou. — Veja como sua namorada é legal. Você poderia ensiná-lo umas boas maneiras.

— Eu não sou a namorada dele, nós mal nos conhecemos — ela afirmou, tranquila, os olhos fixos em Léopold.

— De verdade? — perguntou Dimitri. Ele olhou para Léopold, que estava estático do outro lado do balcão.

— De verdade — Léopold concordou. Detectou uma centelha de mágoa nos olhos de Laryssa com sua declaração.

Laryssa olhou para Léopold e se forçou a desviar o olhar. De maneira alguma ela o deixaria ver que estava com raiva dele e de si mesma. Ela sabia que tinha armado para ele quando negou ser sua namorada. Mas era a verdade, claro, porque ele concordou com ela. O pior era o quão evidente estava que seu banho tinha feito quase nada para reprimir a atração que sentia por ele.

— Temos muito trabalho a fazer hoje. Vou me arrumar. Vocês dois podem se comportar como cavalheiros com ela enquanto eu estiver fora? — Léopold perguntou, indo em direção ao corredor.

— Até onde sei, não é comigo que ela tem que se preocupar. — Dimitri riu quando o vampiro se virou, fazendo uma careta.

— Comporte-se — Léopold ordenou, logo antes de bater a porta do quarto.

— Ele tem problemas. Trata as pessoas como se fossem animais domésticos. É sério — Laryssa comentou.

Jake e Dimitri começaram a rir.

— É verdade. — Ela sorriu, dando outra mordida em seu pão folhado.

— É impressionante como dá para passar pouco tempo com alguém e conhecê-lo tão bem. — Dimitri colocou algumas frutas em um prato e começou a comer. — Eu soube que você teve um encontro com um demônio na noite passada. Como está se sentindo, querida?

— Estou bem. As marcas sumiram. — Ela esfregou a mão acima do seio, onde tinha sido arranhada.

— Fico feliz em saber que está bem. Mas que baita de cura rápida. Agora tenho certeza de que você não é um lobo ou vampiro. Você tem um quê de bruxa, mas também não é isso. Talvez uma fada? — chutou.

— Ele ainda não te contou? — Laryssa perguntou.

— Não. Apesar da língua ferina, Leo tem senso de honra. Ele disse que te prometeu que não contaria a ninguém.

— Um senso de honra, né?

Léopold manteve seu segredo. Por que não poderia simplesmente tê-la traído? Ela queria um motivo para odiá-lo, para fazê-la sentir algo diferente do que estava sentindo. Ele não só pensou nela, com o café da manhã, como também manteve a conversa em segredo.

— Ele nos contou o que aconteceu noite passada — Dimitri afirmou, a expressão ficando séria.

— Tudo? — Ela ficou boquiaberta. *O que exatamente ele contou?*

— Bem, sim, a parte sobre o lago.

— Ele estava ocupado — ela disse, fria, se lembrando de como ela o vira morder a doadora e seus gemidos de prazer. Foi tola e cedeu a seus próprios impulsos primitivos, e era ela quem estava fazendo sons semelhantes horas depois.

— Sim, sobre isso, você sabe que ele é um vampiro, certo?

— Difícil não saber.

— Só quero confirmar, porque não tenho certeza do que vamos fazer hoje ou aonde isso nos levará, e ele é o que é. Você não pode estar fugindo quando ele... — As palavras de Dimitri sumiram enquanto ele levava alguns minutos para pensar no melhor jeito de dizer o que pensava. Ele não queria assustá-la, mas não apenas só se transformava em lobo, como Léopold era fatal quando pressentia perigo.

— Quando ele o quê?

— Quando ele se transforma em quem ele é. Óbvio que você viu as presas e, bem, isso é da natureza dele. As mulheres e os homens, os doadores... ele precisa se alimentar. Não tenho certeza do que você acha que o viu fazer com aquela mulher ontem à noite, mas ele realmente tenta fazer sua mordida ser indolor.

— E você saberia disso como? — Jake perguntou, pegando um donut do prato. Ele sorriu e caminhou até as janelas.

— Eu sei, está bem?

— Mas aquela mulher... — Laryssa começou.

— Vamos apenas dizer que sou experiente com mordidas — explicou Dimitri.

— Você deixou um vampiro te morder? — Jake riu.

— Sim, deixei.

— Você deixou ele te morder, não foi? — inferiu Laryssa, chocada com o que estava ouvindo.

— Foi por necessidade, confie em mim. Ele estava mal, e é isso. Mas acredite em mim, ele não queria. Acho que eu deveria ter ouvido o aviso dele, porque o que senti...

— Por favor, pare de falar — Jake pediu. — Meus ouvidos virgens não querem ouvir isso. Você e Léopold, não.

— Foda-se. Nós não transamos. Esse é exatamente o tipo de atitude presunçosa que causa problemas. Meu ponto é — ele se virou para Laryssa — que os vampiros têm duas maneiras de morder, com dor ou prazer. E ele tem que comer, então é isso.

— Posso imaginar o caminho que ele tomou com você — zombou Jake.

— Cala a boca, Jake. Não percebe que estou tentando informar Laryssa do meu vasto conhecimento do mundo dos vampiros para que ela não surte de novo?

— Você é um verdadeiro Dr. Phil.

Laryssa riu.

— Sério, o cara tem que comer — argumentou Dimitri.

— Se ela não gostou de ver as presas dele, espere até que veja as suas, lobisomem — disse Jake.

— Jake apresenta um bom ponto, mesmo que esteja sendo meio idiota. — Dimitri olhou para ele e continuou conversando com Laryssa. — Sei que você meio que se manteve fora do mundo sobrenatural e tenho certeza de que tem seus motivos, mas ele está certo. Ao primeiro sinal de perigo, há uma boa chance de eu tirar a roupa e virar lobo. Posso não ser capaz de responder com palavras, mas conseguirei entender você.

— Você acabou de dizer que vai tirar a roupa? — Um enorme sorriso se abriu em seu rosto. Ela olhou para Dimitri e depois Jake, e não pôde deixar de imaginá-los nus. O rosto de Laryssa ficou quente e começou a ficar rosado.

LÉOPOLD

— Sim, nós adoramos ficar nus, *baby*. — Dimitri riu. — É sério, porém, você não pode fugir quando vir meu lobo, nem eu nem Jake te machucaremos.

— Obrigada por me avisar. Não é todo dia que vejo homens tirando a roupa e virando bichinhos peludos — ela riu.

— Lobos, grandes lobos ferozes — insistiu Jake. — Caramba, essa mulher sabe como ferir o ego de um cara. Talvez ela queira uma demonstração agora mesmo. — E começou a desabotoar as calças.

— Não, não, eu não quero. — Laryssa cobriu os olhos e começou a rir ainda mais.

— Calma, Jake, continue de calças. Leo vai nos matar se chegar aqui e vir você mostrando sua parada para a namorada dele.

— Eu não sou a namorada dele — insistiu.

— Sim, o que você disser, querida. Certo, mostramos o nosso, está pronta para nos mostrar o seu?

— Bem, eu não consegui ver exatamente o show — ela comentou, com um sorriso. — Mas aprecio que tenha me contado sobre essa coisa de lobo que você faz, mesmo que eu não tenha visto você se transformar. Vou, no entanto, deixar para outro dia.

— Ei, eu posso te mostrar — Jake desafiou.

— Aqui não, estou falando para vocês, Léopold vai enlouquecer. Por mais que meu garoto goste de uma boa ousadia, ele está só agora se acostumando com a nudez. — Dimitri vira como Léopold estava olhando para Laryssa. O vampiro podia pensar o que quisesse sobre sua regra de não ter relacionamentos, mas não havia como negar a maneira possessiva com que agia perto dela. O que aconteceu entre os dois ainda seria revelado, mas, se Laryssa era um osso, ele não queria brigar com o cachorrão que pensava que era dele.

— Por mais que eu adorasse ver você se transformar, e eu realmente gostaria, acho que talvez Dimitri esteja certo sobre o assunto. Léopold pode ficar um pouco irritado. — Na verdade, ela gostaria de fazer ciúmes nele, mas brincar com seus amigos não fazia o seu estilo. Ela se sentiu atraída por Dimitri, no entanto. Sua honestidade era estimulante. Não demorou mais que alguns minutos para ela perceber que queria compartilhar com eles o que havia dito a Léopold. — Certo, vou mostrar o meu. Prontos, rapazes?

— Claro que sim, vamos nessa — Dimitri disse.

Laryssa levantou-se de seu banquinho e foi para o centro da grande sala.

Dimitri se levantou e caminhou até Jake, que estava observando, atento. Ela sorriu para Jake e estendeu a mão para ele, deixando sua energia se concentrar no alvo. A rosquinha dele voou de sua mão direto para a dela.

— Peguei. — Ela riu e deu uma mordida. — Sou uma náiade.

— Caramba, irmão, ela acabou de pegar sua rosquinha. — Dimitri colocou a mão no ombro de Jake.

— Ei, ei. Isso era mesmo necessário? — Jake disse, fingindo indignação. Lambeu os dedos e sorriu.

— Ela é incrível, não é? — Léopold apareceu, aparentemente do nada. *Deusa, ela estava mostrando-lhes o que ela é e demonstrando seus poderes.* Ou ela desconhecia completamente quão poderosos Dimitri e Jake eram como lobos ou era incrivelmente corajosa.

Surpresa ao ouvir a voz de Léopold, Laryssa deu um pulo quando ele veio por trás dela e beijou seu pescoço, seu perfume masculino desconcertando seus sentidos. O homem era atordoante e delicioso. Por um longo minuto, sentiu-se derreter em seu abraço, fechando os olhos. Mas a tosse de Dimitri a lembrou de que não estavam sozinhos e que Léopold não a queria. Seus olhos se abriram e ela se virou para encará-lo.

— Você está linda — elogiou Léopold, seus olhos desviando dos dela, indo até os lábios entreabertos. Seu beijo sedutor a centímetros. A tentação era grande, mas ele sabia que não devia.

— Eu, é, estava apenas mostrando a Dimitri e Jake o que consigo fazer — ela gaguejou. Libertando-se de seus braços, ela recuou, percebendo que quase o beijara. Precisando de distância, ela atravessou a sala e tomou um gole de seu café morno.

— Uma náiade, hein? Isso não é algum tipo de ser aquático? — Dimitri perguntou, cerrando os punhos. Segurou o impulso de arrastar Léopold para fora da sala e ter outra conversa com ele sobre suas intenções com Laryssa.

— Uma sereia? — tentou Jake.

— Mais como uma ninfa — corrigiu Léopold. Ele passou por ela, mexendo com o dedo em de seus cachos, então os soltando. — Uma ninfa de água doce.

— Nada de sereia, não tenho cauda ou escamas. Apenas eu. — A pele de Laryssa formigou com o toque de Léopold. Ela não conseguia tirar os olhos dele. Ele sorriu para ela, colocando uma amora na boca. Ele não estava jogando limpo. Merda, ele não deveria nem mesmo estar brincando. *Como vou me esquecer dele e de nossa noite juntos se o plano dele é flertar comigo o dia todo?*

— Bom truque com o donut, querida. Você pode mover coisas mais pesadas? — Dimitri perguntou a Laryssa.

— Sim, isso e muito mais, *mon ami* — Léopold respondeu em seu lugar, apreciando o olhar dela nele. Por mais que tentasse, não podia negar a si mesmo. Como uma isca, ela o atraía. Observá-la encantar os lobos com sua personalidade envolvente só a deixava mais atraente. — Podemos discutir isso no caminho para a casa de Ilsbeth. Temos um encontro marcado com uma bruxa astuta, é melhor não se atrasar.

Laryssa balançou a cabeça para Léopold. O homem era impossível. Altivo, ele exalava carisma e magnetismo, aprisionando suas emoções. Olhou para Dimitri, que lhe deu um sorriso compreensivo. *Ele sabe*, pensou. Ela não conseguia decidir se deveria estar envergonhada ou aliviada. Perdida em pensamentos, engasgou quando Léopold pegou sua mão.

— Venha, *ma chérie*, prometo cuidar de você hoje — sussurrou em seu ouvido.

Olhando em seus olhos, ela sabia que estava em sérios apuros. Seu coração apertou dentro do peito e ele a conduziu para fora de casa.

CAPÍTULO NOVE

Na curta viagem até a cidade, Laryssa se posicionou cuidadosamente o mais perto possível da porta traseira, na tentativa de evitar que sua perna roçasse na de Léopold. Vestido com um terno italiano cinza justo, ele interpunha sua opinião na conversa, de modo casual, sempre sorrindo para ela de modo sensual ao fazer isso. Dedicar um tempo para desabotoar o primeiro botão de sua camisa branca foi o único semblante de desconforto que ele exibiu. Exalando confiança e poder, insistiu em sentar com ela no banco de trás para a protegê-la. Nem Jake nem Dimitri debateram o assunto, simplesmente concordando com sua exigência.

Dando olhadelas para ele, seus olhos sempre encontravam os seus. Era como se ele soubesse quando ela olharia, o que diria, fazendo parecer como se a conhecesse há muito tempo. Seus pensamentos se voltaram para a maneira como ele a segurara, forçando-a a admitir que gostava de submissão. Se ela se permitisse pensar no que Léopold fizera com ela por mais um segundo, todos saberiam o que estava pensando. Lembrando-se rapidamente de que estava em um carro cheio de homens sobrenaturais, desviou sua mente para uma memória menos sexualmente excitante: o demônio. Sua recordação trouxe uma onda não superada de medo à sua psique, que a deixou rezando para sobreviver ao que estava por vir. Uma semana. Ele lhe dera uma semana. Ela respirou fundo e soltou o ar, tentando acalmar os nervos.

— Vai dar tudo certo — Léopold assegurou-lhe. Ele sentira a excitação dela, mas, tão rápido quanto começou, esvaiu-se, substituída por ansiedade. Em resposta, colocou a mão sobre a coxa dela, tentando confortá-la. O calor crepitou sob sua pele. Ela estava vestida, mas poderia muito bem estar nua para ele. O vampiro desprezava a necessidade crescente que tinha Laryssa, mas tudo em que conseguia pensar era em torná-la sua.

— Tem certeza que pode confiar nela, em Ilsbeth? — Laryssa encarou os olhos de Léopold, em busca da verdade.

— Ilsbeth e eu nos conhecemos há séculos. Ela é uma mulher difícil, mas confiar nela? *Oui*, confio — afirmou.

O toque de Léopold aqueceu sua perna, e Laryssa continuou com dificuldade em ignorar seus sentimentos em relação ao vampiro charmoso. Em um momento, ele fora cruel, confirmando que ela não era nada mais que uma mera conhecida, e no seguinte, ele a beijara possessivamente. Suas palavras carinhosas, e a carícia em sua perna, deram a ela motivos para suspeitar que ele não poderia viver dentro de suas próprias regras. Procurou reprimir o pensamento otimista, de que ele queria mais do que apenas uma noite, mas suas ações falaram mais alto que suas palavras. Incapaz de resistir à tentação, colocou a mão sobre a dele, completando a conexão.

Depois de passar por um portão ornamental de ferro forjado, o carro circulou em frente à casa de Ilsbeth. Quando parou, Léopold saiu primeiro, depois contornou o veículo para abrir a porta para Laryssa. Com Dimitri e Jake, eles subiram uma larga escada de ardósia que levava à casa espetacular. As janelas do segundo e terceiro andar, adornadas em pedra, faziam vigília aos jardins cuidados com esmero. Um pentagrama de mais de dois metros de diâmetro enfeitava o topo de uma magnífica mansarda que ficava acima da entrada principal. Ao passarem por um dos sete enormes arcos de pedra que levavam à varanda, Léopold pegou Laryssa pela mão.

Dimitri saiu à frente do grupo para poder anunciar a chegada deles. Quando foi tocar a campainha, a porta se abriu antes. A amiga de Laryssa, Avery, estava parada no arco, sorrindo.

— Você está aqui — ela disse. Com um brilho nos olhos, espiou Laryssa e a puxou para o saguão.

— Avery, eu tinha esperanças de que você estivesse aqui, mas não tinha certeza. Este lugar é tão... — Laryssa abraçou a amiga, mas rapidamente a soltou, olhando ao seu redor.

— É, não é? É incrível. Ilsbeth tem um lugar no Bairro Francês, mas é aqui que vamos para eventos especiais. É a casa dela. Ninguém mais mora aqui — sussurrou.

Paredes de gesso cor-de-rosa com sancas ornamentadas deram lugar a um teto de catedral. Pequenos pontos de luz dançavam no chão de pedra. Iluminado pela luz do dia que entrava pelos vitrais das claraboias, o saguão parecia espaçoso, mas estava fechado para todos os outros cômodos e corredores. Uma escada de canto levava a uma varanda no andar de cima, onde estava um piano de cauda intocado. Quando a porta de madeira da frente se fechou, um rangido os alertou sobre a abertura de portas laterais e uma presença etérea chamou o nome de Léopold.

Laryssa apertou ainda mais a mão de Avery enquanto os painéis desapareciam nas paredes e uma bela mulher com longos cabelos loiros platinados deslizou para dentro da sala. Pequena, vestida com uma jaqueta roxa de veludo amassada, com calça da mesma cor, ela exalava uma aura sobrenatural. Porém, quando começou a falar, ficou claro que ela era deste mundo.

— Léopold, muito bom vê-lo novamente. — Ilsbeth sorriu para ele e esperou pacientemente enquanto ele beijava as costas de sua mão.

— Ilsbeth, você está linda como sempre — elogiou, soltando seu pulso. — Esta é Laryssa — prosseguiu. Laryssa soltou a mão de Avery e pegou a de Léopold. — Laryssa, esta é Ilsbeth. Senhora das Bruxas.

— Olá — Laryssa disse, sem saber se havia algum tipo de protocolo especial de bruxas que deveria usar.

— A ninfa? — Ilsbeth olhou para Léopold em busca de confirmação, mas Laryssa tomou a liderança.

— Uma náiade. Como sabia? Léopold lhe contou?

— Não precisa se preocupar, minha querida. Léopold manteve seu segredo. Mas, como logo descobrirá, sei muitas coisas. — Ilsbeth virou bruscamente a cabeça na direção de Dimitri e Jake. Um lampejo de fúria imperceptível brilhou em seus olhos. — Dimitri? O que está fazendo aqui? Léopold, você não mencionou que anda na companhia de lobos.

— Ei, querida. Eu disse a Léopold que você ficaria feliz em me ver. É bom reencontrá-la também. — Dimitri sorriu e deu a ela um pequeno aceno de uma distância segura. Supôs que deveria ter contado a Léopold que dormira com a bruxa. Certas coisas funcionavam melhor como surpresas. A bruxa era tão linda quanto ele se lembrava. O caso deles foi ardente, mas fracassara com a mesma rapidez que começou. Na verdade, foi mais para um final explosivo. Grande discussão, pelo que se lembrava. Seus olhos dispararam para Léopold, que o encarou. Dando um elogio, procurou suavizar o constrangimento da situação. — Ilsbeth, você está linda como sempre.

— Vejo que não perdeu sua língua de prata — comentou, afastando-se dele.

— Sentiu falta, não é?

— Dificilmente.

— Pelo que me lembro, você parecia gostar da minha língua. — Dimitri se arrependeu de suas palavras assim que as disse, percebendo o olhar de desgosto de Léopold.

— *Tais toi* — repreendeu Léopold. *Maldito lobo*. Fez um gesto como se estivesse fechando os lábios e acenou com raiva em direção à entrada, incitando Dimitri a calar a boca e segui-la.

— Venham, vamos conversar — ela disse a eles. Ilsbeth continuou a ignorar Dimitri, entrando na outra sala.

Dimitri encolheu os ombros para Léopold, dando-lhe um sorriso diabólico. O vampiro meneou a cabeça, tentando conter um sorriso. *O lobo não precisa de incentivo para se meter em mais encrencas*, pensou.

Laryssa entrou na sala mal iluminada. Velas em vários tamanhos e cores tremeluziam sobre a lareira, com feixes de luz se espalhando pelas finas janelas retangulares, do chão ao teto. Léopold pegou a mão dela e se sentaram em uma poltrona forrada de chenille bem em frente a Ilsbeth, que se reclinou em uma única cadeira de encosto alto. Dimitri e Jake foram até um sofá ao lado. Quando todos estavam sentados, Ilsbeth acenou com a cabeça para Avery, que os deixou na sala, fechando as portas atrás de si.

— O que a traz até mim hoje? — Ilsbeth começou. — Estou encantada em conhecer uma náiade. Muito raro, de fato.

— Há uma criança também — Laryssa disse. — Só conheci outra como eu.

— Uma criança? Interessante. — Ilsbeth ergueu uma sobrancelha para Léopold.

— *Un bébé*. Encontrei-a na neve, em Wyoming. Yellowstone — revelou. Seus olhos encontraram os de Dimitri antes de retornar aos de Ilsbeth. — Ela foi roubada da toca do alfa. Alguém tentou assassiná-la.

— A matilha de Hunter Livingston?

— *Oui*.

— Você a encontrou antes ou depois que ela morreu?

— *Quoi?* Ela está viva. Logan Reynaud está a abrigando. Kade e Luca também estão ajudando. Somos os únicos que sabemos de sua existência.

— Eu perguntei: "você a encontrou antes ou depois que ela morreu"? — Ilsbeth repetiu a pergunta.

— Eu morri — Laryssa disse a ela, percebendo que Ilsbeth havia confirmado o que ela suspeitava ser verdade. — Por que você acha que Ava morreu?

— Porque, minha querida ninfa, é assim que você é feita. Náiades não nascem. Elas são criadas, recebem o dom da vida por meio da água.

— A bebê estava viva quando a encontrei — afirmou Léopold.

— Tocada pela senhora, ela desperta renovada. Mas, quando criança, não é capaz de compreender totalmente seus poderes nem precisa de água para sobreviver. Quando atingir a maioridade, ela florescerá como uma flor. O preço dela é a água. Mas não pode ser por isso que procurou minha ajuda.

— Agradecemos por compartilhar seu vasto conhecimento, mas temos um problema maior. Um demônio. Ele busca algo de Laryssa — divulgou Léopold.

— Uma faca — acrescentou Laryssa.

— Uma faca sacrificial, Tlalco Tecpatl — Léopold disse a ela.

— Ah, entendo. Ele procura uma relíquia. A civilização asteca adorava muitos deuses diferentes, sabe? Ao longo de qualquer ano, o sacrifício vinha de várias formas, mas o sangue humano era, de fato, derramado. Nenhuma classe da sociedade era poupada nos rituais. Homens, mulheres, crianças e até bebês, todos morreram por um bem maior — explicou Ilsbeth.

— Ou assim eles acreditavam. História mesoamericana é um hobby. — Jake fez aspas invisíveis com os dedos. — Vamos apenas dizer que nem todos os "sacrifícios" percorreram de bom grado o caminho para terem o coração cortado enquanto batia.

— Eles tinham os corações arrancados? Pensei que essas coisas estavam apenas nos filmes. — Laryssa se encolheu.

— Não tenha medo. Isso era feito em diferentes épocas do ano, com tipos específicos de vítimas como forma de oferenda, por assim dizer; às vezes para ajudar os deuses a fazer seu trabalho. Eles precisavam de ajuda para sobreviver, suas terras, cultivo e coisas do tipo.

— Que tipo de deuses iria querer a morte? — desafiou Laryssa.

— Por muitas vezes durante o ano o sacrifício humano era exigido. Era praticamente um evento mensal. Quanto aos deuses? Você sabe... os suspeitos de sempre. Chuva. Sol. Vento.

— E água. Não vamos esquecer a deusa responsável pela água. — A boca de Ilsbeth se contraiu enquanto os outros antecipavam suas próximas palavras. — Chalchiuhtlicue. Alguns dizem que ela era casada com o deus da chuva. Alguns dizem que era a irmã. Equivalentes, talvez?

— Então, com todo esse sacrifício acontecendo, imagino que isso traz alguma zica — Dimitri conjecturou.

— Se esses antigos deuses e deusas existem ou existiram, é de pouca importância. O importante é que existem seres que se deleitam com a morte. Tortura. Assassinato. O mal prospera nisso. Como esporos em uma placa de Petri, o calor do mal cultiva a semente, ela cresce — Ilsbeth disse a eles.

— Cresce em quê? — Laryssa perguntou a ela. Uma pausa significativa encheu a sala. — No que isso se transforma?

— Demônios — Ilsbeth respondeu.

— Mas eu pensei que *demônios* eram como anjos caídos. — Laryssa apertou os lábios pensativamente. Ela odiava até mesmo dizer a palavra.

— De fato, estão perdidos para o submundo. Mas os demônios podem ser chamados à superfície pelas intenções nefastas da carne, pelo homem — explicou Ilsbeth. — É por isso que não falamos daquele a quem servem. O ato hediondo de tirar vidas inocentes, por meio de meios como o sacrifício humano, pode invocar um demônio em nosso mundo, ainda que temporariamente. Mesmo quando estão no submundo, procuram roubar almas... muitas vezes durante a morte. Na maioria das vezes, a alma não lhes pertence.

— Morte? — Laryssa perguntou.

— Sim. Diga-me, Laryssa. — Ilsbeth se levantou de sua cadeira. Ela caminhou até um antigo boticário de carvalho, que ocupava uma parede inteira da sala. A metade inferior abrigava centenas de gavetas quadradas, cuidadosamente rotuladas e organizadas, cada uma com sua própria alça de latão para puxar com os dedos. Garrafas e recipientes de vários tamanhos se alinhavam nas cinco fileiras de prateleiras de madeira. — O que você viu quando morreu? Uma luz?

— Não, nada disso. Foi tranquilo, mas tudo que realmente vi foi essa senhora. Ela estava brilhando e então me tocou, me mandando de volta. Mas... — Laryssa tentou se lembrar da experiência. Ela sabia que parecia loucura. — Eu não vi, apenas senti. Algo escuro. Como quando vejo as pessoas de olhos vazios que vêm atrás de mim... os sombrios. Eu não só os vejo, como posso senti-los, o mal, até meus ossos. Acho que Avery contou a você sobre eles. Ela tem ajudado a me esconder por muitos anos.

— A Senhora roubou você do demônio. Ou pelo menos é assim que ele vê. Ele estava lá, tentando levá-la. Você não teve uma morte clara. Não, para as náiades, elas veem a Senhora.

— Mas quem é ela?

— Alguns pensam que ela é a própria Chalchiuhtlicue... dando ou tirando vidas como bem entende. Uma divindade da água, que governa os lagos, os rios. Até parto. Ou renascimento, talvez? Outros discordam totalmente dessa hipótese, chamando as náiades de filhas de Zeus ou Poseidon. Quem quer que seja a Senhora, ela dá vida às jovens que morrem em seus braços. Mas há um preço que vem com o sopro de vida que ela respira em seus escolhidos.

— A água — Laryssa sussurrou.

— Não dá para viver sem. Afaste-se muito da casa dela e você morrerá.

— Por que um demônio quer uma antiga faca asteca? E por que precisa dela para obtê-lo? — Léopold perguntou, pegando a mão de Laryssa. — Deu-nos uma semana para encontrá-lo e está ameaçando matar a criança.

— Todas as perguntas são muito boas. — Ilsbeth abriu uma gaveta e tirou uma peça recoberta. Colocando-a no balcão, pegou uma pequena garrafa de vidro transparente e abriu-a. — Fico muito feliz em ajudá-lo, dar respostas para o que procura, mas, como Léopold sabe, não atendo sem remuneração. Você vê, como uma bruxa, eu lanço muitos feitiços. Feitiços que requerem ingredientes. Alguns são bastante comuns. Como o óleo de rícino, por exemplo, ou raiz de erva-de-carpinteiro. Existem coisas mais difíceis de adquirir, como cabelo de metamorfoseador. Sabe, como pelo de lobo, talvez recém-arrancado da raiz. — Ela sorriu friamente para Dimitri e continuou. — Mas são os ingredientes muito raros que eu valorizo. Como a escama de um dragão virgem, talvez. Ou a presa de um vampiro.

Os olhos de Dimitri dispararam para Léopold. Ele desejou como o inferno que seu amigo lesse mentes, porque sabia assim que sentou na sala o que Ilsbeth iria pedir... exigir. Ele dera a ela o próprio cabelo como oferta de paz. Ele ofereceu. Ela pegou. Ele ainda estava esperando pela paz.

— Você pode ver que, quando sou presenteada com tamanho prêmio, devo tê-lo. O sangue de uma náiade. Isso, sim, é muito raro.

— De jeito nenhum — Léopold disse a ela, levantando-se de um salto.

Colocando-se entre Laryssa e Ilsbeth, ele a protegeu. Os lobos seguiram seu exemplo, preparando-se para o ataque. Chocada com a sugestão de que Ilsbeth pediria seu sangue, Laryssa agarrou os ombros de Léopold, pondo-se de pé.

— Tsc, tsc, Léopold. Você sempre foi tão alarmista. Sério, é só um pouquinho de sangue que preciso. — Ela ergueu a garrafa contra a luz e depois a pousou novamente. Metodicamente, desdobrou o pano, revelando um simples atame de latão. — Mas deve vir de bom grado ou então não funcionará. Deve ser um presente. Um presente em troca de meus conhecimentos e conselhos. Acredito que é um acordo justo.

— Não. Deve haver outra maneira — Léopold explodiu. De jeito nenhum ele deixaria aquela bruxa desonesta abrir Laryssa, cortando-a como a garganta de uma galinha.

— Eu faço — Laryssa se ofereceu. Sua voz era suave, mas forte, quando passou por Léopold.

Dimitri caiu de volta no sofá, ciente de que Léopold estava prestes a enlouquecer. Ele acenou com a cabeça para Jake, que fez o mesmo.

— Que diabos você pensa que está fazendo, Laryssa? Sem chance, de jeito nenhum vou deixar você fazer isso — Léopold se enfureceu, bloqueando seu caminho.

— Eu tenho que fazer isso — disse a ele, com firmeza.

— Não, não tem. Encontraremos outra maneira.

— Não podemos perder tempo. Ilsbeth pode nos ajudar. Você viu o que aconteceu comigo ontem à noite. — Os olhos de Laryssa estavam úmidos quando ergueu a mão para ele, acariciando gentilmente sua bochecha. — Você deve confiar em mim. Por favor, Leo. Preciso de respostas.

A súplica rasgou seu coração. Droga. Ele sabia que ela precisava de respostas, mas por que diabos precisava envolver facas e sangue? Seu sangue? Era verdade; tinham pouco tempo para encontrar o que o demônio procurava. Talvez ainda menos tempo para encontrar um jeito de matá-lo. Com os olhos nos dela, concordou solene com a cabeça.

— Eu vou ficar bem — ela disse a Léopold, que beijou sua palma. Ele segurou seu pulso, mas ela se afastou, caminhando em direção a Ilsbeth. — Vamos fazer isso.

— Náiades são conhecidos por sua bravura. É também por isso que alguns as consideram perigosas. Venha, me dê o seu pulso — Ilsbeth instruiu.

Laryssa levantou a manga, permitindo que Ilsbeth pegasse seu braço. Léopold veio em seu encalço, envolvendo-a com sua força. Ela o sentiu apoiar seu antebraço, seu hálito quente em sua orelha.

— Não vou deixar nada te acontecer, minha querida — ele sussurrou, com um beijo em seu pescoço. Seus olhos encontraram Ilsbeth, que o observava como um falcão. — Seja gentil com ela.

— Léopold, querido. Você age como se eu fosse uma bruxa novata empunhando um cutelo de cozinha. Gostaria de uma demonstração do meu poder? — Ela sorriu, preparando a garrafa com um funil de vidro. Ilsbeth achou interessante o fascínio de Léopold por Laryssa, e, ciente da capacidade limitada do vampiro de expressar suas emoções, ela ficou preocupada.

— Não. Mas preste atenção às minhas palavras. Tenha cuidado — resmungou.

— Podemos simplesmente resolver isso logo? Quão ruim pode ser? Agora que estamos falando disso, por que não podemos simplesmente fazer como eles fazem no consultório médico? As bruxas nunca ouviram falar de agulhas hipodérmicas? Também doem, mas são muito eficientes. Seguras. — Os olhos de Laryssa se arregalaram quando Ilsbeth ergueu o atame brilhante para cima como se estivesse adorando o sol. *Por que diabos eu me ofereci para fazer isso mesmo? Ah, sim, demônio escamoso do inferno. Quer me fazer a putinha dele.* Nervosa, mordeu o lábio quando a bruxa começou a cantar. — Ei, você não acha que deveria passar álcool? Não quero pegar nenhum tipo de infecção.

Laryssa tentou controlar seu pulso acelerado, mas perdeu a concentração. Seus olhos se arregalaram quando Ilsbeth agarrou seu pulso. Se não fosse pela presença calmante de Léopold atrás dela, teria corrido porta afora.

— Sério, acho que posso ter um pedaço de álcool na minha bolsa em algum lugar. Ahhhhhh — gritou, quando a lâmina cortou sua pele. Seu instinto natural era afastar o braço, mas a maldita bruxa era forte, segurando a ferida pingando sobre o funil. — Merda, isso dói. Porra. Porra. Porra. Certo, acho que é o suficiente. Você disse que só precisava de algumas gotas.

— Você está bem, *mon amour* — Léopold sussurrou.

Mon amour. Aquele vampiro arrogante acabou de me chamar de "meu amor" na frente de todas essas pessoas?

— *Mon amour*? Sério? Pensei que tínhamos acabado de concordar que eu não era sua namorada, *senhor eu não tenho relacionamentos*? — ela brincou. Laryssa tentou virar a cabeça para gritar com ele, que facilmente a segurou no lugar. Sua risada encheu seus ouvidos. — Certo, a garrafa já está meio cheia. Espero que alguém tenha trazido suco de laranja. Ou biscoitos. Meu bom Jesus, isso dói.

— Devo dizer, Léopold, esta náiade é vigorosa, espirituosa. Ela seria um bom par para você — Ilsbeth supôs.

— Cheia de vontade. Acho que esse é o termo que ela prefere. — O doce aroma do sangue de Laryssa encheu suas narinas, e Léopold lutou para ignorar o corte sangrento.

— Tudo certo. Viu como foi fácil — Ilsbeth cantou, encantada com seu prêmio.

— Fácil? Fácil? — A voz de Laryssa começou a ficar mais alta. — Que diabos? Álcool, gente. Curativos. Alguém aqui já ouviu falar em primeiros socorros? — Olhou para Dimitri e Jake, que estavam rindo no sofá.

— Sim, riam, garotos lobos. Não é sangue de vocês.

— Isto — Ilsbeth ergueu uma garrafa de plástico transparente — é água do rio. Por que dar a você um curativo quando você pode se curar facilmente?

— Não, não, não. Eu realmente não acho isso higiênico — insistiu Laryssa. Mas assim que atingiu sua pele, a energia se espalhou pelo braço, cessando instantaneamente a dor. Em segundos, a água que escorria de seu corte mudou de vermelho-escuro para rosa-claro. — Ah! Graças a Deus. Meu pulso está cicatrizando. Eu nunca tentei isso. Funcionou no rio, mas é simplesmente incrível.

— Um pouco de confiança, por favor. Eu sei o que estou fazendo — disse Ilsbeth, entregando-lhe uma toalha limpa. — E isso, meus amigos, é a magia de uma náiade... entre outras coisas.

Léopold pegou a toalha de Laryssa e secou delicadamente seu braço e dedos. Ela lhe deu um pequeno sorriso astuto quando ele fez isso. *Mon amour. Meu amor. O que há com este homem?* Para alguém que não queria uma namorada, ele agia diferente. Tinha sido atencioso, protetor. Quando os olhos dele passaram das mãos para os olhos dela, foi como se ela pudesse detectar um indício de compreensão. Quer ele admitisse ou não, havia algo acontecendo entre eles. Seu coração apertou quando ele deu um beijo em sua pequena cicatriz.

— Não pretendo interromper o que está acontecendo entre vocês dois, mas você quer ouvir mais sobre como encontrar o Tlalco Tecpatl. Ou apenas derramou sangue para presentear a anfitriã? — Ilsbeth colocou as mãos nos quadris e revirou os olhos, estalando as unhas compridas.

Tanto Léopold quanto Laryssa saíram do transe, mexendo-se rapidamente para sentar novamente.

— *Oui*, vamos ouvir.

— As náiades existem há séculos, assim como os demônios. Minha teoria é que esse demônio foi inicialmente trazido à superfície de nosso mundo pelos astecas. Sem dúvida, houve muito mal e morte ao longo do tempo, mas, como ele busca esse artefato em particular, está ligado a ele de alguma forma. O demônio o chama pelo nome como se pertencesse a ele. Infelizmente, para você — Ilsbeth olhou para Laryssa —, ele também a chama pelo nome. Acredito que, quando você morreu, ele estava lá. E reivindicou sua alma para si. Não importa se era ou não do demônio para começar. Demônios mentem, roubam e matam. O interessante sobre esta Tecpatl, esta faca, é que dizem ser capaz de destruir aqueles que a reivindicam.

— Por que o demônio não pode simplesmente pegar a faca?

— Porque não pode. Está escondido para o demônio. Suas irmãs antes de você documentaram instâncias de demônios buscando seus artefatos.

Elas os esconderam, os amaldiçoaram de modo que, mesmo que o demônio soubesse de sua localização, não conseguiria pegá-lo sozinho. Precisa que você a encontre e a traga de bom grado.

— Por que ele espera que eu apenas entregue o artefato?

— Porque vai te ameaçar ou matar alguém que você ama, alguém de quem você gosta. E, se você quiser destruí-lo, precisará chegar perto o suficiente para matá-lo com suas próprias mãos, Laryssa. Apenas uma náiade pode enviá-lo de volta ao seu criador. Você deverá usar o Tlalco Tecpatl para matá-lo. Entende o que eu estou dizendo? Só você pode fazer isso. Ninguém mais. Essa é a desvantagem dessa arma em particular.

— Podemos apenas fazer algum tipo de exorcismo? Encontrar um padre? — Laryssa perguntou.

— Não, esse demônio está ligado a você. Acredita que você pertence a ele. Se conseguir, não só pegará o Tecpatl, como também terá você. A cortesã de um demônio, se preferir.

Laryssa sentiu seu rosto ficar quente enquanto o pânico dominava sua mente. Como isso pôde acontecer? Ela tinha sido tão cuidadosa em se esconder, em manter seus poderes escondidos dos outros.

— Está dizendo que temos que matar esse demônio com o Tecpatl ou isso vai levar ela… para sempre? Deve haver alguma outra maneira — contestou Léopold.

— Ela sabia disso. O que ele te disse? — Ilsbeth pressionou Laryssa por uma resposta.

Laryssa assentiu lentamente em derrota.

— O demônio… ele me disse que eu pertencia a ele desde que morri, mas presumi que era uma loucura ou algo assim. Ele… ele começou a se tocar. Foi horrível. Por favor, não posso dizer o que estava fazendo.

— Está se preparando para você. A carne dele para a sua. Ele procura você agora que viu que é uma mulher… não mais a garota que você era.

— Não, isso não pode estar acontecendo. Léopold, por favor, diga a ela. Diga que ela está errada — implorou Laryssa.

— Eu gostaria de poder, mas tendo a concordar com Ilsbeth. Vi o que ele fez ontem à noite. Devemos encontrar o Tecpatl e matá-lo. — Léopold passou um braço em torno de Laryssa, que caiu contra seu peito. — Eu juro, vou te proteger.

— Precisamos encontrá-lo — concordou, derrotada. Em toda a sua vida, Laryssa nunca havia matado nada. Claro, ela pescou, mas essa era a extensão de sua grande habilidade de caça. E agora deveria matar um demônio em combate corpo a corpo? Parecia uma façanha impossível. No entanto, não tinha escolha. Fazer ou morrer. Ela escolheria fazer. Ela mataria a fera.

— Suas irmãs antes de você e aquelas que permanecem conosco esconderam suas chaves e segredos do resto de nós. Eu acredito que as náiades seriam mais fortes como um todo se vocês reunissem forças como um só. Mas, como as náiades geralmente não têm consciência de seu passado, elas têm medo de se expor. O medo pode ser um tremendo motivador. Apesar de tudo isso, suas irmãs documentaram o que você precisa em livros. — Ilsbeth andou pela sala e pegou um apagador de vela de prata do manto. — ιστορίες του νερού. *Contos da Água*.

— Um livro? O quê? Devemos ir à biblioteca para encontrá-lo? Ou por acaso você tem uma cópia? — Dimitri perguntou.

— Não que eu estivesse falando com você... porque eu não estava — Ilsbeth zombou. — Mas há várias cópias que foram escritas e reescritas ao longo dos anos, e remontam à Grécia antiga. Para responder à pergunta, uma cópia do livro sempre chega às mãos de uma náiade.

— Não a mim. Acho que eu saberia, certo? — comentou Laryssa.

— Você é dona de uma loja de antiguidades. Talvez tenha chegado às suas mãos dessa maneira? É possível que o livro esteja em sua coleção e você não se lembre dele?

— Acho que tudo é possível, mas sei que nunca vi. Dito isto, Mason cuida da maioria dos itens menores. Livros não são minha especialidade. Acho que posso perguntar a ele.

— Dentro de suas páginas, você encontrará a chave. Se você está ligada a este demônio, então está ligada ao artefato de alguma forma. Só o livro lhe dirá como encontrá-lo.

— Não consigo acreditar nisso. — Laryssa caiu para frente e colocou a cabeça entre as mãos. Aterrorizada como estava, recusou-se a chorar. A mão de Léopold, afagando suas costas, diminuiu um pouco sua tensão. Quando finalmente olhou para cima, todos na sala a encaravam. — O quê?

— Laryssa, o que está por vir ainda não está definido, de uma forma ou de outra. Vamos lutar contra isso juntos. Não vou deixá-la — prometeu Léopold.

— O vampiro está correto. Seu destino agora está aliado aos homens nesta sala. Estou certa deste fato. — Uma por uma, Ilsbeth começou a extinguir as chamas. — Receio que seja tudo o que posso dizer por enquanto.

Dado o seu dom extraordinário, vou meditar para ver se há alguma outra maneira de ajudá-la com seu dilema. Agora, se me derem licença, preciso falar com Léopold. Sozinho.

— Acho que devo ficar com ela — começou Léopold.

— Sozinho — Ilsbeth repetiu, abrindo as portas escondidas.

— Estou bem, sério, Leo. Vá. Vou ficar com Dimitri e Jake. Quero me despedir de Avery.

— Não se preocupe, cara, estou com ela. Venha aqui, querida — Dimitri encorajou, abrindo os braços.

— Realmente, pessoal. Estou bem. Claro, recebi algumas más notícias, mas posso lidar com isso — ela brincou, sem graça.

— Venha agora. Você sabe que quer um pouco de lobo — Dimitri brincou, esperando aliviar o clima. Apesar do olhar furioso de Ilsbeth, suspeitava que ela sabia que ele estava apenas tentando persuadir Laryssa.

— Vou esperar por você aqui fora — Laryssa assegurou a Léopold, cujo rosto estava tenso de preocupação. Caminhou até Dimitri e o abraçou. Juntos, saíram da sala.

— Precisamos ter apenas uma breve conversa, velho amigo — Ilsbeth afirmou, fechando a sala para que ela pudesse falar em particular.

— Embora o mistério esteja me matando, acredito que já tivemos emoção suficiente por um dia. Vamos lá, então. Diga o que tem a dizer. — Léopold atravessou a sala, olhando pelas janelas para o pátio.

— A náiade. Ela é muito bonita, não é?

— *Oui*, ela é. De algum modo, acho que você não queria falar comigo sobre a aparência de Laryssa. — Ele se virou, apoiando as mãos nas costas de uma cadeira.

— Nós nos conhecemos há muito tempo.

— *Oui*.

— Eu não chamaria exatamente o que temos de amizade, está algo mais para respeito mútuo, concorda?

— Acredito que isso descreve com precisão nosso acordo. Algumas vezes fomos soldados com uma causa. Irmãos de armas, suponho. Felizmente, nunca estivemos em lados opostos.

— A náiade é muito especial. Ela não percebe as implicações de seus poderes, uma neófita em um mundo perigoso. Embora seja letal por si só, ela é vulnerável. — Ilsbeth falou de costas para Léopold enquanto organizava seus ingredientes e limpava o atame. — Ela vai precisar da sua orientação. A segurança da sua experiência. Ela deve ser capaz de confiar em você de todas as maneiras.

— De acordo. — Léopold se cansou da conversa ambígua. Havia muito trabalho a ser feito para encontrar o livro. — O que foi, Ilsbeth? O dia é curto. Diga-me o que te preocupa.

— Eu vejo o jeito que ela olha para você. — Ela se virou para encarar Léopold, pegando seus olhos. — E o jeito que olha para ela. Você não é você mesmo. Pode enganá-la e talvez até mesmo o lobo, mas você não me engana.

— Pare com as palavras enigmáticas. O que é que você deseja me dizer?

— Você se importa com ela. E ela com você. As sementes do amor foram plantadas naquela cavidade fria e escura dentro do seu peito, onde você costumava abrigar um coração.

— Você não sabe do que está falando. Não é possível — afirmou. — Além disso, se tem prestado tanta atenção em mim nas últimas centenas de anos, sabe muito bem que eu não tenho amantes ou namoradas. O que você sugere é absurdo.

— Negue o quanto quiser, vampiro, mas eu te conheço. E sei o que acabei de ver. Francamente, não me importo se você se apaixonar. Mas as ações não mentem. Uma carícia. Um olhar.

— Isto é ridículo. É realmente por isso que queria falar comigo?

— Não machuque a náiade — alertou Ilsbeth. — Você é um bastardo, Léopold Devereoux. Um bastardo confiável, mas ainda mantenho minha afirmação. Essa mulher já se importa com você, apesar de não te conhecer há muito tempo. Não sei o que você fez, mas posso sentir na energia dela, e posso muito bem ver em seus olhos quando ela fala com você. Agora, se quer sentar aí e me dizer com cara séria que não sente absolutamente nada por ela, isso é problema seu, mas estou avisando para não brincar com as emoções dela. Ela precisa de você para sobreviver a esta confusão. E, acima de tudo, ela deve ser capaz de confiar em você. Se planeja machucá-la, você mesmo pode matá-la, porque o demônio terá ela e sua alma.

— Sabe que há uma parte de mim que quer pegar você pela vassoura e enviá-la para longe? Você é totalmente enlouquecedora. — Léopold soltou um suspiro, frustrado com a percepção da bruxa. Ele balançou a cabeça, sem vontade de fazer contato visual com Ilsbeth.

— Sim e sim. — Ela riu. — Mas estou certa.

— Não vou concordar com você, mas prometo não machucar Laryssa. Isso deve ser o suficiente por enquanto. Temo que seja tudo que sou capaz de fazer.

— Não é tão ruim assim, você sabe.

— O quê?

— Abrir o coração, ter carinho de novo, amar alguém. Você pode achar que não merece esse presente, mas merece. Todos nós achamos.

— Terminou? — Léopold sorriu, recusando-se a envolvê-la ainda mais. Mais do que tudo, ele adoraria ceder aos seus desejos e acreditar no que Ilsbeth estava dizendo. Mas, no fim das contas, não poderia ser. Porque a bruxa estava errada sobre uma coisa: ele não merecia Laryssa. E ela não merecia a morte e o desespero que ele traria para sua vida.

— Fique bem, Léopold.

— Fique bem, Ilsbeth. — Léopold abriu as portas para encontrar Laryssa rindo com a jovem bruxa, Avery.

Alheia a ele, transbordava de uma resiliência e uma confiança que ele não esperava ver, dados os desafios que estavam por vir. Ele deu a ela um sorriso rápido enquanto ela se despedia de sua amiga. Rezando para que pudesse cumprir sua promessa a Ilsbeth, resolveu protegê-la não apenas do demônio que buscava matá-la, mas também da fera dentro dele, que ansiava por tomá-la para si.

CAPÍTULO DEZ

— Mason — Laryssa chamou, quando entrou em sua loja. Sinos tocaram, alertando seu gerente de que alguém havia entrado no prédio. — Temos uma sala cheia de livros nos fundos que estamos trabalhando na catalogação. Comprei-os em uma venda de imóveis alguns meses atrás, tentando determinar quais valem alguma coisa. A maioria deles acabaremos doando para bibliotecas e escolas. Os que já determinamos que venderemos estão aqui nesta vitrine. Como você pode ver, há apenas algumas centenas.

— Apenas algumas centenas — brincou Jake. — Não há nada melhor do que passar o tempo folheando alguns livros velhos e empoeirados.

— Coisas boas, certo? — Dimitri riu.

— Você disse que os outros estavam na parte de trás? — perguntou Léopold.

— Sim, mas deixe-me perguntar a Mason primeiro se ele sabe algo sobre isso.

Um homem alto e bonito usando um avental passou pelas portas de vaivém, polindo um cinzeiro de prata.

— Já era hora de você aparecer. O que está fazendo, garota? Não vê como estamos ocupados por aqui? Vou demitir você e essa sua bunda.

— Pare com isso, Mase. — Laryssa deu um tapa em seu braço. — Eu, é, preciso falar com você... lá atrás.

Mason deixou seus olhos vagarem pelos homens antes de erguer as duas sobrancelhas para Laryssa. Ela puxou seu braço, arrastando-o para trás das portas.

— Pare de me olhar assim — disse ela.

— Como o quê? Eu não disse uma palavra. Nem uma palavra. — Ele abriu a persiana um centímetro para espiá-los. — Realmente, Lyss. Não sabia que você era tão pervertida? Três homens ao mesmo tempo? Ou você guardou um para mim?

— Mase, preciso que se concentre. Mas, já que estamos aqui — ela silenciosamente apontou para cada um deles através da pequena fenda e sussurrou: —, aquele ali é Dimitri. Beta dos lobos acadianos... do tipo "não mexa com ele". Ainda não vi, mas ele me disse que se despe e se transforma em um grande lobo mau. Então tire as mãos.

— Você disse despir? Oh, querida. — Mason assobiou e Dimitri virou a cabeça em direção à porta.

— Pare com isso. Eles podem te ouvir — ela silenciou. — Aquele ali. Também lobo. Lobo militar, eu acho. Mais uma vez, ele cai na categoria de perigo.

— Legal também. Ele te mostrou a arma dele, garota?

— Não. Não, ele não mostrou. Você para com isso? — Ela suspirou e mordeu a ponta do polegar, olhando para Léopold, que havia começado a procurar nos livros. — E aquele...

— Você quer dizer o homem alto, moreno e misterioso? Fera sexy — Mason rosnou. — Veste-se com estilo. Amei o terno. Posso ver que o cidadão tem gostos caros.

— Sim, ele tem. — Ela olhou para Léopold e voltou à conversa. — Ele está fora de limites. Vampiro. Um com presas muito afiadas. Extremamente perigoso. Aproxime-se com cautela.

— Ele é totalmente gostoso.

— Sim, eu sei. Todos eles são, mas Léopold... ele é realmente... eu não sei... como ninguém com quem eu já estive.

— Ai, meu Deus. Não diga! — ele exclamou, com um largo sorriso.

— Quer ficar quieto? Eles vão te ouvir... como numa estranha audição sobrenatural. Provavelmente ouviram cada palavra que dissemos. — Ela soltou um suspiro, encostou a cabeça na parede e fechou os olhos por um minuto.

— Hmm... hmm... hmm... você recebeu daquele jeito, não é? Não que eu não imagine o porquê. Ele é gostoso.

— Por favor. Não diga mais nada, tá? Eu sou um idiota. E sim, antes mesmo de você perguntar... sim... eu fiz o que você está pensando. Mas isso não pode acontecer de novo, tá?

— Por que não? O que há de errado com ele? Nenhum movimento no oceano? Ei, e aquela mordida? Ouvi dizer que é uma maneira infalível de... — Mason estudou seu pescoço em busca de marcas.

— Ele não me mordeu.

— Deixe-me ver se entendi. Cama, mas sem mordida?

Ela assentiu.

— Que tipo de vampiro não suga sangue?

LÉOPOLD

— Aquele que gosta de casos de uma noite só. — Ela deu de ombros, inclinando a cabeça de um lado para o outro, tentando aliviar um pouco a tensão em seus ombros. — É complicado.

— Aposto que é.

— Escute, há algo que preciso falar com você... estou com problemas.

— Que tipo de problema?

— O tipo de problema que pode matar uma garota.

— O que você está falando? Se você está em perigo, precisa chamar a polícia, Lyss, não perca tempo conversando comigo.

— Não, o que eu preciso é que você cuide das coisas para mim por alguns dias... uma semana no máximo. Por favor. Prometo dar-lhe um aumento se puder manter as coisas funcionando enquanto eu estiver fora.

— Em uma semana, ela estaria morta ou teria matado o demônio. Mason balançou a cabeça em recusa, mas ela sabia que ele a ajudaria. Era um funcionário e amigo de confiança de longa data, e poderia facilmente manter as coisas funcionando na ausência dela. — E preciso da sua ajuda com mais uma coisa. Estou procurando um livro. Um livro raro. Algo que pode ter entrado na loja durante uma de nossas caças em propriedades.

— Isso, eu posso te ajudar. Te dou cobertura aqui na loja também, mas estou lhe dizendo para que fique registrado que se envolver com vampiros e lobos não é a melhor ideia que você teve, não importa o quão bonitos sejam.

— Sim, não há muita escolha. Eu preciso deles. Eles estão me ajudando... a permanecer viva. Vamos, vou te apresentar. Quero que eles ouçam o que você souber do livro... se houver alguma coisa. — Laryssa empurrou as portas, sem esperar ele concordar.

— Eles estão te ajudando? É assim que você chama? Te ajudando pra caramba — ele murmurou baixinho.

— Ei — Laryssa disse, para chamar a atenção deles. — Este é Mason. Ele é meu gerente-assistente. Lida com todos os pequenos itens da loja. Prata. Louça. Roupas. Livros. Mase, estes são Dimitri, Jake e Leo.

Os homens trocaram acenos de cabeça, mas Léopold não tirou os olhos de Laryssa. Ela sabia que ele seria capaz de ouvir a conversa, mas ela não se importava. Tudo o que dissera a Mason era verdade.

— Então, ouvi dizer que vocês precisam de um livro — começou Mason. — Temos todos os tipos aqui. Na verdade, uma sala inteira cheia deles nos fundos.

— Prometo ajudar a separá-los quando eu voltar — ela ofereceu, sabendo que não o faria. Cada um deles tinha seu próprio trabalho e se organizavam bem para não incomodar um ao outro. — O título deste livro é *Contos da Água* ou *Histórias da Água*... algo assim.

— Provavelmente está escrito em outro idioma. Grego. ιστορίες του νερού — acrescentou Léopold. — Talvez uma língua antiga como o latim. Suspeito que não terá uma aparência muito especial.

— Bem, então, por que alguém o teria guardado? — Mason perguntou, procurando nos registros do computador.

— Eu não sei, de verdade. Só sei que teria chegado a mim... em algum momento desde que abrimos a loja pela primeira vez — disse Laryssa.

— Isso é muito tempo. Tem certeza de que não está lá em cima na sua casa?

— Não, eu me lembraria se tivesse guardado um de nossos livros... especialmente um livro como esse.

— Bem, olha só... olhe para isso. — Mason moveu-se para a direita para que Laryssa pudesse ver a tela. Ele apontou para uma entrada. — Aquele ali. "Texto estrangeiro" é como está listado. Parece que o vendemos há três meses.

— Pode ser esse. Usaram um cartão de crédito? Precisamos de um endereço. Um nome — ela observou, enquanto ele selecionava o livro e trazia as informações.

— Não. Pago em dinheiro.

Laryssa beliscou a ponta do nariz.

— Certo. Lembra quem vendeu? Para ser sincera, há dias em que não consigo lembrar o que comi no almoço, muito menos o que vendi alguns meses atrás.

— Ou eu poderia ter vendido.

— Verdade. Ei, tem alguma data?

— Parece 19 de dezembro. — Ele digitou algo. — Nada diz "Feliz Natal" melhor do que um livro sobre água.

— *Contos da Água*. E eu não acho que eles compraram para as férias. Algum outro livro foi vendido naquele dia?

— Não, mais itens grandes. Algumas bugigangas.

— Deixe-me usar o computador um minuto, Mase. — Ela se posicionou e começou a digitar. — Vídeo. Espere um segundo. Só preciso abrir o vídeo de segurança daquele dia. Aqui vamos nós... vamos ver o que temos. Muitos móveis entrando e saindo.

— O que nós vamos fazer? Publicar o relatório de uma pessoa desaparecida? Tudo o que fizeram foi comprar um livro. Não é exatamente um crime.

— Se for preciso. Conheci uma policial ontem e ela parece bastante motivada a nos ajudar. — Ela sorriu para Léopold e continuou: — Talvez conheçamos a pessoa. Recebemos muitos clientes recorrentes. Ou talvez esses caras saibam... espere, aí está e há um livro. Leo, Dimitri, Jake. Venham dar uma olhada.

Quando ela recuou, Mason se inclinou para estudar a foto.

— Sim, eu me lembro daquele cara. Ficava perguntando que outros livros antigos tínhamos. Isso é praticamente tudo o que vendemos.

— Eu conheço este homem — declarou Léopold. *Martin Acerbetti.*

— Porque isso não me surpreende? — Dimitri disse, acariciando a barba.

— Martin não mora na cidade. Ele tem um lugar fora de Baton Rouge.

— Quão bem você o conhece? — Laryssa perguntou.

— Não muito bem. Ele é um pouco idiossincrático. Tem temperamento. — Embora o vampiro excêntrico tivesse tendências violentas, Léopold nunca o vira cometer um assassinato dentro dos limites da cidade. Kade tinha pouquíssima tolerância para aqueles que quebravam suas regras. — Não ando com ele. Não importa, porém, vou ligar para ele e como se diz... como *O Poderoso Chefão*... fazer uma oferta que ele não pode recusar, certo? — Ele sorriu para Dimitri.

— Eu sabia que você gostava desse filme. — Dimitri riu, dando um tapinha nas costas dele. — Esse é meu garoto.

— Você acha que ele sabe sobre o livro? Sobre mim? — perguntou Laryssa. Parecia estranho que um livro raro destinado a ela realmente chegasse à loja e depois fosse comprado por outro sobrenatural.

— Talvez. Talvez não. Não importa, porém, porque precisamos disso. Não é como se ele fosse um demônio. Ele é um vampiro. Um que eu posso facilmente manipular, matar se necessário. — Léopold tirou fiapos da manga, sem saber que Laryssa e Mason haviam ficado quietos. Quando olhou para cima, ele pegou os dois se olhando. — O quê?

— Ei, cara, faça o que tem de fazer. — Mason levantou as mãos defensivamente, balançando a cabeça com um sorriso. — Hum, sim, acho melhor começar a trabalhar naqueles livros lá atrás. Precisa de mais alguma coisa, Lyss?

— Leo, eu sei que você é assim. Mas alguns de nós... — Laryssa apontou para si e depois para Mason e deu uma pequena risada. — Nós, é, não saímos por aí falando sobre matar pessoas ou demônios... entendeu?

— Humanos, sempre tão sensíveis. — Léopold fungou. — Não falo nada além da verdade. Não se deve brincar com este vampiro, Laryssa. Farei o que for preciso para conseguir o livro.

— Bem, esse humano precisa voltar ao trabalho. Tome cuidado, Lyss. Uma semana e é melhor você trazer seu belo traseiro de volta para cá.

Mason abraçou e beijou Laryssa na bochecha, sem tirar os olhos de Léopold.

Quando passou pelas portas de vaivém, Laryssa virou-se para Léopold com as mãos nos quadris.

— Sério? Você teve que dizer "eu sou um vampiro" agora? Você assustou Mason — ela o informou. — E pensar que ele te achou gostoso!—

— Ele é gostoso, sim — Jake brincou. — Nada como um gostoso batismo de fogo.

— Acho que Mason vai sobreviver. Além disso, se você... Lyss — Dimitri proferiu seu apelido que ele ouviu Mason usar — vai sair com vampiros e lobos, ele tem que se acostumar com isso algum dia.

— *Como fazer amigos e influenciar pessoas...* sim, é isso que me vem à mente quando penso no velho Léopold aqui — Jake brincou.

— Ele faz bem a parte de influenciar. Não se preocupe com isso — Dimitri brincou.

— Juro que todos vocês enlouqueceram — comentou Léopold, com um sorriso.

— Estamos curtindo? É isso que estamos fazendo? Vou me certificar de convidar vocês para o clube do livro. Embora, com a maneira como Mason reagiu, não acho que nenhum de vocês duraria dez segundos perto deles — disse Laryssa, caminhando em direção à porta. *Eles realmente esperavam que todos virassem amigos quando tudo estivesse terminado?* Ela não sabia dizer, mas tinha que admitir que gostava tanto de Dimitri quanto de Jake. Léopold, ela gostava demais. Infelizmente, ele deixou claro que não tinha planos de ficar com ela depois, muito menos ter uma amizade. — Leo, você assustou ele pra caramba.

— Ei, isso significa que você também acha que somos "gostosos", Lyss? — Jake piscou, sabendo que estava cutucando o urso com as presas. — Porque você sabe que estou solteiro.

— Sim, eu também — Dimitri avaliou com um largo sorriso. — Você sabe que nós, lobos, estamos de boa com safadeza, certo?

— Mais do que de boa — acrescentou Jake.

— Vocês têm orelhas grandes. Sua mãe nunca lhe disse que era falta de educação ouvir as conversas dos outros? — Confirmando o que Laryssa suspeitava, eles ouviram cada palavra de sua conversa com Mason.

— Se você terminou, temos um livro para encontrar. Venha, vamos. Farei a ligação do carro. — Léopold segurou a porta aberta. Quando Laryssa passou, ele colocou o braço possessivamente em volta da cintura dela e enfiou o nariz em seu cabelo. — Para registro, lobos, acho que é melhor entenderem que a única "safadeza" que Laryssa terá será comigo.

Laryssa olhou por cima do ombro e seus olhos se encontraram com os dele. Ela procurou o significado oculto por trás de suas palavras sedutoras, mas ele apenas sorriu, deixando-a sem respostas. Seu coração disparou, lembrando-se da noite que passaram juntos. Ela queria muito mais do que ele jamais concederia a ela. No entanto, toda vez que a tocava, a excitação piscava bem lá dentro de sua barriga. Ela sabia que não devia ouvir seu coração, mas, com o braço dele solidamente ao seu redor, ela estava perdida em tudo o que era Léopold.

CAPÍTULO ONZE

Laryssa parou diante do espelho *art déco*, pensando por que insistira em ir com Léopold buscar o livro. Na viagem de carro de volta para casa, ele ligou para o vampiro, que concordou em dar o livro a eles em troca de uma quantia indeterminada de dinheiro. Léopold recusou-se terminantemente a dizer-lhe quanto. Mesmo que ela achasse que ele poderia pagar, ela ainda se sentia em dívida com ele. Ignorou suas preocupações, afirmando que estava fazendo isso por Ava. O vampiro manipulador deu a Léopold uma condição além da compensação monetária; ele o convidou para uma festa em sua casa.

Brigaram quando ele disse a ela que planejava trazer um doador de sangue consigo para a festa, já que era esperado que ele fizesse isso. Com raiva, ela exigiu que o acompanhasse para encontrar o livro, argumentando que era sua vida que estava em jogo, não uma bolsa de sangue estúpida. Depois de quase uma hora indo e vindo sobre o assunto, Léopold concedeu seu ponto.

O vestido de noite de cetim vermelho que ela usava grudava em suas curvas, caindo no chão. O decote em V acentuava o volume de seus seios, e as alças finas cravejadas de diamantes, reunidas em um único fio, expunham a pele sedosa de seus ombros. Os contornos reveladores do vestido decotado incitavam uma sensação de nudez e sensualidade. Sua maquiagem era sutil e refinada. O batom coral combinando fazia seus lábios parecerem inchados, como se tivessem sido beijados.

Ela olhou para o cabelo preso e distraidamente tocou o pescoço. Perguntou-se como seria ter Léopold perfurando sua carne. Permitir que ele bebesse dela enquanto faziam amor apaixonadamente. Uma lágrima ameaçou cair, melancólica. Léopold, embora provocativo e paquerador, não fez nenhuma tentativa sincera de continuar o que havia começado. A conexão deles parecia forte como aço, mas ele negou qualquer indício de relacionamento.

O som de uma porta se abrindo a tirou de seu devaneio. O reflexo de

Léopold a encarou, seus olhos escuros perfurando os dela. Ela levou um dedo aos cílios, esperando esconder sua emoção, mas no fundo sabia que ele podia sentir até a menor mudança em seu humor. Incomodava-a sentir que ele a conhecia melhor do que ela mesma. A intimidade era muito invasiva, muito sedutora.

Com os fios da restrição de Léopold ficando cada vez mais finos, a visão espetacular de Laryssa o deixou cambaleando. *Deusa, ela é encantadora.* Ele planejara mantê-la segura ao seu lado a noite toda, mas não conseguia imaginar como seria capaz de se impedir de fazer amor com ela. Ela sabia o quanto ele a queria? Como secretamente perdeu o controle? A percepção de que estava pensando em quebrar todas as suas regras, em torná-la sua, o atingiu como um trem. Séculos sem nunca amar outra pessoa, e do nada, ele ficou obcecado por sua pequena náiade.

Preocupação franziu sua testa quando pensou nas implicações. Hoje à noite na festa, não ousaria deixar os outros saberem de suas intenções. Como uma rara flor exótica, ela atrairia a atenção dos outros vampiros, deixando-os sedentos por seu néctar. Se soubessem o que ela significava para ele, isso os exporia ainda mais. Eles poderiam usá-la para chegar até ele. Nunca esqueceria que sua esposa e filhos estavam mortos por causa de suas ações.

— Você é impressionante. — Sua voz escura e suave não deixava espaço para discussão. Descansando gentilmente as mãos em seus ombros nus, ele ficou atrás dela.

— Obrigado. Você está incrível de smoking. Tão bonito. Como um príncipe — disse ela. Uma pitada de tristeza tingiu sua voz.

— Você está preocupada com esta noite? Não é tarde demais para mudar de ideia, querida. — Léopold cedeu ao impulso e roçou os lábios em sua nuca.

— Não. Eu vou. Só estava pensando, só isso.

— Eu trouxe um presente para você. — Léopold sabia que deveria tomá-la em seus braços, recusar-se a deixá-la ir, mas eles não podiam perder tempo em discussões. Enfiou a mão no paletó e tirou uma caixa de veludo.

— O que é? — *Uma joia?* O homem mordia e soprava. Ele deveria ter um motivo oculto. Ela sabia que não devia pensar que ele a estava cortejando com presentes. Além disso, Léopold não precisava fazer nada para atraí-la para ele, ela já estava cativada. Quanto mais tempo passavam juntos, mais ela desejava o impossível. Alcançando a caixa, simplesmente a segurou.

— Abra. Isso completa o seu papel — ele disse a ela.

— Meu papel?

— Como meu encontro. Minha doadora.

— Eu desempenho bem os meus papéis. Não se lembra da primeira noite em que me conheceu?

— *Oui*. Calma e descolada. Suas roupas de couro diziam "garota motociclista", mas você teve dificuldade em manter o equilíbrio, se bem me lembro.

— Foi você — disse ela.

— O que quer dizer? — Léopold teve que ouvir por si mesmo a reação dela ao conhecê-lo. A dele tinha sido a mesma, ele sabia.

— Você realmente não sabe?

Ele sorriu, mas não disse nada.

— Deus, Leo. Você realmente vai me fazer dizer? Certo, tudo bem. Eu estava bastante enfeitiçada por esse cara realmente sexy que acabara de entrar no bar. Fiquei tão nervoso que perdi a concentração e escorreguei. Esses assentos são perigosos, sabia? — Fez uma pausa, sentindo o calor aumentar em suas bochechas. Limpou a garganta e continuou: — Você mexe comigo. Acho que perdi uma boa quantidade de neurônios apenas por estar perto de você nos últimos dias.

— Um cara, hein? — Ele riu. — Parece que tenho alguma competição.

— Não, receio que você já tenha vencido. — Desconfortável com sua admissão, Laryssa desviou o olhar dele, quebrando o contato visual.

— Abra a caixa — insistiu, mudando de assunto.

— É lindo. — Laryssa fez o que ele pediu e cuidadosamente arrastou a ponta de seu dedo indicador sobre a pulseira cravejada de diamantes e os brincos combinando.

— É seu. Coloque-os. — Léopold observou enquanto ela colocava os brincos. Gentilmente, pegou seu pulso, prendeu a pulseira e manuseou o fecho. — Isto aqui, este pequeno botão. Aperte-o e ele liberará uma corrente de prata escondida de seu interior. É uma arma pequena, mas pode ser eficaz.

— Prata?

— Sim, esse é um boato sobre nós que é verdade. Como os lobos, não nos damos bem com prata. Sei que você pode mover objetos, mas esta é mais uma camada a mais de proteção caso as coisas dêem errado.

— Obrigada. É realmente adorável.

— Talvez devêssemos discutir as regras — sugeriu, continuando a tocá-la.

LÉOPOLD

— Você já me disse que preciso fingir que não significo nada para você. Sou uma doadora, não uma namorada.

— Sim. Se eles suspeitarem de mais alguma coisa, você será exposta como uma fraqueza minha.

— Está me dizendo que nenhuma das pessoas que vão hoje à noite são amantes? — perguntou. Que tipo de pessoa leva alguém para uma festa, mas age como se mal o conhecesse? Nada disso fez sentido.

— Depende da definição de amantes. Tenho certeza de que há outras pessoas na mesma situação, mas você deve entender, é a natureza do caso que dita nossas ações. Martin é um purista. Alguns diriam que ele é ortodoxo.

— O que você quer dizer?

— Eu, por exemplo. Ao contrário do que você pode pensar, ou o lobo — ele revirou os olhos —, sou sociável com humanos, lobos, bruxas, etc. Conduzo negócios e prazer com pouca consideração para quem é um vampiro. Mas Martin, ele se inclina para socializar apenas com vampiros. Ele faz isso porque um, deseja estar com sua própria espécie, aqueles que entendem suas necessidades, e dois, porque acredita que é muito superior. Esta noite, você verá apenas vampiros e humanos. Seus gostos são sombrios, então, embora eu espere que ele encha seus convidados de decadência, você pode ver coisas que a surpreendam. Você deve manter a calma.

— Que tipo de coisas?

— Aconteça o que acontecer, mantenha o foco. Você deve agir como se isso não te incomodasse, entendeu? Como convidado, espera-se que eu traga um doador ou humano bem treinado comigo que não se ofenda facilmente. De preferência, eu traria alguém que gostaria de participar.

— Participar de quê?

— Alimentação. Sexo. Jogos. Tudo ao ar livre, claro. É a casa dele, então ele será totalmente impossível. Você deve ter cuidado com Martin e os outros convidados. Ele se cerca de pessoas que pensam da mesma forma.

— Ele parece delicioso — ela meditou.

— Devo enfatizar a importância de seguir as regras — disse a ela. — Elas são para sua própria segurança, *mon lapin*.

— Por favor, não me chame assim. Você sabe que eu procurei isso online, e eu não sou um...

— As regras — ele continuou, com um pequeno sorriso, ignorando o protesto dela. — Em primeiro lugar, nunca saia do meu lado. Nem para usar o banheiro. Vampiras também estarão presentes e não hesitarão em tomar outra mulher. Na presença deles, você deve ser subserviente. Sei que isso não é algo que vem naturalmente para você... ou, devo dizer, você se submete quando escolhe. — Ele pegou seu olhar, referindo-se a como ela gostava de ser contida. — Você será minha convidada. E eu sou seu mestre. Como tal, você se dirigirá a mim como mestre ou senhor. Não vai se dirigir a mim por nenhum outro nome.

— Mestre? Eu... eu... não — ela começou a argumentar, mas decidiu contra isso. Tudo o que ela queria fazer era pegar o livro. — Esse título soa bastante vampírico para mim. Ou como alguma coisa de clube BDSM.

— *Oui*. É um pouco dos dois. Tudo o que precisa saber é que se espera que você se comporte de uma determinada maneira para se misturar.

— É assim que você trata todos os seus encontros? Ou é só porque vamos a essa festa?

— É por isso que não vou muito às festas dele. Mas, já que perguntou, eu não levo encontros. E, em segundo lugar, acho que você protesta demais quando se trata de suas próprias preferências sexuais. Não esqueçamos a noite passada. Eu me lembro de quão forte você gozou.

— Só por causa do que aconteceu ontem à noite, não significa que eu seja como seus doadores. Não se acostume com essa *persona* que estamos inventando — insistiu, odiando que ele soubesse o que ela fantasiava no quarto.

— Com essa insolência, você vai ganhar uma surra.

— Promete? — Ela gostaria de estar brincando, mas adoraria sentir a ardência das mãos dele em seu traseiro nu. Tentando se distrair da dor que crescia entre suas pernas, mordeu o lábio e olhou para ele.

— Se você falar assim comigo na festa, eu não pensaria em te dobrar sobre meus joelhos na frente de todos. Tenho certeza de que Martin iria gostar da exibição. Eu sei que sim. Inferno, talvez ele nos desse o livro de graça. — Observou atentamente o rosto dela corar com a menção de uma surra. O cheiro de sua excitação quase o fez arrancar seu vestido.

— Como se eu fosse permitir — ela brincou. *Em público, isso seria um não. Em particular, com certeza.* — Nem pensar.

— Isso não é muito submisso, querida. Você deve desempenhar o papel. Caso contrário, esse tipo de comportamento a deixará em apuros esta noite. Não, correção, isso vai nos colocar em apuros. Por outro lado, se fizermos isso direito, podemos entrar e sair... Apareça, encurrale Martin, pegue o livro e vá embora.

— Mole, mole.

— Dificilmente. Embora Martin tenha concordado em nos dar, quem sabe o que ele dirá quando chegarmos lá? Ele poderia tentar me manipular ainda mais, para machucar você. Ele não é confiável. — O rosto de Léopold ficou sério e seus olhos escureceram. — Laryssa, eu quis dizer o que disse antes. Vou matá-lo se ele tentar algo, se colocar as mãos em você. Devemos pegar esse livro para pegar o Tecpatl, para matar o demônio.

Laryssa assentiu em silêncio.

— Você precisa estar preparado para essa possibilidade. No final do dia, é da minha natureza matar. Este é quem eu sou, quem sempre fui, quem sempre serei. Nunca pense em mim de outra forma.

Ela se virou em seus braços, acariciando sua bochecha recém-barbeada com a mão.

— Leo, você é muito mais. Como passou todos esses anos pensando assim, eu não sei. Posso não te conhecer há muito tempo, mas não é você. Ontem à noite, senti você bem dentro de mim… aquele homem é carinhoso e apaixonado. E é isso que está dentro da sua alma. Se você for forçado a matar esta noite, estarei ao seu lado. Não tenho medo de você ou de qualquer coisa que seja capaz de fazer. Eu posso fazer isso. Não sou uma donzela indefesa em perigo. Também não sou humana.

Laryssa ficou na ponta dos pés e pressionou os lábios nos dele. *Eu poderia amar este homem*, pensou. Ele era duro, mas incrivelmente compassivo. Confiante, mas autodepreciativo. Vampiro não era igual a monstro, não importa o que ele tivesse visto ou feito em sua vida. Resistindo ao desejo de aprofundar o beijo, voltou os pés ao chão e deu a ele um pequeno sorriso.

— Não sou digno de você, *mon amour* — ele sussurrou, seus olhos fechados.

— Você é — ela discordou, colocando a palma da mão no peito dele, sabendo que nunca ficaria satisfeita com uma noite. Consumida por ele, não desistiria de chegar até o seu interior. Seu exterior endurecido pela batalha parecia impenetrável, mas ela tinha a vontade de mil guerreiros. Ele só não sabia disso ainda. — Leo, quando isso acabar… é que eu… eu quero que nós… precisamos conversar.

— *Oui*. Mas não podemos nos dar ao luxo de nos distrair agora. — Seus olhos se abriram, queimando com fogo.

— Mais tarde então? Prometa-me.

— *Oui*. — Com um aceno de cabeça, ele empurrou a emoção de volta para o peito e voltou a discutir o plano. — Esta noite, seremos só você e eu.

— E quanto a Dimitri e Jake? — Não passou despercebida por ela que ele mudou novamente o assunto da conversa.

— Eu disse a você, Martin é um purista. Ninguém além de vampiros tem permissão para pisar em sua propriedade. Arnaud vai nos levar. Dimitri e Jake seguirão, mas ficarão estacionados na rua. Rezo para que eles não precisem intervir, mas não sou tolo o suficiente para levá-la até lá sem reforços. Jake inseriu uma escuta no meu colarinho. Vou chamá-los se necessário, mas apenas se estivermos em apuros.

— Algo mais?

— Quando passarmos por aquela porta — Léopold deslizou as mãos pelos ombros e pelos braços dela —, você pertencerá a mim e a mais ninguém. Será minha em todos os sentidos da palavra. Suas ações. Seu corpo. Até o seu sangue.

Os olhos de Laryssa se arregalaram e seu pulso disparou. Ela considerou suas palavras, ciente de que não tinha escolha a não ser ceder a sua vontade, suas regras, para se manter viva. Mas, por um segundo, ela se perguntou se faria isso por ele, mesmo que sua vida não estivesse em risco. No fundo, ela sabia a resposta, mas nunca admitiria. Já havia passado dos limites, dando a ele muito poder sobre seu coração, e ele nem sabia disso.

— Eu posso fazer isso, Leo. Não sou boba. Eu não iria se pensasse que você me machucaria — ela disse a ele, erguendo o queixo. *Meu coração, no entanto, já dói.*

Léopold deu a ela um pequeno sorriso e balançou a cabeça. Ela confiava intrepidamente nele, que não conseguia conceber como um ser tão gentil podia ter tanta fé nele.

— Você vai me morder? — ela perguntou, pegando-o desprevenido.

— Vou evitar a todo custo. Posso garantir que não faremos amor na festa, então praticamente não há risco de criar um vínculo se eu for forçado a te morder. Sinceramente, não vejo isso acontecendo, mas não posso descartar. — Léopold sentiu a pontada de rejeição emanando de Laryssa. *Ela quer que eu a morda? Para se vincular a mim?* Por mais que desejasse contemplar seus desejos, precisava se concentrar em sua tarefa iminente, uma que ele estava certo de que não seria tão fácil quanto parecia. — Você pode desistir disso a qualquer momento. Mas, no segundo em que saímos do carro, não há como voltar atrás. Você entende? Vou precisar que se entregue a mim sem reservas. Diga-me, Laryssa. Concorda com as regras?

— Sim. Por esta noite, eu sou sua.

As palavras saíram naturalmente de seus lábios sem hesitação. Ela daria a ele mais de uma noite, uma vida inteira se ele pedisse. Enquanto caminhavam para o carro, ela nunca estivera tão confiante em nada em sua vida.

A situação parecia totalmente civilizada à primeira vista, mas Laryssa sabia o contrário. Lutou para manter o controle de sua respiração ao absorver a atmosfera do baile. Uma sensual canção de blues se espalhou pela mansão pré-guerra. A banda tocava e os casais circulavam pelo salão, bebendo e rindo. Alguns convidados estavam vestidos para uma noite na ópera, com vestidos de baile e smokings, mas outros pareciam ir a um clube fetichista, de couro e espartilhos. Todos os olhos caíram sobre eles quando entraram.

— Por aqui. — Ouviu Léopold falar, e seguiu alegremente, com medo de ser deixada sozinha. — Beba — disse a ela, entregando-lhe uma taça cheia de champanhe. Ela hesitou, preocupada que pudesse ser envenenado. Como se sentisse sua apreensão, ele tomou um gole do seu próprio e a persuadiu. — Está delicioso.

Lembrando-se de seu papel, ela concordou com a cabeça e levou aos lábios. Colocando uma pequena quantidade na boca, as bolhas dançaram sobre sua língua e desceram por sua garganta. Ela respirou fundo e se esforçou para se acalmar. Sua tranquilidade temporária logo foi substituída por medo quando um homem imponente com presas expostas se aproximou. Lutou para manter o líquido no estômago e apertou o braço de Léopold.

— Léopold Devereoux, meu velho amigo. Como tem andado? Devo dizer que fiquei surpreso ao receber sua ligação esta tarde, mas estou emocionado por isso.

— *Merci beaucoup*, Martin. Eu certamente não deixaria passar uma oportunidade tão fortuita de aproveitar sua companhia e fazer negócios de uma só vez. — Léopold supôs que ele estava exagerando, mas estava bem ciente de que Martin gostava de ter seu ego acariciado, especialmente em um local público. — Sua casa é magnífica. A restauração é impressionante.

— Obrigado por notar. Mas é claro que alguém de sua estatura apreciaria as coisas boas. Eu supervisionei pessoalmente todo o trabalho de detalhamento arquitetônico — gabou-se, seus olhos se deleitando em Laryssa.

— Você deve me apresentar, Léopold. Quem é essa adorável escolha que você trouxe esta noite? — E estendeu a mão para ela.

— Esta é... — Ocorreu a Léopold que eles não haviam discutido se deveriam ou não usar o nome verdadeiro dela. Pensando rapidamente, escolheu um nome que sabia que atrairia a ira dela, fazendo com que ela se concentrasse nele, não em seu medo. — Jessica. Jessica, este é o nosso gracioso anfitrião, Martin. Vá em frente, *mon lapin*. Não seja tímida. Você tem permissão para apertar a mão dele.

— Sim, senhor — respondeu, submissa. Seu coração disparou ao estender a palma da mão para o imponente vampiro. Quando lhe ocorreu como Léopold a havia chamado, os olhos de Laryssa brilharam. *Jessica? Porra, Jessica Rabbit?* Ela pegou o sorriso em seu rosto, percebendo que ele tinha feito isso de propósito para distraí-la. Reprimindo sua reação, ela abraçou seu papel. Abaixou os olhos e colocou a mão na de Martin, rezando para que ele não sentisse seus dedos tremerem.

Martin deu um sorriso diabólico, antes de capturar a mão dela e colocar os lábios por cima. Em vez de soltá-la, ele a segurou, iniciando uma conversa com Léopold.

— Ah, meu Deus, ela é impressionante — sussurrou. — Você deve me deixar prová-la.

— Ah, receio que isso não seja possível. Você vê, ela está em treinamento com a agência. Estou trabalhando muito para ensiná-la as boas maneiras exigidas de um doador. Por favor, perdoe-a antecipadamente, pois ela é uma novata. — Léopold passou a mão possessivamente pela cintura de Laryssa, puxando-a para longe de Martin, forçando-o a soltar a mão dela.

— Bem, devo dizer que é muito generoso de sua parte fazer isso por eles.

— Considerando o curto prazo, foi aceitável. Sua observação está correta, porém, *mon ami*. Ela é muito atraente. Planejo usá-la de todas as maneiras possíveis esta noite, certificar-me de que seja totalmente disciplinada. — Léopold manteve um tom impassível em sua voz durante o comentário, como se fosse nada mais do que negócios.

Martin soltou uma gargalhada.

— A prática leva à perfeição. Mas me avise se precisar de ajuda com ela. Eu ficaria feliz em dar uma volta com a moça.

Laryssa manteve os olhos no chão. *Dar uma volta? Esse cara está falando sério?* A voz de Martin a fez sentir como se milhares de aranhas estivessem rastejando sobre sua pele. Ela esfregou os braços quando a náusea ameaçou.

— *Merci*. A sua oferta é muito generosa; no entanto, esta é da minha inteira responsabilidade. Por outro lado, eu trouxe o que você pediu para o nosso negócio.

— Muito bom. Podemos fazer a transferência daqui a pouco. — Martin ficou distraído com uma grande multidão de novos convidados enchendo o saguão. — Por favor, pode me dar licença? Só vou demorar um minuto e então podemos ir para o meu escritório. — Martin olhou novamente para Laryssa e jogou um beijo para ela antes de voltar sua atenção para os recém-chegados.

Enquanto ele se afastava, Laryssa sentiu-se cair contra Léopold de alívio.

— Você está indo muito bem para uma novata — observou Léopold, tomando um gole de sua bebida.

— Obrigada, senhor — ela respondeu.

— Jessica — fez uma pausa e riu —, está gostando da festa?

— Sim, senhor. — *Gostando da festa?* Laryssa não tinha certeza se ele estava falando sério ou não. Ela considerou brevemente quebrar a encenação, mas decidiu que era melhor não. Martin olhou para ela como um tubarão que estava prestes a pegar uma foca e ela não estava prestes a testar sua teoria.

Léopold pegou a mão de Laryssa na sua, conduzindo-os para a pista de dança. Ao saírem para o piso de taco, ele pegou o copo dela e o dele e os entregou a um garçom.

— Venha — ordenou.

Atendendo a sua demanda, o menor lampejo de irritação brilhou em seus olhos e ela baixou as pálpebras rapidamente, escondendo-o enquanto se lembrava de seu papel. Durou apenas um segundo. Ninguém deu uma segunda olhada nela, mas Léopold notou.

— Boas maneiras, querida — alertou, alcançando a parte de trás de seu penteado. Puxando levemente seu cabelo, expôs seu pescoço e a puxou contra ele com a outra mão. — Ou gostaria daquela surra que prometi a você?

Sim. A excitação jorrou entre a junção de suas coxas com o pensamento dele fazendo isso. Quando ele a puxou contra si, o corpo de Laryssa ganhou vida como se fossem as duas únicas pessoas na sala. Seu cheiro masculino a envolveu enquanto ele assumia o controle. Suas mãos caíram para os lados, permitindo que ele a guiasse ao ritmo da música. Ela sentiu a dura longitude dele roçar sua barriga. Involuntariamente, soltou um pequeno gemido.

— Você é uma garota muito safada, não é, querida? Ora, ora, ora. Quer que eu faça isso com você, não quer?

— Sim, senhor. — Ela respirou em seu ombro. Fechando os olhos, pois não conseguia olhar para ele, para ver sua rejeição ao confessar seus desejos. — Eu quero... eu quero isso e muito mais... mas só com você.

— Jesus Cristo — murmurou, seu pau endurecendo contra o zíper.

Porra, ela vai matar a nós dois. Ela poderia estar atuando, mas ele estava certo de que ela quis dizer cada palavra. Eles deveriam apenas buscar o livro e sair com segurança. Em vez disso, suas ações o estavam rasgando de dentro para fora. Seus dentes doíam por sua pele, por seu sangue. Qualquer dúvida que restasse se ele seria capaz de tirá-la da cabeça e sua vida se desintegraria como se tivesse dado uma marretada em um pedaço de giz. Assim que tomasse o sangue dela, suspeitava de que criaria o tipo de vínculo que garantiria que seus séculos de solidão terminassem de verdade.

Com furor, ele a girou em seus braços, batendo suas costas em seu peito. Como um torno, segurou firme em sua cintura, deslizando a outra mão sobre seu peito até que envolveu sua garganta. Mas a recusa não veio. Não, ela simplesmente caiu em seu abraço erótico, cravando as unhas na lateral de suas coxas.

— *Mon amour*, não podemos desejar o inconcebível. Tenha medo. Lute comigo. Veja-me por quem eu sou — exigiu, movendo sua ereção em seu traseiro.

— Se é o que deseja, senhor — ela respondeu. Perdida no ritmo, cedeu à exigência de Léopold. Não desempenhando mais um papel, ela se deleitava com a força dele. — Mas é você quem eu procuro. Tenha certeza, eu vejo apenas você.

— Olhe ao seu redor, bichinha. Todos eles se deliciam com a visão de sua pele, cobiçando o que tenho. Este é o meu mundo. — *Maldição. Quando ela finalmente me verá como eu sou? Ela não consegue ver o mundo grotesco e traiçoeiro para o qual eu a trouxe?*

Léopold pode não ter sido amigo de Martin, mas esses vampiros andavam nos círculos precários de sua vida.

Laryssa abriu os olhos e notou que os outros convidados não estavam mais dançando. Se não estivessem envolvidos em sexo ou alimentação, paravam para observar sua dança apaixonada. Consumida pelo momento, livrou-se disso, sem querer se importar com o que eles pensavam. Isso era o que os vampiros faziam, realizando impulsivamente seus desejos mais profundos, exibindo sua luxúria e raiva.

LÉOPOLD

— Deixe-os olhar — ela desafiou, dobrando a cintura e se contorcendo contra sua carne inchada. — Mestre, estou aqui para servir a você, não a eles.

Com um empurrão, ele a endireitou contra si. Ela era louca? A farsa tinha ido longe demais. Léopold pensou em levá-la para a limusine e fodê-la loucamente, quando ela colocou a mão sobre a dele, incitando-o a pegar seu seio. Ele deslizou a mão por baixo do tecido sedoso, segurando sua pele macia. Provocando seu mamilo em um ponto tenso, ele beliscou suavemente até que ela respirou fundo. Mas ela não o impediu. Não, sua excitação enchia o ar, nenhuma alma na sala entendeu mal suas intenções.

— Sim, senhor.

— Quão longe você iria? Você me deixaria te despir, te foder aqui, na frente de todo mundo? — Ele não conseguia parar de pressioná-la. Quando ela perceberia que estava se apaixonando por um vampiro letal, que vivia do sangue de humanos? Quando acordaria e veria que não importa o quanto ele a desejasse, uma vida com ele seria repleta de vulnerabilidade e perigo?

— Eu iria tão longe quanto você precisasse que eu fosse. Não consegue ver isso? Nada disso importa a menos que eu esteja com você. — Laryssa quase perdeu a compostura ao perceber que acabara de declarar o que sentia por Léopold.

Não passou despercebido que outros na sala tinham ouvido, estavam observando. Sob a justificativa de seu papel, ela revelou com segurança seus sentimentos. Sabia que não deveria dar a impressão de que se importava com Léopold. Ele ficaria zangado com ela, ela sabia, por colocá-los em risco. Parou de dançar e deslizou para fora de suas mãos, e abaixou a cabeça, tentando recuperar a situação.

— Por favor, me perdoe. Tirei vantagem de sua gentileza em me treinar, deixando minha atração física, meu desejo pessoal por você ter prioridade. Entendo se quiser me denunciar à agência — ela disse, com uma voz mansa.

Léopold manteve-se firme, com os pés enraizados no chão. Se ele pudesse fazer as coisas do jeito dele, eles iriam embora agora, mas tinham que pegar o livro. Ciente de seus erros, ele apreciou seu esforço para corrigir o que fizeram. Quando olhou em volta, os outros convidados começaram a dançar novamente, ignorando-os.

— Cuide para que não volte a acontecer. Embora eu pretenda garantir que você receba a punição que merece por causar um alvoroço neste caso, faremos o melhor possível, não?

Léopold foi tirar Laryssa da pista de dança quando viu Martin indo direto para eles. Sem dúvida, ele foi alertado sobre seu encontro sensual na pista de dança. Partindo para a ofensiva, Léopold alargou os passos, arrastando a náiade pela mão atrás de si.

— Martin, devo me desculpar por meu treinamento ter saído um pouco do controle no salão. Esta aqui — Léopold acenou com a cabeça para Laryssa, cujos olhos caíram no chão — deve ser repreendido o mais rápido possível. Ela pode ter dificuldade em aprender a ser uma doadora, pois é evidente que confunde a atenção de um mestre com afeição.

— Meu bom garoto, conheço os problemas envolvidos em encontrar doadores adequados. Como você, prefiro um sabor da semana. A variedade é o tempero da vida, é o que dizem. Relacionamentos com doadores são uma armadilha inerente ao processo. Não se preocupe nem um minuto com a exibição. Meus convidados — gesticulou ao redor da sala para vários casais que começaram a fazer sexo publicamente — gostam de um bom show. Venha agora, vamos cuidar dos negócios antes que a festa comece.

Laryssa sentiu como se o vento tivesse sido arrancado dela. Um turbilhão de emoções a fazia se sentir como se tivesse acabado de andar em uma montanha-russa. Mas, ao contrário do parque de diversões, não houve trégua na descida chocante. Talvez ela estivesse confundindo suas próprias emoções com o papel, mas, da cabeça aos pés, sua pele ardia por seu toque.

Respirando profundamente, convocou todas as suas forças, deixando o poder da náiade fluir por seu sangue. Ela se forçou a se concentrar em sua missão, a razão pela qual eles estavam na festa. Como um animal da floresta, ela sentiu o caçador. Preparando-se instintivamente para o ataque, ela parecia calma, mas sua tempestade de energia aumentou. Logo eles teriam o livro e poderiam finalmente partir.

Segurando com força a manga do smoking de Léopold, Laryssa o seguiu por um longo corredor. Quando chegaram ao escritório de Martin, ergueu os olhos e captou um brilho sinistro nos olhos do anfitrião. Ela fingiu não notar, esperando que ele não desejasse morrer. Léopold, perspicaz e astuto, não sobreviveu a séculos abraçando a ingenuidade. Martin sabia disso. Ele anteciparia a grande dificuldade envolvida se planejasse brincar com Léopold, mas pensaria que Laryssa era uma vítima fraca. Pelo modo como Martin a olhava, ela percebeu que ele planejava secretamente um golpe. Ele foi atrás de sua presa, atraindo-os para uma armadilha.

Tensa, Laryssa entrou em alerta. Atravessou seu escritório com uma graça sutil, pronta para saltar ao primeiro sinal de perigo. Observou como Martin circulou Léopold, conversando com ele, seus olhos correndo para ela de vez em quando, ciente de sua presa. A jovem examinou a sala em busca de objetos que pudessem ser usados como armas. Aproximou-se de uma estátua de gesso assentada sobre um pedestal e estava passando os dedos pela superfície lisa, quando ouviu Léopold dizer seu nome.

— Jessica, vamos demorar apenas um minuto. Por favor, fique perto da porta — ordenou Léopold, sem tirar os olhos de Martin. Ele queria Laryssa perto da saída, longe do vampiro desonesto.

— Sim, senhor — respondeu na hora.

Léopold tirou o celular do bolso interno da jaqueta e começou a digitar. Em segundos, transferiu os fundos para a conta de Martin e guardou o dispositivo. A energia de Laryssa o atingiu, e ele percebeu que ela estava perto de explodir. Com as costas contra a parede, ela permaneceu submissa com as mãos ao lado do corpo, mas ele sabia que ela estava pronta para atacar. Eles precisavam sair o mais rápido possível.

— A transação está completa. O livro? — Léopold perguntou. — Receio que temos outro compromisso esta noite e devemos ir.

— Partindo tão cedo? Que decepcionante — comentou Martin, verificando seu telefone, certificando-se de que havia recebido o pagamento. Satisfeito, colocou-o sobre a mesa e caminhou lentamente em direção a Laryssa. — O livro está na prateleira atrás da minha mesa.

Léopold observou as ações do vampiro. Ele espiou um único livro, que estava ao lado de um vaso de cristal.

— Aquele ali, com a lombada preta. Eu o reencapei. Estava uma bagunça esfarrapada.

— Diga-me, Martin. Como achou o livro? Você nunca disse.

— Não disse, não é? Não há muito a dizer. Certa vez, um pássaro sussurrou em meu ouvido em uma festa. Falou-me sobre livros raros e mencionou que os escritos em grego são bastante atraentes. Descobri-o nesta pequena loja de antiguidades em Royal, enterrado com dezenas de outros livros antigos. Eu não podia ter certeza de que era real, é claro, mas, mesmo assim, comprei por algumas moedas. Roubei, sério, considerando o lucro que acabei de obter. — Rastejando mais perto de Laryssa, parou para se apoiar nas costas de uma cadeira de couro.

— A Dona Sorte estava com você. — Léopold contornou lentamente a mesa.

— E você também. Esta doadora que você trouxe. Imploro que me deixe mostrar a ela nossos modos não adulterados. — Num piscar de olhos, ele parou diante de Laryssa, segurando o queixo dela com as mãos. Um homem de baixa estatura, ele enterrou o nariz nos cabelos dela. — Sua pele é radiante, como a de uma virgem. Tem cheiro de pura. Diga-me, você é?

— Eu sou o quê? — perguntou, sua voz cheia de tranquilidade fingida. Laryssa se atrapalhou com seu bracelete. Seu dedo encontrou a protuberância e puxou o fio escondido.

— Não toque nela! — Léopold exigiu, pegando o livro.

— Ela é especial para você, Devereoux? Você amoleceu, eu percebi. Depois de todos esses anos, eu não teria acreditado. Você pode enganar os outros, mas não a mim. Vou te dizer uma coisa... vou guardar seu segredo... em troca de provar a virgem. — Martin enganchou os dedos em uma das alças finas de Laryssa e puxou-a para baixo, expondo seu seio nu. Com um silvo, suas presas desceram e ele abaixou a cabeça para seu prêmio.

Laryssa gritou quando Martin atacou. Ela tinha certeza de que ele iria mordê-la, mas, instantaneamente, Léopold saltou em seu socorro. Ele passou o braço em volta do pescoço de Martin em um estrangulamento. Enfurecido por Martin ter tocado em Laryssa, Léopold rosnou e apertou com mais força. Mas Martin segurou firme, recusando-se a soltar seus ombros. Deslizando a corrente de prata esticada, Laryssa conseguiu dobrar os braços e enfiou a corrente para cima em sua garganta, marcando sua pele. O cheiro de carne queimada encheu a sala e Martin uivou em resposta, dando a ela tempo suficiente para chutar sua canela. Com um grunhido, ele a soltou e Laryssa deslizou para o lado.

— Que isso sirva de lição para os outros. Nunca, jamais toque no que é meu. — Léopold ferveu e afundou suas presas afiadas como navalhas profundamente no ombro de Martin.

Ele segurou firme enquanto Martin se debatia, tentando sem sucesso soltá-lo. Ele estendeu as unhas em garras e as perfurou na carne macia ao redor da espinha de Martin. Léopold apertou a mão, dilacerando os tendões e os músculos até que a cabeça de Martin rolou para o chão. Em segundos, o corpo do vampiro se desintegrou em cinzas, deixando nada além de silêncio em seu rastro.

A porta se abriu e um dos guardas de Martin entrou correndo na sala. Laryssa estendeu a mão em direção à estátua. Invocando seu poder, ela o arremessou pela sala, acertando-o na cabeça. Quando ele caiu no tapete, ela fechou a porta. Léopold, em seu furor, percebeu que havia enlouquecido na frente de Laryssa. Ele revelara a fera. Agora, ela finalmente o veria pelo que ele era… um animal selvagem. A perda dela em sua vida iria quebrá-lo, mas ele executou Martin sem remorso. Incapaz de engolir o gosto dele na boca, Léopold cuspiu no chão. Passando o antebraço pela boca para limpar o sangue, forçou os olhos vermelhos ardentes de volta ao preto. A verdade sobre o que ele era veio à tona e ele achou impossível olhar nos olhos de Laryssa.

— O livro? Para onde foi? — Irritado, Léopold concentrou-se no assunto em questão.

— Lá. — Ela apontou. Na confusão, ele havia caído embaixo da mesa. Seu coração batia forte no peito, esperando que a qualquer minuto um dilúvio de vampiros arrombasse a porta, em busca de vingança pelo que haviam feito.

— Vamos sair daqui — disse Léopold calmamente, pegando-o do chão. Deslizou para dentro do casaco e olhou, desapontado, para a camisa manchada de sangue. — Preparada?

— Mas Leo? E quanto aos outros? E se eles…

— Eles não vão me tocar. Ou você. Não tenha medo. — Não depois que ele acabara de matar Martin. Todos os vampiros do local ouviram suas palavras: *nunca toque no que é meu*. Não precisavam ver o que havia acontecido a portas fechadas para saber que Martin havia sido morto. Mas Léopold não seria considerado culpado. Martin deveria saber que não deveria ter feito aquilo, *sabia* que não deveria ter feito aquilo. Ele conscientemente desafiou Léopold e perdeu. — Vamos sair daqui agora. Nosso negócio está terminado. Pegue meu braço.

Laryssa se agarrou a Léopold, confusa sobre por que não sentia tristeza pela morte de outro ser humano. Mas Martin não era humano. *Vampiro*. Se Léopold não o tivesse parado, ele a teria mordido, drenado. Enquanto seu pé esfregava na poeira que ele fora, ela silenciosamente desejou-lhe uma boa passagem.

CAPÍTULO DOZE

Léopold jogou a cabeça para trás contra o assento, enojado com o que acontecera. Depois de chegarem em segurança à limusine, ele tirou a camisa e o paletó, jogando-os no porta-malas. Arnaud forneceu-lhe toalhas limpas para que pudesse remover rapidamente o sangue e as cinzas de seu rosto e mãos. Mas, enquanto se sentava com o peito nu em frente a Laryssa, não havia nada que pudesse ser feito para limpar sua alma.

Ela o tinha visto matar. Ele não só matou, como decapitou Martin. Ele suspirou e fechou os olhos para não ter que ver o desdém no rosto dela. Ou pior, ela o temeria. Jesus Cristo, foi por isso que ele nunca se apaixonou. Tudo o que fez foi trazer dor para aqueles com quem se importava. Laryssa não era diferente. Não importava o quanto a desejasse, não havia futuro para eles.

Quando a mulher finalmente chegou ao banco de trás, ela esperava que eles comemorassem a vitória. Animada por terem encontrado o livro, logo descobriu que seu espírito murchou como um balão. Léopold havia se sentado o mais longe possível dela. Um clima frio entre eles, como uma camada de gelo, quando o vampiro se retirou isolou. Laryssa se perguntou o que havia de errado com ele. Ela tinha visto sua besta, e tinha sido magnífico. Como um grande guerreiro, ele derrubou seu oponente na batalha, salvando aos dois.

Passados quinze minutos de reticência entorpecente, Laryssa não conseguia mais morder a língua. Caindo de joelhos, rastejou entre as pernas dele e pressionou a testa contra sua barriga. A mão dele deslizou para o cabelo dela, tirando os grampos, liberando suavemente as mechas. Ainda assim, nenhuma palavra saiu de seus lábios.

— Leo, por favor. Fale comigo — sussurrou, esfregando o rosto em sua pele quente.

Ele balançou a cabeça e fechou os olhos. Muita dor. Ele não poderia trazer essa morte aos pés dela, nunca mais.

— Eu não vou desistir de você. Fale comigo — insistiu, sem querer ceder.

— Eu não posso — ele sibilou. — O que eu fiz...

— Eu vi você esta noite. Eu vi tudo. E estou aqui. Não vou deixar você. — Ela ergueu o queixo e olhou nos olhos dele. — Não importa o que você pense, eu não tenho medo. Não estou com nojo. Você foi... você foi incrível.

— Incrível? — ele zombou. — Como você pode dizer isso, Laryssa?

Ela estendeu a mão até os ombros dele, deslizando os dedos suavemente sobre o peitoral e antebraços, finalmente pegando as mãos nas suas, depois pressionou as palmas em suas bochechas.

— Porque é a verdade. Você é o homem mais forte que já conheci. Feroz quando ameaçado. Mas você é gentil. Protetor. Corajoso. — Beijou as pontas dos dedos dele. — E eu quero você na minha vida. Uma noite nunca será suficiente. Você me arruinou. Não há ninguém além de você.

— Você não vê do que sou capaz? — perguntou. Sua voz vacilou. — Há tanto tempo... eu lutei... para manter minha família segura. Mas eles mataram minha esposa. Minha filha. Meu filho. Deixei-os vulneráveis aos meus inimigos. Não era diferente do que se eu tivesse usado minha própria espada em seus pescoços. Quando me tornei vampiro, não havia uma alma dentro do meu peito para ser tomada. Morreu com eles. Durante séculos, não fiz nada além de matar, escalando impiedosamente meu caminho até o topo da cadeia alimentar. Aquelas pessoas que você viu esta noite na festa... esse é o perigo que me cerca.

— Não foi sua culpa. Você não pode continuar pensando assim, para morrer assim. O que você faz não é viver... é experimentar sem saber de verdade, sem saborear a vida. — Lágrimas transbordaram em seus olhos, simpatizando com a culpa que ele carregava. — Eu vivi com perigo em minha vida desde minha própria morte. Todos. Os. Dias. Você é a primeira coisa boa que me acontece desde que renasci. Eu vou lutar por você na minha vida. Mas você tem que me escolher, não a culpa. Me. Escolha.

— Laryssa — ele resmungou. Pela primeira vez desde que foi transformado, alguém estava oferecendo a ele as chaves das algemas que ele usava de bom grado desde que encontrara a família assassinada. As paredes de sua prisão começavam a desmoronar. A liberdade acenou. Tudo o que ele precisava fazer era tocá-la. Deusa, ele queria abrir seu coração para Laryssa, nunca deixá-la ir.

— Faça isso, Leo. Acredite em minhas palavras. Eu vi você esta noite.

Você fez o seu pior. E ainda estou aqui... me oferecendo a você. Tudo que precisa fazer é dizer sim. Você consegue. Apenas me escolha.

O coração de Léopold explodiu. Ajoelhada diante dele, ela batera com um machado na barreira centenária que ele ergueu. Ela era tudo o que desejou por mil anos, mas nada que já tivera. Exigente e sedutoramente submissa, às vezes ela testemunhava o que havia de mais sombrio nele e ainda buscava sua atenção, seu coração.

— Sim. — Ele enterrou os lábios em seu cabelo, passando as mãos nos fios. — Deusa, por favor, me perdoe, eu escolho você.

Laryssa deixou as lágrimas caírem quando ele pressionou seus lábios nos dela, derramando todo o seu amor e paixão no beijo. Ele nunca pensaria que não a merecia em sua vida. Ela se certificaria de que ele soubesse, sem margem para dúvidas, que ela era dele e ele era digno.

Léopold se despedaçou, liberando o fogo que havia contido por tanto tempo. Abraçando o desejo que manteve sob controle, ele a reivindicou com a boca. Esfregando sua língua contra a dela, chupou e brincou com seus lábios. Sua pequena ninfa tinha arrancado suas defesas, deixando-o aberto para suas ordens. Uma fome urgente cresceu em seu peito enquanto ela gemia em seus lábios. Esta noite, Laryssa seria dele.

— Leo — Laryssa ofegou.

Suas mãos atacaram freneticamente a fivela dele e em segundos ela abriu o zíper de sua calça, pegando o volume inchado dele nas mãos. Acariciando a pele lisa e tensa, colocou o pau quente na boca, sem aviso. Ela o chupou com força da base à ponta, mergulhando-o dentro e fora de seus lábios. Abrindo as pálpebras pesadas, encontrou seus olhos e sorriu. Girando sua língua sobre a cabeça carnuda, enfiou-a na fenda, sentindo o gosto de sua semente. Mexendo no comprimento, ela o chupou uma, duas vezes, em seguida, levou os lábios para suas bolas apertadas, sugando-as para dentro da boca.

— Caralho, sim. Isso é tão bom — ele murmurou. — Se você continuar fazendo assim, eu vou... ah, não, não, não.

Recusando-se a gozar em sua boca, ele rapidamente a agarrou pelos ombros, trazendo-a para cima. Recapturando seus lábios, suas mãos encontraram o zíper e rasgaram o tecido. Ele deslizou as alças sobre seus ombros, deixando o vestido cair em sua cintura. Com um puxão final, o tecido a deixou nua, exceto sua calcinha, cinta-liga e meias. Alcançando seus seios, ele pegou ambas as carnes macias. Apertando-os suavemente, abriu os lábios e pegou um mamilo, lambendo e mordendo seu bico duro até que ela gemesse de prazer. Movendo-se da direita para a esquerda, lambeu sem pressa, esbanjando atenção ao corpo dela.

— Você é a criatura mais linda que já conheci — disse, em sua pele.

— Eu quero tanto você, Leo — Laryssa conseguiu dizer. Enquanto se contorcia por conta de seu tesão crescente, podia sentir o volume dele através da fina barreira de seda. — Me fode agora, mal posso esperar. Por favor.

Léopold estendeu suas garras, rasgando sua calcinha até que apenas as meias permanecessem. Laryssa colocou as mãos nos ombros de Léopold, encaixando-se lentamente. Ela jogou a cabeça para trás, empurrando os seios para frente. Léopold segurou sua cintura, observando a visão gloriosa de sua ninfa montando-o com força. Segurando seu seio, ele o acariciou, completamente excitado pela forma como ela se perdia na paixão, se balançando sobre ele.

— Perfeita. Você é tão perfeita, porra — Léopold sussurrou, deslizando a mão entre seus seios e sobre sua barriga.

Seus dedos desceram entre seus corpos, até que encontrou sua boceta molhada. Ele roçou o polegar pelos lábios vaginais dela, encontrando seu clitóris excitado. Léopold a sentiu estremecer em resposta e soube que havia captado sua atenção. Deixando a outra mão deslizar por suas costas, ele pegou sua bunda em suas mãos. Ela gemeu, balançando-se contra ele, excitando-se com seu toque. Seus dedos percorreram a fenda de sua bunda.

Quando ele passou o dedo indicador sobre sua carne rugosa, seus olhos brilharam, mas ela não disse uma palavra. Em vez disso, levantou os quadris, deslizando para cima, e então o embalou novamente nela.

— Isso, assim, *mon amour* — ele a tranquilizou. — Deixe-me ter você por inteira.

Laryssa levou apenas um minuto para se ajustar à nova sensação. Ela nunca havia sido tocada ali, mas, enquanto ele continuava circulando seu ânus, ela se viu arqueando as costas para que ele aumentasse a pressão.

— Deusa, você é tão receptiva. Vou fazer amor com você de todas as maneiras possíveis, Laryssa. Não haverá nenhuma parte de você inexplorada pelo meu toque, por meus lábios — prometeu.

— Eu sou sua. — Ela lhe dera permissão, ela sabia. Ao fazer isso, confiara nele com seu prazer, sua vida. Quando ele lentamente pressionou o dedo em seu buraco apertado, ela estremeceu, parando o movimento. — Ah.

— Sim. Seus lábios. — Ele a beijou. — Sua boceta. — Ele a beijou novamente. — Seu coração. Vou tomar todos... para mim. Mas você quer isso, minha querida? Tem certeza?

— Sim — ela gritou, quando ele enfiou o dedo por inteiro em seu ânus. Envolta em tudo o que era Léopold, ela se agarrou a ele, suas unhas riscando o peitoral dele. Estremecendo por seu orgasmo, seu peito arfava, desesperado por ar. — estou tão cheia. Tão perto. Não pare. Não pare, porra. Por favor, Leo. Eu vou gozar... estou gozando...

No momento em que suas contrações pulsantes tomaram conta de sua carne, ele se enfiou na boceta dela de novo e de novo. Apaixonado por sua perda de inibição, as presas de Léopold desceram, raspando seu pescoço. Apenas um pouco de supressão o impediu de se transformar em seu estado naturalmente selvagem. *Alimentar-se.* A vontade de perfurar a doce pele floresceu em seu peito. Ele tinha que tê-la. A necessidade de seu sangue se tornou insuportável.

— Leo, sim. Faça isso! — ela gritou, seu corpo estremecendo sobre o dele. Arrebatada no clímax, Laryssa sabia que ele desejava tomar sua essência. Desejando ter as presas dele enterradas profundamente em sua carne, ela o arranhou, até tirar sangue com as unhas, tornando-se a companheira selvagem que ele merecia por direito. — Faça isso. Me faça sua.

Com um rosnado bestial, Léopold explodiu, afundando os dentes em seu pescoço. Ele conseguia sentir seu pau gozando embaixo dele enquanto o néctar dela descia por sua garganta. Era como se o sangue dela tivesse sido criado exclusivamente para ele, e essa realidade o abalou profundamente. Nunca haveria outra mulher para ele além de Laryssa. Seu celibato emocional foi destruído poucos dias depois de conhecê-la e este ato final acabou com a possibilidade de ele voltar à solidão. O vínculo que ele lutou por tanto tempo para impedir bateu de imediato. As memórias nas células dela mescladas com as dele. Ele sabia que ela não poderia sentir o vínculo, pois era ele quem estava destinado a ela por toda a eternidade. Ondas de êxtase de sua energia se filtraram nele, que nunca esteve tão certo de nada em sua vida. Este ser mágico que ele segurava em seus braços era dele para sempre.

CAPÍTULO TREZE

Vestidos apenas com seus roupões de banho, Léopold e Laryssa ficaram sentados em silêncio olhando para as páginas. Depois de fazer amor na limusine, voltaram para casa, trocaram de roupa e imediatamente começaram a trabalhar no livro. Por mais que cada um deles preferisse se demorar no brilho de seu ato de amor, as palavras do demônio e a ameaça da morte iminente de Laryssa os empurraram para frente.

Por mais de duas horas, cada um deles se revezou para examiná-lo, mas não encontraram nada que lhes dissesse onde encontrar o Tecpatl. Embora Laryssa fosse incapaz de entender grego, ela esperava que, por ser seu livro, o objeto revelasse seus segredos para ela. Frustrada, passou os dedos pelas páginas mais uma vez antes de bater na mesa.

— Eu não entendo. Tem certeza de que isso está certo? Há capítulos sobre areia? Temperaturas do oceano? Crustáceos? Peixe? Mesmo sereias? Mas nada sobre náiades? Nada sobre astecas ou Tecpatls? Não faz sentido. Ouça, sei que você ainda não leu página por página, mas não tenho um bom pressentimento sobre isso.

— Você deve ter paciência. Há quase mil páginas aqui, todas em grego. Você tem que me dar tempo para ler os detalhes.

— Acho que pensei que, se fosse para ser meu livro — Laryssa se levantou e começou a andar —, que seria apenas... não sei... que algo viria até mim. Mas não. Eu coloco minhas mãos nas páginas e adivinha o que sinto?

— O quê? — Ele deu a ela um pequeno sorriso.

— Nada. Absolutamente nada. Nadinha. Como pode ser? Eu não deveria sentir algo? Uma faísca? Um formigamento?

— Não tenho certeza. Você sempre sente algo quando toca em objetos inanimados? — Ele sorriu novamente, tentando fazê-la relaxar. Raramente as coisas na vida eram tão fáceis quanto pareciam.

— Bem, não, mas deveria ser escrito pelo meu pessoal, certo? Se eu visse este livro em uma estante, não teria ideia de que era para mim. Não é à toa que estava lá na loja. Inferno, eu deixei Mason vendê-lo.

— Você tem que dar um tempo. Acabamos de chegar em casa. Aparentemente, quaisquer que sejam as respostas, ainda não as encontramos.

A porta da frente se abriu, e ambos olharam para Dimitri. Depois de saber que eles haviam recuperado o livro, ele levou Jake de volta para a casa de Logan para que pudesse ajudar a vigiar Ava. Dimitri viu suas expressões sombrias e atravessou a sala.

— Ei — disse ele, sentindo a tensão.

— Olá — Laryssa comentou. Ela se afastou da mesa e se jogou em uma das grandes cadeiras e apoiou os pés no pufe. Exausta, fechou os olhos e colocou o braço sobre a testa.

Léopold olhou para ele, ergueu as sobrancelhas e deu de ombros.

— Então, vejo que pegou o livro. Tenho medo de perguntar como está indo — Dimitri disse.

— Minha querida espera resultados imediatos, mas, como pode ver — Léopold pegou o livro e o entregou a Dimitri —, é um pouco difícil de ler. Nós o folheamos. À primeira vista, o sumário não revela nada de anormal, não faz menção às náiades.

— Grego, hein?

— *Oui*. Você sabe grego?

— Eu sei um pouco. Ficarei feliz em dar uma olhada. — Dimitri olhou para Laryssa. — Então, o que mais está acontecendo? Ela está bem?

— Ela precisa ir para a água. Tivemos alguns problemas na festa.

— Problemas, hein? As coisas complicaram?

— Sim — murmurou Laryssa.

— Você poderia dizer que minha oferta não foi uma compensação suficiente. — O sangue de Léopold ferveu com uma nova onda de raiva, lembrando-se de como o vampiro havia atacado Laryssa. — Martin a tocou.

— Jesus, Leo. Laryssa, tem certeza de que está bem?

— Sim, apenas cansada. Leo está certo. Eu tenho que entrar na água.

— Ela foi espetacular. Brigou com ele. Então, ela atingiu um de seus lacaios com uma estátua. Enviou-o direto pelo ar sem tocá-lo.

— Boa garota. Malditos vampiros não conseguem manter suas mãos para si. — Dimitri bateu com a palma da mão na mesa. Levantou uma sobrancelha para Léopold e deu-lhe um pequeno sorriso. — Sem ofensas.

— Tudo bem. — Léopold levantou-se e caminhou para trás da cadeira de Laryssa e começou a massagear seus ombros. — Ela precisa de água. E descansar. Podemos olhar o livro amanhã.

— O que mais posso fazer para ajudar?

— Quero ligar para Arnaud e ver como ele está. Ele deveria nos trazer comida, mas ainda não chegou. — Ele sentiu a mulher ficar tensa, mas continuou: — Laryssa não vai se sentir bem até que vá para o lago. Quando ela arremessou aquela estátua, temo que tenha esgotado sua energia. Esta noite foi bastante intensa. Você se importaria de acompanhá-la até o cais? Vou demorar apenas alguns minutos. Desço depois que terminar.

— Claro. Está pronta, Lyss? — Dimitri perguntou com uma piscadela.

— Sim, obrigada — respondeu, pensando em Léopold pedindo comida. A mera ideia dele tomando o sangue de outra mulher ou homem, dando a qualquer um o presente de sua mordida, a irritava.

Laryssa entendeu que ele precisava de sangue para sobreviver. Afinal, ele era um vampiro. Mas a honestidade brutal de sua intimidade no carro, levando-o a aceitá-la, fez com que acreditasse que eles concordaram em ter um relacionamento. Ela percebeu, porém, que não haviam discutido exatamente o que isso significava. Sua mente lhe dizia que era errado conhecê-lo apenas alguns dias e esperar fidelidade, mas seu coração lhe dizia o contrário. Ela refletiu sobre por que estava tão irritada com ele e se isso fazia sentido. Racional ou não, sabia que não poderia compartilhá-lo. Não com mulheres ou homens. Não por sexo ou comida. Ela queria um futuro com Léopold, onde ele pertencesse a ela e somente a ela. Cheia de ciúmes, levantou-se da cadeira, escondendo o rosto de Léopold. Se encontrasse seu olhar, temia que fosse rasgá-lo.

Léopold observou Laryssa caminhar pelo corredor com Dimitri, recusando-se a olhá-lo nos olhos. Como um interruptor, ela passou de apaixonada e amorosa no carro para fervendo sob seu toque na sala de estar. Embora ela não tivesse ideia, ele podia sentir o ciúme e a raiva dela como se fossem dele. *Interessante*. Mas por que ela estava com ciúmes, isso ele não entendia. Não era como se ele tivesse mencionado outra mulher. Pegando o telefone, selecionou o número de Arnaud. Quando o tom soou em seu ouvido, ocorreu-lhe que ela poderia ter interpretado mal suas intenções. *Como ela pode pensar que eu me alimentaria de outra mulher depois de minha confissão a ela? Eu a escolhi acima de tudo.* Mas, em vez de compartilhar suas preocupações, Laryssa se retraiu, escondendo dele seus pensamentos.

Impacientemente bateu o pé quando a avistou pela janela, andando de mãos dadas com o lobo. Sua coelhinha teria que aprender a confiar agora que havia se comprometido com ele. *Que divertido seria ensinar-lhe uma lição,* pensou. Supôs que ela também merecia uma reprimenda por seu comportamento na pista de dança. Sorrindo, lambeu os lábios, lembrando-se do gosto dela, antecipando a punição desonesta que aplicaria e que ambos apreciariam.

O espírito de Laryssa ganhou vida dentro do abismo escuro. Nua no clima frio, ela se despiu na frente de Dimitri, não mais preocupada em ser descoberta. Como um cavalheiro, ele virou a cabeça. Na verdade, ela não se importava se ele a tivesse visto. Agora que ela havia confessado sua natureza, se sentia liberta. Nua e escorregadia, respirou na água, deixando a cura começar.

Dimitri estava sentado no cais com os jeans enrolados e os pés na água, observando Laryssa nadar. Gloriosamente nua, ela mergulhou, expondo seu traseiro. Mas quando ela não emergiu, ele entrou em pânico e começou a arrancar a camisa.

— Está tudo bem. — Ouviu Léopold dizer.

— Não, não está. Que diabos? Ela está se afogando. Vamos, me ajude — retrucou.

— *Elle va bien*. Ela respira na água. — Léopold riu. Ainda de roupão, sentou-se ao lado do amigo. — Ela é incrível, não?

— Assustador é mais parecido. Droga, Leo. Você poderia ter me avisado — afirmou, soltando um suspiro. — Jesus, como ela faz isso? Ela está submersa há quase cinco minutos.

— É o jeito da espécie dela. O lago... ele a cura. Continue assistindo.

— Assistindo o quê?

— Ah, ali. — Apontou para um brilho fraco, que logo começou a iluminar a água dentro de um diâmetro de três metros. — Veja. Ela brilha. — Léopold riu.

— Isso é algo que você não vê todos os dias. Ela é como um daqueles peixes... sabe, do tipo que se ilumina para atrair suas presas.

— Ela é cativante.

— Você percebe que sua namorada está iluminada como uma lâmpada, certo?

— *Oui*.

— Maldição — Dimitri exclamou, socando Léopold levemente no ombro.

— Qual é o seu problema, lobo? Presumo que tenha algum bom motivo para agitar os braços para mim?

— Você gosta dela... ela é sua namorada — Dimitri cantou.

— *Oui*, suponho que sim. — Os olhos de Léopold dispararam para Dimitri, apreciando sua expressão chocada, mas rapidamente focaram no lago novamente.

— O que aconteceu?

— O que você está falando?

— Certo, o que aconteceu com meu amigo de alma obscura, Léopold?

— Minha alma nunca foi obscura — Léopold informou, com voz séria. — Minha alma morreu. No dia em que minha família morreu, eu morri.

— Ei, eu só estava brincando, cara. Vamos. Alegre-se. — Dimitri olhou para a água e tentou não rir. — Ouça, Leo, me desculpe. Sério. E sinto muito por você ter perdido sua família tantos anos atrás. Mas eu sempre soube que sua alma estava aí. E nunca escureceu ou algo assim. Não se esqueça, eu estava lá quando você salvou Wynter. Você acabou de... eu não sei... se ferir muito. Então você foi durão e sozinho. Poderia ser pior. Você sobreviveu.

— *Oui*, eu sobrevivi. Mas, como Laryssa me disse esta noite, não estou vivendo. Ela me faz querer fazer isso de novo.

— Então, uh, qual é a história? — Dimitri perguntou. — Ela parecia meio chateada com você quando saímos. Mas olhe para ela agora.

— Ela resplandece. Mas deve aprender que não podemos ter segredos — Léopold disse a ele com um sorriso.

— Não posso discutir com isso... mas o que aconteceu?

Antes que Léopold tivesse a chance de responder, Laryssa irrompeu na superfície com um grito de vitória e começou a rir. Presa em seu prazer eletrizante autoinduzido, ela se esqueceu de Dimitri. Quando ela olhou para o cais e viu os homens a encarando, rolou de costas, expondo os seios. Flutuando na água e brilhando com energia, ela os provocava conscientemente.

— Você conseguiu uma espevitada, irmão — Dimitri comentou.

— Consegui mesmo. Ela é diabólica. — Léopold balançou a cabeça e sorriu. — E muito desobediente. Olhe para ela nos provocando. Ela sabe o que está fazendo.

— Ah, eu estou olhando.

Léopold deu a Dimitri um olhar furioso.

— O que, homem? Você me conhece. Eu não sou de deixar passar a beleza de uma ninfa aquática peladona — Dimitri brincou.

— Náiade — Léopold corrigiu.

— Deixa pra lá. Escute, você se importa se eu virar lobo por um tempo? Estou planejando passar a noite por causa de todo esse negócio de demônios, mas estou espremido na cidade há semanas.

— Corra solto, *mon ami*. — A expressão de Léopold era de puro deleite ao observar Laryssa chutar as pernas e brincar. — Você pode querer ficar por aqui por alguns minutos.

— Por que isso?

— Esta noite, minha pequena Laryssa ganhou vida na pista de dança — começou Léopold.

— Pensei que vocês estavam tentando permanecer discretos?

— Sim, nós meio que perdemos isso de vista. Digamos apenas que acredito que ela gosta de uma audiência.

— Sério mesmo? Ela deveria ser seu par perfeito, então — Dimitri bufou, lembrando como a primeira vez que ele conheceu o vampiro, ele estava profundamente envolvido em uma demonstração pública de afeto, fazendo sexo no meio de Mordez. — Bem, se você está fazendo um show, eu estou de acordo com isso.

— Ah, aí vem nosso peixinho — comentou Léopold, sem tirar os olhos de Laryssa.

Rejuvenescida, Laryssa nadou em direção ao cais, decidindo que era hora de falar com Léopold. Olhando para ele e seu sorriso delicioso, ela teria que resistir a rasgar seu roupão e puxá-lo com ela. Ao se aproximar, chutou os pés no ar, borrifando os dois.

— Entre — ela chamou, rindo, e eles enxugaram a água de seus rostos.

— Sabe, Dimitri, Laryssa e eu chegamos a um acordo esta noite. — Léopold falava com Dimitri, mas sorriu para Laryssa, seus olhos fixos nos dela.

— Sim. Hmm... que acordo?

— Bem, você vê? Tenho sido bastante teimoso em manter certa pequena náiade fora da minha mente.

— Teimoso? Você? Nunca. — Dimitri riu.

— *Oui*, é verdade. Nosso acordo foi que eu deixaria de lado meu passado, minha culpa e a escolheria. O que eu fiz. No entanto, por algum motivo esta noite, ela pensou que eu fosse traí-la — disse Léopold, seu tom ficando sério. — Mas eu não fiz nada disso. Veja, eu estava apenas pedindo comida para nós... comida humana.

LÉOPOLD   185

— Uma garota precisa comer — Dimitri acrescentou, com um sorriso, sabendo que Léopold estava prestes a fazer algo que ele gostaria.

— Sim, precisa. Mas Laryssa pensou que eu estava trazendo outra mulher para minha casa... para mim. Agora me diga, por que eu faria isso quando disse que ela é minha, quando recentemente me alimentei dela?

— Leo, eu... — Laryssa gaguejou. Seu coração começou a bater forte ao ouvir Léopold contar calmamente a Dimitri o que havia acontecido entre eles no carro. Por que ele está contando a ele o que aconteceu? Mesmo desviando o olhar momentaneamente, ela não conseguia deixar de encarar Léopold. Ele estava sorrindo. Maldito seja, ele sabia. Ele sabia que ela estava com ciúmes. — Você disse que estava pedindo uma refeição. Quando fez isso ontem à noite, uma mulher apareceu. Como vou saber o que você quer dizer?

— Porque, *mon amour* — ele entortou seu dedo para ela, puxando-a para ele até que ela roçasse contra suas panturrilhas —, eu te fiz minha. E você deve aprender a confiar... a se comunicar.

— Sinto muito, mas eu...

— Então você vê, Dimitri, ela é muito travessa. — Léopold enfiou a mão na água até encaixar as mãos sob os braços dela. Erguendo-a facilmente para fora do lago, ele a trouxe para cima para que ela o montasse de joelhos. Ele a beijou levemente e continuou: — Hoje à noite na pista de dança... ela me provocou impiedosamente, apreciando os olhos dos outros nela.

— Provocou? — Dimitri perguntou, levantando a sobrancelha para eles.

— Diga-me, Dimitri, como você se sente sobre palmadas?

— Eu gosto de uma boa surra. — Dimitri espalmou as mãos atrás de si, inclinando-se no cais.

Os olhos de Laryssa se arregalaram e ela tentou se afastar de Léopold, mas ele a segurou firmemente pela cintura. Lentamente ele beijou seu pescoço, colocando seus lábios entreabertos debaixo de sua orelha. Por mais que ela quisesse lutar, o calor dele envolvendo-a a fez derreter. Um gemido escapou de seus lábios e, antes que ela soubesse o que estava acontecendo, os lábios dele encontraram seu mamilo. Seu corpo pegou fogo e, embora visse Dimitri, ela logo voltou a se concentrar no toque de Léopold.

Abruptamente ele parou e a virou de bruços, colocando uma toalha sob sua cabeça. Ela soube instantaneamente o que ele planejava fazer. Dividida entre fugir e encorajá-lo, Laryssa se contorceu em seu colo, pressionando sua crescente excitação.

— Pegue as mãos dela — Léopold disse a Dimitri, que sorriu e se virou para obedecer. — Agora, querida, vamos ver que novas alturas podemos alcançar?

— Leo, não faça isso — disse ela, fingindo protesto. Sua boceta se apertou em excitação, suas mãos deslizandoam sobre a parte interna de suas coxas e acariciando seu traseiro.

— Vou parar, se é isso mesmo que você quer. A verdade é tudo o que peço. Em troca, serei honesto com você. Esta noite, depois de tudo que confessei, você não confiou em mim.

— Sinto muito, você sabe disso...

— *Meu amor*. Você gostou de ser observada esta noite enquanto dançamos? Gostou quando acariciei seu peito na frente de toda aquela gente? — Léopold arrastou os dedos pela fenda de sua bunda até chegar ao calor de seu âmago e então rapidamente retirou a mão. — Sem mentiras, agora. Diga-me a verdade.

— Não, claro que não — Laryssa insistiu. Ela gritou quando um tapa forte pousou em seu traseiro. Agarrou as mãos de Dimitri, a dor erótica enviando um raio de desejo para sua boceta. — Leo, não.

— Você gostou de ser observada? Você gosta de Dimitri aqui, assistindo?

Laryssa gemeu, seus quadris se contorcendo no colo de Léopold e buscando alívio. Suas unhas cravaram nas palmas de Dimitri.

— Por favor — ela implorou, quando outro tapa pousou em sua carne.

Léopold esfregou suas bochechas avermelhadas, sorrindo com o quanto ela gostou, mas ainda se recusando a admitir sua propensão ao exibicionismo. Ele deslizou a mão pela parte interna de sua coxa e deslizou os dedos por sua umidade.

— Oh, Deus, Leo. — O orgasmo de Laryssa cresceu quando aqueles dedos encontraram seu clitóris. Ela olhou para Dimitri, que estava sorrindo.

Envergonhada, enterrou o rosto na toalha e se perguntou como Leo conhecia cada uma de suas fantasias. Coisas que ela não ousava dizer. Como ele poderia saber essas coisas sobre ela depois de apenas alguns dias? Ele estava destruindo os segredos que ela mantinha escondidos em sua própria consciência. Suprimir, esconder... foi o que ela aprendeu a fazer, mas, em poucos minutos, ele desmascarou sua alma.

— Você vê o quão difícil ela pode ser, Dimitri?

— Ela parece gostar da surra... mas acho que quer gozar.

— Tudo o que ela precisa fazer é me dizer a verdade. — Léopold deu mais dois tapas em sua bunda e depois enfiou um dedo grosso dentro dela, circulando seu clitóris com o polegar. Aliviando a pressão, ele removeu o estímulo que ela precisava para gozar, mas ainda manteve sua tensão firme.

— Você gosta disso, Laryssa? De ser espancada? Ser observada? Você está segura. Tudo o que precisa fazer é dizer a palavra.

Laryssa negou com a cabeça, recusando-se a olhar para qualquer um deles, seus quadris girando em sua mão. Dimitri brincou com os dedos dela e ela finalmente ergueu os olhos para encontrar os dele. Com seu olhar caloroso sobre ela, sua excitação aumentou. Ela engasgou quando a palma da mão de Léopold pousou em seu traseiro, fazendo com que um jorro renovado de seus próprios fluidos escorresse entre suas pernas.

— Diga, bichinha, ou eu paro — alertou Léopold. — Vou te deixar agora.

— Não pare — ela implorou, cedendo a sua exigência. — Sim. Maldito seja, sim.

Lágrimas encheram seus olhos, seu corpo estava tremendo, pronto para gozar. Em sua confissão, qualquer resquício de angústia sobre como ela se sentiu na pista de dança se desfez como sementes ao vento. Matava-a que Léopold pudesse fazê-la se sentir tão incrivelmente aberta, sabendo exatamente como levá-la ao precipício do prazer. Como um novelo de barbante, seus sonhos mais sombrios estavam se desfazendo.

— É isso, *mon amour*. Não fique envergonhada. Nós somos o que somos. — Léopold massageava sua bunda, continuando a fodê-la com os dedos. Deusa, ele queria virá-la e fazer amor com ela aqui mesmo no cais, mas não achava que ela estava pronta para esse nível de exibicionismo ainda. Aumentando a velocidade e a pressão, acrescentou um terceiro dedo, tirando-a do sério — Solte.

Balançando em sua mão, Laryssa perdeu todo o contato com a realidade quando seu clímax a reclamou. Voando alto, ela tremeu violentamente enquanto ele acariciava a fina faixa de nervos dentro de seu âmago. Implacável, seus dedos estenderam até o último espasmo. Ela fechou os olhos, ofegante, quando se sentiu girar em mil pedaços. Materializando-se dentro do quarto de Léopold, ela caiu nos lençóis com ele.

— Que diabos, Leo? — Ela deu um tapa em seu braço, ofegante. — Você tem que me avisar quando fizer isso. Como você faz isso?

— Como a sua magia, a minha é assim — ele respondeu.

— Outros vampiros podem fazer isso?

— Nenhum que eu tenha conhecido. Mas, novamente, não conheci nenhum outro tão velho quanto eu. Não fui capaz de fazer isso imediatamente. Suponho que o aperfeiçoei em algum momento do século XV. No entanto, prefiro manter em segredo. O elemento surpresa é uma arma excelente.

— Então, por que você me trouxe de volta aqui? Você parecia estar se divertindo no cais. Sei que eu estava. — Ela piscou, ainda tentando recuperar o fôlego.

— Só achei melhor nos retirarmos para um local particular. Por mais que eu saiba que Dimitri gostou da sua atuação, não é muito justo deixá-lo querendo mais. Eu me importo com vocês dois, mas temo que não irei compartilhá-la. — Léopold se despiu e puxou Laryssa sobre seu peito.

— Deixe-me ver se entendi. Me dar uma surra e me tirar do sério na frente dele é perfeitamente aceitável, mas você não quer que ele participe? Parece terrivelmente egoísta. — Laryssa deslizou as palmas das mãos sobre seu peito nu, envolvendo a perna sobre sua cintura.

— *Oui*. Eu sou muito egoísta. Dimitri sabe disso — ele concordou. — Eu também tenho meus limites. Você é minha, de mais ninguém.

— Mas ele acabou de assistir você fazer isso comigo.

— As palmadas? Fazer você gozar? — indagou, com um sorriso.

— Sim, isso. — Ela revirou os olhos, ainda aceitando o que havia acontecido e como tinha sido incrível.

— É diferente. Isso foi para seu benefício, não dele, *mon amour*. Eu gosto de exibicionismo, até de voyeurismo. Mas outro homem fazendo amor com minha mulher? Não. Isso não vai acontecer. Além disso, qual é o protesto? Isso é algo que você quer... fazer amor com outro homem, um *ménage*? Porque se for... eu não...

— Admito que Dimitri é atraente, mas não, não quero um trio. E... sobre o que acabamos de fazer. Bem, isso pode ser normal para você, mas para mim... eu não faço essas coisas. Eu não sou assim.

— Mas é claro que você é. Você é exatamente assim. Não aprendeu nada com suas palmadas? Você vai fazer essas coisas comigo e vai adorar. Você é linda quando goza... tão desinibida. É uma honra testemunhar.

— É tão vergonhoso. Deus, Leo. — Ela escondeu o rosto em seu peito, pressionando os lábios em sua pele. — Foi tão bom, no entanto.

— Sem vergonha. Eu não quero ouvir isso. Apenas me diga como se sentiu.

— Quando você me espancou, foi apenas uma dorzinha, mas então todos os nervos dentro de mim se contraíram. Isso me deixou tão excitada.

— Vá em frente — incentivou.

— Não sei. Eu simplesmente adorei. Quando você colocou seus dedos em mim... foi tão bom. E eu olhei para cima e vi Dimitri observando, sabendo que ele gostava de nos assistir. A coisa toda foi louca... mas libertadora. — Laryssa apoiou-se nos braços para poder encarar para Léopold. — Leo, como você sabe essas coisas sobre mim? Eu nunca na minha vida fiz algo assim antes.

— Posso não ser capaz de ler auras, mas tive o benefício do tempo. Sou bom em ler as pessoas, mesmo quando elas não me revelam suas intenções explicitamente. E agora — ele acariciou sua bochecha com seus dedos, olhando em seus olhos — o vínculo começou. Seu sangue. É como eu disse que seria quando fizéssemos amor e eu bebesse de você. Posso sentir suas emoções se projetando em mim. Como esta noite com a coisa da comida...

— Então foi assim que você soube...

— *Oui*. E se decidirmos completar o vínculo algum dia, você poderá fazer o mesmo comigo. — Léopold passou o polegar pelo lábio inferior dela. — Eu tenho que perguntar, porém, por que você se sentiu tão envergonhada esta noite? Eu podia sentir também. Mesmo quando você gozou, ainda não tinha se soltado por completo.

— Acho que é apenas um bloqueio. Tenho me escondido por tanto tempo... quem eu sou, como me sinto. Ao voltar daquele lago naquele dia, depois de morrer, eu tinha o maior segredo do mundo. E quando finalmente contei para as pessoas em quem confiava... minha família, eles enlouqueceram comigo. Quero dizer, veja a lição que aprendi quando compartilhei o que eu era. Praticamente qualquer fantasia, sexual ou não, que eu tive, guardei para mim. Além disso, já me sentia uma espécie de aberração. Sendo náiade, não posso confiar em ninguém. Ninguém sabia sobre mim, exceto Avery, e mesmo com ela, mantive-me fechada sobre todos os tipos de coisas. Acredite em mim, algumas noites são muito solitárias. Meu último namorado me chamou de fria. Ele estava certo. Eu simplesmente não consigo me abrir. Não é fácil. — Laryssa suspirou ao perceber que, embora tivesse acusado Léopold de não viver, ela era culpada do mesmo. — Então você vem e meio que me arrasta para esse tornado, expondo minhas fantasias sobre ser assistida ou presa. Odeio que você possa fazer isso. Mas eu também amo. Você é a primeira pessoa que realmente conhece todos os meus segredos e me aceita como eu sou.

Laryssa desviou os olhos de Léopold e percebeu que o quarto estava iluminado por velas. O que ele fez? Em um carrinho de rodinhas ao lado da cama, havia um grande prato de sanduíches, queijos e frutas. Duas taças estavam cheias de champanhe. A garrafa estava em um balde de gelo junto com várias garrafas de água.

— Ai, meu Deus. As velas. Elas são lindas... mas como?

— Arnaud. É por isso que eu tive que ligar para ele. Você precisa comer, Laryssa. Especialmente se vou me alimentar de você.

Laryssa voltou-se para Léopold e pressionou seus lábios nos dele.

— Desculpe. Eu deveria ter dito a você como estava me sentindo. Eu só... não quero ver você com outra mulher. Sei que você precisa comer, mas depois que me mordeu hoje... o que nós compartilhamos foi tão íntimo. Sei que não é justo da minha parte perguntar.

Com facilidade, Léopold virou Laryssa de bruços e ela guinchou.

— *Oui*, não posso dizer se nossos papéis fossem invertidos que eu deixaria você fazer isso com outro homem. — Léopold esfregou seus ombros e falou baixinho em seu ouvido. Seu pau semiereto roçou ao longo da fenda de seu traseiro. — Mas estamos apenas nos conhecendo, como você apontou, e o que estamos propondo é um...

— Compromisso?

— *Oui*. Algo assim. — Léopold estendeu a mão para uma pequena bolsa prateada ao lado da comida. Ele puxou uma pequena garrafa, abriu-a. Derramando o óleo aromático na palma da mão, ele o aqueceu com as mãos antes de aplicá-lo na pele dela.

— O que é aquilo? Ah, você tem mãos mágicas. — Ela gemeu com um sorriso. — Hmm... cheira a canela.

— Você gosta? Tenho mais surpresas para você, minha pequena náiade. Apenas espere. — Feliz por ela não ser capaz de ver o sorriso diabólico em seu rosto, ele trabalhou os músculos de suas costas, alisando os nós.

— Devo ficar com medo ou feliz? — Laryssa sabia que Léopold estava tramando algo. Ele nem havia mencionado a comida além de dizer que ela deveria comer.

— Precisamos conversar — disse Léopold, deslizando os dedos sobre os globos macios dela.

— Hmm... sobre?

— Nós... como vamos prosseguir com nosso relacionamento.

Ela riu.

— Relacionamento. Sim, Leo, acho que é definitivamente o que temos.

— Mas primeiro, vamos falar sobre brinquedos. — Léopold continuou a massageá-la, deixando seu polegar circular seu buraco rugoso. Com a outra mão, ele pingou óleo em seu traseiro.

— Brinquedos? — Laryssa tentou levantar a cabeça, mas assim que sentiu o dedo dele sondando, respirou fundo e deixou cair a testa nos lençóis. Ela estava com medo de perguntar, mas conseguiu murmurar a pergunta através dos lençóis. — Hmm... que tipo de brinquedos?

— Laryssa, quero saber tudo sobre você, desde sua cor favorita até o que te faz gritar mais alto na cama. Eu gosto de brincar. E eu... quero brincar com você. — Léopold pressionou o polegar em seu ânus. Sentindo-a apertar sob seu toque, ele a segurou, permitindo que ela relaxasse. — Isso mesmo, *mon amour*. Quero explorar você toda. Você vai me deixar fazer isso?

Laryssa sabia o que ele queria dizer. Ela nunca tinha feito o que ele estava sugerindo. Nunca um homem havia conhecido seu corpo como ele, e ele estava apenas começando.

— Eu nunca... sei que no carro você me tocou lá, mas eu... eu não tenho certeza, Leo — ela hesitou.

— Qual é a sensação? — Ele removeu o polegar e inseriu dois dedos dentro dela, bombeando suavemente dentro e fora de seu buraco traseiro.

— Apertado, tão cheio... mas, ai, Deus, por que tudo que você faz para mim é tão bom? Você vai acabar me matando — brincou. Quanto mais ele a esticava, mais ela o queria dentro dela. Ela começou a mover os quadris contra os lençóis, tentando obter impulso, a dor entre as pernas aumentando. Mas quando a energia começou a crescer, ela sentiu a perda de suas mãos. — Não pare.

— Brinquedos. Lembra? Vou tomar você aqui também, mas temos que ter paciência. Viu? — Léopold ergueu um dispositivo rosa bulboso até os olhos dela, mas o afastou rapidamente para que ela não tivesse muito tempo para pensar no tamanho. Aplicando generosamente óleo na borracha, ele substituiu os dedos pela ponta escorregadia.

— Leo, não tenho certeza se isso vai... ah, sim... caber. — *Deus, o que ele está fazendo comigo?* Ela estava perto de se desfazer de tesão.

— Empurre de volta para ele. Veja, lá vai. — Torcendo-o suavemente, ele o pressionou além de seu anel apertado. — Só um pouco mais.

— Leo, Leo — ela gritou. Uma pontada de dor foi seguida pela plenitude mais deliciosa que fez sua boceta inundar de excitação. — Ah, sim, por favor, Leo...

— Tão bonito. Olhe para você. Mal posso esperar para foder sua bunda. — Ele massageou seu traseiro, abrindo suas bandas, então ajustou o plugue para ter certeza que estava bem dentro dela. — Mas agora, precisamos conversar.

— O quê? Conversar? De quê? LEo, você não pode me deixar... — ela implorou.

Léopold gentilmente a rolou, beijando seu protesto. Deixando suas mãos percorrerem seus seios e pescoço, ele segurou seu rosto e a prendeu no lugar. Capturando seus lábios com os dele, roçou suavemente sua língua sobre a dela. Perdido em seu beijo, ele especulou que ela havia sido criada apenas para ele. Ela era tão aventureira. Apaixonada. Ele sabia que o que planejara a seguir iria deixá-la nervosa, mas tinha certeza absoluta de que ela voltaria à vida quando terminasse. Deslizando as mãos sobre os ombros dela, ele abriu os braços para fora, em direção à cabeceira.

O som do velcro se rasgando alertou Laryssa, mas não rápido o suficiente. Enquanto tentava mover os braços, descobriu que Léopold havia segurado seus pulsos.

— Leo, o que você está fazendo? — ela perguntou, com calma. Estranhamente, as restrições só serviram para aumentar seu desejo. Puxando os braços, ela os testou para ver se eles se soltavam.

Léopold deslizou seu corpo pelo dela, beijando-a na barriga enquanto avançava. Segurando seus tornozelos, deslizou os dedos nas algemas para se certificar de que seguravam sem apertar demais. Empurrou-se para fora da cama para admirar seu trabalho, sorrindo quando percebeu o olhar de aborrecimento no rosto dela. A visão gloriosa de Laryssa deitada de braços abertos em sua cama enviou uma onda de sangue para seu pênis.

— Você gosta disso? Acho que funciona muito bem. Ele fica preso embaixo da cama, então não preciso danificar os móveis. — Sorriu.

— Ah, sim, muito legal, Leo. Olha o que você fez comigo. — Ela riu. — Certo, a diversão acabou. Deixe-me ir.

— Vamos lá, querida. Devemos ter essa conversa de novo?

— Aquela sobre eu dizer não?

— Aquele em que eu testo seus limites. Você pareceu gostar muito ontem à noite, sem mencionar o que acabamos de fazer no cais. — Ele se inclinou sobre o seio dela e soprou um vento quente em seu mamilo, sorrindo enquanto ele endurecia em resposta. — E eu acredito que você está gostando agora.

— Ei, que tal uma palavra de seguraçança, senhor Cinquenta Tons de Presas? Segurança primeiro. — Ela deu a ele um largo sorriso, continuando a testar as tiras.

— Você é sobrenatural, Laryssa. Quaisquer limites que eu colocar em você são meramente aqueles que você permite. A qualquer momento, nós dois sabemos que você pode mover as alças para fora do lugar, libertando-se. Vá em frente, faça isso — ele desafiou. — Vou tomá-la de qualquer maneira que eu puder... Não sou exigente. Amarrada, desamarrada. Como for.

Ela jogou a cabeça para trás contra o travesseiro e gemeu alto, ciente de que ele a colocou em outra de suas fantasias. A sutil sensação de rendição parecia natural, libertadora.

— Como você faz isso?

— Noite passada. Sua resposta para mim. Cada segundo que estou com você, eu te conheço ainda melhor. E agora, estou pensando que talvez você esteja com fome. Você gosta de brie? — Ele sorriu. Nu, sentou-se na beira da cama e preparou-se.

— Brie? Você está brincando. Por favor, me diga que você está brincando.

— Não. Precisamos ter uma conversa sobre alimentação. Então eu te alimento... abra — ele ordenou, com um sorriso. Ela fez uma careta, mas obedeceu. Ele colocou a saborosa torrada de queijo na boca dela. — Viu? É bom, não?

— Sim. Mais uma vez você está certo. Deus, isso é realmente delicioso. — Ela olhou para ele, notando que parecia imerso em pensamentos ao cortar o queijo. — Fale comigo, Leo. Por que exatamente estou amarrada enquanto comemos?

— Porque... se vamos nos ver exclusivamente, o que acredito que vamos, então precisarei me alimentar de você. — Léopold virou-se para Laryssa e deu-lhe um sorriso diabólico antes de começar a espalhar brie em seu mamilo. — Ser o alimento de alguém... bem, é assim que se diz... um compromisso sério. Mas para nós, Laryssa, é muito mais. Não apenas o vínculo ficará mais profundo — ele parou para colocar uma fatia de queijo no vale entre os seios dela e continuou: —, você começará a desejar minha mordida. Eventualmente, prevejo que desejaremos um vínculo total. E, se isso acontecer, você vai querer meu sangue também.

Ela abriu a boca para falar, mas Léopold colocou em sua boca um sanduíche que a encheu por completo. Ela revirou os olhos em resposta, mas logo fez um ruído sutil de contentamento em meio à mastigação.

— Portanto, antes de prosseguirmos, devemos ter uma discussão. E eu pensei... que maneira melhor do que usar a comida para mostrar a você como é ser comida? — Espalhando uma pequena quantidade de brie em seu outro seio nu, ele sorriu. Léopold pegou um par de uvas e colocou-as na barriga dela em uma linha, até a pélvis. Então ele ergueu uma taça de champanhe e a levou aos lábios, tomando cuidado para não derramar nada em sua pele. — Acredito na total abertura. Não houve muitas pessoas em minha vida em quem eu pudesse confiar. Preciso ser capaz de confiar em você... saber que isso é realmente o que você quer.

Laryssa engoliu em seco e olhou para a comida que cobria seu corpo.

— Você é inacreditável, sabia disso?

— Foi o que me disseram. — Ele deu a ela uma fatia de maçã, sorrindo enquanto ela comia.

— Leo, eu quero isso. Quero nos dar uma chance. Conheço pessoas normais... elas levam meses, anos para tomar esse tipo de decisão. Mas também sei que não sou normal. E você? Bem, apenas olhe para mim. Longe do normal. Você me ajudou a me aceitar... a admitir... a ser livre. E mesmo isso — seus olhos caíram para seus mamilos cobertos — é um pouco não convencional, mas sei que vou gostar de ser o jantar.

Ela balançou as sobrancelhas para ele e riu.

Como uma pantera, Léopold caminhou ao redor da cama, subindo cuidadosamente por seu corpo apoiado nas mãos e nos joelhos até que seu rosto estivesse a centímetros do dela.

— Você tem certeza? — ele perguntou, olhando em seus olhos.

Laryssa assentiu quando seu coração começou a bater forte em seu peito. A visão de Léopold, devastador e autoritário, a fez estremecer de excitação. Como um príncipe sombrio, ele a envolveu em sua sombra erótica. Quando os lábios dele desceram sobre seu seio, ela suspirou aliviada por ele finalmente tocá-la. A doce dor de seus dentes a fez dar um suspiro irregular. Arqueando as costas, ela se pressionou contra a boca dele.

— Deusa, mulher, você tem a pele mais deliciosa. — Usando sua língua, ele limpou sua aréola cor de rosa do queijo branco cremoso. — Minha fome por você é insaciável. — Capturando sua outra ponta rosa, ele chupou e limpou até que estivesse rígido com a necessidade. — Sua essência mágica é como nenhum outro sangue que eu já saboreei. Nunca provei ninguém como você. — Léopold rastejou para baixo, colocando os lábios sobre cada uva, substituindo-a pela língua.

— Ai, meu Deus, por favor, Leo — ela implorou. Cada vez que ele beijava sua carne, a umidade entre suas pernas aumentava, ansiando por sua atenção. Enquanto seu centro pulsava, seu traseiro se apertava ao redor do plugue que ela havia esquecido que estava ali, causando um ciclo vicioso de excitação. Ela tentou cerrar as pernas, mas não conseguiu se mover. As algemas em seus tornozelos mantinham suas coxas afastadas.

— Deve-se tomar o seu tempo ao comer. Saboreie — ele meditou. Erguendo-se sobre ela, pegou a garrafa de champanhe, deixando o líquido gelada escorrer em seu peito.

Laryssa se debateu com a sensação, mordendo o lábio. Seu corpo estava em chamas e o contraste do respingo frio apenas aumentou a energia que ela manteve sob controle. Ela sabia que, se quisesse, poderia liberar suas amarras, mas resistiu. Estar à mercê de Léopold era imensuravelmente erótico e viciante. Ser incapaz de antecipar suas ações só aumentava a excitação de estar sob seu feitiço.

Colocando os joelhos entre as pernas dela, Léopold demorou a lamber seus mamilos cheios, certificando-se de ter comido todo o queijo e frutas de seu corpo. Sua língua deslizou para baixo, e ele riu quando ela resistiu embaixo dele, tentando fazê-lo se mover mais rápido. Beijando abaixo de seu umbigo, seus dedos separaram seus lábios vaginais.

— Paciência, bichinha. — Seus lábios tocaram seu monte levemente enquanto ele falava. Sua voz vibrou contra sua carne macia, mas ele não foi mais longe.

— Por favor, Leo. Eu não aguento... preciso que você me toque — ela murmurou. *Ele está me torturando com os lábios*, ela pensou.

— Você sabia que champanhe combina com quase tudo? — comentou alegremente, derramando-o sobre seu clitóris. Ele a ouviu gemer de puro êxtase enquanto lambia seu inchaço, sugando o deleite efervescente. Deixando a garrafa cair no chão, ele mergulhou dois dedos em seu âmago acetinado.

Laryssa sentiu como se fosse voar para fora da cama quando Léopold pegou sua boceta, fazendo amor com ela com a boca. Os dedos bombeavam dentro e fora dela, que endureceu quando seu clímax se estilhaçou por todas as células de seu corpo. Dirigindo seus quadris contra sua boca, ela gritou seu nome em voz alta, tomada pelo orgasmo. Conforme ela sentia o prazer, seus pulsos e tornozelos se contorciam nas tiras inflexíveis.

Léopold segurou seu quadril com força com a mão enquanto ela se erguia para ele. Perdido para sempre no gosto dela, ele sabia que nunca mais beberia de outra mulher. Ela apertava seus dedos, e ele saboreava o prazer que podia lhe proporcionar. A sede por ela aumentou e ele não podia mais negar a si mesmo seu sangue celestial. Levantou a cabeça, suas presas se estendendo de suas gengivas. Com um grito selvagem, perfurou a pele macia da parte interna de sua coxa,

Um grito escapou de seus lábios quando ela o sentiu cortar sua carne macia, mordendo-a. Uma profunda onda de êxtase a percorreu quando outro orgasmo a atingiu. Enquanto ofegava buscando ar, ela sentiu suas pernas e braços se soltarem de suas amarras.

— Laryssa — Léopold grunhiu, desistindo de sua mordida.

Ficando de joelhos, ele enganchou os braços sob as pernas dela. Com os olhos fixos nos dela, ele se enfiou totalmente em seu calor. Ele observou Laryssa enrolar os lençóis em suas mãos, apoiando-se, e ele recuou, mergulhando em seu canal aquecido. Feroz com paixão, ele segurou seus quadris, a penetrando uma e outra vez. Ao senti-la contrair-se em clímax ao redor de seu membro inchado, gritou seu nome. Sucumbindo à sua própria libertação, Léopold voluntariamente se submeteu ao êxtase insondável, sua semente explodindo profundamente dentro dela.

Quando o último espasmo o atingiu, Léopold caiu para a frente sobre os antebraços, tomando cuidado para não esmagar Laryssa. Seu rosto corado sorriu de volta para ele, que tentou esconder a vulnerabilidade que penetrou em seu peito. Tantos anos sozinho o mantiveram imune ao sofrimento. Em poucos dias, toda a sua vida evoluiu. Ela seria sua fraqueza, mas também sua força. Não tendo escolha a não ser aceitar suas emoções, ele a protegeria e cuidaria dela. Laryssa era um presente que ele não esperava, uma azarão que domaria o monstro interior.

Ele saiu dela, rolou de costas e a trouxe consigo para que ela deitasse em seu peito. Puxando o edredom sobre eles, sentiu seu corpo se fundir ao dela quando se aconchegaram juntos. Léopold e Laryssa se abraçaram em silêncio, sem dizer uma palavra. Apenas se comprometeram um com o outro, sabendo o tempo todo que precisavam encontrar o artefato. Com ou sem ele, ela poderia estar morta no final da semana.

Fazia quase mil anos desde que Léopold orou pela última vez. Mas, enquanto acariciava seu pulso com o polegar, pegou-se pedindo perdão e misericórdia, apelando para a Deusa para lhe dar o poder de salvar Laryssa. Pode ter sido um pouco tarde demais, ele sabia, mas moveria o céu e o inferno para mantê-la em sua vida... para sempre.

CAPÍTULO CATORZE

O bafo quente do demônio chamuscou os cabelos da nuca de Laryssa. Suas garras cravaram em seus braços e seu odor acre encheu as narinas dela. Lutando, ela tentou se mexer, mas não conseguiu. As pálpebras pegajosas embaçaram sua visão. Ela piscou quando as lágrimas começaram a clarear seus olhos. A terra vermelha e queimada rachou sob seus pés, e ela soube que tinha sido levada para algum lugar longe de Nova Orleans. Um grito de horror saiu de seus lábios. O terror tomou conta de sua mente, dominando seus músculos. O eco de sua voz encheu o terreno árido, não deixando dúvidas de que ela estava no inferno.

— Bem-vinda ao lar, princesa — rosnou em seu ouvido.

Histérica, Laryssa ofegou. Tonta e em pânico, seus joelhos cederam, mas a criatura a manteve de pé. A pressão em suas costas fez a bile de seu estômago subir. *Oh, Deus, como cheguei aqui?*

— Diga-me, você já a encontrou? — Suas garras se moveram de seus braços para ao redor de sua cintura, alcançando seus seios.

— Eu não... eu não a encontrei. Deixe-me ir — ela gritou. Batendo um dos cotovelos em direção ao seu intestino, tentou se livrar do aperto. O medo se transformou em raiva quando percebeu que de alguma forma ele a tirara de sua cama. Real demais para ser um sonho, seus sentidos lhe disseram que ela não estava mais na Terra. De alguma forma, ele conseguiu extraí-la do calor dos braços de Léopold.

— Você nunca vai escapar de mim agora, Laryssa. Eu quebrei suas proteções... dentro de sua mente. Assim que tiver o Tecpatl, viajarei para o outro plano sempre que quiser. Mas você — ele estendeu sua língua e sibilou —, você permanecerá aqui comigo... para sempre.

— Eu vou te matar — ela afirmou, calmamente. Entorpecida pelo terror, não teve outra escolha a não ser lutar contra o que estava acontecendo. Se a morte fosse inevitável, ela a enfrentaria como uma guerreira. — Vou encontrar aquela Tecpatl e destruirei você.

A sombria risada do demônio encheu o espaço cavernoso.

— Você acabou de fazer isso, princesa. Apenas lembre-se de que seu rei está esperando por você. Tique-taque, tique-taque. Faça isso ou o bebê morrerá. Talvez eu leve alguns outros se tiver a chance de sair daqui antes que seja encontrado — ameaçou.

— Você não é nada para mim — retrucou ela.

— Rylion. Meu nome é Rylion. Diga meu nome, porque sou seu mestre. Em breve, é meu sangue que você desejará. Como sou generoso, vou lhe dar um presentinho... algo para se lembrar de mim. — Ele a apertou com força, arrastando suas garras profundamente na pele lisa de sua barriga até ver o sangue jorrar no chão.

Laryssa se encolheu quando sua longa língua bifurcada envolveu seu pescoço e desceu por seu peito. Uma nova onda de horror atravessou sua mente. Debatendo-se descontroladamente, ela gritou e chutou para se livrar dos dedos farpados que lascavam seu abdômen. Seus pés se cortaram no cascalho afiado, rasgando a carne. Ela o mordeu e cravou as unhas em seus braços escamosos. De repente, o chão se partiu e ela caiu no esquecimento. *Caindo. Caindo. Caindo.* Seus gritos ensurdecedores ficaram sem resposta.

O som penetrante da voz de Laryssa pôs Léopold em ação. Saindo correndo do chuveiro, ele a encontrou enrolada nos lençóis. Seus olhos estavam fechados em círculos avermelhados, o rosto esbranquiçado manchado de lágrimas.

— Laryssa — ele sussurrou. Gentilmente, esfregou o braço dela e levantou-a em seus braços para que a embalasse como uma criança. Ela continuou a agitar os braços e as pernas como se estivesse lutando contra um inimigo invisível. — Está tudo bem, querida. Venha, foi apenas um sonho.

Um grito final escapou de seus lábios antes que seus olhos se abrissem. Vendo Léopold, ela se agarrou a ele, ofegante.

— Leo — ela chorou. — Ele estava aqui.

— Não, foi só um pesadelo. Veja, olhe. Ninguém está aqui. Só nós.

Ouvindo passos mais altos, Laryssa saltou ao ver Dimitri abrir a porta do quarto.

— O que houve? — Confuso, Dimitri olhou ao redor da sala, encontrando apenas Léopold e Laryssa nos braços um do outro. — Que diabos acabou de acontecer aqui? Eu pude ouvir os gritos lá debaixo... e não eram do tipo bom.

— Um pesadelo — Léopold disse a ele. Mas enquanto ajeitava Laryssa em seu colo, percebeu uma mancha vermelha brilhante se espalhando na roupa de cama. — O que...

— Ai! — Laryssa gritou. Voltando do choque, uma dor lancinante perfurou seu abdômen. — Algo está errado.

— Ajude-me a cortar isso. Use suas garras — Léopold disse a ele, rasgando o tecido.

Dimitri ajudou a arrancar as fibras até que chegassem à pele dela.

— Cuidado — disse ele. A barriga dela, totalmente exposta, estava coberta de sangue.

— Jesus Cristo — exclamou Léopold. Ele lançou a Dimitri um olhar preocupado e então beijou a cabeça de Laryssa. — Como isso aconteceu?

— Eu não sei... de alguma maneira... estava aqui. Não, eu estava lá. Aquela coisa... me pegou, me tocou. — Ela estremeceu, lembrando-se da sensação de sua pele escamosa sobre a dela, de seu cheiro, da umidade de sua língua.

— Dimitri, venha aqui. Segure-a — insistiu Léopold.

— Não, não me deixe. Por favor, Leo.

— O lago. Deixe-me pegar água. Se eu te levar comigo, vai doer muito. Demorarei apenas alguns segundos — prometeu ele. Lembrando-se de como Ilsbeth o havia usado para curar sua ferida no dia anterior, ele imaginou que funcionaria novamente.

— Tudo bem — Laryssa grunhiu quando Léopold a ergueu, passando-a para os braços de Dimitri. — Você promete?

— Eu prometo. — Léopold agarrou o balde de gelo e desapareceu instantaneamente.

— Ei, querida, vamos encontrar esse filho da puta. Não se preocupe. — Dimitri acariciou seu cabelo e gentilmente deu tapinhas nas incisões de cinco polegadas que pontilhavam sua barriga, tentando coagular o sangue. — Apenas me escute... Leo vai resolver isso, tudo bem?

— Dói. — Ela respirou fundo, tentando se concentrar na voz de Dimitri.

Léopold apareceu em poucos minutos e se ajoelhou diante deles. Com as mãos em concha, colocou o líquido em suas palmas.

— A água curou você antes. Isso vai funcionar. Aqui vamos nós... — Léopold deixou a água escorrer sobre as feridas abertas, desejando que pudesse aliviar a dor dela. Para seu alívio, sua suposição estava correta. Quando atingiu a pele, começou a remendar as costas. — Olha, está funcionando.

— Ai, Deus — ela suspirou, quando a dor começou a diminuir. — Temos que encontrá-lo.

— O Tecpatl? — Dimitri perguntou.

— *Oui*. — Léopold sabia o que ela queria dizer. Ele não poderia concordar mais, considerando que o demônio quase a matou em sua própria casa. Se viesse até ela aqui, seria capaz de encontrá-la em qualquer lugar.

— Eu vou matá-lo. — O rosto de Laryssa ficou sério. Uma tristeza obscura cintilou em seus olhos, que não mais continham lágrimas. A semente do ódio foi plantada e ela planejava deixá-la crescer.

— Talvez você precise descansar — Dimitri sugeriu, olhando para Léopold em busca de apoio.

— Não, eu preciso encontrá-lo. Agora. — Laryssa fez uma pausa, olhando para Dimitri e depois para Léopold. Sua voz não vacilou ao falar com convicção: — Vou encontrar aquela faca e enfiá-la tão fundo no coração dele que ela nunca mais será removida. Quando ele for relegado às profundezas infernais, passará a eternidade desejando nunca ter me conhecido.

Léopold e Dimitri deixaram o silêncio tomar conta da sala, sem comentários. Todos sabiam que a situação chegaria ao ápice em breve. Eles também sabiam que Laryssa estava certa. Ela era a única que poderia matá-lo; passaram o dia lendo o livro, pesquisando todas as possibilidades em um esforço para localizar o artefato. Se o demônio tivesse encontrado uma maneira de se tornar tangível, mundano, capaz até de atacar a carne, os dias da náiade estavam contados.

CAPÍTULO QUINZE

Três dias se passaram desde que o demônio atacara Laryssa. No entanto, enquanto ela corria os dedos sobre o estômago nu, era como se ainda pudesse senti-lo rastejar sobre ela. Embora Léopold tivesse lido o livro do começo ao fim, ele não encontrou absolutamente nada que indicasse onde a Tecpatl estava localizada. Ela passou horas na internet pesquisando tanto as náiades quanto a civilização asteca. Ligações para especialistas do Smithsonian, do Museu Metropolitano de História Natural e de várias outras instituições proeminentes foram inúteis. Embora todos conhecessem os Tecpatls ou as mantivessem em suas coleções, nenhuma havia sido especificada como Tlalco Tecpatl. Para piorar, a maioria negou sua própria existência.

Exaustos, ela e Léopold fizeram amor apenas algumas vezes desde a noite em que se comprometeram. Laryssa sofria de insônia, preocupada que o demônio a chamasse novamente durante o sono. Quando a depressão se instalou, ela considerou o quão injusto era insistir que Léopold apenas se alimentasse dela. Era provável que ela estivesse morta até o final da semana. Ela pediu que ele a escolhesse, mas que direito tinha de se entregar a ele quando sabia que morreria? A culpa a fez querer afastá-lo para que ele não se importasse mais com ela, não sentisse sua falta quando ela morresse. Após a devastação que ele sofrera com a perda da esposa e filhos, recusava-se a ser responsável por matá-lo pela segunda vez.

Voltar ao lago era o único refúgio de Laryssa. Quanto mais tempo passava lá, mais se perguntava como seria viver lá como uma sereia no mar. Subindo na água, deslizou ao longo das ondas, fingindo não notar Léopold sentado em sua espreguiçadeira no cais. Ela odiava o livro, aquele mesmo que estava sempre nas mãos dele. Como um jornal inútil, ela desejou poder jogá-lo na lareira e vê-lo em chamas. Deixou a fantasia satisfatória flutuar em sua cabeça por vários minutos antes de reunir coragem para se aproximar de Léopold. Ficava arrasada ao sugerir que ele chamasse um doador, mas resolveu falar com ele... para prepará-lo para sua morte. Temendo a reação dele, nadou lentamente em sua direção, mantendo os olhos em direção à água.

— Como você está, minha linda náiade? — perguntou, sem tirar os olhos das páginas.

— Estou bem... molhada. Alguma coisa nova?

— Receio que não. Apenas mais do mesmo, da confusão de fatos sobre a água... insano, realmente. Sei que isso foi escrito há centenas de anos, mas sério, não passa de pura balbúrdia.

— Entra lixo, sai lixo — ela murmurou.

— Hum?

— Eu disse, entra lixo, sai lixo. Já considerou que Ilsbeth, quem sabe, sei lá, entendeu errado? Fez merda? Talvez ela esteja falando merda também — ela ferveu.

— Olha o temperamento, minha querida. Nós vamos desvendar isso. — Ele respirou fundo e colocou o livro no colo, ajustando os óculos escuros.

— Bom, não é você que destinado a se tornar a noiva de Satanás em alguns dias. Não, sou eu. Eu, a sortuda. — Laryssa caiu de costas, movendo as mãos e as pernas para frente e para trás, flutuando na superfície.

— Um demônio — ele corrigiu.

— O quê? Você disse isso mesmo? — Laryssa levantou a cabeça para gritar com ele. — Que porra de diferença faz se é um demônio ou o verdadeiro senhor do inferno? Ele disse para mim que era um rei. Acredite, onde me levou, era um inferno... um inferno para mim, pelo menos. Sabe o que acontece quando não tenho água?

— *Oui*, sei. E estou bem ciente de que você está com medo. Eu não te culpo. Você não acha que estou chateado por não conseguirmos encontrar nada neste maldito livro? Que estou morrendo de medo de te perder? Jesus Cristo, Laryssa, acabei de te encontrar... preciso de você. Mas temos que manter o foco. Fique de olho no prêmio. Não podemos nos distrair. Você está deixando seu medo bagunçar seus pensamentos. — Léopold não se adaptou à Laryssa apreensiva que aparecera desde o ataque. Nenhuma quantidade de adulação ajudou a aliviar essa espiral de desesperança.

Léopold decidiu que estava cansado de ser legal. Ele a levaria ao limite, incitaria sua raiva. Ele precisava dela para lutar. Inclinando-se, apoiou os antebraços nos joelhos, segurando o livro com as duas mãos.

— Ouviu? Você está ouvindo, ninfa? Porque preciso que pare de sentir pena de si mesma. Isto está longe de terminar. Estou lhe dizendo que você precisa enfiar toda essa porcaria de "ui-ui-ui" bem fundo e começar o jogo. Não sei o que se passa nessa sua linda cabecinha, mas seja o que for que esteja se preparando para me contar, sei que não vou gostar. Então o que vai ser? Você vai apenas deitar e morrer? Porque, se for esse o caso, podemos chamar o demônio agora. — Léopold pensou que poderia ter ido longe demais, mas estava ficando desesperado para tirá-la de seu torpor.

— Você, você... — Laryssa ficou furiosa. Ele realmente achava que ela tinha desistido? Furiosa com ele, com mais raiva de si mesma, partiu para o ataque. Sua voz ficou mais alta enquanto nadava em direção a ele. — Seu estúpido condescendente! Você realmente acha que eu sobrevivi todo esse tempo apenas para me acomodar e deixar algum maldito demônio me levar? Deus, eu odeio isso — ela gritou. Puxando a palma da mão de volta para a água, ela a empurrou para frente.

Um dilúvio de água fria caiu sobre Léopold. Ele deu um pulo e tirou os óculos escuros, enxugando o rosto e as mãos. No processo, o livro caiu no convés.

— E aí está. Esse é o espírito. — Riu. Desdobrando uma toalha, ele enxugou o rosto.

— Você é mau — ela devolveu, achando difícil não rir. A visão de seu vampiro elegante, pulando para cima e para baixo como se tivesse sido mergulhado em água benta trouxe um sorriso ao rosto dela.

— Eu prefiro o termo '"motivador", que tal? — Ele lançou a ela um largo sorriso antes de procurar por seus óculos escuros. Eles também caíram no chão. Quando estendeu a mão para pegá-los, ele notou o livro. Sua capa de couro marrom estava coberta por um brilho salpicado, semelhante à cor que Laryssa emanava ao submergir.

— Laryssa, venha aqui — ele chamou, a voz tensa. — O livro.

— Sim, sim — ela suspirou. Mas, ao subir nas pranchas de madeira aquecidas, ela também viu o que havia chamado a atenção de Léopold. — O que é? Como? É reluzindo.

— Não, minha querida, está brilhando. Brilhando como você. Você não vê? É a água — exclamou. — Devíamos saber.

— O que devemos fazer? — Laryssa perguntou animadamente. A razão rapidamente se estabeleceu e sua mente começou a girar com possibilidades. — Se for a água, talvez eu deva levá-lo comigo. Espere. Não. Não podemos simplesmente jogá-lo na água. As páginas são de papel. Tenho certeza. Não tem como isso funcionar. Talvez só dar uma passada... com cuidado ou algo assim. Mas olhe para ele. São mil páginas. Digo, como saberíamos por onde começar?

— Venha. — Ele deu um tapinha no cais. Ela lançou um olhar a ele, levantando a sobrancelha. Percebendo o quanto ela não gostava de ser mandada, ele corrigiu suas palavras em um tom doce que dizia que ele a entendia perfeitamente: — Você poderia, por favor, se juntar a mim?

Ele riu ao dizer as palavras em voz alta, ciente do quão ridículo soava. Léopold Devereoux não perguntava. Ele ordenava. Às vezes com jeito, às vezes sem jeito nenhum. Estar com Laryssa estava mudando tudo isso, ensinando-lhe um conjunto de boas maneiras que ele não tinha certeza se queria aprender. Mas quando a risada dela encheu o ar, ele balançou a cabeça, sabendo que tinha feito a coisa certa. O som de sua alegria estava se tornando a parte mais agradável de seu dia.

— Sim, querido — ela falou lentamente, sorrindo para ele. — Eu amo me sentar ao seu lado.

— Mas é claro, eu sou um partidão. — Ele piscou e deu a ela um sorriso torto, rindo quando ela o empurrou suavemente com o ombro. — Olha, está começando a desaparecer.

Inclinando-se para frente, ele pegou um pouco de água em sua mão e jogou sobre a capa, mas as manchas continuaram a desaparecer. Soltou um suspiro.

— Espere. Vamos apenas pensar. É o meu livro, certo? Se alguém pudesse fazê-lo funcionar, já teria sido descoberto. Então, talvez — ela hesitou, depois mergulhou os dedos na bacia e passou-os pela tampa. Instantaneamente, acendeu-se novamente. Um largo sorriso apareceu em seu rosto com a vitória. — Sou eu quem tem que fazer.

— Excelente. Agora... começamos do início — disse Léopold, abrindo a capa na primeira página em branco. — O sumário. Cinquenta capítulos. Eu vou segurar. Vá em frente, toque aqui — pediu.

Laryssa fez o que ele disse, passando cuidadosamente o dedo molhado no papel. Ela balançou a cabeça, desapontada por nada ter sido revelado. Léopold cuidadosamente passou a página. No meio do caminho, uma linha começou a aparecer.

— Leo, olhe — ela sussurrou, surpresa que estava funcionando.

— Número da sorte, vinte e sete. — Léopold pegou seu celular quando a escrita apareceu na página. Quando ela levantou a mão, tirou uma foto. — *Calle del Arsenal de las Ursulinas? Mères des filles. La clé.*

— Os pontos turísticos? *Rue des Ursulines.* Avenida Ursulina. O que significa o resto?

— *Mères des filles* significa mães de meninas. *La clé.* A chave.

— Eu esperava algo como: "siga este mapa para pegar a faca". Acho que sabia que não seria tão fácil. — Ela soltou um suspiro e olhou para o lago, imersa em pensamentos. — Mães. Garotas. Não sei. Existe uma escola em Ursulina? Talvez esteja escondido lá.

— *Files du' Casket.*

— O quê?

— *Files du' Casket.* As meninas do caixão. O convento das Ursulinas.

— Você quer dizer aquele que os turistas visitam? Rumores de vampiros assustadores? — Ela riu.

— *Oui.* Esse mesmo. Mas como você sabe, minha bichinha, os vampiros existem há milênios. As ursulinas chegaram no início do século 18. Talvez as boas irmãs protegessem a Tecpatl? Elas eram conhecidas por acolher meninas, pobres e afins. Talvez uma náiade tenha procurado um porto seguro e escondido a relíquia dentro das paredes do convento?

— Mas onde? Acho que poderíamos fazer uma busca, mas por onde começaríamos?

— Não estou preocupado sobre como vamos entrar... já cuidei disso. — Ele atirou-lhe um sorriso de quem sabe das coisas. — É o onde que é um problema. O lugar é bastante grande e o item provavelmente é pequeno. Talvez devêssemos tentar o capítulo vinte e sete... para ver se há mais.

Laryssa virou as páginas, sua ansiedade aumentando. *Dois dias.* Era tudo o que ela tinha para encontrar o Tecpatl. Por que a náiade que escreveu o livro não foi direta sobre sua localização? Ela tinha um pouco de preocupação de que as palavras enigmáticas só os levariam a uma busca inútil, mas estavam sem opções. Ela deu de ombros e balançou a cabeça em frustração, procurando o capítulo. Que a busca comece. Mais uma vez, ela mergulhou os dedos na água, passando-os sobre o fólio fino como uma bolacha, seus olhos se arregalando à medida que mais letras surgiam.

— *Le waterleaf tombe donne la clé* — leu Léopold.

— O que significa? — perguntou.

— As onze-horas dão a chave... o que não faz absolutamente nenhum sentido. — Ele suspirou e enfiou os dedos no cabelo da nuca.

— Talvez faça sentido quando chegarmos lá?

— Talvez. — *É bom mesmo, porra*, pensou. Ele acabou de passar um tempo tentando convencer Laryssa de que encontrariam o Tecpatl, mas o texto não fazia menção a isso. — Tente a próxima página, deve haver mais.

Ela repetiu o processo, mas desta vez apareceu um desenho primitivo. Uma série de linhas pairava sobre o que pareciam ser escamas, um peixe. Abaixo do peixe havia uma chave. Laryssa suspirou, sem saber como isso se relacionava com a Tecpatl. Imediatamente ela imaginou o rio.

— *Un poisson* — comentou Léopold, olhando para a foto. — Como você, não?

— Você acabou de me chamar de peixe?

— *Oui*. Mas de um jeito bom. — Ele riu e deu um beijo em sua bochecha. — Certamente isso está ligado a você? É um peixe. E água. Ainda não tenho certeza do que significa, mas pelo menos temos uma pista.

— Então, é, como você se sente sobre invadir um convento mais tarde?

— Parece bom. Eu levo todos as minhas paqueras lá — ele brincou.

— Pensei que você não namorava? — rebateu ela.

— Na mosca. Isso era verdade, mas agora eu namoro.

— Um convento, hein? Tem certeza de que os vampiros não pegam fogo ao ver uma cruz?

— Calma lá. Você vai insultar meu ego delicado.

— Ego delicado? Agora, essa é boa, Leo — ela brincou.

— Venha, devemos nos preparar para partir. O sol vai se por em uma hora. Vamos pegar o carro e então, você sabe, aparecer — ele sugeriu.

— Sobre isso... você prometeu me avisar antes, certo?

— Prometo, *mon amour* — ele ronronou, beijando seu pescoço. Ele sabia que esta mulher acabaria com ele. Tinha de descobrir uma maneira de salvá-la. Se ela morresse, ele poderia muito bem enfiar uma estaca em si.

CAPÍTULO DEZESSEIS

— Belos pneus. Posso dirigir? — perguntou Laryssa, tentando se distrair do fato de que estavam prestes a invadir um convento. *Bem, se houver um caminho mais direto para o inferno, não consigo pensar em nenhum... bem, além do maldito demônio.*

— Você sabe que gosto muito de você, não sabe? — Léopold desviou sua pergunta, olhando para a parede de reboco cor creme que cercava o antigo convento.

— Então você vai me deixar dirigir?

— Você é a náiade mais linda que já conheci.

— Eu sou a única náiade que você conheceu. Posso dirigir para casa? — Ela sorriu para ele, percebendo que estava evitando responder.

— Bem, tirando Ava, isso é verdade. Está pronta para entrar?

— Eu nunca estive em uma Lamborghini antes. Quão rápido ela vai? — continuou.

— Você se lembra de eu ter dito que não sou de compartilhar? — rebateu ele.

— Sim, isso era sobre mim, não sobre o carro. Eu prometo ter cuidado. Além disso, é apenas um carro.

— Apenas um carro — ele fungou. — Percebe o quanto este carro...

— Não. Não me importo. E por que isso? Deixe-me ver... sim, isso mesmo, posso estar morta em dois dias. Só checando... não, não me importa quanto custa. Mas eu gostaria de dirigir muito, muito rápido. — Sem titubear, ela estendeu a mão e pegou a dele na sua. A conversa fácil deles encheu sua alma, permitindo que ela esquecesse, embora apenas por alguns segundos, a séria razão pela qual eles estavam sentados no carro em primeiro lugar.

Léopold olhou pela janela com um sorriso e balançou a cabeça. Ele daria a ela o maldito carro e qualquer outra coisa que ela quisesse para fazê-la feliz. Sabia que ela estava preocupada... preocupada que eles falhassem, que o demônio a matasse. Talvez ele não pudesse mudar a situação, mas poderia animá-la.

— Veremos, *mon amour*. Não vou deixar você nos matar por excesso de velocidade antes de termos a chance de fazer amor de novo.

Laryssa fez uma cara triste, esticando o lábio inferior e logo sorriu.

— Por favor...

— Está bem, está bem. Eu vou te deixar dirigir. Com uma condição. — Ele tirou as chaves do bolso e as estendeu para ela.

— E qual é? — Ela levantou uma sobrancelha curiosa para ele.

— Quando tudo isso acabar, quero que venha morar comigo.

— É meio cedo para isso, não?

— Devo amarrar você de novo quando chegarmos em casa?

— Então é só o meu sangue que você quer?

— Não. É você que eu quero. Eu quero você na minha casa. Quero você na minha cama. E quero você lá para sempre.

Léopold havia deixado de propósito o vínculo ficar mais forte a cada dia, ciente de que seria apenas uma questão de semanas antes que ele tentasse completar o vínculo. Foi uma escolha consciente que, em algum momento, ele considerou absurda, mas nunca se sentira mais vivo ou satisfeito.

Laryssa reconheceu o tom sério na voz de Léopold. Não se envolvendo mais em brincadeiras fáceis, ele a prendeu no lugar. Seu coração disparou ao perceber que ele estava genuinamente pedindo que fossem morar juntos. Sua mente se degladiava sobre o que ela queria fazer *versus* o que tinha sido condicionada como humana a pensar que deveria fazer, o que era socialmente aceitável. Apesar de saber que era imortal, levava uma vida muito humana. Mas ter um demônio abrindo sua barriga, alguém que planejava arrastá-la para seu terrível submundo, a forçou a estabelecer prioridades e enfrentar a realidade de sua situação.

Havia uma chance muito boa de ela morrer em dois dias. Sem tempo para uma lista de desejos, concordar em morar com o homem por quem ela estava apaixonada parecia ser a escolha mais racional do mundo.

— Sim — Laryssa respondeu, suavemente.

— Excelente! — exclamou Léopold, satisfeito com a resposta. Ele extraiu as chaves da ignição e as balançou na frente dela. — Caminho de casa. Você dirige.

— Sério? É sério? — Ela estendeu a palma da mão e ele as deixou na mão dela.

— Um homem nunca brinca sobre seu carro. — O canto de seu lábio se curvou para cima, a sobrancelha levantada.

Laryssa passou os braços em volta de Léopold e o abraçou. Ela poderia dizer que o surpreendeu quando ele lentamente devolveu seu abraço. Mordendo o lábio, ela percebeu que quase disse a ele como se sentia. *Que vergonha*, ela pensou, *quase usei a palavra "amor"*. Consciente de por que eles estavam sentados no carro, a emoção brotou dentro de seu peito. Lutando contra as lágrimas que ela sabia que viriam facilmente, ela pressionou o rosto contra a camisa dele. Inalando seu cheiro masculino, procurou gravar a memória dele na sua. Do jeito que ele cheirava ao jeito que a segurava firmemente nos braços, ela nunca o esqueceria. Fosse no céu ou no inferno, ele sempre seria dela.

— Isso é assustador — Laryssa sussurrou, caminhando cuidadosamente pelo convento escuro.

— Eu prometo te proteger dos vampiros — brincou ele, mantendo sua voz baixa.

— Talvez devêssemos ter dito a Sydney que estávamos invadindo. Ou, melhor ainda, perguntado se poderíamos entrar... você sabe, legalmente. — Ela apontou a lanterna para o chão, esperando que ninguém os visse e chamasse a polícia.

— A polícia não sabe nada sobre nossos métodos — disse ele com desdém.

— Mas e Sidney? Olá? Ela mora com um vampiro, certo?

— *Oui*. Mas ela é nova na cidade. Além disso, ela precisa manter Ava segura, não ser minha babá.

— Eu só comentei. Seria bom poder apenas acender as luzes e olhar ao redor.

— Eu consigo ver perfeitamente. Venha por aqui — ele disse.

— Você se lembra de que não sou nem vampiro nem lobo? Estou mais para humana. Acha que vai conseguir aceitar ser... — Ela quase disse "casado" e imediatamente engoliu as palavras, chocada por ter pensado nisso.

— Ser o quê? — insistiu, sem saber o que ela estava pensando. Gesticulou em direção a ela. — Por aqui, para os aposentos.

— Você vai ser capaz de aceitar que eu sou meio-humana? Sei que tenho algumas habilidades, mas não fui muito eficaz em ajudar a encontrar esta faca. Veja quanto tempo levamos para descobrir o que fazer com o livro. Pelo amor de Deus, eu o tinha na minha loja por dois meses e nem sabia. — Ela bufou, seguindo-o por um longo corredor.

— Você é uma náiade. Só não teve tempo de fortalecer seus poderes ainda. E eventualmente — *com o meu sangue... quando nos unirmos* — você será capaz de fazer ainda mais coisas. Não se diminua.

— Talvez... se eu realmente viver o suficiente. Você vê algo? Qual era o ditado mesmo? Algo sobre uma folha.

— *Le waterleaf tombe donne la clé*. As onze-horas dão a chave. — Léopold estudou a obra de arte, esperando que houvesse alguma pista ou imagem de uma folha.

— Afe, malditas náiades enigmáticas. Onze-horas. O que você acha que isso significa? Estamos falando do tempo ou das flores?

— Não tenho certeza. Talvez o livro se referisse a uma beldroega mesmo. É uma espécie de planta. Floresce na água. Pequenas flores azuis.

— Tenho que admitir que estou impressionada com seu conhecimento de horticultura. — Reparando na pequena risada que ele deu, ela o pressionou. — O quê? Como você sabe disso?

— Wikipédia. Até um velho como eu pode usar a internet, querida. — Ele sorriu. — Mas olhe, não há nenhuma planta. Ainda acho que deve estar em uma das pinturas.

— Olhe para esta escada... é incrível — comentou Laryssa, iluminando a madeira. A escada em espiral de três andares de altura curvava-se para cima permitindo que se pudesse olhar para o chão enquanto se fazia a subida. — Você sabia que este é um dos prédios mais antigos da cidade?

— *Oui*. A arquitetura é...

— É *waterleaf* — ela interrompeu, notando a parte inferior da escada, que havia sido incrustada com uma intrincada moldura de cor creme.

— Onde?

— Aqui. — Ela apontou para as bordas esculpidas com folhas minúsculas. — Esse padrão. É chamado de *waterleaf*. Não posso acreditar que não fiz essa associação. Já estive em tantas mansões... veja esse padrão. Geralmente é esculpido na sanca. Mas isso é raro. Quero dizer, olhe para isso, é uma área enorme. Ele cobre toda a parte de trás da escada, até o teto.

— *Oui* — Léopold suspirou, avaliando a situação. Tirando o paletó, ele o entregou a Laryssa. Ela pegou, dando-lhe um olhar confuso. *Isso não vai ser bonito*. Por mais que ele apreciasse o bom trabalho em madeira, ele tinha que ser desfeito, uma pena. Sem aviso, cerrou o punho e o socou diretamente na moldura. Ele a ouviu ofegar quando as lascas voaram no ar.

— Jesus, Leo, o que diabos você está fazendo? — ela gritou, levando as mãos à boca. — Você acabou de destruir totalmente aquela parede. Este é um edifício histórico. Ai, meu Deus... Senhor, por favor, perdoe este vampiro. Estamos em uma porr... porcaria de convento, pelo amor de Deus.

— *Oui*, estou ciente do fato, mas não temos muito tempo. E eu não tenho paciência. Vou me certificar de enviar uma doação generosa que mais do que cobre os danos. — Léopold começou a descascar a madeira do fundo da escada.

— Mas... mas... — ela gaguejou e balançou a cabeça, totalmente horrorizada com suas ações. Porém, quando apontou sua lanterna para o espaço vazio, a curiosidade a dominou. Intrigada, vasculhou a cavidade. — Leo, Leo... você vê isso?

— Vejo o quê?

— Pare por um segundo. Olha, isso ali. — Ela apontou para um pequeno objeto reluzente no chão. — Isso não é uma chave. O que é?

— Afaste-se — ele ordenou. Alcançando a câmara, seus dedos roçaram o pedaço de metal. Inclinando-se um pouco mais, ele conseguiu coletar o pequeno item. Levantando-o para a luz, ambos estudaram a descoberta. — *Un poisson?*

— Um peixe — ela confirmou. — É latão. Não se parece com nenhum tipo de chave que eu já vi, mas deve ser isso. Posso ver?

Léopold depositou-o na palma da mão dela. As cristas frias e irregulares de suas escamas eram rígidas, e ela não sabia dizer se era uma peça de ornamentação ou outra coisa. Mas, quando ela o virou, notou a barrinha redonda que ia da cauda até a cabeça.

— Ei, eu vi um desses. Bem, não exatamente este, mas um tigre. Uma fechadura de tigre antiga. Este é semelhante. Acho que é um quebra-cabeça. A chave deve estar dentro dela. — Ela o sacudiu e ele chacoalhou. — Há algo aqui.

Léopold espanou a poeira das mãos, recuperando o casaco da dobra do cotovelo de Laryssa, onde ela o estava segurando. Ele enfiou os braços nas mangas e desamassou os vincos. A mulher olhou para ele, lembrando-se de que, por trás de sua aparência refinada de supermodelo, espreitava um guerreiro feroz.

— Temos que ir — disse Léopold, ouvindo as sirenes à distância.

— Mas e quanto a isso? — Seus olhos dispararam para os cacos de madeira que cobriam o chão.

— Como eu disse, vou fazer uma doação. — Léopold colocou os braços em volta da cintura dela, tentando prepará-la para a partida. — Pronta?

— Léopold, você não pode simplesmente ir embora... — Laryssa perdeu toda a linha de pensamento enquanto ele os transportava de volta para o carro. Eles caíram juntos no banco do passageiro. Quando sua cabeça parou de girar, ela percebeu em que posição estava: sentada em cima dele com as pernas encaixadas. Deu a ele um sorrisinho e esfregou os seios em seu peito.

— Eu gosto disso — ele brincou, pressionando sua turgidez contra ela.

— Você é um vampiro muito mau. Fazendo uma bagunça dessas — ela o repreendeu, a voz rouca. — Danadinho.

— Isso é um desafio? Porque você não tem ideia de quão mau eu posso ser — ele respondeu, deixando suas presas saírem.

— Léopold — ela fingiu protestar. Estar tão perto dele fez com que seu corpo ardesse de calor. — Temos trabalho a fazer.

— É verdade. — Encaixou o nariz em seu pescoço, pressionando os lábios em sua pele.

— Por que invasão de domicílio me deixa com tesão? Você está me corrompendo. — Ela riu.

— O dia todo, minha querida, o dia todo. — Ele riu, mas sabia que estava prestes a arrancar as roupas dela. Percebendo que se continuassem estariam transando em um carro parado, com a polícia chegando em breve, Léopold pegou-a pela cintura e colocou-a no banco do motorista. — Agora tome cuidado com meu bebê. Trate-o gentilmente. *Avec amour*.

— Apenas com amor, baby — disse ela dando uma piscadela.

Léopold se segurou quando Laryssa inseriu a chave na ignição e o motor rugiu, vindo à vida. Seu estômago borboleteou ao ver a sua linda náiade com as mãos no volante. Quando ela lhe lançou um sorriso sedutor, Léopold teve certeza de que a experiência seria algo que ele já imaginara. Sentia, de várias maneiras, que estava tendo a viagem de sua vida.

CAPÍTULO DEZESSETE

Sydney deu um tapinha nas costas de Ava, a balançando na cadeira. O cheiro doce do bebê a aqueceu de dentro para fora, e ela se perguntou se algum dia mudaria de ideia sobre não ter filhos. Mesmo que ela e Kade não pudessem engravidar, a possibilidade de adoção sempre permaneceu uma opção implícita.

Teve que admitir para si mesma que os últimos quatro dias, vivendo com o alfa e sua companheira, não tinham sido nem perto de uma dificuldade. Tanto Logan quanto Wynter mostraram a ela o que ela sempre imaginou ser a melhor hospitalidade sulista. Estranhamente, começou a se aproximar de Wynter. Do nascer ao pôr do sol, elas conversaram sobre tudo, desde receitas até programas de televisão. Claro, sua existência de clausurada estava começando a se desgastar, pois ambas ansiavam por sair de casa, mas Sydney sabia que até o final da semana alguma novidade do caso surgiria. *Deus os ajude*, rezou, pedindo para que não envolvesse a morte.

Diariamente, ela verificava os lados de dentro e de fora da casa, certificando-se de que não havia elos fracos na estrutura física. Samantha cuidava dos feitiços, certificando-se de que nenhuma força demoníaca pudesse entrar na casa. Sem o conhecimento dos lobos e dos vampiros, ela ordenou que aumentassem as patrulhas policiais em um raio de cinco quarteirões. Apesar de ter tomado todas as precauções de segurança, Sydney sabia muito bem que se uma força sobrenatural quisesse atingir uma pessoa, eles nunca desistiriam de um plano de ataque. Mesmo que tivessem que esperar, eventualmente fariam seu movimento e atacariam.

Sydney sorriu para Wynter, que entrou na sala. Ela pensou que era interessante como o alfa e sua companheira haviam aceitado o bebê. Mesmo que nunca encontrassem o pai biológico de Ava, Sydney tinha certeza de que o bebê teria um bom lar. Entre Léopold e o lobo, não havia dúvida de que ela seria criada com amor.

— Como está nosso bebê? — Wynter perguntou a Sydney, secando o cabelo.

— Está bem. É incrível para mim como ela dorme tão tranquila depois da mamadeira. Ela é tão adorável — disse Sydney. Levantou-se da cadeira e caminhou até o berço. Cuidadosamente colocando Ava de costas, puxou o cobertor do bebê sobre ela.

— Ela é, não é? Sabe que nunca pensei que iria querer filhotes tão rapidamente. Mas tendo Ava aqui... vai ser muito difícil deixá-la ir. — Os olhos de Wynter se encheram de lágrimas enquanto falava. Virou-se para o espelho e secou o cabelo com a toalha, tentando esconder sua emoção.

— Você já pensou no que pode acontecer se eles não conseguirem encontrar o pai dela? Sei que a prioridade é matar esse demônio e manter todos seguros, mas em algum momento teremos que conversar.

— Logan disse que deu um toque em seus contatos... em matilhas por todo o país. Léopold. Bom, você o conhece. Ele na mesma hora contratou um investigador. Mas não descobriram nada.

— E o que acontece se essa for a resposta? Há uma chance de o cara ter se matado, sabe? Vejo isso acontecer o tempo todo.

— A única coisa que sei é que ela será criada como parte da matilha. Ilsbeth disse que Ava é uma náiade. Mesmo que seja uma loba híbrida, ela passará pela mudança. Ela vai mudar. Precisa estar com o bando — insistiu Wynter.

— Ei, você não me ouvirá discutir. Só queria saber se você pensou em talvez adotar... — Sydney ficou quieta quando os cabelos de sua nuca se arrepiaram.

— O que foi aquele barulho? — Wynter sussurrou alto. — Você ouviu isso? Era algo... não sei... parecia um espanta-espíritos, talvez.

Sydney percebeu o olhar de Wynter e levou o dedo aos lábios para silenciá-la.

Wynter assentiu enquanto Sydney ia até a cômoda. Ela pôs ali o coldre e a arma que havia removido antes para poder segurar o bebê. Wynter rapidamente atravessou o quarto, pegando Ava nos braços. Sydney olhou pela janela, notando algumas pessoas andando pela rua. Nada parecia incomum, mas ela sabia que não devia acreditar no que seus olhos lhe diziam. O barulho soou novamente e ela sabia que algo estava errado. Olhou para Wynter e murmurou silenciosamente:

— Fique aqui.

Sydney ouviu Wynter passar a fechadura enquanto fechava a porta. Ela silenciosamente desceu as escadas, esbarrando em Jake, que estava correndo em direção ao quarto de seu alfa.

— Onde está Logan? — Sydney perguntou, sua voz quase inaudível.

— Logan e Dimitri estão vindo para cá. Acabei de mandar uma mensagem para eles. Viu alguma coisa?

— Nada, apenas alguns turistas. Vou sair e ver o que está acontecendo... ter certeza de que as coisas ainda estão trancadas. Me dá cobertura?

— Vou subir no segundo andar e achar você — Jake disse a ela.

— Venha trancar a porta atrás de mim — respondeu. — Não deixe ninguém entrar nesta casa.

— Ninguém entra — ele concordou, sacando sua arma.

— Sério, não importa o que aconteça, não deixe Wynter e a bebê.

Sydney observou enquanto ele a trancava e depois passava pelo arco em direção ao portão. Mesmo enquanto caminhava em direção à saída, tudo parecia bastante calmo. A brisa fresca da noite soprou em seu cabelo, e ela se perguntou se talvez um dos vizinhos de Logan tivesse instalado um sino de vento. Quando chegou ao portão, espiou pelo ferro forjado. Não vendo nada, empurrou a maçaneta e saiu cautelosamente da propriedade para verificar a fechadura do portão do lado de fora. Olhando para a rua à sua esquerda, ela avistou um riquixá se afastando dela e raciocinou que talvez o barulho que ouviram pudesse ter sido causado por ele. Olhando para a direita, notou um homem bem vestido parado na esquina, olhando para o relógio. Mesmo que ele parecesse inofensivo, ela o manteve em sua visão periférica enquanto checava o portão. Então, sem aviso, ele se virou para caminhar em sua direção.

— Com licença — ela gritou, usando seu tom de voz profissional, e tirou o distintivo da corrente em volta do pescoço, para que pudesse se identificar facilmente como uma policial quando ele se aproximasse. O estranho parecia não ouvi-la, olhando para o outro lado. — Senhor — disse ela em voz alta.

A segunda tentativa chamou sua atenção e ele se virou para ela com um sorriso. Embora o homem parecesse excepcionalmente bonito, algo nele parecia errado, não muito certo. Seu sorriso era muito amigável, como se a tivesse reconhecido como uma amiga perdida há muito tempo. Um lampejo de estranheza apertou seu peito, do tipo que ela tinha ao prender criminosos sexuais. Embora sua aparência parecesse benigna, seus instintos lhe diziam o contrário.

— Senhor, fique aí — Sydney ordenou. Ela pegou a arma e a ergueu. Ele deliberadamente se aproximou dela com os braços estendidos. Segurando a arma com as duas mãos, ela ergueu o cano, olhando ao seu redor para se certificar de que não havia ninguém por perto. — Senhor, se não parar aí, serei forçada a atirar — informou. Com o canto do olho, viu Jake parado atrás de uma janela aberta do segundo andar com a arma apontada para baixo.

— Sydney — o homem vibrou. Sua voz soava estranhamente baixa, como se ele estivesse usando um dispositivo eletrônico para disfarçar sua identidade.

Ela assistiu com espanto como seu corpo cintilou, revelando uma forma sobrenatural. Escamas. Chifres. Sem hesitar, Sydney atirou noite adentro. As balas atingiram seu peito, mas atravessaram seu corpo sem feri-lo.

— O que é você? — murmurou, quando ele veio em sua direção. No momento em que alcançou seus pés, havia se transformado em sua verdadeira forma infernal. Suas longas garras estalaram juntas na calçada, o fedor de sua respiração saturando o ar.

— Eu sou o seu pior pesadelo. E quero que você entregue uma mensagem — sibilou.

— Uma mensagem?

— Uma mensagem para a náiade. Para os lobos. Diga a eles que estive aqui e voltarei para buscar o bebê se ela não me devolver o Tlalco Tecpatl até a meia-noite de amanhã. Eu a encontrarei.

— Sim, certo. Bem, aqui está minha mensagem... — Sydney descarregou um cartucho inteiro no demônio, rezando a Deus para que o derrubasse. Quando a poeira baixou, ela engasgou quando ele deu uma guinada em sua direção, rindo ao fazê-lo.

Agarrando-a pela garganta, ergueu-a do chão. Sydney podia ouvir Jake disparando sua arma, mas a criatura segurava firme. Estendendo suas garras, enfiou o punho inteiro no abdômen de Sydney. Como um atiçador em brasa, suas unhas perfuravam sua barriga, até as costas. Ela soltou um grito horrível quando seus órgãos explodiram ao toque. O sangue espirrou na rua e o demônio a jogou no chão. Ofegou, sua garganta cheia de líquido. O demônio se inclinou sobre a ferida e cuspiu sua saliva ácida antes de se dissipar na noite. Enquanto o círculo de escuridão a rodeava, pensou em Kade. Embora tentasse lutar, a doce sensação da morte a chamava, como uma canção de ninar.

CAPÍTULO DEZOITO

O estômago de Laryssa revirou com a notícia de que Sydney havia sido atacada. Quando Dimitri ligou para Léopold, eles já haviam ido para o lago. Laryssa permaneceu em silêncio durante toda a viagem de volta ao Bairro Francês, seus pensamentos cheios de medo. Embora fosse uma boa notícia que o demônio não tivesse violado as proteções, ele havia agredido violentamente a detetive.

Laryssa não conseguia entender por que eles não a levaram a um hospital. Léopold insistiu que não havia médicos humanos que pudessem salvá-la. Seus órgãos sofreram trauma sistêmico e os ferimentos resultantes foram catastróficos. Nenhum humano deveria ter sobrevivido. O corte em seu abdômen a havia aberto até o outro lado. Dimitri informou que Kade havia chegado minutos depois de ela ser morta na rua. O sangue de Kade tinha sido a única esperança, mantendo-a viva. Deveria tê-la curado completamente, mas ela não havia se recuperado por inteiro. Ainda inconsciente, ela se agarrava à vida.

Quando Laryssa e Léopold abriram a porta dos fundos de Logan, eles se depararam com rostos taciturnos. Os olhos do alfa encontraram os de Léopold, mas ele não fez nenhum movimento para liberar a companheira de seus braços. Samantha sentou-se, segurando o bebê e olhou para Léopold com os olhos vermelhos. Em vez de iniciar uma conversa, ele apenas acenou com a cabeça e esperou que Dimitri se aproximasse dele.

— Ei, cara — disse o beta, colocando a mão no ombro de Léopold. — Laryssa. Como vai?

— Encontramos algo. É algum tipo de fechadura, talvez um quebra-cabeça — sugeriu Laryssa. Mais cedo, eles contaram a Dimitri sobre o livro e como descobriram a escrita oculta. — Estávamos voltando para ver se conseguíamos abri-lo. Achamos que isso nos dirá a localização da faca.

Dimitri assentiu.

— É melhor você não ficar muito tempo então.

— Como ela está? — Léopoldo perguntou. — Kade?

— Ela está viva. Mas algo não está certo — Samantha respondeu do sofá. Ela manteve a voz baixa, passando os dedos pelo cabelo do bebê. — O sangue de vampiro deveria tê-la curado.

— Jake viu tudo. Ele deu cobertura da janela. Atirou várias vezes... e de novo e de novo. Nada funcionou. — Wynter fez uma pausa, balançando a cabeça e considerando suas palavras. — Depois que ele a estripou, ele... bem, Jake disse que cuspiu nela. Sangue ou algo assim. Não sei. Eu estava no quarto com o bebê e não cheguei perto da janela.

— Por que faria isso? — Laryssa colocou as mãos em volta da barriga, lembrando-se da queimadura de suas garras. — Deve haver uma razão.

— Kade acha que o demônio fez isso para amarrá-la de alguma forma. Dizia algo sobre levar ela e o bebê se não pegasse aquela faca. — Wynter se livrou dos braços de Logan e caminhou nervosamente para a cozinha. Ela tirou várias xícaras do armário e verificou o bule de café que havia feito antes. Em um esforço para se manter ocupada, arrumou as canecas em uma fileira. — Posso pegar um café para vocês? Leite? Açúcar?

— Sim, obrigado. — Laryssa sentiu como se tivesse sido sugada para uma realidade alternativa. *Você gostaria de leite e açúcar com aquele demônio?* Aqui todos eles estavam calma e educadamente discutindo o ataque de Sydney como se fosse completamente normal, um dia no parque. Tendo vivido toda a sua vida longe do mundo sobrenatural, era como se a terapia de imersão a tivesse enlouquecido.

— Sabe, ele... é... falou com ela antes de atacar — Dimitri acrescentou. Percebendo que as mãos de Wynter tremiam, ele pegou o bule de café dela com um sorriso compreensivo e terminou de servir.

— Oh, Deus — disse Laryssa. Passou os dedos pelos cabelos, preocupada.

— Falou? O que ele disse? — Léopold se aproximou de Samantha e passou a mão na testa do bebê. Ava sorriu para ele e arrulhou em resposta.

— O mesmo de sempre com uma pitada de mais. Ele quer o Tlalco Tecpatl... até amanhã à noite. Disse que está vindo atrás de você. Você está ficando sem tempo, Leo. — Os olhos de Dimitri caíram sobre Laryssa. Todos sabiam das consequências se não o encontrassem e tinham menos de vinte e quatro horas para fazê-lo. — Há outra coisa que me esqueci de mencionar. Desta vez, Jake disse que parecia um homem. Um humano. Não durou muito, mas foi assim que pareceu no começo. Não me lembro de Ilsbeth dizer nada sobre isso.

LÉOPOLD

— Ele precisa que Laryssa esteja completa, para passar para o nosso mundo sempre que desejar. É possível que, desde que a atacou, o sangue dela tenha feito algo para aumentar seu poder — Léopold supôs.

— Deu um brilho extra — Dimitri adivinhou.

— *Oui*, tornou-o mais forte. Ou pode ter sido capaz de fazer isso desde o começo, não? Não é como se um demônio fosse nos contar suas habilidades. Não, vai mentir, esconder. Ele fará o que for preciso para obter o Tecpatl, mas quer Laryssa. Naquela noite no lago... é mais do que apenas sua alma. Ele a quer.

— Concordo com Leo. Naquela noite... o jeito que olhou para mim. Isso não vai acabar até que eu o mate ou ele me leve. — A voz de Laryssa estava trêmula enquanto ela falava as palavras em voz alta.

— Nunca vou deixar aquilo levar você — Léopold disse a ela, seus olhos encontrando os dela e então voltando para Dimitri.

— Ei, talvez você devesse ver Kade? Não queríamos levar Sydney muito longe, então a mantivemos aqui... a levamos para cima. Acho que as proteções da casa estão funcionando, já que o demônio não conseguiu entrar. Mas aviso que Kade não parece estar aceitando isso muito bem.

Léopold abriu a boca para dizer a Dimitri que iria visitá-lo, quando ouviu Luca descer as escadas e entrar na grande sala. Com suas presas protuberantes, Luca correu em direção a eles. Instintivamente, Léopold se colocou na frente de Laryssa, protegendo-a de um ataque. Já sabendo que Luca não gostava dela, a náiade ficou quieta e agarrou as costas da jaqueta do vampiro por medo. Enquanto ela sabia que o companheiro de Sydney, Kade, ficaria devastado por seu ataque, ela não previu a reação violenta do vampiro mal-humorado.

— Maldito seja, Léopold. Isto é culpa sua. Você trouxe aquele bebê aqui. Sabia que Sydney tentaria proteger a criança. Se ela morrer, é o sangue dela em suas mãos. Sua e daquela ninfa que você está fodendo — Luca rugiu. — Se você a tivesse entregado ao demônio, nenhum de nós estaria nessa confusão.

Antes que Laryssa ou Dimitri tivessem a chance de detê-lo, Léopold investiu contra Luca. Empurrando-o contra a parede, agarrou-o pelo pescoço com uma das mãos. Luca lutou para se livrar, mas seu esforço para desalojar o aperto de Léopold foi inútil. Todos na sala congelaram ao ver os dois vampiros envolvidos em uma luta, um quase matando o outro. Nem Dimitri nem Logan fizeram um movimento para interferir, pois sabiam não ser lugar deles como lobos se envolverem na disputa.

— Pare com isso! — Samantha gritou. O bebê começou a chorar e ela rapidamente entregou Ava a Wynter. Apesar de querer separar a briga, ela também sabia que não devia se aproximar dos vampiros. Estava grávida e não arriscaria a vida de seu próprio filho.

— Isso... isso... é o que nos separa dos animais — Léopold fervia, suas presas descendo com raiva. — Se não podemos proteger uma criança, então não somos melhores que os demônios. A detetive sabia o que estava fazendo. Ela aceita seu juramento.

Dimitri pegou o olhar de Laryssa. Ele balançou a cabeça para ela, avisando-a para não interferir na discussão. Ignorando-o, ela avançou. Dimitri pegou a mão dela, mas ela se livrou dele, correndo para intervir.

— Você se submeterá, filho de Kade. Faça isso — Léopold rosnou, com Luca engasgando em busca de ar.

— Léopold, pare. Você vai matá-lo! — Laryssa gritou, abrindo caminho entre os dois vampiros. Ela tremeu de medo ao fazê-lo. Ambos se tornaram selvagens, mas ela não podia deixar Léopold matar o vampiro. Sabia que Luca não gostava dela, mas não conseguia imaginar que um homem esperando um filho fosse insensível o suficiente para matá-la a sangue frio na frente de todos. Apertando-se para ficar de costas para Luca, colocou as palmas das mãos no peito de Léopold. — Por favor. Pare.

— Saia do caminho, Laryssa. — Os olhos de Léopold recaíram sobre ela, e a visão de seu rosto enfraqueceu sua fúria.

— Não, Leo, não vou. Por favor... por mim. Apenas pare. — A voz de Laryssa ficou suave, tentando alcançar sua alma.

— Isso não diz respeito a você. — Léopold fixou Luca com os olhos, deixando uma onda renovada de raiva fluir por ele. — O que você diz, Luca? Gostaria de morrer hoje? Ou você faria a porra da coisa certa e tentaria salvar essa criança?

— D-d-d-desculpe — Luca gaguejou, mas ainda assim Léopold se recusou a soltá-lo.

— Olhe para mim, Leo. Luca poderia me matar agora, mas ele nem está tentando. — Laryssa olhou por cima do ombro para Luca. Ele poderia não ser capaz de mordê-la, mas sim de quebrar seu pescoço. — Não faça isso. Ele tem uma família... vai ter um bebê. Seu amigo está ferido. Ele está apenas chateado... como você. Deixa pra lá. Por favor, não deixe o demônio vencer.

— *Merde* — Léopold bufou, jogando o vampiro no chão.

Luca cambaleou até Samantha, que o pegou nos braços. A tensão na sala ferveu lentamente.

Léopold agarrou Laryssa pela cintura e a puxou contra ele, sussurrando em seu ouvido.

— *Tu es folle*.

— Não sei o que você acabou de dizer, mas obrigada por soltá-lo — respondeu Laryssa. Sua testa caiu no peito de Léopold, aliviada por ele não ter matado Luca.

— Nunca mais faça isso — exigiu Léopold.

— Alguém tem que fazer você enxergar a razão — ela respondeu. O tom baixo e dominante da voz de Léopold ficou registrado em sua mente. Ele não estava fazendo uma sugestão, ao contrário, estava ordenando a ela.

Léopold agarrou a parte de trás de seu cabelo e puxou sua cabeça para trás. Ele amava sua bravura, mas os dois seriam mortos se ela não o ouvisse. Olhando em seus olhos, ele a sentiu estremecer contra seu corpo. Retraindo suas presas, observou a leve ondulação de seus lábios quando eles se abriram apenas para ele.

— Nunca mais, Laryssa — ele disse a ela. Sem lhe dar tempo para discutir, ele a beijou. Aprofundando seu domínio, seus lábios tomaram os dela, em uma demonstração de posse e paixão. Satisfeito por ter deixado claro sua posição, ele relutantemente se afastou. Deixando-a sem fôlego, deu-lhe um sorriso presunçoso antes de soltá-la de seu abraço.

Laryssa ofegou baixinho, tentando recuperar o ar. Insegura de como Léopold havia virado o jogo tão rapidamente contra ela, tentou diminuir o ritmo de seu coração, que parecia estar martelando em seu peito. Seu rosto ardeu e ela desejou poder sair correndo da sala.

— Vamos subir para ver Kade — Léopold anunciou, acenando para Luca.

— Talvez você devesse ir com eles — Wynter sugeriu a Logan. Kade estava desanimado, sentado ao lado da cama de Sydney e se recusando a falar com alguém. Todos sabiam que o sangue dele deveria tê-la curado, mas seu pulso continuava errático. — Laryssa, por que não fica aqui com a gente?

Laryssa assentiu, sentindo como se precisasse de um espaço de Léopold. O homem tinha um jeito de compeli-la, paralisando seus pensamentos e transformando seu corpo em chamas. Como se ela não conseguisse o suficiente da droga em que era viciada, ela o parou antes que ele saísse para subir e tocou amorosamente a palma da mão na bochecha dele.

Ela deu a ele um sorriso triste e, em seguida, tocou brevemente o rosto dele com os lábios. Com nada mais a ser dito, ele puxou uma mecha do cabelo dela antes de se virar para Dimitri, desaparecendo pelo corredor e subindo as escadas.

— Vá em frente, Laryssa, sente-se. Esqueci o café — disse Wynter.

— Não, eu pego, sem problema. Quer um pouco? — Laryssa perguntou.

— Obrigada, eu adoraria uma xícara. — Wynter sentou-se cuidadosamente em uma poltrona reclinável e segurou Ava contra o peito, dando-lhe tapinhas nas costas.

— Não para mim. Meu pequeno aqui não se dá bem com cafeína. — Samantha respirou fundo. — Laryssa, obrigada... por parar Léopold agora. Eu nunca recomendaria ficar entre dois vampiros, mas se Léopold tivesse... você sabe, machucado Luca... — Ela esfregou o estômago com lágrimas nos olhos. — Eu só... sei que Luca pode ser difícil, mas somos próximos de Sydney. E ele e Léopold nunca se deram bem. Não estou tentando dar desculpas. Bem, talvez eu esteja. Ele só está chateado.

— Entendo que Luca não é meu maior fã, Samantha. Vocês mal me conhecem. Eu não posso culpá-lo. Mas nunca ficaria parada e deixaria Léopold matá-lo sem tentar impedir. — Laryssa pegou duas canecas de café, colocou uma diante de Wynter e se sentou.

— Verdade. Nós não conhecemos você. E é por isso que significa ainda mais você tê-lo detido. Wynter e eu conhecemos Léopold e ele é... — Samantha desviou o olhar, sem saber o que dizer.

— Você não precisa dizer nada. De verdade. Léopold é muitas coisas, mas ele se importa e está me ajudando. Ele salvou aquela garotinha ali. Não precisava, mas salvou. E agora o demônio. Ele não vai parar até encontrarmos a faca.

— O demônio. Sei que Ilsbeth não se importa em falar sobre isso, mas talvez não devêssemos — Samantha sugeriu. — As proteções são fortes, mas ele sabe onde estamos.

— Eu tenho que matá-lo. — Laryssa tomou um gole e engoliu. Quando olhou para cima, Samantha e Wynter a encaravam como se tivesse brotado uma tromba de elefante nela. — O quê?

— Como você pode dizer algo assim e ficar tão calma? — Wynter perguntou, brincando com os dedos dos pés de Ava.

— Léopold não vai te deixar ir atrás de um demônio — afirmou Samantha.

— Léopold não tem escolha. Nem eu. — Laryssa tomou outro gole e continuou: — Não tenho certeza se Dimitri mencionou isso, mas aquela coisa... aquela criatura... ela veio atrás de mim na outra noite. E me arranhou bastante. De alguma forma, por eu ter morrido tantos anos atrás, ele pensa que eu pertenço a ele. A faca que ele quer... é a única coisa que vai matá-lo. Infelizmente tem que ser eu a fazê-lo, porque só uma náiade pode matá-lo. Léopold sabe Disso. Não acho que ele queira encarar o fato de que posso morrer, mas, no fundo, ele sabe que tem que ser eu.

— Falando em Léopold, acho que aquela conversa que tivemos outro dia não fez diferença — comentou Wynter, com um pequeno sorriso.

— Eu também percebi — acrescentou Samantha. — Nunca pensei que veria o dia.

— Nem eu. A maneira como ele olha para ela... — começou Wynter.

— O quê? — Laryssa fazia ideia do que estavam falando, mas não conseguia discutir seus sentimentos por Léopold enquanto Sydney estava lá em cima lutando pela sobrevivência e a sua própria vida poderia muito bem acabar amanhã à noite.

— Como um sundae de baunilha com chantilly por cima? — Samanta sorriu.

— Você realmente está grávida, garota. Não, ele olha para ela como... você sabe, como um leão que está prestes a encontrar sua companheira. Leo, o leão, encontra sua leoa. — A voz de Wynter tornou-se sensual, como se ela estivesse realmente tentando vender sua história.

— Sim, acho que é isso. Você pensaria que, por ser par de um vampiro, eu saberia um pouco sobre o que ele realmente quer... e posso te dizer que não é sorvete.

— Sei que você me avisou sobre ele, Wynter, mas nós... eu... digamos que me preocupo muito com ele. Mas nada disso realmente importa... eu poderia estar morta amanhã. Não é justo com ele. — Laryssa colocou a xícara de café na mesa e prendeu o cabelo em um rabo de cavalo, torcendo-o nervosamente em um coque. — Provavelmente não deveríamos estar falando sobre isso quando a detetive está tão mal.

— Você tem alimentado ele — Samantha observou calmamente. Seus olhos dispararam para Wynter e depois de volta para Laryssa. — Vocês se vincularam?

— Léopold? Vinculado? De jeito nenhum — Wynter deixou escapar, balançando a cabeça. Embora Léopold parecesse apaixonado por sua ninfa, achava difícil acreditar que ele se comprometeria com alguém, dada sua propensão à solidão. Um olhar para Laryssa lhe disse que ela havia feito a suposição errada. — Ei, me desculpe. É que Léopold... nunca pensei que ele se relacionaria com alguém. Não é nada pessoal, é só que ele é, com o perdão do trocadilho, um lobo solitário... um vampiro solitário.

— Ele não é como você o vê. Ele teve suas razões. Mas, para responder à sua pergunta, eu o tenho... alimentado, no caso. Ele disse que começamos o vínculo. Não sei o que dizer sobre isso. É complicado. — Laryssa levantou-se para defender Léopold. Seus dedos se moveram distraidamente sobre a marca de mordida em seu pescoço. Com Sydney quase morta, a percepção de que ela logo teria que enfrentar sua própria mortalidade não passou despercebida por ela. Sorriu para Wynter e Samantha, que esperavam que ela concluísse os pensamentos. Seus olhos começaram a ficar úmidos e ela pressionou a ponta do dedo na pálpebra inferior, em um esforço para conter uma lágrima. — Desculpe. É só que não quero machucá-lo.

— Você? Machucar Léopoldo? Querida, eu realmente não vejo como você pode fazer isso. Não tenho certeza se você notou, mas geralmente é ele quem machuca... — As palavras de Wynter sumiram, quando ela percebeu o quanto Laryssa estava chateada.

— Escute, eu sei que ele é arrogante. Mandão. Ele é muito mandão. — Laryssa deu uma pequena risada. Ela se levantou e caminhou até a pia da cozinha, colocando a xícara dentro. — Mas ele é atencioso e não merece perder outra pessoa. Veja o que acabou de acontecer com Sydney. Vamos enfrentá-lo, há uma possibilidade muito real de que eu morra amanhã. O vínculo... pelo bem dele, tenho que tentar pará-lo.

— Um vínculo com um vampiro não pode ser quebrado. — Samantha sentiu a dor de Laryssa. Tendo se unido a Luca, ela sabia como era ter essa conexão intensa com um vampiro.

— Não, não pode — afirmou Léopold, entrando na conversa.

O rosto de Laryssa disparou para o dele, e uma barragem avassaladora de culpa a tomou, sabendo o que ela planejava fazer. Com o vínculo já estabelecido, era como se ela pudesse senti-lo tocando sua alma, lendo seus pensamentos mais íntimos. Ela tentou pensar em algo não relacionado, totalmente agradável, como gostar de ler um livro no café ao ar livre enquanto ouvia música ao vivo. Ao fazê-lo, a culpa piorou. *Mentirosa*. A palavra soou em sua mente. *Não, não estou realmente mentindo*, disse a si mesma. Mascarar pensamentos privados era seu direito. No entanto, quando ele caminhou até ela e acariciou sua bochecha, seu estômago se apertou de vergonha. Ela desviou o olhar, incapaz de encará-lo. Eles conversariam em breve, imaginou.

Tola, ela mencionara suas dúvidas para Wynter e Samantha. Culpando a ingenuidade, assumiria a responsabilidade se a conversa fosse mais longe. Com uma expressão passiva, olhou para as mulheres que a observavam cautelosamente do sofá. Desejou não se importar com o que qualquer uma delas pensava, mas eles sabiam de seu segredo e não a rejeitaram. Conversar com uma loba e uma bruxa parecia natural, como se ela finalmente tivesse encontrado outras mulheres que eram como ela. Mesmo que sempre se sentisse assim com Avery, suas conversas sussurradas tinham a intenção de erradicar a evidência de suas origens de náiade. Não mais se escondendo, ela pode enfim se envolver abertamente com os outros.

— Como está Sidney? Kade? — Laryssa mudou de assunto. — Foi rápido.

— Não há muito a ser dito. Sydney está descansando. Kade é mais forte do que as pessoas acreditam. Ele será a rocha dela enquanto fazemos o que precisamos. O que ele não precisa é de pessoas se preocupando com ele. Ele pode lidar com isso. — Léopold cruzou a sala até Wynter, que estava com o bebê. — Ava? Ela está bem?

— Sim. Ela é adorável. A menininha mais doce — Wynter disse.

— *Oui*. Ela é amada aqui. Nunca duvido de minhas ações — observou Léopold. — Às vezes, as melhores coisas em nossas vidas são inesperadas, não?

— Verdade. Juro que Logan e eu faremos tudo o que pudermos para mantê-la segura. Prometa-me, Léopold, que vai se livrar dessa besta que está atrás dela. Por favor — implorou Wynter.

— Nós — ele olhou para Laryssa — faremos o nosso melhor. — Passou os dedos pelas costas de Ava e depois se virou para Laryssa. — Precisamos ir.

— Dimitri vem conosco? — Laryssa perguntou.

— Não, eu pedi a ele para ficar aqui. Para onde estamos indo, estaremos seguros até nos encontrarmos amanhã. Senhoras — Léopold acenou com a cabeça para as mulheres e caminhou até a porta de correr, abrindo-a —, boa noite.

— Obrigada pelo café — disse Laryssa com um pequeno sorriso de compreensão, grata por Wynter e Samantha não terem continuado a discussão sobre ela quebrar o vínculo com Léopold.

Quando Léopold a conduziu para fora da porta, ela enfiou as mãos propositadamente nos bolsos, resistindo ao impulso de tocá-lo. Como um ímã para o aço, seu corpo e coração foram atraídos para ele, mas, se ela fosse quebrar o vínculo, precisaria ser forte e manter-se distante. Pegou os olhos de Léopold vagando por sua postura e suspeitou que ele havia detectado seu truque. Laryssa nunca se apaixonara, de realmente amar outra pessoa com toda a sua alma, o suficiente para sacrificar tudo para fazer essa pessoa feliz. Foi nesse momento que seu coração se partiu com a verdade de que ela havia se apaixonado por Léopold. Nunca seria capaz de tirar a agonia que ele sofreu vendo sua esposa e filhos morrerem, mas de jeito nenhum o torturaria novamente. Se ela pudesse quebrar o vínculo, ele sobreviveria à morte dela com poucas consequências.

Olhou para o telefone para saber a hora. Em menos de vinte e quatro horas, sua vida provavelmente estaria acabada. Mesmo que ela de alguma maneira conseguisse encontrar a faca, não confiava que o demônio não a levaria de qualquer maneira. Fechando os olhos, ela estremeceu, lembrando-se da língua dele em sua pele. Não, nunca ficaria satisfeito com um objeto que prometia um passe livre para o outro lado. Queria o que já tentara levar uma vez, o que era seu. O corpo, a mente e a alma dela.

CAPÍTULO DEZENOVE

— Para onde estamos indo? — Laryssa perguntou. A placa para o Lago Ponchartrain a alertou de que não voltariam para a casa dele.

— Estamos saindo de perto da terra, querida. Este demônio está vinculado à terra. A água... é onde encontraremos um pouco de paz. — Léopold entrou no iate clube e dirigiu até o estacionamento com manobrista. Colocando o carro no estacionamento, ele abriu a porta quando o atendente chegou.

Laryssa remexeu o quebra-cabeça de peixe entre os dedos. Ela passou o polegar pelas barbatanas de metal frio e puxou, esperando que, pela primeira vez, algo acontecesse magicamente... que se abrisse, revelando seus segredos. Como ela esperava, nada aconteceu. Nuvens de preocupação passaram por sua mente ao olhar sem pensar para as fileiras de barcos. A dobradiça da porta estalou, sacudindo de seu devaneio, e ela pulou em seu assento.

Léopold se mantinha acima de Laryssa, estudando-a. Antes que tivesse a chance de alcançá-la, a mulher saltou do carro e colocou os braços em volta da cintura. Ela estava agindo de maneira estranha desde que ele desceu as escadas para encontrá-la conversando com Wynter e Samantha. Sussurros sobre quebrar vínculos foi tudo o que ele ouviu, mas foi o suficiente para lhe dizer que sua coelhinha estava se preparando para fugir.

Ele achou interessante que, embora nunca tivesse se vinculado a outra pessoa em sua vida, como ele aceitou a experiência com naturalidade. Com o sangue dela nele, ele podia sentir seus pensamentos e sentimentos. Ler Laryssa estava se tornando tão simples quanto ler um cardápio. Ela tentou deliberadamente enganá-lo, protegendo suas verdadeiras emoções usando falsas, mas ele sabia o tempo todo o que ela estava fazendo.

— Você está bem? — Léopold perguntou. Ele bateu com o dedo no topo do carro.

— Sim, estou bem. Apenas um pouco cansada.

— Acho que invadir conventos faz isso com você — brincou.

— Um museu. Invadimos um museu... para manter o mal fora da cidade. Essa é a minha história e estou aderindo a ela. — Ela deu uma risadinha.

— Eu sabia que você veria do meu jeito. Venha, bichinha. Precisamos chegar ao barco. — Léopold caminhou pelas docas, tendo o cuidado de garantir que Laryssa o acompanhasse. Qualquer que fosse a tempestade que se formava dentro de sua linda cabecinha, ele planejava acalmá-la e garantir que ela nunca mais mentisse para ele.

— Aqui estamos — comentou, destrancando a corrente. — Damas primeiro.

Laryssa foi dar um passo e parou, percebendo que o "barco" não era um simples barco de pesca. Como tudo estilo Léopold, o iate de sessenta pés brilhava sob uma enxurrada de luzes. Revirando os olhos para ele, balançou a cabeça e sorriu.

— Isto é seu? — perguntou, pisando na rampa de embarque.

— *Mais bien sûr, mon amour* — respondeu ele.

— Você sabe que eu não falo francês, Leo. Mas vou tomar isso como um sim.

— *Oui*. E eu acredito que você fala *un petit*. Lembro que não gosta de ser chamada de *mon lapin*. — Ele sorriu e piscou.

— Então, hum, como você aprendeu a dirigir este seu enorme barco?

— Ah, minha doce Laryssa, você ficaria surpresa com tudo o que posso fazer. Quando se é imortal, você tem muito tempo disponível, certo? Eu costumo contratar um capitão para velejar para mim. Este, no entanto, não é um desses momentos. Precisamos ficar sozinhos. — Léopold pegou um pequeno frasco de aço inoxidável de sua bolsa e entregou a ela. — Tem um pouco de água aqui. Entre, vá em frente. Veja se há alguma coisa que você pode encontrar no livro para solucionar o mistério, para nos mostrar onde precisamos ir para pegar a faca. Lembre-se, este peixe foi feito para você, uma náiade.

Laryssa ouviu a âncora cair e teve certeza de que Léopold logo desceria para verificar seu progresso. Depois de uma hora olhando para o quebra-cabeça, ela não chegou nem perto de encontrar a solução. Descendo a ponta do polegar pelo ventre, ela podia sentir pequenas protuberâncias, mas elas não se moviam. *Lembre-se, foi feito para você*. A trilha das palavras de Léopold tocou em sua mente. *A água*. Tudo, desde o dia em que ela se afogou, voltava para a água. Era quem ela era, como prosperava, como continuaria a sobreviver como uma imortal.

Abrindo o frasco, ela pingou a água no peixe, esperando vê-lo brilhar. Desapontada quando isso não aconteceu, ela o virou. Tentando novamente, esperou com paciência, mas nada mudou. Apenas o metal molhado estava em suas mãos.

— Vamos, caramba. Estou ficando sem tempo. — Ela rangeu os dentes. Furiosa e frustrada, perdeu a paciência e atirou-o para o outro lado da sala. O peixe se chocou contra a parede e caiu no chão.

— Está indo bem, não? — Léopold disse, entrando na cabine. Ele balançou a cabeça e pegou o quebra-cabeça. — Venha, você deve se concentrar.

— Não posso, Leo. Não consegue ver? Não está funcionando. Nada vai funcionar — respondeu ela.

— Você não pode desistir — ele repreendeu. Jogou o peixe para o alto e o pegou. Quando pousou em sua palma, ele sentiu o movimento. — Talvez um pouco de raiva ajude?

— O quê? — Ela suspirou.

— Está mexendo. Tem que ser a água. Olha... as escamas estão descascando.

— Sério? — Ela se levantou de um salto e correu para Léopold, observando enquanto ele afastava as escamas. Como um leque, eles começaram a se espalhar, até que a cavidade foi revelada.

— Uma chave — Laryssa respirou.

— Sua. — Léopold estendeu o objeto de cobre e ofereceu a ela.

Laryssa hesitou e então pegou a chave. Assim que a tocou, seu corpo estremeceu como se ela fosse um diapasão que fora batido contra o metal. A ressonância da chave a chocou, queimando as camadas de sua pele, mas sua mão não a soltou. Lágrimas escorriam por seu rosto enquanto queimavam sua palma, seus olhos se arregalando com a percepção de que haviam descoberto algo horrível. *Morte. Tortura. Sangue. Gritos*. Lampejos do demônio passaram por sua mente. Laryssa lutou para respirar, seu peito arfando de dor.

Ela ouviu fracamente a voz de Léopold, mas não conseguiu responder.

Impulsionada por sua energia diabólica, ela cambaleou para o convés. O mal corria em suas veias e ela era incapaz de deter seus comandos. O vampiro se lançou para ela quando ela cambaleou na beira da escada, mas ela impediu seus esforços de pegá-la fazendo com que uma cadeira voasse pelo ar sem esforço, quase o acertando no crânio. Subindo os assentos, alcançou a borda de uma grade. Nos recessos de sua mente, ela lutou para permanecer sã, mas o tamborilar do mal a impulsionou para o abismo profundo do lago.

Como água em uma panela com óleo quente, seu corpo chiou ao atingir o lago. Com convulsões, Laryssa se perdeu na terrível espiral da morte que a havia levado quando criança. A água, tipicamente sua salvadora, a rejeitou, a mortalha do mal abrigada na chave a mantendo dominada, procurando por seu alvo. Ela respirou fundo e sua garganta encheu-se d'água. Sufocando, os olhos escancarados de terror, incapaz de resistir à atração. Algemada à chave, ela cedeu à sua vontade.

No momento em que atingiu o leito do lago, ela abraçou a escuridão fria que procurava levá-la. O metal em sua mão queimava como fogo, forçando-a a experimentar conscientemente a lenta tortura do afogamento. Com o demônio dançando em sua mente, ela rezou para que Deus a levasse, mas permaneceu acordada em seu pesadelo. Quando seu punho atingiu as rochas, uma única fissura se iluminou a alguns metros dela. A atenção de Laryssa foi atraída para o pequeno buraco. Incapaz de mover o corpo, deslizou o braço em direção a ele. Sentindo como se estivesse arrancando a pele de suas mãos, abriu os dedos e enfiou a chave na rocha. A última coisa que Laryssa viu antes de cair no esquecimento foi o brilho de uma lâmina de pedra branca.

Léopold estava nu na cama, passando o dedo sobre a borda de pedra do Tecpatl. A pedra primitiva tinha sido esculpida em uma ponta afiada como navalha. Preso à rocha com corda, seu cabo ornamentado foi esculpido em forma de guerreiro. Decorado em preto e vermelho, o soldado curvado de joelhos, o punho exibia seus chifres. Não tinha certeza de como ela o encontrara, mas estava certo de que seu poder de alguma forma o convocara. Ela invocou a magia e ela respondeu. Não fazia sentido que fosse no local onde ele ancorou o barco, mas, ao tocá-lo, ele concluiu que o objeto era de outro mundo por natureza. Talvez em algum momento tenha sido da Terra, criado pelas mãos do homem para abrir o peito da humanidade. Mas, em algum momento, assumiu um significado para o demônio. Por mais que tenha existido clandestinamente nas profundezas do lago, a faca encantada finalmente voltara para uma náiade.

Léopold contemplou como Laryssa havia sido possuída por qualquer mal que estivesse infundido na chave. Depois que ela caiu na água, ele mergulhou, procurando loucamente por ela. No momento em que a encontrou no fundo da bacia, ela havia perdido a consciência, mas ainda brilhava na escuridão das ondas. Enrolado em sua mão estava o Tecpatl. Quando chegaram à superfície e a brisa da meia-noite tocou seu rosto, seus olhos se arregalaram de horror. Ele tentou confortá-la, mas ela o repeliu. Envolvendo as mãos trêmulas ao redor da escada, ela saiu do lago, deixando-o para segurar a faca. Seu medo e pressentimento eram palpáveis e, embora o vampiro continuasse tentando acalmá-la, ela rejeitou sua companhia. Insistiu em tomar banho sozinha, então, contra o que julgava ser melhor, ele cedeu ao desejo dela.

Léopold percebeu a estratégia dela de camuflar os sentimentos, forçando pensamentos não naturais. Do desespero à determinação, sentiu as emoções dela flutuando em todo o espectro. Embora tivesse dado a ela um tempo, permitindo-lhe consolo no banho, ele silenciosamente calculava seu próximo passo. O som da água cessou e seu coração disparou na expectativa da discussão. Ele estava no aguardo de esclarecê-la sobre a necessidade de fé no vínculo.

Laryssa ficou nua na frente do espelho, enxugando o corpo. Quando foi arrancada da casa de Léopold para o poço do demônio, dilacerada, ela disse a si mesma que poderia sobreviver a qualquer coisa. Mas o puro mal que possuía todo o seu corpo a deixou cambaleando. Isso a abalou profundamente, deixando-a entorpecida. Perdida na sensação que a sufocava no lago, ela fechou os olhos e respirou fundo. Abrindo-os lentamente, enxugou o cabelo, dando uma olhada nas protuberâncias peroladas em seu pescoço. Léopold. Ela se apaixonara por ele. Era como se pudesse literalmente sentir seu coração se partindo, sabendo que iria embora em poucas horas. Ela nunca seria capaz de ter uma vida com o único homem que abnegadamente lhe deu a liberdade de ser ela mesma, que mostrou o prazer que ela nunca conheceu, e o único homem na Terra a quem ela alegremente entregaria a vida sem pensar duas vezes.

Ele brigaria com ela, ela sabia. A discussão deles iria e viria, mas tinha que ser feita, ela havia tomado a decisão. Independentemente do resultado, não importava. Uma vez que o demônio a tivesse em suas garras, ela nunca mais veria Léopold. Adiou falar com ele o máximo que pôde. Enrolando a toalha em volta do corpo, ela suspirou e abriu a porta.

A visão espetacular de Léopold esparramado na cama fez seu coração parar. Seus lábios se curvaram para cima, como se para avisá-la que ele tinha partido para o ataque. Perfeitamente masculino, seu corpo poderoso esperava por ela. De seu peito bem definido até seu abdômen duro como aço, ele definiu bem o que era virilidade. Seu pau grosso pesava sobre sua coxa, crescendo cada vez mais com cada respiração que dava, seus olhos se banqueteando com ela.

Laryssa lutou contra o arrepio que crescia em sua pele causado pela visão dele. Ela se forçou a desviar o olhar da distração que era sua beleza, mas ainda podia sentir sua presença envolvendo-a em sua armadilha erótica. Ela apertou os lábios, as lágrimas brotando de seus olhos. *Deixe-o ir*, sua consciência gritou. *Devo quebrar o vínculo*. Não era justo negá-lo, esmagá-lo com a perda de sua alma.

— Leo — ela começou —, sei que encontramos o Tecpatl, mas a morte... o mal esta noite estava em mim. Não vai me deixar ir.

Num movimento contínuo, Léopold levantou-se da cama. Deliberadamente, ele colocou o Tecpatl na cômoda na frente dela. Ficou logo atrás de Laryssa, a poucos centímetros de distância, mas não tocou em sua pele. Como o predador furtivo que era, esperava que sua presa desse o primeiro passo.

— Devemos quebrar o vínculo. Amanhã... hoje, ele vai me levar. A faca. Ele vai usá-lo de alguma forma. — Laryssa ficou imóvel ao sentir Léopold envolver seu peito com o braço. Seus olhos focaram no reflexo dele no espelho e ela prendeu a respiração. Com os olhos fixos nos dela, sua boca se apertou em uma linha firme. Seu pulso disparou quando as pontas dos dedos dele roçaram seu peito, seu corpo esticado como um fio desencapado pronto para ser atingido por um raio. — Não é justo com você. Você já perdeu sua esposa, seus filhos. O vínculo vai piorar quando eu for embora. Talvez você possa conseguir um doador ou...

— Laryssa — ele rosnou. Em tom dominador, a voz de Léopold encheu a sala. — Nunca terei o sangue de outra pessoa. O vínculo não pode ser desfeito. Mais importante, você não quer que seja desfeito.

— Mas Leo, você merece muito mais do que posso lhe dar. Não suporto te machucar. — Seu peito arfava enquanto ela falava com desespero. — E esta noite... o que eu senti naquela faca. Em minha mente. Não, por todo o meu ser. Posso matar o demônio, mas há uma boa chance de que ele me mate.

— Então você desistiu? Jesus Cristo, mulher, você não entende o quanto você significa para mim? Quem você é para mim? — Suas sobrancelhas franziram em frustração.

— O que eu sou? Eu sou uma náiade. E sim, Leo... eu me preocupo com você. Você pode ver o quanto me importo? Não quero te machucar. Você levou mil anos para superar a morte de sua esposa e, quando decidiu viver novamente, se uniu a mim — Laryssa balançou a cabeça, baixou os olhos e sussurrou: — Eu irei embora.

— Você tem que lutar, caramba. Ouviu? Lutar! — ele gritou. Deusa, ela estava desistindo depois de tudo que eles passaram. Negando o vínculo? De jeito nenhum ele a deixaria se despedir graciosamente. Ela era dele e ele não tinha intenção de deixá-la ir. — Escute, não sei o que aconteceu esta noite com a chave, mas acabou. Acabou. Conseguimos. A cada passo, descobriremos o próximo.

— Mas, Leo...

— Olhe para mim — exigiu, seus dedos deslizando sobre sua garganta. — Você me levou adiante quando era impossível fazer. Agora espero o mesmo de você. Estou te dizendo para lutar. Lutar por sua vida. Lutar pra caralho por nós.

— Eu não posso — ela engasgou. Os olhos dela foram rápidos para os dele. — É impossível. Eu senti isso... o mal.

— Sei que você estava abalada hoje, mas você é mais forte que o demônio. Somos mais fortes. Você precisa escolher confiar. Confie em mim. Confie no que sente dentro de você. Confie em nós. — Ele respirou fundo, embalando o outro braço em volta da cintura dela. Baixando a voz, ele falou ao coração dela. — Seja minha, Laryssa... sempre. Me escolha. Escolha a gente.

Uma lágrima escorreu por seu rosto quando Léopold devolvera as palavras. *Deus, como isso foi acontecer? Ele não percebe que eu já o escolhi? Que eu o amo?*

— *Mon amour.* Escolha a gente — repetiu.

— Sim — ela sussurrou, fechando os olhos enquanto tremia.

— Sim — ele repetiu, beijando seu pescoço. Não havia nenhum lugar onde o demônio pudesse levá-la onde ele não a encontrasse. — Eu nunca vou te deixar… nunca. Nunca mais você estará sozinha. Tenha fé… em nós.

— Leo — ela disse. — Eu quero tanto acreditar em você.

— Junte-se a mim — ele sugeriu. Léopold pensou muito antes de pedir a ela para completar o vínculo. Ele procurou marcá-la como sua, tomá-la como sua companheira. O instinto de fazer isso era esmagador. Negar o desejo tornou-se cada vez mais difícil. Ele sabia que isso aconteceria na primeira vez que a mordesse. Mas agora, com a possível morte dela pairando sobre eles, dava a ele a desculpa para pegar o que queria. Sem arrependimentos, ele se envolveria com ela para sempre. — Você é minha, Laryssa. Você nunca pertencerá a outro.

— Eu… eu — Laryssa gaguejou, sem saber o que dizer. Ligar para sempre sua alma à dele era certamente irrevogável.

— Não importa o que aconteça, eu irei atrás de você. Você nunca pertencerá a outro. Você já deu seu coração para mim — ele desafiou. *Amour*. Ele ouvira as palavras que passavam em sua mente, palavras que ela nunca confessaria em voz alta. Ele sabia que não estava jogando limpo, mas não havia outra escolha. Puxou a toalha dela até que caiu no chão. Seu pau roçou nas costas dela.

— Você é minha, Laryssa. Diga sim.

Laryssa valseou para seus braços, sua voz suave como uma melodia em sua cabeça. *Diga sim*. Seus instintos rugiram em resposta, dizendo-lhe para aceitar sua alma gêmea. Embora suas idades tivessem séculos de diferença, sua conexão parecia mais antiga que o próprio tempo. Impulsivamente, ela abraçou a verdade em seu coração.

— Eu sou sua — ela disse, sem hesitar. Com o coração dela em suas mãos e sua pele tocando a dela, o desejo explodiu. Respirou fundo, inalando o cheiro dele em sua mente. Uma dor enlouquecedora cresceu entre suas pernas.

— *Oui, mon amour*. É isso — elogiou Léopold. *Deusa, ela é magnífica*. Como um anjo, ela o ensinou a viver novamente. Ele sorriu quando o cheiro de seu tesão encheu a sala. Satisfeito com a submissão dela, procurou devorá-la. — De hoje em diante, estaremos juntos. Nenhum medo nos atingirá. Nenhum demônio nos separará. Isto — a mão dele se moveu para o peito dela, sobre o coração, e tocou levemente — é só meu. E meu coração é seu. Seu corpo. — Ele deslizou a mão sobre a barriga dela. Deslizando o dedo no calor entre as pernas dela, pressionou o dedo médio em seu canal apertado.

— Ahhh — ela gemeu.

— Você me dá de bom grado. Mas sim, querida. Seu corpo arde por mim, não?

— Leo — ela conseguiu dizer, gemendo quando ele retirou o dedo.

Léopold levou a mão à boca, lambendo sua umidade com a língua, depois segurou o queixo dela com a mão, pressionando os dedos melados nos lábios dela. Laryssa suspirou em resposta, saboreando-se nele.

— Você pertence a mim... e eu — ele pegou a mão dela e a levou ao seu pau — pertenço a você.

A boca de Laryssa ficou em silêncio, enquanto ela mergulhava no som da voz de Léopold. Segurando seu membro intumescido, ela acariciou com o polegar sua pele sedosa. Quando ela foi tocá-lo, ele a girou para que se encarassem. Sem fôlego, ela colocou as palmas das mãos no peito dele e Léopold a empurrou contra a cômoda até que seu traseiro encostasse na superfície fria.

— Você não tem ideia do quanto significa para mim, do presente que me deu — ele disse a ela, sua voz sombria e suave. Passando os dedos na parte de trás de seu cabelo, seus lábios desceram sobre os dela. Entregando toda a intensidade que seu coração continha, ele a beijou, sua língua deslizando na dela. Não importava o que acontecesse, ele queria que ela sentisse o amor que crescia dentro de si, a emoção que ele ainda não conseguia colocar em palavras.

Laryssa caiu em seus braços, consumida por seu beijo inebriante. Seus lábios, macios e fortes, reivindicaram os dela. Ela podia saborear sua paixão por ela, aquela língua sedutora invadindo sua boca, procurando e desbravando. Perdendo o controle, ela acompanhou seu ritmo, com a necessidade de ter mais dele. Mordendo e chupando, ela gemeu na boca dele.

Ela respirou fundo quando ele afastou os lábios, observando seus olhos ficarem loucos de luxúria, e ele caiu de joelhos. Ela apoiou as mãos na escrivaninha enquanto ele colocava as mãos na parte interna de suas coxas. Lenta e deliberadamente, ele as afastou. Ela ofegou em antecipação com como ele planejava tomar o controle de seu corpo.

— Abra as pernas — demandou. Sem tirar os olhos dela, passou a ponta da língua por seus lábios vaginais inchados e sorriu para ela. — Sua boceta está tão molhada. — Ele a lambeu novamente e ela gemeu. — Tão doce. — Usando seus dedos para separá-los, chupou levemente seu clitóris inchado. — E minha. — Com a outra mão, mergulhou dois dedos em sua carne lustrosa. Continuando a fazer amor com ela com a boca, habilmente a levou ao limite.

— Leo! — ela gritou, tremendo, enquanto ele lhe dava prazer. Suas paredes internas se fecharam ao redor dos dedos, e ela lutou para manter seu relaxamento sob controle. Deixando de lado a cômoda, enfiou os dedos nos cabelos dele, puxando seu rosto ainda mais para sua boceta.

Implacável, ele passou a língua levemente sobre o clitóris dela, aumentando gradualmente o ritmo e a pressão. Usando sua mão por trás da coxa, ele agarrou seu quadril. Ela resistiu contra ele. No ritmo de seus dedos, ela dirigiu seus quadris para sua boca. Quando sentiu as paredes internas dela começarem a tremer ao redor de sua mão, ele pegou seu inchaço entre os dentes, mordendo suavemente, e então a chupou com força até que ela gemeu, se libertando.

— Sim. Porra, sim. Oh, Deus. Leo, Leo! — ela gritou quando foi atingida pelo orgasmo. Ondas de prazer sem fim a percorreram, e ela o sentiu levantá-la até a cama.

— Mãos e joelhos, agora — Léopold ordenou, ajeitando ela de barriga para cima. Em um gesto suave, ele se enfiou dentro dela.

— Sim! — gritou, ajustando seu peso para que suas pernas estivessem abertas para ele.

— *Merde*, você é tão apertada. Não se mexa — ele grunhiu, quando sua boceta tremeu ao redor de seu pau. A sensação de formigamento o levou ao próprio clímax. Respirando fundo, lutou contra o desejo de gozar.

— Me fode!— ela pediu. Sua testa caiu sobre o travesseiro. Ela se mexeu contra ele, tentando fazê-lo se mover. Um tapa forte em sua bunda, com a intenção de punir suas intenções, só serviu para excitar ainda mais sua carne tenra. — Ahhh… sim.

— Você é uma garota safada, não é? — Ele a espancou novamente na outra banda, ciente do quanto ela gostou.

— Por favor, Leo… — ela implorou.

— Você realmente aprendeu a não ter paciência, não é? Estou ansioso para te ensinar, querida. Hoje à noite, eu vou possuir cada parte do seu doce corpo — prometeu. Agarrando seus quadris, ele começou a se mover um centímetro de cada vez. O ritmo torturante que ele impôs faria os dois quererem mais.

— Leo — ela repetiu ao senti-lo recuar, então entrar nela muito lentamente, deixando-a louca de desejo. — Mais rápido.

— Que delícia é você... sim — ele rosnou. Preenchendo-a ao máximo, ele se acalmou novamente. Pegou a garrafa de lubrificante que estava sob os lençóis pois planejava usar nela esta noite.

— Não pare — ela protestou. Quando o gel frio e escorregadio atingiu seu traseiro, esperava que ele viesse com o plugue. Laryssa arqueou as costas para sentir a carícia na bunda.

— Eu vou te foder aqui esta noite — avisou. — Sua bunda é tão bonita.

— Mas... ahhh. — Sua boceta se apertou quando ele inseriu um dedo em seu buraco de trás. Ao contrário da vez anterior, deslizou facilmente, com pouca pressão.

— É isso. — Léopold sorriu, ouvindo-a gemer e pressionando um segundo dedo. Ele começou a bombear seus quadris mais uma vez, cerrando os dentes e se acomodando dentro dela.

— Sim, sim, sim — Laryssa balbuciou, à deriva na sensação. Nada mais existia além de seus dois corpos, unidos como um só prazer.

Com um impulso final, Léopold puxou seu pênis completamente para fora dela, então se cobriu com a lubrificação. Circundando a pele enrugada, ele a provocou com os dedos e pressionou a ponta firme de seu pau no ânus dela.

— Ah, sim. Me receba — ele encorajou.

— Leo — ofegou. — Eu não sei... eu, sim, não pare. — Ela balançou a longa cabeleira para frente e para trás, ajustando-se à plenitude.

— Sim, sim... sinta-me em você, veja como fomos feitos um para o outro. Empurre-se de volta para mim — ele instruiu, passando as pontas dos dedos pelos ombros dela. Respondendo à sua longa respiração, ele lentamente a penetrou até que estava completamente dentro dela, seu quadril encostado no traseiro dela. Gentilmente, pegou seus cachos na mão. Os músculos apertados agarraram seu pau, massageando cada centímetro de sua masculinidade. — Oh, sim.

Relaxando em sua invasão sombria, Laryssa se abriu para ele. No momento em que ele encaixou seu pau todo dentro dela, ela exalou e tentou se mover. Como se lesse seus pensamentos, gentilmente começou a se movimentar para frente e para trás, deixando-a se acostumar com a doce pressão. Laryssa levantou-se para atender seus impulsos, incitando-o a ir mais rápido, mas ele assumiu o controle, obrigando-os a mergulhar no êxtase de cada longa estocada. Juntos, moviam-se em sincronia, perdendo-se no momento.

Laryssa gemeu o nome de Léopold repetidamente enquanto ele a puxava da maneira mais satisfatória. Ela nunca se sentiu tão deliciosamente fora de controle em sua vida. No entanto, o tempo todo, estava ciente de seu poder dançando em seu sangue. Com a mão puxando seu cabelo, a ardência deliciosa em seu couro cabeludo a fez gemer alto. Ela sentiu a outra mão dele deslizar de seu quadril até sua cintura. Deixando-o dirigi-la, arqueou as costas, e ele puxou seu torso para cima até que ela ficasse apenas de joelhos.

Segurando-a firmemente em torno de sua barriga, ele aumentou o ritmo. À medida que sua necessidade primordial crescia, as presas de Léopold saíram e ele soltou o cabelo dela, deixando-o cair para o lado, revelando a longa curva de seu pescoço. Envolvendo os dois braços ao redor dela, ele encontrou seu clitóris mais uma vez. Enquanto se enfiava na bunda dela, continuava a acariciar sua pérola.

— *Mon amour*, estou perto pra caralho — ele sibilou.

— Me morda agora — ela insistiu, afirmando seu domínio. Seu inchaço pulsava enquanto ele aplicava mais pressão e ela não podia deixar de gozar. — Leo, por favor.

Tão perto do próprio clímax, Léopold soltou uma risada ante a demanda de sua companheira. Ele sabia o tempo todo que sua submissão viria apenas no quarto, e mesmo assim, ela faria isso em seus próprios termos. Poderosa por direito próprio, ela levaria seus limites a lugares que ele nunca imaginou. No entanto, era por isso que estava se apaixonando por ela. Ela o cativou com sua sexualidade aventureira e espírito corajoso. Ao ouvi-la gemer de desgosto por não ter lhe dado atenção, ele levou o pulso à própria boca. Um corte rápido de suas presas fez seu sangue pingar nas costas dela.

— Nós nos escolhemos... minha doce Laryssa... — Suas palavras sumiram enquanto ele segurava o braço nos lábios dela. Instintivamente, ela o agarrou, absorvendo sua essência sanguínea. Sibilando em êxtase, ele jogou a cabeça para trás e afundou os dentes profundamente em seu ombro.

Laryssa se agarrou a Léopold, seu corpo convulsionando enquanto seu clímax a atravessava. Desde o segundo em que o sangue potente tocou sua língua, ela foi atingida por um tsunami de emoções externas. Séculos de lembranças e sentimentos se derramaram sobre ela como uma enorme cachoeira, limpando-a, tornando-a nova só para ele. Como se os pensamentos dele fossem dela, eles atravessaram sua mente. *Serenidade, finalmente encontrou sua alma gêmea. Luxúria, sua mente consumida por uma fome insaciável apenas por ela.* Sorriu quando o amor dele encheu seu peito. Escondida atrás de tudo estava a raiva, fervendo abaixo da superfície. Ninguém tocaria em sua companheira.

Lágrimas escorriam por seu rosto. Positivamente possuída pela intimidade de seu vínculo, ela tremeu em seus braços. Inundada, Laryssa deixou de lado seus medos, abraçando seu calor. As fibras de seu vínculo se apertaram ao redor dela e ela sabia que, daquele dia em diante, nunca mais estaria sozinha. O vampiro carismático roubou seu coração, e ela sempre seria dele. *Eu te amo.* As palavras passaram por sua mente antes mesmo que ela pudesse parar o pensamento. *Je t'aime de tout mon coeur,* ouviu em resposta e sorriu. Mesmo que não entendesse as palavras, sabia que ele a amava, o suficiente para se comprometer com ela por toda a eternidade. Não importava o que enfrentassem, ela sabia com certeza que ele iria até os confins da Terra para mantê-la ao seu lado.

CAPÍTULO VINTE

Depois de fazer amor nas primeiras horas da manhã e dormir o dia todo, a mente de Léopold voltou-se para a morte do demônio. Chamou Dimitri e Ilsbeth para encontrá-lo em sua casa. Assim que o crepúsculo caiu, todos ficaram esperando nas docas. A grama estava queimada desde a última vez que o demônio havia mostrado a cara feia em seu quintal, e ele esperava que fosse de lá que voltaria a procurar Laryssa. Embora Ilsbeth tenha sugerido convocar o demônio onde ele apareceu pela última vez na cidade, Léopold se recusou a colocar qualquer outra pessoa em perigo. Com a casa do alfa protegida e bem guardada, o confronto tinha que ocorrer onde não houvesse outros inocentes. Acima de tudo, procurava manter Ava escondida.

Ilsbeth reiterou ao seu pequeno grupo que apenas Laryssa, como dona do Tecpatl, poderia enviar o demônio de volta às suas origens infernais. Qualquer outra tentativa de matá-lo seria em vão. As náiades esconderam a faca, sabendo que o demônio poderia usá-la para quebrar o véu do submundo à vontade. Apenas uma náiade poderia mandá-lo de volta para Satanás. A bruxa especulou que, em algum momento, o demônio havia negociado com os astecas, prendendo sua entidade à faca. Saboreando os sacrifícios humanos, o demônio usou sua influência para alimentar os assassinatos, possuindo os pensamentos daqueles que esfaquearam a borda dentada do Tecpatl no esterno de suas vítimas, arrancando os corações pulsantes de homens, mulheres e crianças com as próprias mãos. Eles não seriam a primeira nem a última civilização a fazê-lo. Mas o demônio, cujo nome era Rylion, infundiu seu mal naquela arma em particular.

Léopold temeu que o demônio tentasse levá-la. Desde que eles se uniram, sentiu cada memória que ela manteve de seus ataques e Laryssa estava convencida de que queria mais do que o Tecpatl. Rylion. Ele se autodenominava seu mestre. No entanto, independentemente das ilusões do demônio, Léopold sabia com certeza que ninguém, nem mesmo ele, era o mestre de Laryssa.

Léopold deu um pequeno sorriso para a mulher, que nervosamente tocou o punho do Tecpatl. Ele não tinha certeza de sua capacidade de utilizar o vínculo, de sentir mais do que suas emoções. *Aconteça o que acontecer, irei buscá-la, mon amour*, pensou consigo mesmo. Instantaneamente, ela sorriu de volta, deixando-o saber que ela o sentiu. Depois de anos permitindo que a perda de sua família o definisse, sepultasse e paralisasse sua dor, ela o libertou. Apaixonar-se por ela tinha sido um presente inesperado. Admitir que a amava, no entanto, e dizer as palavras em voz alta, não seria fácil. Deslizando a mão na dela, levou a palma de sua mão aos lábios, aceitando que daria alegremente sua vida pela dela.

O trovão retumbou à distância e ele olhou para Laryssa, cuja expressão havia ficado séria. *Rylion*, ele ouviu Laryssa sussurrar. Um raio caiu, estalando através da atmosfera no lago. Com o canto do olho, ouviu Dimitri discutindo com Ilsbeth e lançou-lhe um olhar furioso, alertando-o para interromper a conversa.

— Está aqui — disse Laryssa. Ela olhou de um lado para o outro, esperando que Rylion se materializasse do nada.

— Atrás de você — Dimitri gritou para Léopold.

— Laryssa — o demônio rosnou.

Tanto Laryssa quanto Léopold giraram nos calcanhares. O demônio cacarejou, saboreando seu medo como um bom vinho em sua língua. Sua longa língua bifurcada deslizou para fora de seus lábios entreabertos como se fosse uma cobra, farejando seu ambiente. Léopold se jogou na frente de Laryssa, protegendo-a de sua linha de visão.

— Você trouxe — Rylion continuou, cravando seus olhos em Léopold. — Venha para o seu mestre, Laryssa. O velhote não pode protegê-la.

Laryssa sentiu o rosto empalidecer. Sua voz fria afundou as garras gélidas em sua mente. Mesmo tendo passado horas se preparando mentalmente, seu medo aumentou, fazendo seu estômago revirar. Ela pressionou a testa nas costas da camisa de Léopold, concentrando-se no vínculo. Como uma tala de aço, os mantinha juntos. Nada, nem mesmo essa criatura hedionda, poderia separá-los.

— Rylion — disse ela. Sua voz era suave, mas firme, quando deu a volta por Léopold. Se tivesse alguma chance de matá-lo, mandando-o de volta para o inferno, teria que chegar perto o suficiente para usar a faca. — Eu tenho o Tecpatl. — *Estou ansiosa para dá-lo a você. Rasgar você com isso.*

— Deixe-me ver — o demônio exigiu. Sua forma cintilou brevemente para a de um macho humano e então rapidamente se transformou de volta no ser escamoso.

Quando Laryssa ergueu a lâmina de pedra para o céu, sua determinação começou a aumentar. *Que se foda. Isso acaba esta noite.* Seus olhos dispararam para Léopold, que assentiu, sentindo suas intenções. Em vez de ele tentar impedi-la, ela sentiu a confiança dele em seus poderes. Este homem incrível morreria por ela esta noite, ela sabia. Mas apoiaria sua independência para travar uma batalha que só ela poderia vencer.

— Ah. Tantas lembranças... os gritos. Crianças morrendo, me alimentar de suas almas — Rylion relembrou. — É lindo, não é? Traga-o para mim, minha doce náiade.

Laryssa se aproximou do demônio, ciente de que Léopold a estava protegendo. Ouviu murmúrios no ar e teve um vislumbre de Ilsbeth cantando.

— A bruxa não tem voz aqui. A Tlalco Tecpatl é minha, sempre foi minha. Aquela cadela roubou de mim e agora está de volta — Rylion disse a eles, ajoelhando-se. Estendendo as mãos para Laryssa, começou a falar em línguas.

O coração de Laryssa batia tão forte que parecia que ia partir suas costelas. O cabo começou a vibrar em suas mãos. A princípio foi apenas um formigamento, mas em segundos queimou a pele da palma da mão. A dor excruciante só serviu para focá-la à tarefa.

— Mentiroso! — ela gritou para o demônio. — Isso é meu, idiota. Se fosse seu, você mesmo conseguiria pegá-lo. Mas você não pode. Você precisa de mim.

— Você deve me dar por sua própria vontade. Faça isso agora. — Suas palmas vermelhas se curvaram, chamando-a. — Nós fizemos um acordo.

— Você recebe o Tecpatl em troca de renunciar ao seu direito à minha alma. Pegar ou largar — ela disse ao demônio.

— Não estamos negociando — rosnou Léopold, na tentativa de apoiá-la. — Laryssa é minha. Certamente, mesmo um filho de Satanás como você pode sentir o vínculo. Ela nunca será sua... nem sua alma, nem seu corpo. Aceite o acordo, Rylion. Então desapareça.

Uma nuvem de inquietação recaiu sobre Léopold enquanto ele falava com o demônio. Se Laryssa lhe desse a faca, Rylion teria a habilidade de perfurar o véu do submundo sempre que desejasse. Não era segredo que demônios e outras criaturas do submundo costumam mentir. Ele olhou para Laryssa, tentando fazer com que ela atacasse o demônio primeiro.

Mas a inocência dela o invadiu, lembrando-o de sua ingenuidade. Léopold cutucou-a na mente mais uma vez, instando-a a parar, mas ele podia sentir a fúria desenfreada que tomava conta. Os anos agonizantes aos quais ela sobreviveu, atormentada tanto pelo esconderijo quanto pela vergonha, passavam por sua cabeça. Ela não iria mais sucumbir a essa fraqueza.

— Diga, diga! Renuncie a mim — exigiu Laryssa, com o rosto fervendo de raiva.

Pela primeira vez na vida de Laryssa, ela convocou cada grama de seu poder. Estendeu a mão e direcionou sua energia para um enorme carvalho. Ele foi arrancado do chão com um rugido estrondoso e voou pelo pátio, pousando ao lado do demônio. Ela odiava a criatura, odiava todos que já a fizeram sentir que sua vida era menos do que viva por causa do que ela era. Agora que ela tinha Léopold e abraçava as origens dela, recusou-se a abrir mão de sua nova vida.

— Como queira — Rylion concedeu falsamente. Ele acenou com a cabeça em direção ao chão, escondendo o sorriso falso que usava. — Sua alma era minha por direito. Foi roubada. Mas eu quero a faca.

— Diga. Com. Todas. As. Letras — Laryssa cuspiu. Ela sentiu a preocupação de Léopold com ela através do vínculo. Quase parecia que ele estava tentando avisá-la, desencorajá-la de sua missão. *Eu tenho que matá-lo, Leo. Por favor.* Enquanto seu ódio por Rylion inundava sua mente, ela pensou em Ava, o demônio tentando matar o bebê. Laryssa, certa de sua decisão, afastou qualquer dúvida.

— Não tenho direito à sua alma — jurou, continuando a arranhar o ar com os dedos. — Sua vez. A faca. Me dê.

Um lampejo de falsidade nos olhos do demônio foi todo o aviso de que Laryssa teve de que Rylion pegaria a faca. Ela não podia permitir que ele a impedisse. A criatura tinha que ser enviada de volta para o inferno. Investindo contra o demônio, ela mirou em seu abdômen. Ao fazer isso, Rylion prendeu suas garras em seu pulso. Esmagando sua carne, forçou-a a largar o Tecpatl em sua própria mão.

— Sua vadia traiçoeira. Agora, você conhecerá a morte como nunca conheceu — zombou, puxando-a contra seu peito. O poder da faca reverberou em Rylion, impulsionando uma força eletrizante. Com um sussurro, o demônio se materializou para o nada, levando Laryssa e o Tecpatl com ele.

A bochecha de Laryssa bateu na poeira acre quando ela caiu no chão. Não precisava abrir os olhos para saber aonde o demônio a tinha levado. Ela se curvou, enrolando-se, achatando as palmas das mãos no chão e ficando de joelhos. Balançou a cabeça para se livrar do transe em que estava, decidida a matar o demônio.

Léopold. Ela sentia a preocupação com ela enquanto discutia com o demônio. Era quase como se ele não quisesse que ela desse a faca a Rylion. Mas ele sabia que só ela poderia matá-lo. Não fazia sentido. Confusa, esfregou a ponta do nariz tentando pensar com clareza. Limpando a sujeira suada de seus olhos, avistou Rylion acariciando a faca como se fosse um bebê. *Bebê*. Ela se lembrava vagamente de uma imagem do bebê. Léopold tentou se comunicar com uma imagem através de seu vínculo? *Mas por quê?* Ela se sentiu tonta, a mente tentando resolver o quebra-cabeça. A verdade doentia começou a aparecer quando ela tossiu as partículas vermelhas que haviam grudado em sua língua. O demônio havia renunciado à reivindicação da alma *dela*. Mas não de Ava.

Murmurando para si mesmo, Rylion finalmente percebeu Laryssa e sorriu. Estranhamente, para sua surpresa, não se aproximou dela. De pé, ele se transformou em um homem. Suas feições deslumbrantes não escondiam o mal que saía de seus olhos sem alma. Ele sorriu, movendo seu olhar para os soldados de olhos fundos que pairavam nos arredores da terra árida onde vivia. Como um horizonte desértico, o terreno rochoso parecia continuar para sempre, bloqueado apenas pelas centenas de fantasmas que aguardavam suas ordens. A pele de Laryssa se arrepiou quando ela os viu deslizando como zumbis. Por anos, ela os viu nas ruas, perseguindo-a como predadores, mas agora ela entendia o que eram, asseclas irracionais que Rylion criara de seu próprio ser. Como uma alucinação, eles eram parte essencial do demônio.

— Você gostou da minha nova pele? — O demônio perguntou, acariciando o peitoral com os dedos e admirando sua forma mortal. — Finalmente, depois de milhares de anos, poderei andar novamente na Terra. E tudo graças a você.

— Eu te odeio — ela gaguejou. Seu peito arfava, o ar quente queimando seus pulmões.

— Ódio. Luxúria. Enganação. Todas características admiráveis, até onde eu sei. Não se esqueça de quantas mortes causei com esta faca para merecer esta honra. — Ele alisou para trás o cabelo preto bem escuro na altura dos ombros e depois esticou os braços. — Eu também mereci você, Laryssa. Ou esqueceu que sou seu mestre?

— Foda-se. Você abriu mão dos seus direitos. Leo, ele virá atrás de mim — afirmou ela.

— Bem verdade. Mas veja, eu não desisti do direito à alma de Ava — Rylion a informou. Seus olhos brilharam excitados ao continuar. — Seu vampiro tentou avisá-la, mas seu ódio queimava intensamente como uma tocha. Um pequeno truque meu que sempre parece funcionar. Você sabe que a morte de Ava veio de minhas mãos. E, como a sua, a alma dela era minha... foi roubada.

— Não, não, não — repetiu Laryssa. Ela desviou o olhar por um segundo e ele desapareceu. Gritando para a vasta imensidão, ela procurou por ele. — Onde você está, seu maldito?

— Estou aqui.

Laryssa sentiu o ar sair de seu peito ao ouvir o choro de um bebê. *Ava*. Ela fechou os olhos, desejando que não fosse verdade. *Não. Oh, meu Deus. Tenha piedade. O bebê não*. Forçando o pescoço a se endireitar, ela se virou na direção do som. O demônio ficou ninando Ava em seus braços, rindo enquanto o fazia.

— Veja. Minha filha chegou.

— Abra o maldito véu — Léopold exigiu de Ilsbeth.

— Você deve ser paciente. — Ela levantou a cabeça e lançou-lhe um olhar furioso, mantendo as mãos na terra onde o demônio havia aparecido pela última vez.

— Leo, cara. Dê a ela um segundo. Nós a encontraremos — Dimitri disse.

Léopold sentia Laryssa, embora o demônio a tivesse sequestrado. Assim que Ilsbeth abriu a porta do covil de Rylion, ele foi atrás dela. Seu instinto lhe disse que o demônio iria levá-la, se não por sua alma, então para usá-la como moeda de troca para outra coisa, outra pessoa. Ava.

Suspeitando ser verdade, Léopold pegou seu telefone e mandou uma mensagem para Logan. Ele respirou fundo enquanto lia a resposta.

— Jesus Cristo. Ele a levou! — Léopold gritou, jogando o telefone longe, com raiva. — Ele a levou, porra.

— Sim, levou Laryssa. Eu sei. Nós vamos trazê-la de volta — Dimitri respondeu.

— Não. Levou Ava.

— Como diabos ele...

— Eu não sei, porra.

— A faca. Ele usou a faca — Ilsbeth respondeu, cortando a palma da mão com o atame. — Afaste-se. Quando ela se abrir, você pula. Não hesite. Vou mantê-lo aberto.

Léopold ficou furioso, sabendo que, depois de todos os seus esforços, o demônio levara Ava. Ainda assim, para além do fato de Ava ser uma náiade, ele não conseguia entender por que Rylion a queria tanto. Soltou um suspiro quando o chão começou a tremer. Dimitri estava ao seu lado.

— Você não precisa fazer isso, lobo — disse Léopold.

— Sim, eu sei. Mas você dá boas festas. Sabe que eu amo dançar — Dimitri tentou brincar.

— Dançar com o diabo.

— Eles estão tocando nossa música.

— Você está pronto para ir matar essa coisa?

— Sim, vamos nessa, porra.

O chão começou a tremer enquanto Ilsbeth entoava cada vez mais alto. Uma rachadura formou-se lentamente diante deles na terra, abrindo-se para um abismo ardente abaixo deles. Léopold não deu nenhum aviso antes de se lançar da borda para o abismo profundo. Dimitri piscou para Ilsbeth e pulou atrás dele.

Léopold caiu de pé, se segurando com as mãos. Uma rajada de vento soprou e, através dela, ouviu o choro de um bebê à distância. Cem metros ao norte, teve um vislumbre de Rylion sacudindo Ava como uma cenoura, seu coelhinho perdido consternado. Léopold lutou para ouvir a conversa. *Larissa, estou aqui*. Estava a caminho. Assim que pensou no nome dela, o chão começou a crescer com redemoinhos de poeira vermelha. Lentamente, as partículas circularam para cima no ar, transformando-se em uma parede opaca de terra arenosa.

— Siga-me — Léopold chamou Dimitri, que rasgou suas roupas e se transformou em lobo. Tropeçando nas rajadas de vento do solo, eles correram adiante.

Laryssa sentiu Léopold em sua mente, mas manteve os olhos no bebê. Forçando uma expressão impassível, ela lutou para esconder seu choque. *Ava é filha de Rylion?* Ela logo tentou entender o relacionamento ambíguo, mas não houve reconciliação. À medida que Léopold se aproximava, procurou distrair Rylion com perguntas.

— Como Ava pode ser sua filha? Ela nasceu de um lobo — ela desafiou.

— A possessão é um negócio complicado, especialmente porque eu tinha pouco controle sobre meu acesso à liberdade. Mas me deviam uma alma... você foi roubada de mim, afinal. O lobo era fraco e por acaso tive sorte, atravessando-o e possuindo-o. Eu tinha planos para o lobo, mas aquela noite com sua companheira mudou tudo para mim. Foi minha semente que fertilizou o ventre da vadia. Uma alma. Uma nova alma... só para mim.

— Você é doentio. — Laryssa tossiu quando Rylion lançou nuvens de detritos. Ela protegeu o rosto e deu um passo em direção a ele. — Então você a matou na floresta...

— Oh não, eu matei a mãe dela com minhas próprias mãos enquanto ela dava à luz... mãos lobo. Ava morreu naquela noite também. Mas aquela maldita cadela que cria vocês, prostitutas da água, roubou-a de mim. Como você, tudo o que ela precisava era de água. Claro, o lobo... bom, não acabou muito bem para ele — explicou Rylion.

— Ele sabia. — Laryssa enxugou os olhos, horrorizada com a revelação.

— A beleza da possessão é que eles não sabem que foram possuídos. — O demônio riu e começou a andar com Ava chorando em seus braços. — Tudo o que Perry sabia era que ele havia matado sua própria companheira. Ele foi lá e se matou. — Rylion fez uma pausa. — O que há de mais perfeito nisso é que, como os astecas, estou disposto a sacrificar meu próprio filho. Você não vê, Laryssa? Sempre foi sobre você.

— Sobre mim?

— Eu observei você todos esses anos e então você se escondeu de mim, me mantendo longe de sua casa, de sua vida. Mesmo quando enviei meus fantasmas para cuidar de você, você me rejeitou. Por que, Laryssa? Você sempre soube que eu estava lá.

— Eu não pertenço a você. Você está errado — ela gritou através do vento.

— Mesmo você fedendo a vampiro, você ainda é minha. E virá até mim... de bom grado.

— Você está louco? — Quando o choque se instalou, Laryssa começou a sacudir a cabeça. Pegando a visão do movimento pelo seu olho esquerdo, tentou se concentrar novamente em Rylion. Ela suspeitava que o demônio percebera que Léopold estava em seu mundo, mas não o ajudaria a confirmar.

— A alma de Ava pela sua. Entregarei minha única filha ao vampiro e seu lobo. Sei que você está aqui — gritou para a tempestade. — Tudo o que você precisa fazer é dizer sim. Diga as palavras. Aceite seu lugar ao meu lado. Olhe para mim agora... eu sou um homem. Posso satisfazer seus desejos terrenos. Diga-me... diga-me que sou seu mestre. Me dê sua alma.

— Coloque o bebê no chão... ali! — ela gritou, em meio ao barulho, apontando para a rocha onde havia deixado o Tecpatl.

— Diga. Aceite-me como seu mestre. Dê-me o que é meu, Laryssa, e o vampiro pode ter o bebê. Rejeite-me e eu a matarei. Terá isso em sua consciência para sempre.

— Coloque-a no chão primeiro — insistiu Laryssa.

Lentamente, ela se aproximou dele. O Tecpatl descansava a apenas alguns metros de suas mãos. Se suas habilidades funcionassem no submundo, ela poderia ter chamado a faca para si. Mas não importava o quanto ela tentasse, a energia não respondia ao seu chamado. Ela levantou as mãos para cima, expondo as palmas para ele. *Pegue o bebê. Leo, pegue o bebê.* Ela rezou como o diabo para que, durante o caos, Léopold pudesse ouvir a discussão deles.

— Você aceita minhas condições?

— Sim — ela sussurrou, espiando a faca.

Rylion moveu-se rapidamente para colocar a criança na terra, sem tirar os olhos dela. Depois de colocar a criança no chão, ele caminhou em direção a Laryssa, com um largo sorriso surgindo em seu rosto.

— Diga, Laryssa. Diga que você é minha — ordenou.

Laryssa assentiu, fingindo submeter-se à sua vontade. *Mexa-se.* A ordem veio forte, enchendo seu peito de pavor. *Mexa-se. Agora, Laryssa.* Sem pensar, ela sentiu que Léopold estava vindo por ela.

— Eu digo... você é meu mes... — suas palavras se desfizeram quando ela se jogou no chão e saiu da frente do caminho. Léopold voou por trás dela, colidindo com o demônio. Dimitri cortou a poeira e pegou a criança em seus braços, voltando para o tornado de sujeira. De joelhos, Laryssa rastejou em direção à rocha, para o Tecpatl.

— Você está morto — Léopold grunhiu, enfiando o punho no rosto de Rylion.

A forma humana do demônio desapareceu de imediato, permitindo que ele cravasse suas garras selvagens nos braços de Léopold. O vampiro o prendeu no chão e o acertou novamente, mas Rylion apenas riu e se livrou do alcance dele. Continuando seu ataque, Léopold estendeu suas próprias garras, abrindo um corte no peito do demônio. Rylion tropeçou para trás, mas sem vacilar. Com suas presas para fora, Léopold investiu contra ele, rasgando a carne. Ao mordê-lo, ele curvou os dedos, como uma seta. Enfiando a mão no peito do demônio, perfurou seu intestino, até o outro lado. Fechando o punho, arrancou as entranhas do inimigo de sua cavidade.

Rylion cambaleou para trás quando Léopold o soltou. A risada do demônio ficou mais alta, embora suas pernas ameaçassem vacilar.

— Você não pode me matar, seu tolo — o demônio se vangloriou, suas feridas cicatrizando diante de seus olhos. — Ninguém pode me matar.

— Eu posso, filho da puta. — Laryssa gritou, atacando por trás. — Vá para o inferno!

Usando toda a sua força, ela mergulhou o Tecpatl nas costas de Rylion. O som de suas escamas se abrindo ecoou no ar. O demônio gritou e sibilou, agitando os braços, mas ela continuou a usar toda a sua força para enfiar a faca em sua pele grossa. Aproveitou a lâmina para içar-se para cima e envolver as pernas em torno da cintura dele. Laryssa segurou firme e a torceu em sua carne. Rylion cambaleou para frente e para trás enquanto ela mergulhava até o cabo. Os guerreiros sem alma de Rylion giraram em um vórtice, retornando ao corpo do demônio, mas não foi o suficiente para salvá-lo do destino do Tlalco Tecpatl. Sangue jorrou de sua ferida, espirrando na terra rachada. À medida que a essência do demônio era drenada de seu corpo, ele foi sugado de volta para o submundo infernal de onde havia vindo, seu corpo tombando de bruços no chão. Não mais deste mundo, foi enviado para o inferno.

Laryssa gritou para que morresse, repetidamente, absorta em sua tarefa. Ela sentiu as mãos de Léopold em seus ombros, ouviu sua voz chamar seu nome, mas continuou deitada sobre a casca escamosa do demônio. Com medo de soltar a faca, ela rejeitou o toque de Léopold, empurrando a mão para ele.

— Já foi — Léopold falou baixinho com ela, ciente de que estava desequilibrada. Sua pequena náiade não era uma assassina... até então. A tempestade cessou, permitindo que acenasse para Dimitri, que segurava o bebê. O véu brilhante permaneceu, mas ele precisava fazer Laryssa se mover. — Venha, querida. Você conseguiu.

— Não, não, não — ela murmurou, com medo de que o demônio voltasse. Laryssa sentiu Léopold passar por sua mente e sussurros de suas palavras reconfortantes acariciaram seu coração, permitindo que ela abrisse os olhos.

— É isso. Você está bem. Sou eu, Leo. — Pela primeira vez em sua vida, ele se referiu a si mesmo pelo nome abreviado que sua mãe o chamava quando criança. Embora Dimitri também se dirigisse a ele dessa forma, foi Laryssa, sozinha, quem o fez tomar para si. O nome representava a revolução que ela causara em sua alma. O amor dela por ele e o dele por ela. — Estou com você.

Gentilmente, ele deslizou as mãos sob os braços dela, tirando-a de cima do cadáver. Através do vínculo, enviou a ela toda a sua força e calma, comunicando quão incrivelmente orgulhoso estava dela. Ele quase a soltou quando ela ficou tensa. Com as mãos ainda congeladas ao redor do cabo de pedra, ela se recusava a soltá-lo. Léopold estendeu a mão em volta dela, colocando-as sobre as dela e puxou o Tecpatl da epiderme crepitante. Uma vez solta, ela segurou a faca contra o peito como se estivesse protegendo um tesouro querido. Ciente de que ela estava traumatizada, Léopold a pegou em seus braços, aninhando-a. Sua coelha era uma guerreira. Mas agora que a batalha fora lutada, ela desmoronou em seus braços.

CAPÍTULO VINTE E UM

Uma semana se passou desde que baniram permanentemente o demônio de seu mundo. Laryssa voltou a trabalhar em sua loja, com Léopold insistindo para que ela fosse com calma. Embora ela ainda não tivesse contado a muitas pessoas sobre seu novo status sobrenatural como náiade, ela também não o escondia. Trabalhava para treinar Mason para assumir as operações do dia a dia para que pudesse viajar com Léopold estava indo bem e ela ansiava por seu futuro.

Enquanto Laryssa trancava a porta, lembrou-se de como Logan e Wynter ficaram em êxtase quando devolveram Ava para sua casa. Um lobo, a criança precisava ser criada por lobos, em matilha. Uma náiade, ela precisava de orientação para aprender a sobreviver e prosperar na água e aprimorar suas habilidades. Hunter Livingston deu a bênção ao alfa de Nova Orleans e sua companheira, concedendo-lhes o direito de criar a criança. Laryssa e Léopold foram designados padrinhos por Logan. Laryssa se sentiu humildemente honrada, grata pela oportunidade de ser uma presença na vida da menina.

Laryssa contemplou o único assunto não resolvido, que era a recuperação de Sydney. Embora sua alma não tivesse sido perdida para o demônio, Sydney nunca seria humana novamente. Era verdade que seus ferimentos a teriam matado se não fosse pelo sangue vampírico de Kade. Podia não ter sido dito na noite do ataque, mas Kade a tinha transformado. Léopold sabia disso, mas não contou a Laryssa até alguns dias depois que ela matou o demônio. Sydney, embora noiva de um vampiro, desejava firmemente permanecer humana. Mas o que foi feito não poderia ser desfeito. Apesar das várias visitas de Léopold à casa de Kade, foi dito que Sydney não aceitara seu destino, e continuava deprimida e isolada em casa.

Desde a terrível experiência de Laryssa no submundo, ela trabalhou com Ilsbeth para localizar informações sobre como devolver o Tecpatl à água. Ilsbeth, ainda sem saber como fazê-lo, prometeu que a ajudaria. Nesse meio-tempo, Laryssa o trancou e enterrou no fundo do leito do lago para mantê-lo seguro.

Fiel à sua promessa, Léopold mudou a maior parte dos pertences de Laryssa para sua casa no Bairro Francês, onde ficavam durante a semana. Eles planejavam passar os fins de semana em sua casa no lago. Em qualquer local, ela tinha livre acesso às águas vivificantes de que precisava para existir. No início do dia, eles combinaram de se encontrar para jantar em um pitoresco restaurante ao ar livre a alguns metros da casa. Enquanto caminhava pela calçada, percebeu que não tinha mais medo de ver os guerreiros sem olhos. Eles foram uma miragem o tempo todo, projetados por Rylion para mantê-la sob sua vigilância. Mesmo quando a noite caísse, ela não mais temeria a escuridão. Não importava onde ela estivesse, Léopold estava com ela, apoiando-a, amando-a.

A única coisa que a preocupava era que, apesar do vínculo, eles ainda não haviam dito que se amavam. Três pequenas palavras pareciam um detalhe minucioso devido à conexão, mas estavam se tornando tremendamente importantes para ela. Ela amava Léopold. Não só queria que ele soubesse, como queria que todos soubessem. Sempre que faziam amor, ela podia sentir o sentimento dele atravessando-a e, embora ele sussurrasse palavras doces em francês, queria ouvir que ele a amava.

Sinos tocaram no alto quando ela abriu a porta do restaurante. O *maître* fez sinal para ela, gesticulando com a mão para que ela fosse até ele. Ela riu e olhou por cima do ombro, sem saber como ele a reconheceu. *Léopold*. Revirando os olhos, sorriu educadamente para o homem e caminhou em sua direção.

— Srta. Theriot? — ele confirmou.

— Sim.

— Sr. Devereoux está esperando por você. Por favor, me acompanhe. — Ele se virou e caminhou pelo movimentado restaurante.

Laryssa o seguiu, atendendo ao seu desejo. Luzes lilases iluminavam seu caminho pelo restaurante escuro. A anfitriã empurrou uma porta de vidro, mantendo-a aberta para que ela pudesse entrar primeiro no pátio aberto. Escondidas em galhos curvados acima de suas cabeças, centenas de pequenas luzes brilhavam nas árvores. As mesas à luz de velas eram decoradas com pequenos vasos de flores frescas. Enquanto caminhava pelo romântico jardim de jantar, avistou Léopold sentado em um canto dos fundos.

Seu estômago borboleteou quando o vampiro deu a ela um sorriso sedutor. O brilho em seus olhos disse que ela teria uma surpresa. Quando ela se aproximou da mesa, ele se levantou, tocando brevemente seus lábios nos dela. Esperando que se sentasse, sinalizou para o garçom servir-lhe um copo.

— Meu amor. Adorável como sempre. Como foi o seu dia? — Ele casualmente sacudiu seu vinho e estudou suas pernas contra a luz.

— Ótimo. Mason está indo bem.

— Em quanto tempo acha que ele estará pronto para assumir? — ele perguntou com indiferença. Quando o garçom passou, ele acenou.

— Talvez mais uma semana. Acho que todo aquele tempo sozinho sem mim realmente ajudou a prepará-lo. — Ela pegou o copo e tomou um gole da bebida. — Você conseguiu ver nossa menininha hoje?

— *Oui*. Ela está indo bem. E Logan e Wynter... vamos apenas dizer que, embora eu não ache que eles estivessem esperando um novo filhote, serão pais maravilhosos. Tenho certeza de que estarão bastante ocupados.

— Ainda não entendo como Ava pode ser filha de Rylion — ela afirmou, com desgosto.

— Ela não é. Acredito que, como você, o demônio pensou que tinha direito a ela.

— Delírio de grandeza é o que mais parece.

— Possessão é possessão. Até mesmo as bruxas às vezes conseguem. Mas uma coisa é certa; foi o corpo de Perry que criou Ava com Mariah. Depois que Rylion matou Mariah, porém, e então o bebê, ele reivindicou sua alma ou, devo dizer, tentou. A água do útero é talvez a mais vital que qualquer um de nós conhecerá em nossas vidas. A Senhora a salvou do demônio. Nenhum mal consegue macular Ava — Léopold confirmou. — Nossa pequena vai ficar bem. Ela vai ser a bela de Nova Orleans algum dia.

— Você já desejou... quero dizer, você é um vampiro... — A voz de Laryssa ficou suave e ela desviou o olhar. A mão dele na dela a fez olhar para ele.

— Eu não vou mentir para você. Sempre quis ter filhos, mas essa minha vida, sabe... morreu tudo. E agora que tenho você, isso é tudo que importa. — Léopold percebeu sua tristeza. Eles nunca discutiram filhos. Nunca foi uma opção... até agora.

— Você é tudo que importa para mim, Leo. Está tudo bem, sério. Quero dizer, nunca pensei que poderia ter filhos, então está tudo bem.

— Mas se você pudesse... você teria?

— Com você?

— Mas é claro que é comigo. — Ele riu.

Laryssa respirou fundo e suspirou.

— Sim. — Ela esperava que ele não ficasse bravo com ela.

— Luca e Samantha vão ter uma filha.

— Eu pensei que você disse que ela era uma bruxa. Eles têm muita sorte.

— Ilsbeth acredita que é uma possibilidade — Léopold deu a ela um pequeno sorriso, esperando que ela juntasse as peças.

— Nós? Não — ela respondeu, balançando a cabeça. Aumentar suas esperanças em algo que era impossível iria destruí-la.

— *Oui*. Nós. Aparentemente, como as bruxas, a náiade pode fazer vidas... com vampiros.

— Não brinque com isso. Não é engraçado.

— Não estou brincando.

— Ainda não estou pronta para ter filhos, mas, meu Deus, se você está falando sério, adoraria ter filhos seus algum dia — ela confirmou. *Eu te amo tanto.*

— Você seria uma mãe maravilhosa, querida. — Ele sorriu, satisfeito com a resposta dela.

Laryssa era sua alma gêmea perfeita. A visão dela inchada com seu filho quase trouxe lágrimas aos seus olhos. Ela simplesmente não tinha ideia do quanto ele se apaixonara por ela, mas planejava contar esta noite. O garçom se aproximou da mesa, colocando os aperitivos na frente deles.

— Leo, eu... — Laryssa começou. O amor em seu coração parecia que ia explodir se ela não contasse a ele como se sentia. Precisava dizer as palavras.

— Você está muito sensual esta noite — disse Léopold, mudando de assunto. — Eu amo quando você usa saias, sabia disso?

O tom dominante da voz de Léopold causou calafrios na espinha de Laryssa. Ela lambeu os lábios e deu-lhe um pequeno sorriso.

— Bem, eu gosto de fazer você feliz. — Laryssa sentiu a mão dele em sua perna debaixo da mesa e pulou na cadeira. O calor de sua palma fez o desejo cantar em seu corpo. Sabendo que ele sentiria na hora, ela pegou o garfo e espetou um pedaço de alface, tentando agir normalmente.

— Muito feliz em ouvir isso, porque pensei que este seria o lugar perfeito para continuar nossas aulas. — Léopold deixou sua mão deslizar para o joelho dela.

— Aulas? — ela resmungou. — Que aulas?

— Talvez eu tenha usado a palavra errada. Experimentação. *Oui.* — Seu sorriso diabólico disse a ela que ela estava em apuros.

— Experimentação? Com o quê? — Além de seu prazer em ser contida, eles discutiram como ela gostou de ser espancada na frente de Dimitri. *Oh, Deus, isso não. Aqui não.* Antes que ela pudesse protestar, ela o sentiu abrindo seus joelhos, o ar frio subindo por seu vestido. Olhando em volta para os outros clientes, ela endireitou as costas quando ele começou a puxar a barra do vestido. — Hum, Leo, o que você está fazendo, querido? — Ela riu quando os dedos dele subiram pela parte interna de sua coxa. Olhando ao redor do restaurante, esperava que ninguém pudesse ver o que ele estava fazendo. Mesmo que a toalha de mesa branca obstruísse a vista, Laryssa não conseguia parar a onda de calor que enchia seu rosto.

— Apenas dando um olá.

— Hum, olá para você também. Percebe que estamos em um restaurante... um restaurante muito movimentado? — sussurrou.

— *Oui*, estou ciente de onde estamos. Sabe, estive pensando naquele dia no cais. As palmadas. — Ela projetou seu tesão nele e seu pau estremeceu em resposta. Ele sorriu e deu a ela um olhar compreensivo. Léopold mal podia esperar para testar seus limites. — Vejo que você se lembra.

— Sim, eu lembro claramente. Foi... — *Constrangedor. Erótico. Quente.* — Interessante.

— Pensei, então, por que não experimentar mais? — Acariciando sua pele macia, ele contornou sua calcinha com os dedos. Podia sentir o calor que emanava entre as pernas dela e tentava provocá-la impiedosamente.

— Mas, Leo — ela começou, mas não conseguiu terminar quando ele deslizou o dedo indicador por baixo do tecido frágil. Ele roçou seus lábios lisos e pressionou um único dedo dentro dela. Ela fechou os olhos e agarrou o guardanapo de pano. Tentando não deixar ninguém saber o que ele estava fazendo, ela abriu as pálpebras e suspirou. — Por favor.

— Shhh... você não gostaria que todos te ouvissem agora, não é? — Ele riu. — Você está molhada, *mon amour*. Tão bom.

— Leo — ela respirou, enquanto ele pulsava em seu âmago, circulando o polegar sobre seu clitóris. Mordendo o lábio, lançou-lhe um olhar de soslaio. *Ele é louco? Alguém vai perceber. Seremos expulsos do café.* Como se pudesse ler seus pensamentos exatos, ele aumentou a aposta.

— Não se preocupe com o que vai acontecer a seguir. Comprei um presente para você. — Ele deu um largo sorriso e piscou. Retirando a mão de sua calcinha, rapidamente enfiou a mão no bolso e recuperou o pequeno dispositivo de silicone em forma de ferradura que havia comprado para ela. Ele escondeu facilmente o brinquedo, que não tinha mais do que cinco centímetros de comprimento. Quando a mão dele voltou para seu colo, ela fechou as pernas. — Abra, bichinha. Ou prefere uma palmada?

Laryssa balançou a cabeça para frente e para trás, completamente chocada por ele estar pressionando-a com este jogo. Dominada por sua própria luxúria, ela vacilou entre fazer o que ele disse e fugir da mesa. Bom Deus, o homem a testava. Era assustador e estimulante, mas o tempo todo ele tinha um jeito de tocar em seus pensamentos mais sombrios.

— O que vai ser? — O lado de seu lábio se curvou para cima, mas seu tom disse a ela que ele estava falando sério.

Laryssa respirou fundo e soltou o ar. Seu coração disparou quando ela obedeceu à instrução. Ela resistiu ao impulso de pular de seu assento quando a suave camada externa do brinquedo roçou sua boceta. Quando ele deslizou o minúsculo vibrador dentro dela, a náiade balançou de um lado para o outro, fazendo com que o aparelho roçasse seu clitóris. De seu inchaço ao fino trecho de nervos dentro dela, ela ficava louca toda vez que se mexia na cadeira. Sem nenhuma área intocada, ela jurou que chegaria ao final de seu aperitivo.

— Leo... Ai, meu Deus. O que é isso? — Ela observou atentamente enquanto ele retirava a mão de debaixo da mesa, lambia os dedos e começava a beber de sua taça de vinho.

— Hmm... você é muito mais saborosa do que qualquer iguaria culinária. — Ele pegou o garfo e começou a comer a salada. Seus olhos encontraram os dela, que franziu a testa. — Só um pouco de diversão. Doce tortura para nós dois, imagino. Você não está comendo. Vamos, não desperdice seu jantar.

— Você está brincando? — respondeu, tentando manter a voz baixa.

— Alguma vez eu já brinquei? — Ele continuou comendo com um brilho divertido nos olhos.

No momento em que as entradas chegaram, Laryssa estava quase perdida. Enquanto pegava um camarão de seu étouffée, o dispositivo pulsou dentro dela, que abafou um guincho. Seus olhos pousaram em Léopold, que sorriu.

— O que você está fazendo? — ela perguntou, mantendo a voz firme.

A vibração atravessava seu clitóris, bem lá dentro de sua boceta, fazendo com que ela deixasse cair o talher. Ela agarrou a borda da mesa, o desejo a atravessando. Ela estudou Léopold. — Como você está fazendo isso?

— Não é uma bruxa, receio. Um homem deve guardar seus segredos. Agora lembre-se, querida Laryssa, não faça muito barulho. Você terá uma audiência.

— Você é mau. — Um espasmo de prazer a percorreu novamente, e ela tossiu, tentando disfarçar o gemido alto que ameaçava escapar de seus lábios. Decidindo que jogar limpo era preciso, ela pegou um palitinho de pão e o deslizou sedutoramente em sua boca, sem tirar os olhos de Léopold.

— Prefiro pensar nisso como um favor a você... expandir seus horizontes e tal. — O pau de Léopold endureceu como aço ao vê-la vibrando de desejo. O cheiro de seu prazer encheu suas narinas. Ele não achava que poderia ficar mais duro até que a pequena sedutora enfiou o palitinho de pão em sua boca. Sugando a respiração, ele ajustou a ereção. Nesse ritmo, seria ele quem gozaria na mesa. — A comida é deliciosa, não?

— Leo — ela gemeu.

As vibrações aumentaram de intensidade, aproximando-a do orgasmo. A sala ficou cada vez mais quente, o ataque em sua boceta prosseguindo. Alcançando os botões de sua camisa, ela desfez um. Agarrou a perna da calça dele e cravou as unhas em sua coxa. Sufocando a respiração ofegante, ela tentou descobrir como ele estava operando o dispositivo. Com uma das mãos no garfo e a outra na mesa, o mistério só continuou. Seus olhos rapidamente percorreram a sala, com medo de que alguém a ouvisse, descobrisse os tremores que sacudiam seu corpo.

— Goze para mim, bichinha. Goze na frente de todas essas pessoas — ele encorajou, amando o quão desinibida ela era. Embora fosse verdade que ele havia instigado seu jogo exibicionista, ela o abraçara com paixão. Quando o orgasmo dela começou, ele ofereceu-lhe a mão. A única coisa que tornaria o momento melhor seria se ele mesmo estivesse dentro dela.

— Eu... eu... Leo... Ai, meu Deus... eu vou...

— Shhhh... apenas deixe vir.

Quando o gozo a atingiu, ela apertou a mão de Léopold e baixou a cabeça. Pequenos grunhidos agudos escaparam enquanto ela deixava o clímax estremecer por seu corpo. O suor escorria em sua testa e ela fechou os olhos. Quando as convulsões começaram a cessar, ela ofegou para respirar.

— Você é a mulher mais deslumbrante que já conheci na minha vida — elogiou Léopold.

— Casa. Agora — ela rangeu, incapaz de controlar seus pensamentos.

— Mas você ainda não terminou... — Ele riu.

— Ah, terminei. Estamos saindo. Agora — exigiu com força, levantando de seu assento com as palmas das mãos sobre a mesa. Afastando o cabelo úmido do rosto, ela atravessou a sala, ciente de que Léopold a seguia.

Léopold jogou dinheiro na mesa e correu atrás de sua náiade safada. *Absolutamente espetacular*, ele meditou. Nunca conheceu, nem jamais encontraria novamente, uma mulher como ela. Ele correu na frente dela, abrindo a porta para que ela pudesse passar.

Laryssa, ardendo de desejo, não conseguia chegar em casa rápido o suficiente para fazer amor com Leo. Caminhando pelo pátio, ela mal notou alguém por perto. A única coisa que importava era sair do restaurante. Ao passar pelo *maître*, que tentou acenar para Léopold, ela avistou Dimitri no bar, sorrindo como o gato que não comeu apenas o canário, mas todo o ninho. *Porra. O que ele está fazendo aqui?* Certa de que tinha algo a ver com Léopold, ela se virou e viu o largo sorriso em seu rosto.

— Ei, querida — Dimitri disse, deixando seus olhos vagarem sobre ela.

— O que você está... — ela começou, mas foi interrompida.

— Você tem algo meu aí? — Léopold perguntou ao amigo.

— Sim, tenho — Dimitri falou lentamente, continuando a sorrir para Laryssa.

— *Merci beaucoup, mon ami* — disse Léopold, abrindo a palma da mão.

— A qualquer hora, irmão. — O lobo riu.

Os olhos de Laryssa se arregalaram quando Dimitri jogou um controle remoto do tamanho de uma moeda na palma da mão de Léopold. *Dimitri estava controlando o brinquedo?* Excitada demais para ficar com raiva, ela fingiu indignação.

— Você... — ela gaguejou e apontou para Dimitri. — Eu não posso acreditar que você o deixou convencê-lo disso. Lobo mau, mau, mau. E você... — ela fixou os olhos em Léopold, que parecia mais sensual do que nunca. Com domínio absoluto, ela se aproximou e agarrou-o pela gravata, puxando-o com força para ela. — Você é um vampiro muito travesso... que merece seu próprio castigo. É melhor me levar para casa... Acho que você me deve uma.

— Você ouviu sua mulher. — Dimitri riu. — O tempo está passando.

— É isso mesmo — Léopold respondeu. Sem avisar Laryssa, ele a pegou em seus braços e empurrou a porta da frente com a parte de trás de seu ombro.

Rindo, Laryssa chutou os pés e pressionou o rosto contra a camisa branca dele. Enquanto Léopold beijava o topo de sua cabeça, ela começou a desabotoar seus botões, deslizando as mãos por baixo do tecido esvoaçante, acariciando seu peito. Em noventa segundos, ele dobrou a esquina do quarteirão e estava batendo freneticamente com o dedo no bloco de segurança.

Com um leve zumbido, a porta se abriu e ele capturou os lábios dela com os dele. Usando o pé para fechá-la atrás de si, ele tropeçou no vestíbulo com ela em seus braços. Ele ouviu botões espalhados por todo o chão como pequenos discos fazendo um sapateado e percebeu que ela abriu sua camisa. Uma mordida em seu ombro enviou um solavanco em seu pênis.

Laryssa não se cansava dele. Agressivamente, rasgou suas roupas, mordendo e lambendo sua pele. Seus pés pousaram trêmulos no chão, e ela rasgou sua camisa. Levantando os braços para que ele pudesse tirar sua roupa, ela gemeu com a perda de contato. Mal percebeu que ele havia desabotoado seu sutiã até que caiu no chão. Estendendo a mão para ele, Laryssa enfiou os dedos em seu cabelo, agarrando sua cabeça.

Seus lábios encontraram os dela novamente. Em frenesi, eles se beijaram apaixonadamente, a língua dele varrendo a dela. Procurando, questionando, ele acariciou sua boca com uma urgência faminta. Laryssa devolveu seu beijo com selvageria, reclamando-o ferozmente para si. Imersos um no outro, o vínculo se agitou, aumentando a intimidade deles.

A ereção de Léopold pressionava sua barriga e ele a empurrava para a sala de estar. Ele gentilmente a colocou no chão, e ela gemeu em sua boca. A náiade tirou os sapatos, estendendo as mãos até a calça dele e desabotoando-a. Laryssa libertou seu pau duro como ferro e o acariciou, deslizando o polegar sobre sua cabeça brilhante. Com a outra mão, ela gentilmente massageou suas bolas apertadas até que ele gemeu de prazer.

Léopold não podia esperar mais um segundo para estar dentro dela. Empurrou sua saia para cima, arrancando sua calcinha com suas garras. Enfiando-se entre suas pernas, ele segurou seu monte de vênus. Pensou em remover o vibrador em forma de U, mas decidiu deixá-lo no lugar. Tocando o topo de seus lábios, apertou um botão quase invisível, ativando as vibrações sensuais. Laryssa gemeu em resposta, guiando seu pau em direção à sua entrada.

— Leo, o brinquedo... — ela falou em sua boca. A cabeça inchada de tesão pressionou contra sua entrada e ela caiu de costas no chão, abrindo as coxas.

— *Oui* — Léopold guiou sua carne inchada em sua boceta molhada. A superfície escorregadia zumbiu contra sua ereção enquanto ele a penetrava.

— Demais... sim, Leo — ela respirou.

— Você está tomando tudo de mim. Ah, sim, é isso. — Ele mergulhou lentamente, permitindo que ela se esticasse e mexendo para dentro.

Da raiz à ponta, sua boceta agitada e o lento tremor do dispositivo o estimularam, enviando ondas de choque por todo o corpo. Ele não duraria muito dentro dela desta primeira vez, ele sabia, mas planejava fazer amor com ela a noite toda. *Deusa, eu amo essa mulher.* Quando sua pélvis se acomodou na dela, ele se apoiou em um antebraço. Com a outra mão, segurou seu seio. Acariciando sua carne, pegou seu peito rosado, provocando seu mamilo com os dentes.

— Leo, oh, Deus. Porra, sim. — Laryssa viu estrelas, a pressão em seu clitóris ressoando profundamente em seu âmago. Contorcendo-se para ele, choramingou sob a sensação gloriosa.

— Olhe para mim, *mon amour* — ele grunhiu, adiando seu próprio orgasmo. Quando ela se recusou a obedecer, ele pegou seu queixo nas mãos. Sorriu quando os olhos dela lentamente encontraram os dele.

— Leo, eu... eu... — *amo você*. Seu coração parecia que iria estilhaçar. Ninguém jamais a tinha levado a um estado tão básico, com a sua vida nas mãos. Ele se infiltrou em cada fibra de seu ser, destruindo-a para qualquer outra pessoa. E sua alma se alegrou por ele ter feito isso.

— Você pode me sentir? — *Eu te amo*.

Ela assentiu, ofegando, conforme ele lentamente mexia seus quadris contra os dela.

— Você é meu sangue e minha carne... minha razão de viver, minha doce náiade.

— Leo.

— Eu te amo, Laryssa. Você roubou meu coração. Para sempre. Você e eu. Ouça minhas palavras... sinta minhas palavras. — Ele fechou os olhos, canalizando o turbilhão de amor que havia contido.

A emoção no peito de Laryssa borbulhou com suas palavras. *Eu te amo*. Seus olhos começaram a lacrimejar, mas ele não lhe deu tempo para se ajustar. Uma onda de memórias, pensamentos e sentimentos caiu sobre ela, reverberando da cabeça aos pés. Ela sentiu a dor dele como se fosse dela. *A morte de seus filhos e esposa. A solidão que ele escondeu ao longo dos séculos. E, finalmente, o tremendo amor e respeito que tinha por ela.* E então ela ouviu as palavras novamente como se ele as estivesse falando em voz alta: *Eu te amo. Meu amor, minha vida.*

— Eu também te amo. Você significa tudo para mim. Eu te amo tanto, tanto... — suas palavras sumiram quando ele começou a estocar profundamente dentro dela.

Embora Léopold a tivesse ouvido projetar as palavras em sua mente muitas vezes, ele nunca as admitia. Mas agora, com as palavras saíam de seus lábios, ele procurava clamá-la. Nunca seria capaz de mostrar ou dizer o quanto ela significava para ele. Como sua própria salvadora pessoal, ela destruiu sua existência superficial, dando-lhe uma nova vida.

Com cada movimento de seus quadris, Laryssa se arqueava para encontrá-lo. Olhando dentro do profundo abismo de seus olhos, abriu sua alma para ele. Nada menos que ser possuída por ele satisfaria seu desejo. O desejo apertou seu peito. Esticando-se para cima, ela jogou o cabelo para o lado, submetendo-se, oferecendo-lhe o pescoço.

Ao vê-la rendida, as presas de Léopold apareceram. Sua boceta se contraiu ao redor do pau dele, apertando como um torno, seu orgasmo se aproximando. O som de pele encontrando pele encheu a sala, enquanto ele enfiava seu pau em seu âmago quente. Ele sentiu a enxurrada de emoções dela, cheias de puro contentamento, filtrando-se por ele. Flutuante, Léopold perdeu o controle. Como uma cobra, ele deu o bote, seus dentes afiados perfurando a pele leitosa. Seu delicioso sangue fluiu pela garganta, tecendo-se em suas células.

Uma picada aguda no pescoço de Laryssa foi rapidamente substituída pelo êxtase emocionante que só Léopold poderia oferecer. Ela gritou seu nome, abraçando o clímax furioso. Envolvendo suas coxas ao redor de sua cintura, ela o prendeu em sua pélvis, ondulando em seu regozijo simultâneo. Juntos, eles se moviam no ritmo, seus orgasmos os atravessando ao mesmo tempo.

Os gritos de Laryssa diminuíram assim que Léopold retraiu sua mordida. Arrepios correram por sua espinha enquanto ele lambia a pele sensível que corria de trás de sua orelha até entre seus seios. Ela o sentiu remover a si mesmo e o brinquedo entre suas pernas, seus lábios se agarrando a um de seus mamilos sensíveis. A deliciosa sensação trouxe um sorriso ao seu rosto e ela riu baixinho.

— Não ria na cama, mulher — ele rosnou, dando-lhe uma mordida.

— Ah... ei, chega de morder — ela brincou. — Preciso me recuperar.

Léopold rastejou até ela para poder olhá-la nos olhos. Cheio de amor e dedicação, ele a beijou gentilmente. Suas línguas vibraram suavemente uma com a outra.

— Eu te amo — afirmou mais uma vez. Virando de costas, ele a trouxe consigo.

— Eu também te amo — ela sussurrou. — Você sabe que eu planejo revidar pelo que você fez hoje.

— Estou ansioso por isso. — Léopold beijou sua cabeça e fechou os olhos.

Em mil anos, ele procurou suprimir todas as emoções e experiências que o levariam a um relacionamento. No entanto, era exatamente essa conexão que ele evitava que agora trazia paz e tranquilidade à sua vida. Enquanto segurava sua companheira nos braços, ele sorriu. Pode ter levado séculos, mas ele finalmente alcançara o nirvana que procurava. Sua vida, outrora cheia de escuridão e morte, foi transposta para uma vida de ternura e amor. Com Laryssa ao seu lado, nada jamais seria o mesmo.

EPÍLOGO

Enquanto as ondas quebravam, Dimitri ponderou sua decisão de tirar férias sozinho. Com Logan e Wynter ocupados se ajustando à nova situação familiar, e Léopold e Laryssa acomodados em seu vínculo, ele precisava dar um tempo de Nova Orleans. Desde que Jake prometera ocupar seu lugar de beta, ele deixara a cidade, satisfeito por ter colocado todos os pingos nos is.

Ao olhar para o panorama espetacular do céu noturno, ficou maravilhado com a extensão do universo. Embora fosse totalmente impressionante, fez com que ele pausasse, imaginando como foi que passara todos esses anos sem um propósito verdadeiro. Seu papel como beta foi importante para o bando, sem dúvida. Mas, além de ajudar Logan, ele se perguntou o que mais havia lá fora e se, talvez, em sua ausência, eles nunca sentiriam falta de sua presença.

Uma comichão incômoda atormentou Dimitri enquanto ele se sentava na larga extensão da praia, olhando para o Oceano Pacífico. Desde que voltara do fosso de Rylion, não conseguia se livrar da sensação de que algo havia dado errado. Quando ele saíra do inferno com o bebê nos braços, poderia jurar que algo havia se agarrado a seu lobo. Ele sentiu os olhos de Ilsbeth sobre ele, mas ela negou que algo estivesse errado quando foi questionada. Não esperava que Léopold notasse algo de errado com ele, mas seu alfa sentia cada emoção que corria em suas veias. No entanto, quando Dimitri se retirou, Logan não disse uma palavra. Ele deveria ter mencionado para ele, pensou. Mas toda vez que ele se aproximava de Logan, a casa se iluminava com os sons e risadinhas de sua princesa.

Mesmo que tenha tentado se livrar disso, Dimitri se sentia sujo, contaminado. Trazer angústia pessoal para seu lar caloroso e amoroso não era algo que ele faria. Não, fugir tinha sido a única opção. San Diego não era o mais longe que ele poderia viajar de moto, mas com certeza era o lugar com o clima mais agradável.

Sabia que não deveria entrar no território de outro bando sem avisar, mas ele perdera o foco. Quando a lua nascesse, ele planejava procurar o alfa, mas, até lá, planejava ficar com a bunda sentada na praia. Talvez aprendesse a surfar, quem sabe dirigisse pela Pacific Coast. Talvez parasse em La La Land, fizesse uma nova tatuagem. Não importava, realmente, desde que sentisse sua pele formigar como se estivesse cheia de bichinhos. Custe o que custasse, tinha que se recompor novamente.

Dimitri viveu 150 anos no *bayou* e, exceto Jackson Hole e a cidade de Nova Iorque, ele não deixara suas raízes cajun... até esta semana. Tentando se livrar da culpa por deixar o bando, tirou a camisa e deitou a pele nua na areia. Rezando para que sua suspeita não fosse verdadeira, enfiou os dedos dos pés na areia e respirou o ar marinho. Desde que partira há sete dias, ele não tinha se transformado em lobo. Sabia que estava mentindo para si mesmo. Algo ardiloso... o mal... o tocara. Seu lobo estava em silêncio, e ele estava com medo de testar suas suspeitas.

Hoje à noite, porém, ele enfrentaria seus medos. Correria no deserto, quem sabe mataria uma refeição sozinho. Sendo parte de um todo com seus irmãos Lobos Acadianos, nunca pensou em seguir como um lobo solitário. Mas a voz que ouvira no inferno disse-lhe para correr de Nova Orleans, para fugir. E ele fugira. Olhou para as estrelas, esperando que sua meditação silenciosa despertasse seu lobo interior, o lutador que o carregou pela vida. Em sua mente, ele chamou o guerreiro para a superfície e, pela primeira vez em sua vida, nenhum uivo da existência respondeu. Apertou o peito com a mão, o pânico se instalando, engasgando para recuperar o fôlego.

Mesmo que seu lobo tenha ficado em silêncio, sua audição sobrenatural captou o som de patas correndo ao longo da costa. Um latido distante o alertou sobre o perigo. Levantando-se de um salto, seus olhos se concentraram em uma dúzia de pares de olhos. Enquanto eles atacavam, os dentes afundando em sua carne, ele gritou por seu lobo, que, como se estivesse em coma, dormia em sua mente. Os sons dos próprios gritos reverberavam enquanto ele era levado até o chão. Aos socos e chutes, tentou em vão lutar contra seus atacantes. Um golpe final em seu pescoço o deixou na areia. Com o sangue escorrendo de seu corpo mortal, gritou para que seu lobo acordasse.

OUTROS LIVROS

A série *Immortals of New Orleans* não para de crescer no Brasil! Conheça os livros anteriores sobre nossos sobrenaturais favoritos:

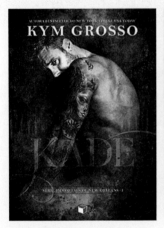

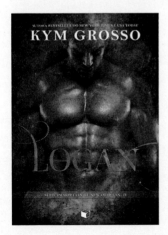

Baixe o seu favorito na Amazon:

KYM GROSSO

SOBRE A AUTORA

Kym Grosso é a autora da série de romances eróticos paranormais, *Immortals of New Orleans*. A série atualmente inclui cinco livros publicados em português pela The Gift Box: *Kade, Luca, Tristan, Logan e Léopold*.

Além de romances, Kym escreveu e publicou vários artigos sobre autismo e é uma fervorosa defensora do tema. Ela também contribui com ensaios para a *Chicken Soup for the Soul: Raising Kids on the Spectrum*.

Kym mora com os filhos, cachorro e gato. Seus *hobbies* incluem lutar pelo autismo, ler, jogar tênis, dançar zumba, viajar e dedicar tempo à família. Nova Orleans, com sua cultura rica, história e culinária singular, é um de seus lugares favoritos para visitar. Além disso, ela adora viajar para qualquer lugar que tenha praia ou montanhas cobertas de neve. Em uma noite qualquer, quando não está escrevendo seus próprios livros, pode ser encontrada lendo seu Kindle, que está repleto, com centenas de romances.

A The Gift Box é uma editora brasileira, com publicações de autores nacionais e estrangeiros, que surgiu no mercado em janeiro de 2018. Nossos livros estão sempre entre os mais vendidos da Amazon e já receberam diversos destaques em blogs literários e na própria Amazon.

Somos uma empresa jovem, cheia de energia e paixão pela literatura de romance e queremos incentivar cada vez mais a leitura e o crescimento de nossos autores e parceiros.

Acompanhe a The Gift Box nas redes sociais para ficar por dentro de todas as novidades.

 www.thegiftboxbr.com

 /thegiftboxbr.com

 @thegiftboxbr

 @GiftBoxEditora

Impressão e acabamento